EITHNE SHORTALL

Liebe in Reihe 27

Das Buch

Liebe ist der beste Copilot

Cora hat den Glauben an die Liebe aufgegeben. Zumindest was sie selbst betrifft. Deshalb versüßt sie sich die Zeit am Check-in-Schalter in London-Heathrow damit, Singles hoch über den Wolken zu verkuppeln. Mithilfe der glamourösen Flugbegleiterin Nancy macht Cora die Reihe 27 zu einem Liebeslabor. Dort findet sich bei jedem Flug ein Passagier ganz unverhofft neben seinem potentiellen Traummann oder seiner Traumfrau wieder. Die Verwicklungen sind vorprogrammiert, auch mit Vielflieger Aidan, der nicht so durchschaubar ist, wie Cora annimmt. Wird auch Cora irgendwann in Reihe 27 Platz nehmen und der Liebe eine zweite Chance geben?

»Erfrischend, witzig und ungeheuer charmant.«
Marian Keyes

Die Autorin

Eithne Shortall hat an der Dublin City University Journalismus studiert und in London, Frankreich und Amerika gelebt. Inzwischen ist sie in Dublin zu Hause, wo sie als Kulturreporterin für die Sunday Times schreibt. *Liebe in Reihe 27* ist ihr erster Roman.

EITHNE SHORTALL

Liebe in Reihe 27

ROMAN

Roman

Aus dem Englischen von Janine Malz

DIANA

Sollte diese Publikation Links auf Webseiten Dritter enthalten,
so übernehmen wir für deren Inhalte keine Haftung,
da wir uns diese nicht zu eigen machen, sondern lediglich auf
deren Stand zum Zeitpunkt der Erstveröffentlichung verweisen.

FSC
www.fsc.org
MIX
Papier aus verantwortungsvollen Quellen
FSC® C014496

Verlagsgruppe Random House FSC® N001967

Deutsche Erstausgabe 07/2018

Die Originalausgabe erschien 2017 unter dem Titel *Love in Row 27*
bei Corvus, an imprint of Atlantic Books Ltd., London

in der Verlagsgruppe Random House GmbH,
Neumarkter Straße 28, 81673 München
Redaktion: Hanne Hammer
Umschlaggestaltung: Eisele Grafik · Design, München
Umschlagmotiv: © Marish/shutterstock
Satz: Leingärtner, Nabburg
Druck und Bindung: GGP Media GmbH, Pößneck

Printed in Germany
ISBN 978-3-453-35980-2

www.diana-verlag.de
Besuchen Sie uns auch auf www.herzenszeilen.de
Dieses Buch ist auch als E-Book lieferbar.

Für meine geliebte Oma

Von: Marsha Clarkson, Chief Executive <m.clarkson@heathrow.co.uk>
Gesendet: 23.07. um 23:11 Uhr
An: Alle Mitarbeiter
Betreff: FW: Folge-E-Mail: Künftige Sicherheitsmaßnahmen

Danke, dass Sie alle heute Nachmittag an der Besprechung teilgenommen haben. Hier noch einmal die wichtigsten Punkte:

Auch wenn sich die vor Kurzem aufgetretene Sicherheitspanne als falscher Alarm erwiesen hat, hat sie gewisse Schwachstellen im System offengelegt. In Absprache mit dem Innenministerium haben wir deshalb beschlossen, den Self-Check-in einzustellen, bis das einwandfreie Funktionieren unseres Sicherheitssystems wieder gewährleistet ist.

Die Check-ins aller Airlines werden mit sofortiger Wirkung manuell durchgeführt, d. h. die Passagiere müssen sich persönlich mit ihrer Flugnummer und ihrem Ausweisdokument an dem jeweiligen Check-in-Schalter einfinden. Zu diesem Zweck wurde zusätzliches Personal abgestellt – hinsichtlich der Arbeitsbelastung besteht somit kein Grund zur Sorge. Der Flughafenbetreiber stellt die nötigen finanziellen Mittel bereit.

Die Check-in-Automaten wurden entfernt und eingelagert. Des Weiteren wird der Online-Check-in eingestellt. Wie uns mitgeteilt wurde, können die Einschränkungen im Fluggastverkehr bis zu einem Jahr andauern. Über etwaige Änderungen werden wir Sie zeitnah informieren.

Ab morgen begeben wir uns also in die gute alte Zeit des internetlosen Flugverkehrs zurück. Lassen Sie uns das mit einem Lächeln tun und diese Gelegenheit nutzen, den Kundenservice wieder in den Mittelpunkt unserer Tätigkeit zu rücken. Ich möchte Sie an dieser Stelle ermutigen, mit vollem Einsatz für unsere Passagiere da zu sein.

Marsha Clarkson
Chief Executive, Heathrow Airport Authority
<<NICHT AUF DIESE E-MAIL ANTWORTEN>>

1

Das Self-Check-in-Embargo war seit acht Tagen in Kraft, als eine Frau mit mehreren Tornistern an den Aer Lingus-Schalter trat und, ohne es zu ahnen, die größte Liebesgeschichte im Leben der Cora Hendrick ins Rollen brachte. Eine Liebesgeschichte, die umso reizvoller war, da Cora nicht selbst die Hauptrolle darin spielen musste. Cora war an einem Punkt angelangt, an dem sie völlig zufrieden war, in Herzensangelegenheiten nur eine Nebenrolle zu spielen.

Es war der letzte Julitag, und Cora arbeitete erst seit knapp einem Monat bei der Fluggesellschaft. Sie hatte kaum Zeit gehabt, sich einzugewöhnen, als das Embargo den gesamten Flughafen Heathrow in ein völliges Chaos stürzte. Sie fertigte gerade die endlose Schlange der zunehmend gereizten Passagiere ab und tat ihr Bestes, den Eindruck zu vermitteln, als hätte sie alles unter Kontrolle, als sich die vollbepackte Dame näherte und ein kleines Aufnahmegerät auf Coras Schalter legte.

»Das ist für meinen Podcast.« Die Frau betätigte einen Schalter an der Seite des Geräts und ließ ihren Wust an Taschen auf den blitzblanken Flughafenboden fallen. »Keine Sorge. Das hört sich sowieso niemand an. Mein Podcast läuft jetzt schon seit knapp einem Jahr, und bis jetzt hatte ich nicht mehr als drei Zuhörer.« Die Frau steckte ihren Kopf in eine überquellende Handtasche und kramte nach ihrem Reisepass. »Und obwohl sie behauptet, dass sie das nicht ist, weiß ich genau, dass meine Mutter eine davon ist ... Gefunden!«

Cora nahm den zerfledderten Reisepass entgegen und tippte die Daten der Frau ein. »Und um was geht es in Ihrem Podcast?«

»Es ist eine Buch-Reise-Sendung. Ich habe mir immer gesagt: ›Trish, du musst mehr reisen und du musst mehr lesen.‹ Als dann mein Freund mit mir Schluss gemacht hat – über den ich übrigens total weg bin, *don't cry for me, Argentina* – habe ich beschlossen, das als Chance zu sehen. Endlich kann ich all das tun, was ich immer tun wollte.«

»Lesen und reisen?«

»Genau. Und es ist mir egal, wenn niemand sich das anhört. Ich vergesse und verliere ständig Sachen, da ist es gut, alles aufzuzeichnen. Das hier« – sie tippte das Mikro an – »ist quasi die mündlich überlieferte Geschichte einer befreiten, sprich emanzipierten, jungen Frau.«

»Klingt toll«, sagte Cora aufrichtig. Ihr altes Ich hätte gerne etwas Ähnliches gemacht, doch als Cora »befreit« wurde, um den euphemistischsten aller Euphemismen zu verwenden, hatte sie eher den klischeehaften Weg eingeschlagen und sich in ein Häufchen Elend verwandelt.

»Ich lese tonnenweise Bücher, über die ich hier berichte, und wenn sie etwas taugen, versuche ich die Orte zu besuchen, an denen sie spielen. Die Sendung heißt ›Ganz viel Buch(en)‹ – falls Sie meine vierte Zuhörerin werden wollen.«

»Sitz 27B, Gate B«, sprach Cora vorgebeugt ins Mikro, als sie der Frau ihren Reisepass mit dem Flugticket darin zurückgab. »Und was ist das für ein Buch, das Sie nach Belfast führt? Ein Thriller?«

»Ehrlich gesagt habe ich hier ein wenig geschummelt. Ich habe mit dem Lesen der Game of Thrones-Bände zur gleichen Zeit angefangen wie mit dem Podcast. Mein Ex hat Fantasy gehasst, deshalb habe ich sie anfänglich einfach aus Trotz ausgesucht, aber inzwischen bin ich völlig vernarrt in die Reihe! Egal, doch da Westeros nicht wirklich existiert, habe ich mir gedacht, ich fliege nach Belfast, wo die Serie gedreht wurde. Das kommt dem wohl am nächsten.«

»Ehrlich gesagt hatte ich es nie so mit Science-Fiction.«

Die Frau hielt inne. »Das ist Fantasy.«

»Aha.«

»Da geht es nicht um Wissenschaft.«

»Das war mir nicht klar.«

»Das sind völlig unterschiedliche Genres.«

Cora schaffte es, den Augenkontakt abzubrechen. »Na schön, ich werde mir auf jeden Fall Ihre Sendung mal anhören.«

»Danke!« Die Frau stopfte ihr Aufnahmegerät zusammen mit ihrem Reisepass in einen ihrer vielen Rucksäcke. »Vermutlich sind Sie die Einzige!«

Sechs Monate später in der U-Bahn – *auf den Tag genau* sechs Monate – erinnerte sich Cora daran, wie sie sofort gespürt hatte, dass es irgendetwas Besonderes mit der Podcast-Dame auf sich hatte. Ihre Energie und ihre Begeisterung waren ansteckend gewesen. Cora, die sich immer für das Leben anderer Menschen interessiert hatte, hatte gewusst, dass da noch etwas kommen würde. Und als ungefähr eine Stunde später jemand eine zerknitterte Ausgabe von George R. R. Martins Game of Thrones auf ihren Schalter knallte, war die Check-in-Mitarbeiterin wenig überrascht gewesen. Das musste Schicksal sein.

»Belfast, nehme ich an?«, fragte sie den lockigen Besitzer des Buches mit hochgezogener Augenbraue.

Der junge Mann sah verlegen drein. »Gibt es so viele Game of Thrones-Fans, die nach Nordirland fliegen? Hätte ich mir eigentlich denken können, dass ich nur einer von vielen bin«, meinte er und überreichte ihr die erforderlichen Dokumente. »Nach dem ersten Herr der Ringe-Film bin ich nach Neuseeland geflogen, da war die Hälfte der Hostels voll von britischen Fans.«

»Sie sind extra wegen eines Films nach Neuseeland geflogen?«

»Na ja, ins Auenland ging ja schlecht.«

Cora betrachtete den schlaksigen Mann, und irgendwo in den dunklen Tiefen seiner nervös zuckenden Augen ergab plötzlich alles einen Sinn. Ihr Kopf spulte zu der Podcast-Dame zurück, die von den ausgefransten Enden ihres Schals bis in die letzten Spitzen ihrer statisch aufgeladenen Haare enthusiastisch und abgekämpft gewirkt hatte. Aufmerksam betrachtete sie diesen Mann mit seinem unbeholfenen Lächeln und seinem entspannten Verhältnis zum eigenen Aussehen. Coras Blick scannte seine Finger – kein Ehering – und landete wieder auf dem sichtlich abgewetzten Wälzer auf ihrem Schalter. An diesem Flughafen, an diesem Tag, fand ihr Leben plötzlich seine Bestimmung.

»Eine Frage«, sagte sie und bemühte sich, nicht zu übereifrig zu klingen, »würden Sie Game of Thrones zu Fantasy zählen?«

Der Mann lachte begeistert. »Hat Bilbo Beutlin behaarte Füße?«

»Ähm ... ja?«

»Ja, natürlich, das ist doch völlig klar!«

Ihre neue Anstellung am Flughafen war für Cora kein

Karrieresprung gewesen, sondern vielmehr ein Rettungsanker. Sie war nach zwei Jahren aus Berlin zurückgekehrt, nachdem sie sich aus einer Beziehung befreit hatte, die ihr das Herz zerrissen und die Eingeweide umgedreht hatte. Es fühlte sich an, als hätte jemand ihr Inneres so kräftig geschüttelt, dass alles durcheinandergeraten war. Cora war mit dem Wunsch nach Hause gekommen, Menschen zu helfen, aber alle darauf ausgerichteten Bereiche – Krankenpflege, soziale Arbeit, Beratung – waren ihr zu verantwortungsvoll, zu gewichtig erschienen, und sie hatte Angst gehabt, es zu vermasseln. Der Job bei Aer Lingus sollte ihr Zeit geben, ihr Leben wieder in den Griff zu bekommen und sich zu fangen.

Wie konnte es sein, dass sie eine Woche gebraucht hatte, um zu erkennen, welche Chance sich direkt vor ihrer Nase auftat? Das Embargo war ein Geschenk des Himmels: kein Online-Check-in und keine Check-in-Automaten mehr, das hieß, dass alle Passagiere persönlich an den Schalter kommen mussten. Mit anderen Worten, ihr Schicksal – oder zumindest die Entscheidung, wo sie mehrere Stunden im Flugzeug sitzen würden – lag in ihrer Hand. Das Potenzial, Amor zu spielen, war schier endlos. Das war sie – *das* war ihre Chance, anderen Menschen zu helfen.

Cora prüfte den Sitzplan für den Flug nach Belfast und sah, dass Sitz 27A, der Platz direkt neben der Podcast-Lady noch frei war. Cora überreichte dem lockigen Typen das Flugticket, als ihr ein Zweifel kam. »Sie fliegen nicht mit Ihrer besseren Hälfte, oder?«

Er errötete. »Dafür müsste ich erst einmal eine haben, oder nicht?«

»Perfekt! Sie sitzen auf Platz 27A. Abflug ist an Gate B. Guten Flug!«

Während die morgendliche U-Bahn durch die Vororte Londons ratterte und gelegentlich von der Dunkelheit des U-Bahn-Tunnels in die Dunkelheit des Wintermorgens hinaufstieg, verspürte Cora einen unwillkürlichen Freudenschauer. *Alles Gute zum Halbjährigen!*, beglückwünschte sie sich. Sechs Monate, seit sich ihr tägliches Pendeln wirklich lohnte. Sechs Monate, seit ihr Job hinter dem Check-in in Heathrow vom anständig bezahlten Broterwerb zur schicksalhaften Berufung geworden war.

Das meiste, was sie über ihre Kuppelkandidaten wissen musste, konnte sie den Passagierdaten oder dem Internet entnehmen. In den sozialen Medien erfuhr man mindestens ebenso viele Dinge über einen Menschen wie auf einem Datingprofil. Und als Dankeschön für seine kostenlosen Stand-by-Flüge hatte ihr jüngerer Bruder Cian ein Computerprogramm entwickelt, das im Handumdrehen alle »ledigen« Passagiere markierte.

Die U-Bahn fuhr in Heathrow ein, wo Cora mit den noch verbliebenen Fahrgästen ausstieg. Sie streckte den Rücken, fuhr die Rolltreppe hoch und nahm sich vor, später ein wenig Sonne zu tanken, sobald sie sich denn endlich zeigen würde. Hinter dem Taxistand gab es eine Bank, auf der sie gerne zu Mittag aß und völlig Fremden dabei zusah, wie sie darüber verhandelten, sich ein Taxi in die Stadt zu teilen. Es machte ihr Spaß, sich vorzustellen, wie diese Leute lebten und worüber sie wohl im Taxi redeten.

Für Cora war das Beste am Fliegen immer die große Frage gewesen, wer neben einem saß. Jedes Mal, wenn sie am Abfluggate saß, schaute sie sich um und überlegte, welchen der anderen Passagiere sie am liebsten als Sitznachbarn hätte. Man stelle sich nur einmal vor, man begegnete der Liebe seines Lebens in 12.000 Metern Höhe. Allein bei der Vorstellung geriet sie in Verzückung. Im Moment war Cora jedoch noch im Erholungsmodus, und eine solche Begegnung interessierte sie nicht. Aber für alle anderen waren die Möglichkeiten endlos, und nun saß sie am Hebel der Macht.

Der Personalraum war voll mit Mitarbeitern, die Frühschicht hatten, Kaffee kochten und sich aus ihren Pullovern wanden. Cora war nicht mehr draußen gewesen, seit sie um 5 Uhr die U-Bahnstation Finsbury Park betreten hatte, aber trotzdem spürte sie die Kälte noch immer in ihren Fingerspitzen. Sie hatte schon immer eine schlechte Durchblutung gehabt. *Kalte Hände, warmes Herz,* wie Friedrich zu sagen pflegte, doch sie verdrängte den Gedanken an ihn ebenso schnell, wie er gekommen war. Sie tippte die Zahlenkombination an ihrem Schließfach ein und öffnete die Metalltür genau in dem Moment, als Nancy von hinten herangewirbelt kam und mit ihrem perfekten Gesicht Coras Feierstimmung kaputt machte.

»Aloha, Miss Amor«, begrüßte die Stewardess sie, eine Hand gegen die Schließfächer gestützt, die andere in die Taille gestemmt.

Nancy Moone hatte gleichzeitig mit Cora bei der Fluggesellschaft angefangen und war mehr oder weniger zufällig ihre beste Freundin geworden. Es war ein Trugschluss zu glauben, man könnte sich seine Freunde aussuchen. Letztlich kam es auf die geografische Nähe an. Kinder mussten sich mit den Schulkameraden zufriedengeben, die in ihrem Einzugsgebiet lebten, und Erwachsene freundeten sich mit den Kollegen an, die das Schließfach neben ihrem hatten.

»Okay, Nancy«, sagte Cora, während sie ihre Turnschuhe abstreifte und in die vorgeschriebenen Arbeitsschuhe schlüpfte. »Dafür, dass es so früh ist, siehst du unverschämt munter aus.«

»Das wärst du auch, wenn du das Wochenende mit meiner Ma verbracht hättest. *Alle meine Kinder versuchen, Babys zu bekommen. Alle, bis auf das eine, das eine Gebärmutter hat.*«

»Das hat sie nicht wirklich gesagt, oder?«

»Na ja, nicht wirklich. Aber das war die Quintessenz ihres ganzen Besuchs. Schau mal, meine Fingernägel, schau. Alles abgeknabbert.«

Nancy hatte schon immer Flugbegleiterin werden wollen. Als Kind hatte sie ihre Brüder dazu verdonnert, auf den Stufen ihres Hauses in Liverpool brav hintereinander zu sitzen, während sie ein Papiertaschentuch und eine Handvoll Rosinen auf ihren Knien platziert und sie ermahnt hatte, ihre Tabletts hochzuklappen, wenn sie fertig waren. Und als die Familie Moone ihre erste Reise in den Süden ins spanische Benidorm angetreten hatte, hatte die zwölfjährige Cora die Stewardess, die die Sicherheitsvorkehrungen demonstriert hatte, um ein Autogramm gebeten.

Selbst wenn man die siebenundzwanzigjährige Nancy privat und ohne Uniform sah, erriet man sofort, welchen Beruf sie ausübte. Blond, wohlproportioniert und immer korrekt geschminkt, war sie die Bilderbuchversion der Stewardess der guten alten Zeit.

»Wie war dein Wochenende? Irgendwelche schnuckeligen Typen in Designeranzügen getroffen? Ist das der Grund für dein breites, verträumtes Lächeln?«

»Wohl kaum«, antwortete Cora gedämpft durch die zwischen die Lippen geklemmten Haarnadeln, während sie ihre dicken Haare hochsteckte.

»Bald bist du alt und grau, und deine Haut wird schlaff,

und dann wirst du es bereuen, nicht auf deine gute Freundin Nancy gehört zu haben.«

»Und was genau sollte ich deiner Meinung nach als freche, farbige Frau im tiefsten Cornwall tun?«

»Du warst doch bei einer Hochzeit! Ein bisschen Flirten hat noch niemanden umgebracht! Du solltest mal wieder deinen Marktwert testen. Es ist nicht wie mit dem Fahrradfahren: Flirten kann man durchaus verlernen.« Nancy, die Coras Spiegel in Beschlag genommen hatte, hielt ihr Mascarabürstchen hoch. »Wer rastet, der rostet. Vertrau mir, Miss Amor, ich hab nur dein Bestes im Sinn.«

Nancy war die Art von Frau, der die Männer zu Füßen lagen, doch sie interessierte sich vor allem für Coras Liebesleben. Wenn ihre Freundin sich das Liebesglück anderer Menschen zur Aufgabe gemacht hatte, würde sich Nancy eben um Coras kümmern.

»Es ist immer gut, die unterschiedlichsten Leute kennenzulernen«, fuhr sie fort. »Hier triffst du sowieso niemanden; nur eingebildete Piloten, und die wenigen männlichen Crewmitglieder, die wir haben, sind nun mal nicht an Frauen interessiert – egal wie wenig Busen du hast. Deshalb musst du hier raus.«

Cora runzelte die Stirn und zupfte an ihrer Jacke.

»Und was ist mit diesem British-Airways-Piloten, den du gedatet hast – Paul, richtig?«

»Ach der, das war was anderes«, winkte Nancy ab. »Er sah unfassbar gut aus. Aber das war meine erste und letzte Flughafenaffäre. Arbeit und Vergnügen sollte man besser trennen. War denn niemand bei der Hochzeit?«

»Doch, ich würde sagen, so um die hundertzwanzig Gäste.«

»Haha, sehr witzig, Miss Amor. Du weißt, was ich meine.

Hat dir keiner gefallen? War niemand Interessantes dabei? Bitte sag mir, dass es zumindest einen Singletisch gab.«

Auf der Hochzeit waren viele interessante Männer gewesen, auch im amourösen Sinn, aber nicht so, wie Nancy das meinte. Sie interessierten Cora nicht persönlich. Hochzeiten im Allgemeinen waren nicht so ihr Ding. Egal wie gut sie mit dem glücklichen Paar befreundet war, ihr Interesse an Braut und Bräutigam schwand, sobald sie sich das Jawort gegeben hatten und der Brautstrauß geworfen worden war. Schon als Kind hatte sie das Interesse an Serienfiguren verloren, sobald diese verheiratet waren. Ihre Geschichten wurden von da an merklich unspektakulärer, und ihr Potenzial nahm ab. Mit ihren achtundzwanzig Jahren sah sie das wahre Leben ähnlich. Einen Ring am Finger und den Ehevertrag unterschrieben zu haben war gleichbedeutend mit Game over – von nun an schaltete das Leben in den Schlafmodus. Cora empfand sich selbst als hoffnungslose Romantikerin, und nach ihrem Dafürhalten hatten Hochzeiten mit ihren festen Abläufen und monatelangen Planungen ziemlich wenig mit Romantik zu tun.

In einem Punkt allerdings waren sich Nancy und Cora einig: Hochzeiten lohnten sich allein schon wegen des Singletischs. Nicht, weil Cora hoffte, einen geeigneten Lebensgefährten für sich zu finden, sondern weil es der einzige Tisch im Raum war, der Potenzial hatte. An einem Tag, an dem es darum ging, das Leben in vorgefertigte Bahnen zu pressen, ging hier tatsächlich noch was.

An dem Singletisch am Samstag – die Braut war eine Freundin aus Coras Kunstgeschichtsseminar an der Uni – hatten acht potenzielle Kandidaten gesessen. Sieben, wenn man Cora ausklammerte, was sie tat. Sie sah sich als Vermittlerin.

Cora hatte sich die größte Mühe gegeben, mit dem Wenigen, was sie hatte, etwas anzufangen, und mit einer anderen Unifreundin die Plätze getauscht, damit die sich mit zwei Brüdern aus Walthamstow unterhalten konnte. Die beiden schienen allerdings nur daran interessiert, miteinander zu kichern. Eine weitere Kandidatin am Tisch war eine Künstlerin, deren Arbeiten die Braut kürzlich kuratiert hatte. »Post-Impressionismus«, hatte sie Cora erklärt. »Ich interessiere mich für den Raum zwischen der Farbe. Darin liegt die eigentliche Wahrheit.« Cora hatte versucht, die Künstlerin näher an einen Cousin des Bräutigams heranzurücken, aber der hatte eine unerträgliche Art, jedes Mal mit der Zunge zu schnalzen, wenn eine Frau unter fünfzig in sein Blickfeld trat, und sich ansonsten den Rest des Abends darauf verlegt, rhythmisch zu nicken, als ob er zu Jimi Hendrix' »Foxy Lady« mitwippen würde. Das Einzige, was Cora am Ende mit ihrer Umsetzaktion erreicht hatte, war, dass die Kellnerin völlig durcheinanderkam und allen am Tisch den falschen Hauptgang servierte.

»Du musst dich auch mal um dein eigenes Liebesleben kümmern, Miss Amor«, rügte Nancy sie, die endlich den Spindspiegel geräumt hatte.

»Das sagst du immer«, erwiderte Cora und schlug die Metalltür zu. »Aber das macht nicht halb so viel Spaß.«

Das Ertönen der Klingel zeigte den Beginn einer neuen Check-in-Runde an. Cora und Nancy verließen den Pausenraum; Nancy Richtung Boarding-Gate, Cora Richtung Check-in-Schalter.

»Na, schönes Wochenende gehabt, Mäuschen?«, fragte Joan und hievte sich auf den Drehstuhl hinter dem zweiten Schalter. Die ältere Dame, die den Großteil der Woche neben Cora saß, war gerade von ihrer Vor-Sonnenaufgang-Raucherpause zurückgekehrt. Es war Mitarbeitern von Aer Lingus schon seit über zwei Jahrzehnten nicht mehr gestattet, den Platz für eine Nikotinpause zu verlassen, aber Joan hielt sich daran ebenso wenig wie an die Vorschrift, einen Krankenschein einzureichen oder die Kabinencrew nicht mehr als »Trolley-Trolle« zu bezeichnen. Joan arbeitete seit dreiunddreißig Jahren für die Fluggesellschaft und würde zu exakt denselben Bedingungen weiterarbeiten, die sie unterschrieben hatte, bis sie in Rente ging.

»Ach, das Übliche: noch eine Hochzeit, noch ein Kater ... Aber du hattest doch Hochzeitstag, Joan! Hat dir Jim irgendwas Schönes geschenkt?« Joan warf ihr einen Blick zu. »Hat dir Jim *irgendwas* geschenkt?«

Joan war nicht mehr gut auf ihren Mann zu sprechen, seit er vor zwei Monaten einen Taubenschlag in ihrem kleinen Garten im Londoner Stadtteil Hounslow eingerichtet hatte und Joans Wäscheleine zu einem Sammelplatz von Vogelexkrementen geworden war. Mit Erreichen des gesetzlichen Rentenalters war er gezwungen gewesen, seine Anstellung bei dem hiesigen Buchmacher aufzugeben, für den er sein ganzes Leben gearbeitet hatte. Er war am Boden zerstört – keine Pferde, keine Hunde, keine heißen Tipps mehr. Joan bemerkte oft trocken, er sei wohl der einzige Mann, der mehr Geld besaß, seit er nicht mehr arbeitete. Die Tauben waren ein Abschiedsgeschenk von ein paar Stammkunden gewesen, denselben Typen, mit denen er in der Goose Tavern beim Pubquiz ein Team bildete.

Für Joan war dieses Wochenende die letzte Chance für ihren Mann gewesen, ihre einunddreißigjährige Ehe zu retten. Wenn er ihr ein anständiges Geschenk mitbrachte (ein Küchengerät vom Flohmarktverkauf hinter dem Goose zählte nicht) und sie in eines der beiden Restaurants »für besondere Anlässe« in Hounslow ausführen würde, ohne seine übliche Märtyrernummer abzuziehen, bei der er sich weigerte, die Speisekarte zu öffnen, und den Kellner bat, ihm »einfach das günstigste Gericht« zu bringen, dann, aber nur dann, würde sie ihm die Vögel und deren unablässige Darmentleerung verzeihen. Selbstverständlich hatte Joan Jim mit keinem Sterbenswörtchen von diesem Ultimatum in Kenntnis gesetzt.

»Sinnlos«, begann Joan und verlagerte ihr Gewicht auf dem Stuhl, während sie sich voll und ganz auf die Geschichte einließ. Joan liebte es zu jammern. Sie war Fatalistin mit Leib und Seele.

»Dieser Mistkerl ruft mich doch Samstagabend vom Goose aus an und fragt mich allen Ernstes, ob ich ihm etwas beim Chinesen bestellen kann. Er sei auf dem Heimweg. Hähnchen süß-sauer, und ob ich nicht probieren könnte, ob sie ihm ein paar Krabbenchips dazu spendieren. Und ich dumme Kuh hatte wirklich geglaubt, wir würden vielleicht doch noch ausgehen, jetzt vielleicht nicht mehr ins Il Giordano, da hätten wir reservieren müssen – das Lokal ist ohnehin ein bisschen zu vornehm, und Jim war mit seinem wackelnden Zahn auch noch nicht beim Arzt –, aber ins Alistair's. Also bin ich raus in den Garten gelaufen, habe die stinkenden Käfige aufgemacht, um die Viecher freizulassen, und mich auf den Weg zu Maura gemacht. Habe ich dir mal von Maura erzählt? Der Freundin, die den Brustkrebs besiegt hat, nur um kurz darauf zu erfahren, dass bei ihrer Schwester Brustkrebs diagnostiziert worden ist. Jedenfalls komme ich drei Stunden später zurück in der Erwartung, dass er sich entschuldigt oder zumindest vor Wut rast, dass seine hübschen Täubchen auf und davon sind – und was tut er? Graf Koks liegt in aller Seelenruhe schlummernd auf dem Sofa, das Hähnchen auf dem Schoß und eine Bierdose in der Hand. Ich also raus, und da sitzen diese verflixten Hühner ...«

»Tauben.«

»Tauben. Sitzen in ihren Käfigen und glotzen mich durch die offen stehende Käfigtür an.«

»Scheinbar sind es Brieftauben.«

»Das hab ich in dem Moment auch kapiert! Ich also wieder rein, ihn aufgeweckt und ihm eine Standpauke gehalten. Am nächsten Morgen hat er mir dann ein weiches Ei mit Toaststreifen zum Reintunken gemacht. Na ja, man nimmt, was man kriegen kann.« Joan stieß enttäuscht die Luft durch ihren Schmollmund aus und drehte sich von Cora weg, um den ersten Passagier des Tages zu begrüßen. »Wohin soll's denn gehen, Schätzchen?«

Joan hatte Jim kennengelernt, als sie zusammen mit Coras Mutter bei Aer Lingus angefangen hatte. Die beiden waren beste Freundinnen gewesen, zumindest solange ihre Mutter noch für die Fluggesellschaft gearbeitet hatte. Inzwischen kam sie nicht mehr so viel raus.

»Wie geht's Sheila?«, erkundigte sich Joan, als ob sie Gedanken lesen könnte, nachdem sie die überpünktliche Passagierin mit ihrem Ticket nach Madrid abgefertigt hatte. »Hast du sie dieses Wochenende überhaupt gesehen?«

»Ich war das ganze Wochenende in Cornwall, aber ich werde heute Abend mal bei ihr vorbeischauen.«

»Ich muss sie auch unbedingt mal besuchen.«

Sheila Hendricks lebte seit mehreren Monaten in einer medizinischen Einrichtung. Cora und ihre ältere Schwester Maeve besuchten sie jede Woche, und Cian, der hochfunktionalen Autismus hatte und seine Asperger-Karte immer dann ausspielte, wenn irgendetwas Unangenehmes anstand, sah gelegentlich bei ihr vorbei. Sheila hatte Cora den Job bei Aer Lingus besorgt, eine ihrer letzten Amtshandlungen bei klarem Verstand. Sie hatte ein paar Beziehungen spielen lassen und ihre Tochter an Bord geholt, während sie sich allmählich verabschiedete. Cora verspürte plötzlich Schuldgefühle, weil sie sie bereits seit fast einer Woche nicht mehr besucht hatte. Heute Abend würde sie auf jeden Fall bei ihr vorbeigehen.

Cora ließ das Computerprogramm ihres Bruders über die Passagierliste für den Morgenflug nach Edinburgh laufen. Auf der Liste standen ein paar Männer Mitte zwanzig – zu jung, um bereits die Partnerin fürs Leben gefunden zu haben, aber alt genug, um offen für eine Beziehung zu sein, wie sie hoffte. Sie gab ein paar der Namen bei Facebook ein. Einige der Kandidaten fielen durch ihre Profilbilder (Selfie mit Freundin auf dem Berggipfel/vor dem Eiffelturm) und ihren Beziehungsstatus sofort durchs Raster.

Dann kam Andrew Small: Single, zweiundzwanzig Jahre, aus London, wohnhaft in Edinburgh. Seine Fotoalben zeigten einen gut aussehenden jungen Mann mit kräftigem schwarzen Haar. Laut Steckbrief stammte er aus einem Londoner Problemviertel, das nicht weit von Joans Wohngegend lag, studierte aber inzwischen Politikwissenschaften in Schottland. Andrew Small war der ideale Kandidat. Heterosexuell, da war sich Cora ziemlich sicher, obwohl das immer eine potenzielle Stolperfalle war.

Die ersten paar Check-ins waren wenig interessant: viele ältere Pendler und ein übernächtigt aussehender Junggesellenabschied auf dem Rückflug. Eine junge Frau näherte sich dem Schalter, den Reisepass griffbereit. Cora musterte sie rasch: bunte Strumpfhose, farbige Haarspitzen, Leinenrucksack. Eine potenzielle Anwärterin.

»Geschäftlich oder privat?«

»Nur ein Tagesausflug, ich will meinen Freund überraschen.«

Durchgefallen. Zwei weitere Kandidatinnen fielen ebenfalls durch – die erste, weil sie zu still war, um überhaupt mit ihrem Flugnachbarn ins Gespräch zu kommen, die zweite, weil sie in Leeds wohnte. Cora schwebte schließlich unsterbliche Liebe vor, da war der Standort ein wesentlicher Faktor.

Aber die dritte war ein Volltreffer. Cora wusste es bereits, als sie sie sah: Sie war die perfekte Unbekannte für Andrew Small.

»Hi«, sagte die junge, hochgewachsene Frau, deren glattes Haar ihr bis über die Schultern reichte und deren Nase mit Sommersprossen gesprenkelt war. Sie verkniff sich ein Gähnen und legte ihren Reisepass und einen Ausdruck ihrer Flugnummer auf den Schalter.

»Geschäftlich oder privat?«

»Ähm, geschäftlich«, antwortete das Mädchen, das ein T-Shirt einer Cora unbekannten Band sowie eng anliegende Jeans trug. Sie lächelte. »Ich freue mich, wieder heimzufliegen.«

Cora klappte den Reisepass auf: Rita MacDonald, Schottin, dreiundzwanzig, viel gereist.

»In Ordnung, Rita«, sagte sie, klappte den Reisepass zu und gab ihn ihr mit ihrem Flugticket darin zurück. »Du sitzt auf Platz 27A.«

»Ein Fensterplatz. Super.«

Während Rita sich auf den Weg zum Boarding machte und den Reisepass in ihrer Lederumhängetasche verstaute, trat Andrew Small an den Schalter. Er war größer, als es auf den Fotos den Anschein hatte, und beim Anblick seiner dunklen Haare juckte es Cora in den Fingern hineinzugreifen.

»Hallo«, begrüßte er sie und reichte ihr seinen Pass.

»Willkommen bei Aer Lingus, Andrew. Sitzplatz 27C, Gate B. Guten Flug!«

Andrew schlurfte mit jenem breitbeinigen Gang davon, der unter jungen Männern äußerst beliebt war. Persönlich mochte Cora Männer lieber, die eine gute Haltung hatten, aber wie sie sich ebenso erleichtert wie ermahnend ins Gedächtnis rief, hatte das hier nichts mit ihren Präferenzen zu tun. Die Check-in-Angestellte nahm den Hörer ab und rief im Aer Lingus Airbus 320 an.

»Nancy? Alles bereit? Gut. Ich hab dir gerade jemanden rübergeschickt.«

LHR → EDI 8:20 Uhr

2 Rita MacDonald war dreiundzwanzig und hatte bislang drei Beziehungen gehabt, die man wahrscheinlich als ernst bezeichnen konnte. Die erste mit Adam, ihrem Teenagerfreund. Allerdings war er nicht ihre erste Liebe gewesen. Auf die wartete sie noch, da war sich Rita ziemlich sicher. Aber Adam war der erste Junge gewesen, den sie ihren Eltern vorstellte, der erste Junge, der ihre Brüste berührte, und der erste Junge, bei dem sie es genoss, welche Wirkung sie auf Männer ausübte. Danach war Aaron gekommen, ihr Uni-Freund: der erste Junge, mit dem sie richtigen Sex hatte, der erste Junge, der ihr ein Gedicht schrieb, und bislang ihre längste Beziehung. Und dann Alex: der erste Junge, der zu ihr »Ich liebe dich« sagte, der erste Junge, der ein richtiger Mann war (29 Jahre) und der erste Junge, für den sie quer durchs Land geflogen war, um mit ihm ein zweites Mal Schluss zu machen, weil er es nicht akzeptieren wollte, solange sie es ihm nicht persönlich ins Gesicht sagte.

Rita sah auf ihre Boardingkarte, schob ihre Lederumhängetasche auf die Schulter hoch und lief weiter. Als sie zu Reihe 27 kam, war diese leer. Nachdem sie den Reißverschluss fest zugezogen hatte, verstaute sie die Tasche im Gepäckfach. Da sie nur eine Nacht in London verbracht hatte, um die Sache über die Bühne zu bringen, hatte sie nur Handgepäck. Sie setzte sich auf den Fensterplatz, zog die Blende herunter und rollte ihren Schal zu einem Kissen zusammen. Alex hatte acht Stunden lang mit ihr über das Ende einer Beziehung diskutiert, die kaum sechs Monate gedauert hatte – wovon sie die Hälfte der Zeit in verschiedenen Städten gelebt hatten. Aber wenn er sich jetzt besser fühlte und sie sich weniger schuldig, dann war es eine schlaflose Nacht und die Kosten für den Hin- und Rückflug wert gewesen. Von nun an würde sie jedoch »kann mit Zurückweisung umgehen« auf die Liste ihrer Kriterien für potenzielle Dating-Partner setzen, und sie musste unbedingt noch mal ihre nicht beabsichtigte Vorliebe für Männer mit dem Anfangsbuchstaben ›A‹ überdenken.

Als Andrew Small bei Reihe 27 ankam, schnarchte auf dem Fensterplatz ein Mädchen. *Glückspilz*, dachte Andrew. Der Fensterplatz war der einzige Platz, auf dem er schlafen konnte. Andrew zog sein Handy heraus und schrieb seiner Schwester, dass er es noch rechtzeitig geschafft hatte. Er hätte ihr beinahe von seinem Pech berichtet, nur einen Platz am Gang erwischt zu haben, entschied sich aber dagegen. Mit solchen Dingen zogen sie ihn inzwischen nur noch auf.

»Nur ein Platz am Gang? Ohhh, armer Andy, wissen die nicht, was du für eine Abi-Note hast?«

Sie weigerten sich, ihn Andrew zu nennen. Das war sein neuer Schnöselname. Früher hatten ihn alle Andy genannt. Was okay war, denn nun musste er nicht mehr mit ihnen leben. Er hatte es geschafft, da rauszukommen. Seine Schwestern verübelten es ihm, dass er keinen Haufen Kinder hatte, und sein Vater verübelte es ihm, dass er nicht die ganze Nacht Besoffene mit dem Taxi herumkutschieren musste. Sie empfanden seine Entscheidung, zur Uni zu gehen, als persönliche Beleidigung. Es machte ihnen Angst.

Aber er würde sich nicht mit dem begnügen, was er hatte: Er würde etwas aus sich machen.

»Guten Morgen, Sir. Willkommen an Bord.«

Als Andrew hochsah, erblickte er eine blonde Stewardess mit einem breiten Lächeln und – er wollte ja nicht frech sein, aber – großen Titten. »Morgen«, sagte er und versuchte, nicht rot zu werden.

»Könnten Sie bitte die junge Dame anstupsen? Die Blenden müssen nur noch hochgeschoben werden, dann sind wir im Nu in der Luft.«

Andrew zögerte, aber die Flugbegleiterin verlieh ihrer Bitte mit einem Nicken Nachdruck. Schüchtern schüttelte er das Mädchen leicht. Mit einem Ruck fuhr sie hoch, und Andrew zog seinen Arm zurück. »Sorry.«

»Morgen, Miss. Könnten Sie bitte für den Start die Blende hochschieben?« Die Flugbegleiterin deutete auf das Fenster, und das Mädchen schob die Jalousie hoch. »Prima. Na dann«, klatschte sie in die Hände, »kann ich Ihnen einen Kaffee bringen? Auf Kosten des Hauses. Als Dankeschön für Ihre Kooperation.«

»Nicht schlecht«, freute sich Andrew, der in Edinburgh Kaffee für sich entdeckt hatte. Sein Mitbewohner hatte eine Percolator-Kaffeekanne – nicht, dass er dieses Wort zu Hause je in den Mund genommen hätte.

»Sind wir uns jetzt zu fein für Tee, ja? Isst du jetzt auch Kaviar zum Kaffee, Andy, oder versaut der nur das Aroma?«

»Von mir aus.« Sie unterdrückte ein Gähnen. »Ich kann jetzt sowieso nicht mehr einschlafen«, sagte sie zu Andrew, als die Stewardess gegangen war.

»Tut mir leid.«

»Nicht deine Schuld. Flugzeuge sind zum Schlafen einfach super ätzend.«

»Kann man wohl sagen«, pflichtete Andrew, der noch nie geflogen war, bevor er an der Uni angefangen hatte, und auch noch nie irgendwo anders hin als nach Edinburgh, ihr mit einem Nicken bei.

Rita empfand sich nicht als oberflächlich. Auf keinen Fall. Aber wie sollte sie dann erklären, weshalb sie Alex abserviert hatte? Sie hatte ihm gesagt, sie seien auf verschiedenen Ebenen inkompatibel: emotional, sozial ...

»Sexuell?«

»Nein! Natürlich nicht!«, hatte sie ihm versichert, und vermutlich stimmte das auch. Rita hatte den Sex mit Alex genossen. Und wenn sie das eine Mal nicht nach unten geschaut hätte, wäre das vermutlich immer noch so. Aber sie hatte nach unten geschaut und einfach nicht ignorieren können, was sie dort gesehen hatte. Die kleine kahle Stelle direkt am Scheitel. Das war ein solcher Abtörner gewesen, dass ihr die Lust an einem weiteren Versuch vergangen war und sie seinen Kopf sanft weggeschoben hatte.

»Einfach inkompatibel«, hatte sie gestern Abend wiederholt, als sie in seiner Londoner Wohnung gesessen und all die vagen Gründe aufgelistet hatte: gefühlstechnisch, freundetechnisch, wohnorttechnisch ... Aber an keinem Punkt ihres Gesprächs hatte sie den wahren Grund genannt. An keinem Punkt hatte sie erwähnt, dass sie vor allen Dingen glatzkopftechnisch inkompatibel waren. In dem Sinne, dass sie Haare am Hinterkopf hatte und er nicht.

Die Stewardess brachte ihnen den Kaffee und fragte Rita, woher sie komme und was sie so mache. Danach fragte sie den Jungen neben ihr. Er kam aus London, studierte aber in Edinburgh.

»Entschuldigung«, meldete sich eine Frau aus der Reihe vor ihnen. »Ich hätte gerne einen Tee.«

»Im Moment bediene ich ausschließlich diese Reihe. Der allgemeine Bordservice beginnt, sobald das Flugzeug in der Luft ist und seine Flughöhe erreicht hat.« Die Flugbegleiterin winkte Rita und ihrem Nachbarn zu. »Wir haben ein Herz für Reihe 27.«

Als die Flugbegleiterin ging, stellte sich Rita vor.

Der Junge reichte ihr die Hand. »Andrew.«

»Ohne Scheiß jetzt?«

»Was?«

»Sorry, nichts.«

»Was denn? Sehe ich etwa nicht aus wie Andrew? Bitte sag mir nicht, dass ich wie Andy aussehe.«

»Nein, das ist es nicht. Es ist nur ...« Rita wusste nicht, wie sie es erklären sollte, ohne unbeabsichtigt irgendetwas zu unterstellen, aber scheiß drauf. »Jeder Freund, den ich bisher hatte, hat mit dem Buchstaben ›A‹ angefangen. Irgendwie scheine ich das magisch anzuziehen.«

Aber Andrew blinzelte nicht einmal. »Und wie viele Freunde waren das?«

»Drei.«

»Drei? Und wie alt bist du?«

»Dreiundzwanzig. Wieso? Sind drei viele? Willst du damit sagen, dass ich eine Schlampe bin?« Sie wollte noch hinzufügen, dass sie nur mit zweien geschlafen hatte und in keinen von ihnen verliebt gewesen war, aber sie hatte nicht vor, sich zu rechtfertigen. Wenn er glaubte ...

»Scheiße, nein. Ich wollte nicht ... Nein. Ich bin beeindruckt«, sagte er und sah aus, als meinte er es ernst. »Drei ist prima.«

Da, wo Andrew herkam, datete man Mädchen nicht. Man schlief mit ihnen, und wenn man eine schwängerte, heiratete man sie vielleicht, aber dazwischen gab es nicht viel. Seine Schwestern waren beide ein Jahr nachdem sie aus der Schule raus waren, schwanger geworden. Rebecca hatte geheiratet, aber Janine hatte nicht verraten wollen, wer der Vater war. »Ich bin keine Petze, ich werde ihn nicht reinreiten«, hatte sie ihren Dad angeschrien, und alle hatten diese Logik hingenommen.

Anfangs hatte sich Andrew schuldig gefühlt, dass er zur Uni ging, und viel zu viel seines Stipendiums dafür ausgegeben, jedes Wochenende nach Hause zu fliegen, um mit seinen Kumpels abzuhängen, auf die Kinder seiner Schwestern aufzupassen und über all die Wichser herzuziehen, die er in Edinburgh getroffen hatte. Das schien sie zu besänftigen, denn alle wollten, dass Andrew einer von ihnen blieb.

An dem Tag, an dem Andrew seine Abiturnote bekommen hatte, war er mit seinem Vater in Streit geraten. »Wir sind wohl jetzt was Besseres, Andy?«, hatte sein Dad gestichelt, und Andy hatte ihn einen Neidhammel genannt, woraufhin sein alter Herr ihm eine gläserne Auflaufform an den Kopf geworfen hatte. Es musste ja so kommen, dachte er, bei zwei Männern in einem kleinen Haus. Inzwischen stritten sie nicht mehr so häufig, und dieses Wochenende hatten eher Schweigen und kleine Seitenhiebe vorgeherrscht.

»Na, und was machst du den ganzen Tag so, Andy, Bücher lesen und dir schlaues Zeug überlegen? Nette Arbeit, die du dir da ausgesucht hast.«

»Arbeit? Andy weiß doch gar nicht, was Arbeiten heißt.«

Und Andrew hatte sich immer wieder gesagt, dass es ihre

eigene Entscheidung war – dass seine Schwestern und seine Kumpels selbst entschieden hatten, nichts an ihren Verhältnissen zu ändern; in der Scheißgegend, in der sie aufgewachsen waren, zu bleiben und jedes Wochenende oder noch öfter in denselben Pub zu gehen. Aber tief im Innersten wusste er, dass es keine Frage der Entscheidung war, sondern dass sie keine andere Wahl hatten. Deshalb hatte er auch keine Sekunde gezögert, als ihm ein Stipendium angeboten worden war, um in Edinburgh Politik zu studieren.

»Du bist der Erste in deiner Familie, der studiert?«, fragte Rita, die aussah, als würde sie in einer Band spielen oder Gedichte schreiben oder so was. »Deine Familie ist bestimmt stolz auf dich.«

»Die wären eher stolz auf mich, wenn ich Sozialleistungen erschleichen und davon ein Haus kaufen würde. Und das ist nicht einmal gelogen.«

»Aber du hast es geschafft, ein Stipendium zu bekommen! Als Ersti! Die Uni kostet ein Heidengeld. Du musst ja wirklich superschlau sein. Ich an deiner Stelle würde mich gar nicht mehr einkriegen und es überall herumerzählen.«

»Zu Hause kann ich über so was nicht reden.«

»Also, ich finde das Wahnsinn.«

»Echt?« Andrew musste grinsen. Im Moment waren sie nicht zu Hause. Sie waren nirgendwo. Sie waren hoch in der Luft. »Eigentlich finde ich es auch ganz cool.«

Das Telefon klingelte.

»Stell es durch«, sagte Nancy Moone, den Hörer zwischen Schulter und Kinn geklemmt, weil sie die Hände dazu brauchte, ein eingeschweißtes getoastetes Sandwich in die Mikrowelle zu stecken, das die Dame in Reihe 29 bestellt hatte.

Der Betriebsleiter, der auf Nancy stand und es ihr durchgehen ließ, während des Flugs mit Heathrow zu telefonieren, verschwand aus der Leitung, und Cora war dran.

»Und, wie läuft's?«

»Bunt durchmischt, Miss Amor. Zuerst dachte ich: ›Was für eine Lusche!‹, weil er sich kaum getraut hat, das Mädchen anzustupsen, das ein Nickerchen machen wollte, aber dann habe ich den Klassiker abgezogen ...«

»Kaffee aufs Haus?«

»Hat prima geklappt!« Kostenfreie Getränke waren Nancys erste Strategie, wenn es darum ging, eine Unterhaltung in Reihe 27 in Gang zu bringen. Kostenloser Alkohol funktionierte in der Regel noch besser, aber das ging nur, wenn der jeweilige Vorgesetzte an Bord mitspielte, und nicht um acht Uhr morgens. Immerhin sollte es unauffällig wirken. »Sie haben angefangen, miteinander zu reden.«

»Und dann?« Coras Stimme knackte in der Leitung. »Reden sie immer noch?«

»Na ja, dann hat dieser nervige Junggesellenabschied in Reihe 18 Trara gemacht, sodass ich abgelenkt war. Und glaub mir, ich wünschte, ich könnte meine Aufmerksamkeit anderen Dingen zuwenden. Der glatzköpfige Typ aus Game of Thrones sitzt in Reihe 1, und ich bin noch nicht mal am Notausgang vorbei.«

»Komm schon, Nancy. Ich brauche mehr Details!«

»Warte, ich schau mal eben nach.«

Nancy ließ das Telefon an der Schnur baumeln und schnappte sich das Schinken-Käse-Sandwich aus der Mikrowelle, wobei sie die Tür offen stehen ließ. Dann sauste sie den Gang hinunter, an der hungrigen Frau in 29E vorbei, und machte in Reihe 27 halt. Der Junge erzählte gerade etwas von Familie, worauf das Mädchen energisch nickte.

»Schinken-Toast?«

Die zwei sahen zu ihr hoch. Nancy gefiel, dass beide hochgewachsen waren. »Nein? Dann sorry. Falsche Reihe.«

Sie machte auf ihren Kitten-Heel-Absätzen kehrt, lieferte das Sandwich in Reihe 29 ab, ohne auch nur das Tempo zu drosseln, und fing den Telefonhörer beim Hochschwingen auf.

»Ein voller Erfolg, Miss Amor.«

»Echt? Ich war mir nicht sicher, ob sie genug Energie hätte, um ...«

»Tja, hat sie offenbar. Und er quasselt nur so drauflos, voll ernst und so. Dass diese jungen Leute immer so ernste Dinge bereden müssen.«

Mehrere Plings aus Reihe 18 ertönten. Nancy streckte ihren Rücken durch und kreiste mit den Schultern.

»Ich muss los, Miss Amor. Der Junggesellenabschied ist wieder auf Beutezug.«

»Schuldgefühle«, sagte Andrew.

Rita nickte. »Das ist das Schlimmste.«

Zuvor hatten sie über die Cliquen in Edinburgh und über das Pendeln geredet, und als das Flugzeug mit dem Landeanflug begann, hatte Rita ihm erzählt, weshalb sie für weniger als zwölf Stunden extra nach London geflogen war. Was sie zum Thema Schuldgefühle gebracht hatte. Zu wenig Deckhaar, zu viel Distanz, weil es sich nicht richtig für sie angefühlt hatte; eigentlich war es auch egal, weshalb, sie hatte einfach Schluss machen wollen. Aber das Schuldgefühl hatte dafür gesorgt, dass sie neunzig Pfund für

Hin- und Rückflug ausgegeben hatte, nur damit Alex ihr noch mal persönlich Vorwürfe machen konnte.

»Ich fühle mich schuldig, selbst wenn ich weiß, dass es Quatsch ist«, sagte sie. »Ich hasse es, mich wie ein schlechter Mensch zu fühlen. Und dann hasse ich es, überhaupt so zu empfinden.«

»Das kenne ich, Rita«, sagte Andrew, und ein Schauer lief ihm den Rücken hinunter, als ihm ihr Name erstmals über die Lippen kam. »Ich habe mir die ersten beiden Jahre die größte Mühe gegeben, die Uni zu hassen, weil ich das Gefühl hatte, all meine Leute zu Hause zu verraten, wenn es mir gefällt.«

»Und was ist dann passiert?«

»Ich bin nicht mehr so oft heimgefahren.«

»Das ist echt hart.«

»Kann man wohl sagen.«

Andrew war klug, aber nicht selbstgefällig und hatte diese gewisse Selbstsicherheit, als wüsste er, wer er war und woher er kam und all das, und sie liebte seinen coolen Style. Diesen authentischen Londoner Style.

»Schuldgefühle können aber auch was Gutes haben«, sagte sie. »Weil sie uns dazu bringen, das Richtige zu tun.«

»Inwiefern?«

»Zum Beispiel sammeln die Leute den Hundekot auf, um sich nicht schuldig zu fühlen.«

»Quatsch! Die machen das nur, weil du hinschaust. Das kannst du vergessen, dass die den auch aufsammeln, wenn niemand in der Nähe ist. Da geht es nur um die öffentliche Wahrnehmung, nicht um Schuldgefühle. Das ist genauso, wie wenn ich auf einer öffentlichen Toilette bin und mir hinterher die Hände wasche. Das mache ich nur, wenn irgendein Depp mir dabei zusieht, der mich sonst verurteilen würde. Wenn niemand hinsieht, wasche ich sie mir nicht.«

»Mann, das ist so was von ekelhaft.«

»Was?« Andrew lachte ebenfalls. »Ich war doch nur pinkeln!«

Rita rümpfte angewidert die Nase, aber in Wirklichkeit fand sie es gar nicht eklig. In Wirklichkeit fand sie ihn ziemlich süß.

Sie fragte ihn, welche Bands er mochte, und Andrew nannte ein paar Songs, die er gehört hatte, als er ausgegangen war, doch im Grunde genommen interessierte er sich nicht dafür. Es war eine typische Uni-Frage: »Und, auf welche Musik stehst du so?« Letztlich wollten die Leute einen nur einordnen. Genau wie früher in der Schule. Nur dass die Leute in Edinburgh ihn nie danach fragten, von welcher Fußballmannschaft er Fan war.

»Ich höre meistens Nachrichtensender.«

»Und welche?«

»Radio 4 zum Beispiel.« Eine weitere Info über sich, die er zu Hause nie preisgegeben hätte.

»Wow«, sagte Rita. »Das ist echt cool.«

Die meisten seiner Erfahrungen mit Frauen hatte Andrew in seiner Wohnsiedlung gesammelt, und es hatte nie irgendwelche Klagen gegeben. Er war ziemlich selbstbewusst, was Sex anging, und küsste gut; dessen rühmte er sich, seit er zwölf war und die Mädchen aus seiner Straße ihm attestiert hatten, dass er der Einzige seiner Kumpel war, der beim Knutschen mit seiner Zunge nicht wild herumwirbelte wie eine Waschmaschine im Schleudergang. Das Problem, wenn man aus einer sozialen Schicht kam, in der es keine Datingkultur gab, war nur, dass man nicht wusste, wie man ein Mädchen fragte, ob sie mit einem ausgehen wollte.

Der Junggesellenabschied war hellwach und forderte singend das Abendessen ein – oder zumindest einen Drink. Einer von ihnen hatte Nancys Namensschild entdeckt, und alle zusammen hatten sie einen Heidenspaß, Oliver Twist zu zitieren.

»*I'll do anything for you, dear, anything …*«, sang der eine.

»Komm schon, Nancy!«, rief der andere.

»Ich kämpfe auch gegen deinen Bill, wenn es sein muss!«

Nancy, die sie höflich darauf hingewiesen hatte, dass es neun Uhr morgens war und dass auf diesem Flug kein Alkohol ausgeschenkt wurde, drehte sich um und ging. Sie gab sich größte Mühe, stets professionell zu bleiben, aber sie ließ sich auch von niemandem zum Affen machen.

»Bitte, Sir«, schrien sie ihr hinterher, »ich möchte noch etwas haben.«

Nancy mochte es, dass sie genauso hieß wie die Heldin aus dem Film *Oliver!* Sie erinnerte sich, wie sie das Musical als Jugendliche im Empire-Kino gesehen und die Schauspielerin einfach hinreißend gefunden hatte. Nancy erzählte den Leuten normalerweise, dass sie nach Nancy Sikes benannt war. Das war deutlich glamouröser als zuzugeben, dass sie nach ihrer Oma Moone benannt war. Es war nicht das erste Mal, dass jemand ihr *I'll do anything for you, dear, anything* vorgesungen hatte – allerdings war das letzte Mal in einem hübschen Cottage in den Cotswolds gewesen, und da hatte ihr ein Mann ein Ständchen dargeboten, während er am Bettende gestanden und eine Flasche Rosé entkorkt hatte.

Während das Flugzeug unmittelbar vor der Landung stand, lief sie an Coras Pärchen vorbei. Nancy liebte es, wenn Reihe 27 ein voller Erfolg war. Als sie bei der Nische im Heck des Flugzeugs war, bezog sie auf der rechten Seite Position, um zu beobachten, wie die beiden ausstiegen, damit sie später alles haarklein Cora berichten konnte.

Man traf selten jemanden, der ganz anders war als man selbst. Die meisten Menschen, mit denen man im Leben zu tun hatte, waren wie man selbst. Der Gedanke kam Rita, als sie am Flughafen Edinburgh landeten. Klar, wir alle hielten uns für Sonderlinge oder Außenseiter, aber am Ende gingen wir doch zu denselben Konzerten und in dieselben Pubs wie all die anderen gleichgesinnten Sonderlinge und Außenseiter. Aber als Andrew sagte, dass er Drake mochte – der für Ritas Geschmack viel zu populär war –, dachte sie insgeheim, *der Typ ist der Hammer*. Und sie war völlig hin und weg von seinem dichten Haar.

Als das Flugzeug zum Stehen kam, kam die blonde Flugbegleiterin, die ihnen den kostenlosen Kaffee gebracht hatte, erneut an ihrer Reihe vorbei.

Der Lautsprecher knackte: *Disarm doors and cross-check.*

»Also, was ist jetzt, fragst du mich nun, ob ich dich wiedersehen will, oder nicht?«, sagte sie und gab vor, mit ihrem Sicherheitsgurt zu kämpfen, damit sie ihn nicht anschauen musste.

»Soll ich das denn?«

»Na ja, ich hatte den Eindruck, dass du total auf mich stehst«, versuchte sie ebenso selbstbewusst zu kontern.

»Ach so, ja«, grinste er, unsicher, ob das eine Frage oder eine Aussage war. Sie standen von ihren Sitzen auf. »Ich wollte dich tatsächlich fragen.«

»Du wolltest mich nur noch ein bisschen zappeln lassen, was?«

»Ich dachte, du hättest vielleicht Vorbehalte. Wo ich doch Andrew heiße.«

»Scheiße, stimmt, das hatte ich ganz vergessen. Das Unheil verheißende A.«

»Ein paar meiner Kumpels nennen mich bei meinem Nachnamen, vielleicht hilft das ja.« Er zog seinen Reisepass aus seiner Gesäßtasche und reichte ihn ihr. Sie brach in Lachen aus.

»Schon in Ordnung, Andrew Small«, sagte sie und gab ihm den Pass zurück. »Wir bleiben mal lieber bei deinem Vornamen und schauen, wie du dich so machst.«

Während sie den Gang entlangschlurften, bestaunte Rita heimlich Andrews breite Schultern und versuchte, das dämliche Grinsen zu unterdrücken, das ihr gesamtes Gesicht überzog. Als sie am Heckausgang des Flugzeugs ankamen, stand die blonde Flugbegleiterin vor ihnen, mit perfekten weißen Zähnen zwischen perfekt geschminkten Lippen. »Ich hoffe, der Flug war ganz zu Ihrer Zufriedenheit«, strahlte sie.

Und als Rita auf die Gangway nach draußen in den erfrischenden Edinburgher Wind trat, hätte sie schwören können, dass sie die Stewardess hinter sich jubeln hörte.

3

Cora sah das Verkuppeln gern als perfektes Zusammenspiel ihrer positiven Eigenschaften an: Vorstellungskraft, Sinn für Romantik, Interesse an Menschen. Klar, man konnte es auch als Zeitvertreib einer Wichtigtuerin betrachten, aber bislang hatte ihr das noch niemand gesagt. Zumindest nicht ins Gesicht.

Ihre erste erfolgreiche Verkupplungsaktion hatte sie als Teenager in ihrem Jugendzimmer im ruhigen Londoner Vorort Kew gestartet. Und zwar kurz nachdem sich ihre Eltern hatten scheiden lassen. Sheila Hendricks (geborene O'Reilly) war nach ihrem Schulabschluss von Irland nach London gekommen, wo sie eine Stelle in der Heathrow-Zweigstelle von Aer Lingus angenommen hatte. Ihr Plan war es gewesen, nach ein paar Jahren zurückzugehen, aber dann hatte sie Coras Vater kennengelernt und war in England sesshaft, wenn auch nie richtig heimisch geworden.

Nachdem sie ihr Erwachsenenleben mit einem Mann verbracht hatte, der sie zum Dank für ihren Wohnortkompromiss letztendlich betrogen hatte, ärgerte sie sich zunächst einmal schwarz. Sie erwog sogar, Maeve, Cora und Cian mit zurück nach Irland zu nehmen, weshalb sie ihren Ehenamen behielt; es war das Gerücht im Umlauf, dass alleinerziehende Mütter am Flughafen Dublin zur Arbeit in der Gepäckermittlung verdonnert wurden. Am Ende entschied sich Sheila dann doch dafür, ihren Mann aus ihrer

Londoner Wohnung rauszuschmeißen und alle Räume komplett umzugestalten. Es folgten Wochen grimmiger Renovierung, in denen man ihre Mutter oft ihre eigene Version des Klassikers von Peggy Lee singen hörte: *»I'm gonna paint that man right outta my hair.«*

Ihre Mutter hatte Cora freie Hand gelassen, sich in ihrem Zimmer »selbst auszudrücken«, was die damals Fünfzehnjährige überaus ernst genommen hatte. Sie strich die Decke, alle Wände, den Heizkörper und die Rückseite der Tür in einem appetitanregenden Lila. Am nächsten Morgen, als die Farbe getrocknet war, setzte sie sich in der Mitte des Raums auf den Boden und heulte. Die nächsten Jahre würde sie in einer Riesenweintraube schlafen. Nachdem die Möbel wieder an ihren Plätzen standen und Wolldecken das Bett bedeckten, hatte der visuelle Schock jedoch nachgelassen. Statt der alten Boyband-Poster hingen nun Kunstdrucke an den Wänden. Der Ehrenplatz war für eine gerahmte Kopie von Sir John Everett Millais' *Ophelia* reserviert – dasselbe Bild, das seither jedes ihrer Zimmer geschmückt hatte. Die dunkelhaarige Ophelia, die mit gebrochenem Herzen in einem flachen Bach trieb, war das Romantischste, was Cora je gesehen hatte. So, hatte die Fünfzehnjährige erwartet oder erhofft, würde sich die Liebe eines Tages anfühlen. Sheila hatte diese Faszination nie verstanden.

»Sie ist so eine tragische Figur«, hatte Coras Mutter gesagt, als sie nach Abschluss der Renovierung im Türrahmen gestanden hatte. »Wieso hast du dir nicht irgendeine Heldin hingehängt? Irgendjemanden, der keine Leiche ist. Jeanne d'Arc zum Beispiel.«

»Jeanne d'Arc wurde mit neunzehn auf dem Scheiterhaufen verbrannt, Mum.«

»Dann eben eine andere Heldin. Was ist mit dieser Frau, die auf dem Dachboden Tagebuch geführt hat?«

Die neuen Bücherregale waren mit zwei Sylvia-Plath-Sammelbänden, einer Shakespeare-Anthologie und James Joyces *Dubliner* bestückt worden. Die neuen Bücher erkannte man leicht an ihren glatten Buchrücken, aber sie würde es schon noch hinkriegen, dass auch die abgenutzt aussahen.

Diese Einrichtung - ergänzt durch die selbst gewählte Uniform aus einem Che-Guevara-T-Shirt und einem Halsband aus schwarzen Schnürsenkeln - repräsentierte die Frau, die Cora einmal werden wollte. Wenn sie an ihr künftiges Ich dachte, sah sie sich an der Universität, das struppige Haar gebändigt, ihr gemütliches möbliertes Zimmer vollgestellt mit kleinen Leinwänden ihrer selbst gemalten Bilder, ernsthafte Jungs, die sie zum Tee einluden, in der Hoffnung, sie würde sich in sie verlieben, Demonstrationen und Friedensmärsche am Wochenende, bei denen alle mit Leidenschaft dabei waren. Sie war sich zwar noch nicht ganz sicher, wofür sie sich einsetzen würde, aber sie wusste, dass da draußen unzählige Möglichkeiten auf sie warteten. Sie würde eine Idealistin sein, die sich für das Gute einsetzte, eine Romantikerin, der andere am Herzen lagen.

An dem Tag, an dem Cora ihre erste große Verkupplungsaktion startete, saß die Fünfzehnjährige auf ihrem neu gestalten Bett und blätterte in einem Fotoalbum von dem Ferienlager der Deutsch-Akademie vom letzten Jahr, zu der sie bald wieder fahren würde. Und diesmal würde ihre beste Freundin Roisin mitkommen.

»Wusstest du, dass es den Namen Ophelia nicht gab, bevor Shakespeare ihn erfunden hat?«, fragte sie Roisin, die auf dem Boden saß und in Coras bescheidener, aber stetig wachsender CD-Sammlung stöberte. »Er hat viele Wörter erfunden: ›addiction‹, ›assassination‹, ›eyeball.‹ Cora hatte gerade erst entdeckt, in welchem Maß der Dichter die englische Sprache bereichert hatte, und war so begeistert, dass sie es jedem erzählen musste. Roisin war nicht wirklich interessiert.

»Hast du auch ihre erste Platte?«, fragte ihre Freundin und hielt eine White Stripes-CD hoch. Roisin Kelly war in diesem Jahr neu an ihre Schule gekommen. Sie war aus Dublin nach Kew gezogen (Sheila war aus dem Häuschen gewesen, als sie von der »irischen Freundin« ihrer Tochter erfahren hatte) und in Coras Ansehen zusätzlich noch dadurch gestiegen, dass sie einen Plattenspieler besaß. Mit einem Mal war es gar nicht mehr so cool, CDs zu brennen, und alle hatten begonnen, auf den Dachböden ihrer Eltern nach alten Platten zu stöbern. Roisin wusste mehr über Musik als irgendjemand sonst an ihrer Schule. Sie definierte sich selbst als Dylanologin, Neo-Curefan und Strokes-Groupie. Sie war ein eingefleischter Musikfan.

»Die erste? Klar, die hab ich mir vor Jahren gekauft«, winkte Cora ab. »Die muss irgendwo unten sein.« Sie machte sich gedanklich eine Notiz, dass sie unbedingt herausfinden musste, welches das erste Album der White Stripes war, und dass sie es sich bei der nächstbesten Gelegenheit kaufen musste. Eine gute Musiksammlung aufzubauen war ein Ding der Unmöglichkeit. Ständig kam Neues hinzu, von dem coolen alten Zeug gab es einfach Unmengen, und Cora musste mit dem Budget ihres Samstagabend-Babysitterjobs haushalten.

Sie rutschte zu ihrer Freundin hinunter auf den Fußboden und legte das Fotoalbum von der Deutsch-Akademie auf ihrem Knie ab. »Wie findest du ihn? Die Haare musst du ignorieren.« Cora deutete auf einen lächelnden jungen Mann, der ein T-Shirt trug, auf dem all seine Freunde sich mit ihren Namen verewigt hatten, und der sich für den letzten Tag im Ferienlager Haaraufhellerspray auf die Stachelfrisur gesprüht hatte.

»Nicht wirklich mein Typ«, sagte Roisin. Es war das erste Mal, dass ihre beste Freundin erwähnte, dass sie überhaupt einen Typ hatte.

Begleitet von Coras Kommentaren zu den einzelnen Bildern, gingen sie den Rest des Albums durch, bis Roisin auf der vorletzten Seite bei einem Gruppenbild anhielt. »Was ist mit dem?«

Zwei Plätze von Cora entfernt stand Roger Gorman. Er war der Junge, dessen Gruppe Cora in diesem Deutsch-Akademie-Sommer allein zu dem Zweck infiltrieren würde, um ihn mit ihrer Freundin zu verkuppeln. Er war der Junge, den Roisin bei der Disco am letzten Abend küssen würde, nachdem drei quälende Wochen lang in ihr die Überzeugung gewachsen war, dass er nicht einmal wusste, dass sie existierte. Er war der Junge, an den sie im darauffolgenden Sommer ihre Unschuld verlieren würde, mit dem sie die ganze Unizeit über zusammen sein und anschließend ins Herz von London ziehen würde.

Als Roisin und Roger sich trennten, war Cora am Boden zerstört gewesen. Sie hatte gehofft, dass ihre erste Verkupplungsaktion ihre erfolgreichste sein würde, und sich die Fotoalbumanekdote bereits für ihre Hochzeitsrede zurechtgelegt. Allerdings hatte Roisins Single-Status es auch mit sich gebracht, dass sie im vorigen Jahr genau zu dem Zeitpunkt auf der Suche nach einer Mitbewohnerin gewesen war, als Cora in die Gegend um den Finsbury Park hatte umziehen müssen, um in der Nähe ihrer Mutter zu sein. Und heute wohnte Cora mit Roisin über einer 24-Stunden-Sauna in der Seven Sisters Road. Die genauen Aktivitäten des nächtlichen Betriebs waren zwar zweifelhaft, doch zumindest mussten die beiden Frauen nie die Heizung einschalten. Die dritte Mitbewohnerin, Mary, wohnte am längsten von ihnen in der Wohnung. Cora fand sie im gleichen Maße faszinierend wie dröge. Mary war bei den Weight Watchers und hatte fünfundzwanzig Kilo abgenommen. In dieser Zeit war Essen zu ihrem einzigen Interesse geworden. Abends bereitete sie sich aufwendige Low-Fat-Mahlzeiten für eine Person zu und zog sich vor dem Fernseher am laufenden Band Fatshaming-Sendungen rein. Der besondere Clou an dem Ganzen war, wie Cora fand, dass Mary tagsüber als Hausärztin arbeitete.

Roisin ging seit etwa einem Monat mit einem neuen Typen aus – eine weitere Cora-Vermittlung. Die beiden Frauen waren an den Weihnachtsfeiertagen an einem Abend in den Pub The Dolphin gegangen. Während sie auf der gut gefüllten Tanzfläche gestanden hatten, war Roisin daran verzweifelt, wie schwer es war, überhaupt mit *jemandem* in einem Londoner Pub ins Gespräch zu kommen. »Wo sind die Nonsensgespräche? Wo das betrunkene Geplänkel?«, schrie Roisin, deren flacher Dubliner Akzent die Musik deutlich übertönte. »Schau sie dir an, wie sie alle in ihren Grüppchen verharren. Vergiss die Klassengesellschaft, Cora, das hier ist die wahre Spaltung der englischen Gesellschaft.«

Ohne ein Wort zu erwidern, zog Cora den linken Schuh aus und warf ihn in die Mitte der Tanzfläche. Als die beiden Frauen ihn zurückholen wollten, standen sie einem verdatterten Mann gegenüber, der den Schuh begutachtete, der ihn mitten auf der Brust getroffen hatte. Cora schnappte sich das fliegende Schuhwerk und zischte ab, sodass Roisin allein zurückblieb und irgendetwas sagen musste. Seitdem sah Cora Prince Charming fast jeden Samstagmorgen aus dem Zimmer ihrer besten Freundin kommen. Roisins »Sohlenverwandter« war einer von Coras Glücksgriffen. Es kam ihr vor, als hätte sie bei einer Hochzeit den Brautstrauß gefangen, nur mit weniger Erwartungen an sie.

Cora freute sich sehr für Roisin. Sie fand es gut, dass etwas Aufregendes passierte – und dass es nichts mit ihr zu tun hatte. Doch wenn sie früh am Morgen im Halbschlaf hörte, wie Prince Charming den Riegel an der Tür zurückschob, um sich hinauszuschleichen, holte Coras Vergangenheit sie für einen Moment ein, und das Geräusch der sich schließenden Tür riss sie mit einem flauen Gefühl in der Magengrube aus dem Schlaf. Und jedes Mal wusste sie, dass sie keinen Schlaf mehr finden würde, selbst wenn sie sich klarmachte, dass sie sich über einer Sauna in London und nicht in einem vierstöckigen Haus ohne Fahrstuhl in Berlin befand. Cora war sich bewusst, dass das nicht *er* war, der sie zwar wortlos, aber dennoch laut genug, dass sie ihn gehen hörte, verließ, und trotzdem spukte ihr Friedrich im Kopf herum.

Jedes Mal, wenn Cora ihre Mutter besuchte, erkundigte sie sich nach Roisin. Sheila bezeichnete die Freundin ihrer Tochter als das »Salz der Erde«, was so ziemlich das größte Kompliment war, das sie anderen machte und das grundsätzlich ihren im Exil lebenden Landsleuten vorbehalten war.

»Und, hat sie einen neuen Freund?«, fragte Sheila an diesem Montagabend, nachdem Cora ihnen beiden eine Tasse Tee gemacht und eine Packung Kekse von Sainsbury's geöffnet hatte. Ihre Mutter hatte ihre Topfpflanzen mit Dünger behandelt, als Cora gekommen war, und auf dem Schreibtisch war kaum Platz für ihre Tassen. Sheila war auf dem Land aufgewachsen und hatte sich zeit ihres Lebens mit Pflanzen umgeben. Cora schob einen ausladenden Farn beiseite.

»Hat sie«, sagte Cora und erzählte ihrer Mutter die Schuh-Saga bestimmt schon zum dritten Mal. Sheila lachte und machte mit der unvermeidlichen Frage nach Coras eigenem Liebesleben weiter.

»Da gibt es nichts Besonderes zu berichten«, lautete Coras Standardantwort.

»Weißt du, Tom hat einen Sohn ungefähr in deinem Alter ...«

Aber Cora unterbrach sie sofort. Tom war Sheilas Freund in der Forschungseinrichtung für Alzheimer-Patienten. Er war ebenfalls Ire und in den 1950ern aus Luton nach England gekommen, um auf Baustellen zu arbeiten. Seine Krankheit war weiter fortgeschritten als Sheilas, aber sie unterhielten sich nach wie vor über irische Politik und Sport.

»Mutter, mir geht's gut. Wirklich. Ich brauche keine Hilfe. Ich mache einfach eine kleine Dating-Pause.«

»Ich weiß, ich weiß, und das ist auch bestimmt sehr gut. Aber es ist jetzt schon über ein Jahr her, seit dein, wie hieß er doch gleich? Der Mann, der nie ...«

»Acht Monate.«

»Acht Monate, richtig. Ich weiß, wie schwer es für dich war, mein Spatz, wirklich, aber weißt du, nicht alle Männer sind so, und früher oder später müssen wir alle wieder ...« Sheila kreiste mit den Händen, und Cora wusste, dass sie das richtige Wort nicht finden würde.

»Ich muss sehen, dass ich weiterkomme?«

Ihre Mutter sah sich um. »Schon?«

Sheila war immer diejenige gewesen, an die sich Cora gewandt hatte, wenn etwas schieflief. Maeve war eher der unabhängige Typ, und Cian lebte in seiner eigenen Welt. Aber Cora und Sheila standen sich nahe. Als Cora in ihrem ersten Jahr an der Deutsch-Akademie Heimweh gehabt hatte, hatte ihre Mutter ihr mit der Post ein Mobiltelefon geschickt (trotz des Verbots der Sommerschule), sodass sie nachts unter der Decke mit ihr telefonieren konnte. Sheila war auch ihre Anlaufstelle gewesen, als Cora entscheiden musste, was sie studieren wollte, und es war ihre Mutter gewesen, die sie eines frühen Morgens unter Tränen aus Deutschland angerufen hatte, als sie alles infrage gestellt hatte und von all dem Schmerz in ihrer Brust und ihrem Kopf schier überwältigt worden war. Sheila hatte ihrer Tochter noch für denselben Tag einen Flug organisiert, sodass Cora zur Teestunde bereits zu Hause bei ihrer Mutter war und sich in ihren Armen die Augen ausweinte, während die Hälfte ihres Hab und Guts noch in der Berliner Wohnung stand, die ihr Exfreund noch immer bewohnte, die aber von ihr bezahlt wurde.

Aber nun ließen die geistigen Kräfte ihrer Mutter nach, und Cora wappnete sich für den Tag, an dem sie sich nicht mehr an all die Dinge erinnern konnte, die sie für ihre Tochter getan hatte. *Du musst bereit sein*, ermahnte sie sich selbst. *Es wird Zeit, erwachsen zu werden*. Cora fürchtete sich davor, ihrer Mutter neue Informationen zu liefern, aus Angst, sie könnten ältere, wichtigere Erinnerungen verdrängen. Rein verstandesmäßig wusste sie, dass die Krankheit nicht so funktionierte – die Ärzte hatten ihr den Unterschied zwischen Langzeit- und Kurzzeitgedächtnis erklärt –, doch am liebsten hätte sie ihrer Mutter eine Wollmütze übergestülpt, um die absterbenden Hirnzellen daran zu hindern, durch ihre Ohren zu entschwinden.

Der schleichende Abbauprozess von Sheilas Gedächtnis hatte vor einem Jahr mit dem Üblichen, wie dem Verlieren von Schlüsseln und dem Vergessen von Pincodes, begonnen. Eines Abends hatte sie Maeve zum Abendessen eingeladen und sich nicht mehr erinnern können, wie man den Esstisch auszog, den sie seit ihrer Hochzeit besaß. Zunächst wurde es als Stresssymptom diagnostiziert, dann als Demenz und schließlich als früh einsetzende Alzheimer-Krankheit. Sheila war in eine Vollzeitbetreuungseinrichtung gezogen, lange bevor die Ärzte es für notwendig erachtet hatten. »Ich werde meinen Kindern nicht zur Last fallen«, hatte sie ihnen allen an dem Tag erklärt, an dem sie den Verkauf ihres Hauses veranlasst hatte. Aber Sheila hatte auch nicht den Rest ihres Lebens aufgeben wollen, und statt in ein Heim war sie in eine kleine betreute Einrichtung gezogen, in der in einem europaweiten Rahmen Forschung zu ihrer Krankheit betrieben wurde. Ihr Wortschatz und ihr Kurzzeitgedächtnis hatten nachgelassen, aber sie hatte nie die Namen ihrer Kinder oder ihrer Freunde vergessen und stellte nach wie vor Fragen.

Manchmal dachte Cora, dass sie vielleicht gar nicht an Alzheimer litt, sondern einfach nur Platz in ihrem Kopf schaffte, indem sie sich von allem Unwesentlichen trennte. Doch jedes Mal, wenn sie die Einrichtung verließ, sah Cora kurz die anderen Bewohner und die allzu deutlichen Anzeichen der Krankheit; sie hatte eine Frau gesehen, die vor ihren Kindern in Tränen ausgebrochen war, weil sie sich nicht erinnern konnte, wann sie zuletzt geduscht hatte, und der Mann, der neben Sheila gewohnt hatte, war in einen speziellen Raum im Erdgeschoss verlegt worden, nachdem er inkontinent geworden war.

»Können wir bitte das Thema wechseln?«, bat Cora, nahm einen weiteren Keks aus der Packung und brach ihn in zwei Teile.

»Natürlich. Was immer mein Spatz möchte. Sollen wir noch eine Tasse Tee trinken?«

Cora stand auf, um den Wasserkocher anzustellen, und öffnete den Küchenschrank, auf dem in großen, schwarzen Lettern TASSEN aufgeklebt war. Cora fragte sich, wie lange man ihrer Mutter wohl noch den Wasserkocher lassen würde. Toms hatte man Weihnachten aus seinem Zimmer entfernt. Sie ging zum Kühlschrank, um die Milch zu holen. Am Kühlschrank klebte ein Post-it, auf dem in der sauberen verschnörkelten Handschrift ihrer Mutter stand: Brief für Cora im Besteckkasten.

»Mum?« Sie zog die Notiz von der Tür ab. »Kann es sein, dass du einen Brief für mich hast?«

»Habe ich das? Ach ja!«, sagte Sheila und nahm ihr den gelben Klebezettel ab. »Das hatte ich mir notiert, damit ich es nicht vergesse. Wusstest du, dass ich manchmal Sachen vergesse?«

»Das ist nicht witzig.«

»Tränen, die man lacht, muss man nicht mehr weinen.« Sheila hievte sich aus ihrem Stuhl hoch und rückte ihre Brille zurecht, die um ihren Hals hing. Sie zog eine Schublade auf – die mit der Aufschrift BESTECK – und nahm einen Umschlag heraus. »Hier. Der ist für dich. Ich habe Maeve ihren schon gegeben, und für deinen Bruder habe ich auch einen.«

»Was ist da drin?«

»Das ist … na ja, ein Brief von mir an dich.« Sheila nahm

wieder Platz und rührte die Milch in ihren frischen Tee. »Wenn der Tag kommt, an dem ich mich nicht mehr an eure Namen erinnere ...« Sie hob abwehrend die Hand. »Der Gedanke ist mir unerträglich, aber der Tag wird kommen, insofern ...«

»Mum.«

»Wenn das passiert, bin ich nicht mehr bei euch. Und ihr müsst mich gehen lassen. Ich meine es ernst, Cora.« Sheila stellte die Tasse neben den Pflanzen ab und ballte die Finger zur Faust. »Denn wenn dieser Teil von mir nicht mehr da ist, ist von mir nichts mehr übrig als brüchige Knochen und runzlige Haut. Aber du wirst diesen Brief haben. Das ist natürlich nur ein armseliger Trost, nur ein paar Worte auf Papier, aber du wirst ihn haben, und vielleicht wird er dich daran erinnern, wer ich war, und du kannst mich so in Erinnerung behalten, wie ich wirklich bin, und nicht als nutzlosen Klumpen Fleisch, der im Bett liegt und nicht einmal mehr in der Lage ist, sich den Sabber vom Kinn zu wischen.«

»Mum ...«

»Mehr ist dazu nicht zu sagen, Cora. Bis auf eins, mach dich nicht über meine Rechtschreibung lustig. Okay?«

»Okay.«

»Gut. Dann erzähl mir jetzt von der Arbeit.«

Das Zimmer hatte angefangen sich zu drehen, aber Cora nahm sich mit aller Kraft zusammen. *Reiß dich zusammen. Später.* Sie berichtete ihrer Mutter von den Neuigkeiten des Tages und der vorigen Woche und drängte alles andere in den Hintergrund. Sie erzählte Sheila von Joan und den Tauben und dass ein ehemaliger Kollege von ihr seine Pensionierung verkündet hatte und dass vorübergehend Personal eingestellt worden war.

»Und wie geht es deiner Freundin, der süßen, die mir Blumen gebracht hat?«

»Nancy? Der geht's gut. Sie hatte heute drei Promis an Bord – offenbar ein Rekord. Und sie hat mir erzählt ... Du kennst doch Ray von der Gepäckermittlung?«

»Tue ich das?«

»Ja, Mum. Du hast jahrelang mit ihm zusammengearbeitet.«

»Bist du dir da sicher?«

»Am Flughafen, in Heathrow. Ray? Der dicke Ray?« Ein ziemlich unglücklicher und unnötiger Spitzname angesichts dessen, dass es keine anderen Rays am Flughafen gab, von denen man ihn hätte unterscheiden müssen.

»Ach ja, jetzt weiß ich's wieder. Der dicke Ray. Warum hast du das nicht gleich gesagt?«

»Ja, du hast recht. Sorry, Mum. Jedenfalls wurde er als Teilnehmer für die nächste Staffel von *Ran an den Speck* ausgewählt. Nancy ist heute Nachmittag im Sicherheitsbereich vorbeigekommen, als sie alle zusammen mit Eccles-Plätzchen gefeiert haben – seine letzten Süßigkeiten für eine Weile, nehme ich an.« Nancy hatte ihr heute nach Schichtende davon erzählt. Cora kannte die Sendung nur, weil sie zu Marys Lieblingssendungen zählte. Sieben übergewichtige »Leader« erhielten individuell zugeschnittene Diät- und Trainingspläne. Die Zuschauer wurden aufgerufen, den Leader, mit dem sie sich am meisten identifizieren konnten, auszuwählen und dessen Gesundheitsprogramm zu folgen. Die Sendung war ein echter Hit in Großbritannien, doch Cora fand es unmenschlich, wie sich die Kandidaten beim wöchentlichen Wiegen in Badeanzüge zwängen mussten, in die sie hofften bis zum Ende der Staffel bequem zu passen. Nancy hingegen war außer sich gewesen vor Aufregung. Eine Filmcrew würde am nächsten Tag nach Heathrow kommen, um einen »Einspieler« für Rays »Rolle« zu drehen.

»Ist doch schön für Ray«, sagte Sheila mit jenem Gähnen, das sie sich angewöhnt hatte, seit sie zu dem Entschluss gekommen war, dass ihre verkürzte Lebenszeit keinen Raum mehr für gute Manieren ließ.

»Okidoki, ich gehe dann mal. Morgen steht wieder eine lange Schicht an – um sechs Uhr geht's los.«

»Die Schicht habe ich lange nicht mehr gemacht.«

Cora sammelte Mantel und Handtasche ein, steckte Sheilas Brief in die Vordertasche und drückte ihrer Mutter einen Kuss auf den Scheitel.

»Mum ...«

»Mach's gut, mein Spatz. Und schlaf dich mal aus. Du siehst müde aus.«

»Mach's gut, Mum.«

Cora schloss die Tür hinter sich, lief durch den Hauptkorridor und winkte der Krankenschwester zu, die ihren Gruß mit erhobener Hand erwiderte.

Draußen begannen die Straßen zu vereisen, und Cora zog einen Schal aus ihrer Tasche. Sie hatte extreme Wetterbedingungen immer schon gemocht, weil sie bedeuteten, dass etwas passierte. Doch nun schienen die Jahreszeiten einander zu schnell zu folgen: Sommer, Herbst, schon wieder Winter. Alles ging immer schneller, während Cora sich doch so sehnlichst wünschte, dass alles beim Alten blieb.

Sie ging die sieben Minuten zu Fuß zu ihrer Wohnung, stieg die drei Treppen hinauf und rief Roisin und Mary ein Gute Nacht zu, die in eine Wiederholung der Backsendung *The Great British Bake Off* vertieft waren.

Sobald sie im Bett lag, zog sie den Umschlag aus ihrer

Tasche und wendete ihn in den Händen. Er war leicht. Sie hoffte, dass kein Scheck darin lag. Vielleicht würde sie ihn nie öffnen müssen. Unwahrscheinlich, das war ihr klar, natürlich war ihr das klar, aber nichts war unmöglich.

Sie öffnete die Kommode neben dem Bett und schob ihn unter einen Notizblock und diverse Rechnungen. Oben auf dem Stapel lag eine Punkteübersicht, die sie herauszog. Sie stellte den mehrfarbigen Kuli auf Grün und verzeichnete einen weiteren Erfolg für den Flug »London – Edinburgh«. Sie ließ sich gerne Zeit beim Ausfüllen des Verkupplungsdiagramms, um sich an jedem neuen Erfolg zu ergötzen. Inzwischen war das Diagramm ziemlich voll, und sie stellte erfreut fest, dass es fast so viele grüne Einträge gab wie rote und gelbe. Letztere standen für »unbestimmt«. Sie schob alle anderen Gedanken beiseite und legte sich in der Dunkelheit hin. Die grünen Markierungen tanzten noch immer vor ihren geschlossenen Lidern, und sie schlief in der Hoffnung ein, dass dieses Erfolgsgefühl ihre Träume durchziehen würde.

4

»Wenn dieser verdammte Scheiß nicht bald anfängt, gehe ich wieder rein. Hoffen die etwa, dass Ray sich seinen dicken Hintern abfriert?«

Joan grummelte in ihren mit Fleece gefütterten Dufflecoat, und Cora legte ihr einen Arm um die Schultern, als sie sich vor dem Eingang des Flughafens aneinander drängten.

»Was machen die überhaupt da drüben?«, fragte Joan. »Wie viele Affen braucht es, um eine vermaledeite Kamera zu bedienen?«

Ein paar Meter entfernt starrte eine vierköpfige Crew in einen Monitor in der Mitte eines Kamerastativs. Ab und an entfernte sich einer von seinen Kollegen, lief zu ihrer Ausrüstung und kehrte zu der sinnierenden Gruppe zurück. Die Dreharbeiten hätten vor zwanzig Minuten beginnen sollen, und wenn es nicht bald losging, würden Cora und Joan an ihre Schalter zurück müssen.

Ray kam zu ihnen herübergetrottet. Angesichts des ganzen Trubels sah er ein wenig betreten aus. Sein mattbraunes Haar war zur Seite gekämmt und gegelt und seine Uniform in einem tadellosen Zustand. Er erinnerte Cora an einen kleinen Jungen an seinem ersten Schultag.

»Du siehst gut aus«, sagte sie, den Arm immer noch um Joan gelegt. »Richtiggehend attraktiv.«

»Sie hat recht, Ray. Einfach umwerfend.«

»Ich bin ein bisschen nervös, wenn ich ehrlich sein soll«, sagte er und rieb seine Hände gegeneinander, damit sie nicht taub wurden. »Ich habe meinen Mantel nicht angezogen, aus Angst, dass mir warm wird und ich das Hemd durchschwitze.«

Ein Stück entfernt kam Nancy so schnell herbeigeeilt, wie es ihr Rollkoffer und ihre Schuhe erlaubten. Selbst aus zwanzig Metern Entfernung konnte Cora sehen, dass die Absätze nicht den Vorschriften entsprachen.

»Kuckuck, Ray!« Als Nancy näher kam, bemerkte Cora die zwei Extrazentimeter Haarlänge und die Schicht Selbstbräuner. Die Flugbegleiterin hakte sich bei Ray unter und schenkte ihnen allen ihr strahlendstes Lächeln.

Cora betrachtete sie mit Skepsis. »Ich dachte, du fängst erst um drei an.«

»Ja, schon, aber ich dachte, ich schaue mal vorbei und wünsche meinem Kumpel Ray viel Glück. Wie geht's dir, Ray? Sorry, dass ich so spät dran bin. Was, nur zwei Kameras?«

Cora bezweifelte, dass Nancy in den sieben Monaten, die sie jetzt am Flughafen arbeitete, jemals mehr als »Morgen« oder »heute mal keine Flüssigkeiten« zu dem dicken Ray gesagt hatte. Ray seinerseits hatte eine merkwürdige rosa Färbung angenommen und starrte alarmiert auf Nancys gebräunten Arm. Cora hoffte, dass der Selbstbräuner keine Flecken auf seinem makellosen Hemd hinterließ.

Nancy quasselte weiter, wie so eine Sendung ablief: »Erinnert ihr euch an Nigel? Er hat früher beim Fernsehen gearbeitet, und er hat mir erzählt ...«

Joan zog eine Zigarettenschachtel aus ihrer Hosentasche. Erst da entdeckte Cora Charlie Barrett, den Leiter der Sicherheitsabteilung ihres Terminals, der hinter der

Filmcrew stand. Als sie ihn bemerkte, sah er gerade zu ihr hin; wahrscheinlich hatte sie seinen Blick gespürt. Er nickte und wandte seine Aufmerksamkeit wieder den Kameraleuten zu. Sie beobachtete Charlie, Charlie beobachtete die Filmcrew, und Nancy beobachtete sie, wie es schien.

»Magst du ihn?«

Cora verdrehte die Augen.

»Er mag dich jedenfalls. Charlie sagt sonst kaum zwei Worte, aber bei dir kriegt er mindestens sechs Wörter raus. Irgendwie schon heiß, dieses starker-dunkler-schweigsamer-Mann-Ding. Und er hat diesen mediterranen Don-Juan-Look, findest du nicht? Nur ohne die bis zum Bauchnabel aufgeknöpften Hemden und die ›Hey, schöne Frau, willst du mich heiraten?‹-Anmache natürlich.«

Cora grinste. »Natürlich.« Charlie Barrett war der letzte Mensch auf dieser Erde, der einer Frau hinterherpfeifen würde. Charlie war auf eine altmodische Art höflich, fast schon ritterlich. Er hielt allen die Tür auf und trug ein Einstecktuch in der Brusttasche. Er kümmerte sich um Rollstühle für die älteren Passagiere und schob sie selbst, auch wenn das gar nicht sein Job war, und er fragte sie nach ihren Kindern und Enkeln, obwohl ihm Small Talk überhaupt nicht lag. Er konnte nicht mehr als ein paar Jahre älter sein als Cora, war aber bereits Sicherheitschef am Terminal 2, solange sie ihn kannte.

»Ist das eine Sicherheitsangelegenheit? Wenn *außerhalb* des Flughafens gefilmt wird?«

»Keine Ahnung, Miss Amor. Aber du kannst ihn ja fragen.«

Cora sah, dass der Leiter der Sicherheitsabteilung auf sie zusteuerte. Er war groß und dunkelhaarig und angenehm behaart und objektiv betrachtet attraktiv. Dennoch löste er dasselbe in ihr aus wie jeder andere Mann, an den sie in romantischer Hinsicht dachte: einen plötzlichen Fluchtinstinkt.

»Morgen, Cora. Nancy. Joan.«

»Tu nicht so charmant, Charlie Barrett. Schließlich ist es deine Schuld, dass wir alle hier draußen stehen. Meine Zähne klappern so, als würden sie mir gleich rausfallen.«

»Tut mir leid, aber so sind nun mal die Vorschriften. Keine Filmaufnahmen im Terminal.«

»Aber diese vermaledeite *24 Stunden Fliegen*-Sendung oder wie die hieß, durfte doch auch drinnen gedreht werden, und das ging rund um die Uhr.«

»Das war vor der Sicherheitspanne. Seither sind die Vorschriften sehr viel strenger geworden: keine Kameras, keine offenen Mülleimer und *ganz sicher* kein Rauchen außerhalb der gekennzeichneten Raucherbereiche.« Joan paffte weiterhin an ihrer Zigarette, hörte aber auf zu murren. Sie hatte eine Schwäche für Charlie. Alle älteren Damen mochten ihn. Er erinnerte sie daran, was für Gentlemen Männer früher waren.

»Hey, Charlie. Cora wollte dich fragen, ob es zu den Aufgaben des Sicherheitsdienstes gehört, die Dreharbeiten zu überwachen.«

Sie hätte Nancy umbringen können.

»Ich behalte sie nur im Auge«, sagte er mit einem Blick zu Cora, die nickte, aber Nancy war noch nicht fertig.

»Du willst bestimmt sichergehen, dass sie Ray nicht ausnutzen, stimmt's? Ihr beide hattet schon immer ein enges Verhältnis. Das ist echt nett von dir, Charlie. Stimmt's, Cora? Das ist meganett von ihm.«

»*Mega*nett«, echote Cora betont.

Charlies Walkie-Talkie knarrte. Er nahm Joan ihren Zigarettenstummel ab und nickte den Damen ein letztes Mal zu. »Bis später.«

»Hast du gehört?«, flüsterte Nancy. »Das ›Bis später‹ galt dir. Joan und ich hätten nur ein ›Na dann‹ zu hören bekommen. Kurz und knapp. Aber wenn du dabei bist, ist er die reinste Quasselstrippe.«

Cora verdrehte die Augen.

»Ich hab dir doch gesagt, dass er dich mag.«

Noch ehe Cora ihr sagen konnte, dass sie endlich erwachsen werden sollte, richtete einer der Fernsehleute das Wort an alle Anwesenden, und Nancy widmete ihm ihre ungeteilte Aufmerksamkeit.

»Also, Leute. Danke für eure Geduld. Es ist der Wahnsinn, so viele von euch hier draußen zu sehen. Ray muss echt beliebt sein – habe ich recht, Ray, oder etwa nicht?« Ray lächelte peinlich berührt, als alle Augen sich auf ihn richteten. »Leider konnten wir keine Aufnahmen von Ray bei der Arbeit machen, aber kein Problem, kein Problem. Wir haben schließlich Fantasie! Hahaha. Okay, was wir machen werden, ist Folgendes: Wir werden ein paar Weitwinkelaufnahmen von Ray machen, wie er am Flughafen ankommt und vielleicht beim Hineingehen ein paar Kollegen zuwinkt. Klingt das gut? Gut. Dann machen wir ein paar Aufnahmen, wie er die Taschen von ein paar Passanten überprüft – schließlich ist das der Sicherheitsbereich, hab' ich nicht recht? Hahaha. Und wie ich das habe. Bitte einfach alle ganz normal miteinander reden. *Bla, bla, bla.* Ray? Kannst du deine Position einnehmen?«

Sie hatten bereits ein paar Szenen mit Ray gedreht, wie er selbstbewusst ins Flughafengebäude ging, als Nancy mit ihrer Komparsenrolle zunehmend unzufrieden wurde. »Wann kommen eigentlich Rays Freunde zu Wort?«, rief sie dem Regisseur zu, als er einen weiteren Take begutachtete.

»Wohl ein Fan der Show, was, Schätzchen?«, sagte er und kam zu ihr herüberspaziert. »Das machen wir später, ein paar O-Töne einfangen und so. Du bist eine gute Freundin von Ray, nehme ich an?«

»Ist der Papst katholisch?«, trällerte Nancy und trat vor, sodass der Regisseur ihre Fernsehtauglichkeit besser bewundern konnte. Cora hörte zu, wie ihre Freundin davon schwärmte, was für eine hervorragende Führungspersönlichkeit Ray abgeben würde, und verdrehte die Augen, als Nancy eine Anekdote zum Besten gab, wie er ihr einmal geholfen hatte, nach der Weihnachtsparty der Flughafenverwaltung ein Taxi zu rufen, mit der sie zeigen wollte, wie gut sie befreundet waren.

»So, mir reicht's«, verkündete Joan, drückte ihre dritte Zigarette an einem nicht dafür vorgesehenen Poller aus und lief zu den automatischen Schiebetüren. Cora warf Ray einen entschuldigenden Blick zu, reckte aufmunternd den Daumen in die Luft und folgte ihrer Kollegin nach drinnen.

Die beiden Frauen waren statt einer fünfzehnminütigen Pause fast vierzig Minuten lang weg gewesen. Als sie zurück an ihre Schalter kamen, beugte Wesley – oder Wiesel, wie sie ihren Chef insgeheim nannten – sich über ihre leeren Stühle. Ungeduldig trippelte er auf seinen winzigen Füßen hin und her und zeterte, dass es so nicht ginge. »Das. Geht. So. Nicht.« Cora murmelte halbherzig eine Entschuldigung, als die beiden sich wieder auf ihre Plätze begaben.

»Mir egal, ob Sie sich für die nächste Cilla Black oder Judge Judy halten, das hier ist Ihre Arbeitszeit, und soweit ich informiert bin, arbeiten Sie immer noch für mich ...«

Wiesel stockte. Wenn Joan ihn direkt ansah, wagte er es nicht, sich zu weit aus dem Fenster zu lehnen.

»... hier. Sie arbeiten hier.« Wiesel war kaum größer als einen Meter fünfzig und hatte graues Haar, das in seltsamen Büscheln wuchs. Er hatte einen Bart, der nur unter seinem Kinn existierte, und benutzte mit verstörender Regelmäßigkeit einen Labellostift. Gemächlich schlenderte er hinter die Check-in-Mitarbeiterinnen – alles Frauen – und schaute über ihre Schultern auf ihre Bildschirme, während sie Passagierdaten abglichen.

»Nehmen Sie bitte Ihr Haar zurück, Cora. Sie sind hier nicht in der Disco.« Cora verzog das Gesicht, während sie eine einzelne lose Strähne hinter ihr Ohr strich und den Computer entsperrte.

»Der Nächste, bitte.«

Die Passagiere, die zu ihrem Schalter kamen, waren die letzten für den Flug nach Cork und die ersten für den nach Brüssel. Cora verband eine Hassliebe mit der Hauptstadt der Europäischen Union. Einerseits bot sie eine große Auswahl an etwa gleichaltrigen, ähnlich gekleideten Business-Fluggästen. Andererseits flogen diese meist mit Laptops und dicken Aktenordnern, die über den Wolken ihre ganze Aufmerksamkeit in Beschlag nahmen.

»Hallo, Cora.«

»Ingrid! Alles gut? Ich hatte heute gar nicht mit Ihnen gerechnet.«

»Für mich kam das auch wie aus heiterem Himmel. Mein Boss hat mir heute Morgen eine E-Mail geschickt, dass er mich heute Nachmittag in Brüssel braucht, und da bin ich.« Die Schwedin streckte die Handflächen nach oben, wie um zu zeigen, dass sie tatsächlich da war.

»Und Sie sind ziemlich früh dran. Wenn doch alle Passagiere so wären wie Sie.«

Ingrid Sjöqvist war eine Vielfliegerin und zählte neben Aiden O'Connor zu Coras Lieblingsgästen, wobei Aiden deutlich mehr Arbeit bedeutete. Ingrid war Agrarökonomin – zumindest sagte das ihr LinkedIn-Profil. Cora wusste zwar nicht *genau*, was Ingrid beruflich machte, aber offensichtlich war es ein guter Job, zu dem es gehörte, quer durch Europa zu fliegen, als Beraterin für die Europäische Kommission zu arbeiten und in schicken Hotels abzusteigen. Vor allem aber wusste sie, dass Ingrid in diesen Hotels unter feinster ägyptischer Baumwollbettwäsche ganz alleine schlief.

Ihre Erscheinung war elfenhaft – blond, groß, mit kühlen, makellosen Zügen. Jede weitere zauberhafte Mystik wurde jedoch durch ihre strenge Geschäftskleidung zunichtegemacht. Auch Ingrids Ausdrucksweise hatte nichts Märchenhaftes.

»Meine Wetter-App hat mich informiert, dass es heute Nachmittag wie aus Kübeln gießen soll, deshalb habe ich beschlossen, schon vor dem Mittagessen aufzubrechen. Außerdem war so weniger Verkehr.«

»Ja, nass muss man nicht unbedingt werden.«

»Besser den Spatz in der Hand als die Taube auf dem Dach.«

Ingrid beherrschte die englische Sprache perfekt, sprach aber auf die steife Weise von jemandem, der von Karteikärtchen abliest. Und sie hatte ein beunruhigendes Faible für Redewendungen. Obwohl sie bereits seit Jahren in London lebte, hatte Ingrid die typischen englischen Wendungen, die man in der Schule lernte, nie abgelegt. Sie schien auch nicht zu bemerken, dass niemand sonst »es gießt wie aus Kübeln« sagte, wenn nur ein paar Tropfen fielen, und selbst harmlose Nachfragen beantwortete sie gern mit der Redewendung »Neugierige Katzen verbrennen sich die Tatzen«.

»Na ja«, sagte Cora, als sie Ingrids Reisepass entgegennahm. »Immerhin haben Sie jetzt reichlich Zeit für einen Kaffee.«

»Und Sie haben reichlich Zeit, für mich den idealen Kandidaten zu finden. Das dürfte doch ein Klacks für Sie sein!«

Cora mochte Ingrid nicht nur, weil sie Single war. Sie mochte sie auch, weil sie klug war. Ingrid hatte Coras Kuppelsystem nur einen Monat, nachdem sie es eingeführt hatte, durchschaut. Sonst hatte niemand etwas mitbekommen – weder Passagiere noch Mitarbeiter. Aus ihrer langjährigen Erfahrung mit dem Verkuppeln von Leuten wusste Cora, dass man als Amor besser aus dem Verborgenen heraus agierte, seine Pfeile ohne jegliche Vorwarnung abschoss. Glücklicherweise hatte Ingrid nichts dagegen, ja, sie fand es sogar gut.

»Ich finde jemanden für Sie, versprochen. Und jetzt viel Spaß beim Stöbern in den Läden. Bei Electronics ist Schlussverkauf.«

Cora konsultierte ihren Computer und warf ein Auge auf die in der Schlange stehenden Passagiere. Ingrid war klug, attraktiv und, auf jene beiläufige europäische Art, witzig. Was es umso frustrierender machte, dass Cora noch immer keinen passenden Partner für sie gefunden hatte oder zumindest jemanden, mit dem es zu mehr als ein paar Dates gekommen war. Sie hatte versucht, irgendeinen Hinweis aus ihr herauszukitzeln – bevorzugte Altersspanne,

Körperbau, Augenfarbe, irgendwas –, aber Ingrid war in ihren Antworten immer vage geblieben. So viel zur Neugier und dieser gottverdammten Katze.

Vielleicht gab es eine kulturelle Hürde. Vielleicht war das der Grund, weshalb es bislang nicht gefunkt hatte. Trotz all ihrer Jahre unter Engländern und ihrer Liebe für die abgedroschensten Wendungen der englischen Sprache lief vielleicht etwas in der Kommunikation schief. Cora ging ihre Passagierliste nach Nationalitäten durch – Flüge nach Belgien waren ein Garant für Multikulti-Passagiere – und wählte einen Dänen aus. Kristian Heffler, vierzig Jahre, wohnhaft in Kopenhagen. Einen Skandinavier wie sie selbst. Cora konnte ihn zwar nicht in den sozialen Netzwerken finden, seine Reisepassangaben wiesen ihn aber als ledig aus.

Eine Stunde später näherte sich Kristian dem Schalter. Er war attraktiv und gut ein paar Zentimeter größer als Ingrid. Cora, die eins dreiundsiebzig groß war, hielt Größe für ein bevorzugtes Kriterium langbeiniger Frauen. Kristian legte eine freundliche Förmlichkeit an den Tag, die Cora erwiderte, als sie ihm sein Ticket für Sitzplatz 27B überreichte – direkt zwischen dem Fenster und einer gertenschlanken Schwedin.

LHR → BRU 14:40 Uhr

5 Seit Ingrid Sjöqvist mit Aer Lingus flog, und das tat sie inzwischen immer, wenn sie bei ihren Geschäftsreisen ein Mitspracherecht hatte, war sie zu einer jener Reisenden geworden, die bereits am Gate Schlange standen, noch ehe das Boarding begonnen hatte. Und jedes Mal wünschte sie sich, all jenen vernünftigen Menschen, die in dem sicheren Wissen, eine Platzreservierung zu haben, gemütlich im Wartebereich sitzen blieben, sagen zu können, dass sie sehr wohl wusste, dass das die reinste Zeitverschwendung war. Wahrscheinlich bedachten sie sie mit demselben Blick, mit dem sie die braven Trottel in der Schlange um sie herum bedachte, die sie an eine nervöse Viehherde erinnerten. Sobald sie einen von ihnen zum Trog streben sahen, folgten sie dem Beispiel ihres Leittiers – selbst wenn der Trog leer war und der Bauer ihn erst in ein paar Stunden füllte. Dieses Bild aus ihrer Heimat fiel Ingrid ein, als sie sich für den Brüssel-Flug anstellte. Die Engländerin vor ihr kaute mit offenem Mund gemächlich auf einem Kaugummistreifen herum. Sofort stand Ingrid das Bild einer Gras kauenden Kuh vor Augen.

Ingrid stand nicht ohne Grund Schlange. Sie stand in der Schlange, um nicht die anderen Passagiere mit dem Blick abzuscannen – um keine Mutmaßungen anzustellen, wen Cora neben sie gesetzt hatte. Dieses Spiel hob sie sich für die wenigen Minuten auf, die sie angeschnallt auf dem ihr zugewiesenen Platz saß und den infrage kommenden Kandidaten zusah, wie sie sich den Gang entlangschoben – wobei sie in Gedanken die entschlosseneren Männer weitergehen und die eher zaghaften Vertreter aus dem Spiel ausscheiden und in einer der Reihen vor ihr Platz nehmen ließ.

Ingrid hatte Coras Absichten innerhalb von nur wenigen Flügen durchschaut. Die Wahrscheinlichkeit, dass sie bei jedem Flug neben einem unverheirateten Mann in ihrem Alter saß, war einfach zu niedrig. Ganz zu schweigen von den Fragen der Check-in-Angestellten nach ihrem Beziehungsstatus und ihrem Wohnort. Das waren nicht die üblichen Höflichkeitsfloskeln der Engländer. Ingrid war stolz, dass ihr nichts entging. *Ditt lille ljushuvud*, pflegte ihr Vater zu sagen. *Du kleiner Naseweis.*

Auf Coras Frage nach ihrem »Typ« hatte sie keine Antwort. Ingrid war schon so lange allein – beinahe zwölf Jahre –, dass sie vermutete, dass sich ihr Typ inzwischen auf die gut gekleidete Frau beschränkte, die sie jeden Morgen im Spiegel des Aufzugs anblickte. Ingrid war gerne in ihrer eigenen Gesellschaft und fand andere Menschen anstrengend. In der Schule hatte sie ein paar Freunde gehabt, aber sie hatte es immer kaum abwarten können, endlich nach Hause zu kommen: an dem langen Feld entlangzuspazieren und sich auf einen Heuballen zu hocken, Duran, ihren Hund, zu ihren Füßen. Heute hatte sie ein paar Bekannte bei der Arbeit und natürlich ihre Familie in Schweden, war sich ansonsten aber selbst genug. Ihr Beruf bot wenig Gelegenheit zu sozialen Kontakten; sie war ständig unterwegs, bereitete Geschäftsgespräche vor und las sich über Nacht Expertenwissen über ein ihr bislang unbekanntes Subventionsmodell an. Ingrid liebte ihren Job.

Und der klar definierte Rahmen dieser Flüge unter der Woche machte es für sie reizvoll und machbar, neue Leute kennenzulernen. Eigentlich war sie gar nicht darauf erpicht, den »Einen« zu finden, weil sie nicht wollte, dass diese Speed-Datings über den Wolken aufhörten. Zweimal hatte es auch geklappt, und sie hatte sich mit ihrem Sitznachbarn zu einem Date auf festem Boden verabredet, aber das war auch das Höchste, was Ingrids Terminkalender hergab. Sie ging allerdings davon aus, dass sie sich mehr ins Zeug legen würde, falls wirklich einmal Mr. Right neben ihr sitzen sollte.

Ingrid beobachtete, wie die Brüsseler Pendler den Gang hinabschritten. Ein Anzugträger nach dem anderen. Dunkelblau, grau, dunkelblau, dunkelblau. Nachdem sie die erste Hälfte ihres Lebens umgeben von Kühen verbracht hatte, war sie heute, im Alter von sechsunddreißig Jahren, selten mehr als zehn Meter von einem Anzug entfernt.

»Da ist sie ja!«, rief Ingrids Großmutter jedes Mal, wenn die verlorene Enkelin durch die Tür ihres Elternhauses trat. »Zurück aus dem Betondschungel!« Ingrid hoffte auf einen toughen Typen, auf einen Mann, der wusste, was er wollte, und mit dem man einen ganzen Flug lang ein vernünftiges Gespräch führen konnte. Sie nahm den Mann, der an ihrer Reihe anhielt, in Augenschein: groß, breitschultrig, modische Brille mit dezentem Gestell, ansprechendes strohblondes Haar mit einem akkuraten Mittelscheitel. Der Mann holte ein Notizbuch und vier große Kinderbücher aus seinem Handgepäck, ehe er die Tasche schloss und sie im Gepäckfach verstaute. Dann zog er seine Jacke aus, eher Sport- als Anzugjacke, strich die Falten glatt und legte sie sich sorgsam über den Arm, während er darauf wartete, dass Ingrid von ihrem Sitzplatz aufstand.

»Guten Tag«, sagte er, legte seine Jacke und seine Bücher auf dem Fensterplatz ab und nahm auf Sitz 27B Platz. »Offenbar ist der Flug nicht so voll – mit etwas Glück müssen wir uns nicht auf die Pelle rücken.«

Sie schenkte ihm ein kleines Lächeln. »Da haben Sie wohl recht.«

Als alle ihre Plätze eingenommen und die Sicherheitseinweisung begonnen hatte, wechselte der Mann von Platz 27B auf 27A. »Nehmen Sie es nicht persönlich.«

»Tue ich nicht.«

Ingrid nahm die Bordzeitschrift zur Hand und schlug ein Interview mit einem Musiker mit einer Zottelfrisur auf. Das äußere Erscheinungsbild ihres Sitznachbarn deutete auf einen Skandinavier hin, aber sein Akzent gab wenig Aufschluss. Sie scannte ihn nach weiteren Hinweisen ab, konnte ihn aber nicht einordnen. Der Mann hatte eines der Bücher aufgeschlagen und machte sich an den Seitenrändern Notizen. Es waren Kompaktausgaben von *Tim und Struppi.* Die kannte sie noch aus Kindertagen. Seine Notizen waren auf Französisch, aber sie war sich sicher, dass das nicht seine Muttersprache war. Lasen erwachsene Männer Comics? Sie scannte ihn nach weiteren Informationen ab und überlegte, wie sie am besten in ein Gespräch einsteigen konnte.

Kristian Heffler sah dem Meeting an diesem Nachmittag nicht besonders freudig entgegen. In seinem Job ging es um Sprache, nicht um Moral, und er hatte keinerlei Interesse daran, über irgendetwas anderes als Adverbien und Synonyme zu urteilen. In der zweistündigen acht-Personen-Sitzung am belgischen Hauptsitz seines Verlags würde sich alles um Fragen der gesellschaftlichen Akzeptanz drehen. Mit anderen Worten brauchte er gar nicht dabei zu sein.

Diese politischen Überlegungen hatten nichts mit ihm zu tun. Kristian wollte einfach nur in Ruhe seine Arbeit machen und nicht die Woche damit verbringen, quer über den Kontinent zu fliegen und die Theateraufführung seines Sohns zu verpassen. Fragen der Zensur lagen außerhalb seiner Gehaltsklasse.

Und dennoch war er hier. Eingequetscht auf einem Sitz einer ihm bislang unbekannten Fluglinie, auf dem Weg von einer nervenaufreibenden Diskussion mit den Londoner Verlagsleuten heute Morgen zu einer ähnlichen Diskussionsrunde mit den französischsprachigen Vertretern. Die Sitzungen am Nachmittag würden noch länger und intensiver werden, weil der Nachlassverwalter des Autors anwesend sein würde.

Kristian seufzte, als er eines der anstößigen Bücher in die Hand nahm. Er begann, die Originalübersetzung zu lesen, und versuchte, etwaige Abweichungen zur englischen Ausgabe zu finden. Dabei sagte er sich immer wieder, was er vor dem Boarding zu Agnes am Telefon gesagt hatte: Das Problem, falls es denn überhaupt eines gab, lag in den Zeichnungen, nicht in den Dialogen.

Kristian umkringelte eine Zeichnung und setzte ein Sternchen daneben. Tim wies darauf eine Gruppe von Kongolesen an, sich wieder an die Arbeit zu machen. Ja, der rassistische Unterton war unangenehm. Aber wenn man die Arbeiter weniger wie stereotype Golliwogpuppen mit dicken Lippen und Kraushaar aussehen lassen und Tim ein Lächeln ins Gesicht zeichnen würde (und Kristian konnte sicher ein oder zwei Ausrufezeichen opfern), müsste das bestimmt ausreichen. Doch offenbar waren die Bilder »Kult«, während Worte, wie Kristian gelernt hatte, stets als verzichtbar galten.

Er spürte die Blicke der Schwedin auf sich. »Meine Arbeit«, sagte er und sah hoch, als sie gerade wegsah. »Ich bin Übersetzer.«

»Ah! Ich habe mich schon gefragt, weshalb Sie Kinderbücher lesen.«

»Zum Todestag des Autors werden die Tim-und-Struppi-Anthologien neu aufgelegt.«

»Mein Bruder hat früher die Comics gelesen. Er wollte unseren Hund sogar Struppi nennen. Aus welchen Sprachen übersetzen Sie?«

»Englisch, Niederländisch, Dänisch und Schwedisch – *Du är Svensk, elle hur?*«

Akzente und Sprachen, das war sein Ding. Ingrid antwortete auf Englisch: »Ja.«

»Streng genommen ist es gar keine richtige *Übersetzung*. Tim und Struppi sind bereits weltweit übersetzt, ich überarbeite lediglich die Dialoge, bei denen es nötig ist.« Kristian blätterte die Seite um und sah noch mehr tiefschwarze kongolesische Eingeborene in lächerlicher westlicher Kleidung. Was für eine Verschwendung seiner Zeit. Man könnte auch jeden einzelnen Dialog löschen und hätte immer noch Bilderbücher von höchster Qualität. »Die Verleger überlegen, ob die Bücher überarbeitet werden müssen, damit sie politisch korrekt sind.« Er hielt das Buch seiner Sitznachbarin auf 27C hin, damit sie es besser sehen konnte.

»Oh.«

»Aber man muss sich vor Augen halten, dass das Buch achtzig Jahre alt ist und die Zeichnungen dem Zeitgeist geschuldet sind.«

»Verstehe.«

»Ich empfinde es als meine Pflicht, als meine *professionelle Pflicht*, die Sprache zu bewahren und die ursprüngliche Intention des Autors so getreu wie möglich wiederzugeben.«

Die Frau nickte. »Ziemlich knifflige Aufgabe.« Während sie die Bilder betrachtete, fuhr sie mit den Fingern die Armlehne entlang. »Aber ich würde schon sagen, dass sie rassistisch sind.« Sie hatte die Stimme gesenkt, und trotzdem zuckte Kristian bei dem Wort »rassistisch« zusammen. Erneut blickte sie auf die Zeichnungen. »Ein Bild sagt mehr als tausend Worte.«

»Rassistische« Literatur war ein beliebtes Steckenpferd unter liberalen Europäern – denselben Leuten, die Zensur grundsätzlich ablehnten, wie Kristian anmerkte. Kristian hielt Meinungsfreiheit nicht für einen Grundsatz, bei dem man nur das Genehme herauspicken konnte. Für ihn war sein Beruf eine Berufung, die er über alles andere stellte. Doch die Linken, die den Künstler ach so sehr »schätzten«, hatten kein Problem damit, Kristians Arbeit auseinanderzupflücken, wenn sie nicht in ihr eher enges Weltbild passte.

Kristian hatte vor ein paar Jahren an der Übersetzung eines alten Kinderbuchs mitgewirkt, in dem die wohlhabende Hauptfigur, im Scherz, ihren schwarzen Gärtner zum Haustier erklärte. Es waren nur ein paar Zeilen, und der Verlag hatte sich entschieden, sie beizubehalten. Es war nicht Kristians Entscheidung gewesen – derartige Entscheidungen lagen, wie gesagt, weit über seiner Gehaltsstufe und seiner Toleranzschwelle, ab der ihm alles scheißegal war –, aber der Entrüstungssturm, der daraufhin online über ihn hinweggefegt war, hatte ihn veranlasst, sich für alle sozialen Medien ein Pseudonym zuzulegen. Agnes war von Wildfremden in Cafés angesprochen worden, ihr Partner sei ein Rassist und hätte Dänemarks guten Ruf in den Schmutz gezogen, und von anderen Müttern, wenn sie ihren Sohn zu der sympathischen liberalen Schule brachte, an der sie ihn mit viel Mühe hatten anmelden können.

Kristian war niemand, der anderen vorschrieb, wie sie ihren Job zu machen hatten. Er rannte nicht wutentbrannt auf die Straße, um gegen die an den Schulen verwendeten Lehrmaterialien zu demonstrieren oder gegen das Ausmaß an Pestiziden, das Bauern auf die Äcker sprühten. Für ihn war es unbegreiflich, wie die Massen von so temporären Überzeugungen so besessen sein konnten. Die ganze Welt agierte inzwischen wie sein Twitter-Feed – eine homogene Meinung animierte die nächste, bis ein Konsens erreicht war.

»Das ist Zensur«, sagte er. »Wir können nicht die Literatur ändern, nur weil uns die Botschaft nicht mehr gefällt. Das ist ebenso ein historisches Dokument wie ein Kinderbuch.«

Die Schwedin warf ihm ein mitleidiges Lächeln zu.

Glaubte sie wirklich, sie wüsste es besser als er? Es war genau dieser selbstzufriedene, politisch korrekte Schwachsinn, der ihn davon abhielt, dem Auftritt seines Sohnes in *Das hässliche Entlein* beizuwohnen.

»An Pippi Langstrumpf wurden auch ein paar Änderungen vorgenommen, und es hat die Geschichte nicht beeinträchtigt«, hielt sie dagegen.

»Ist auch egal.«

»Nein, es ist nicht egal, ich wollte nur sagen ...«

»Ich hätte wissen müssen, dass es nichts bringt, sich auf eine Diskussion mit einer liberalen Schwedin einzulassen.«

»Wie bitte?«

»In Schweden überschlägt man sich doch geradezu, zu

zeigen, wie egalitär man ist. Oder etwa nicht? Vielleicht sollten Sie dann auch den *Kaufmann von Venedig* wegen seines Antisemitismus verbieten und die restlichen Werke Shakespeares, weil sie nicht Ihrer Frauenquote entsprechen.«

Kristian fand eine tiefe Genugtuung darin, dass sie auf einmal ganz unschwedisch aus der Haut fuhr.

»Und woher kommen Sie?«, fragte sie mit angestrengt fester Stimme, was ihm Freude bereitete.

»Aus Dänemark.«

»Dänemark. Däne-mark. Natürlich. Tja. *Herr* Dänemark. Wenn Sie Pazifismus für dasselbe wie Toleranz halten, dann, dann tut es mir leid, Ihnen sagen zu müssen, dass, dass« – Kristian beobachtete, wie sie die Worte geradezu ausspuckte – »dass Sie auf dem Holzweg sind!«

Nancy beobachtete Reihe 27 von ihrer Station am Heck des Flugzeugs aus. Der Mann hatte sich von Coras schwedischer Passagierin weg auf den Fensterplatz gesetzt, doch falls sein Hinterkopf irgendwelche Schlüsse zuließ, bereute er diese Entscheidung bereits gewaltig. Beide waren in ein Gespräch vertieft. Sein gesamter Körper war der Frau zugewandt – Ingrid: so hieß sie –, und seine Schultern waren so weit vorgelehnt, dass er fast schon wieder seinen ursprünglichen Sitzplatz in der Mitte einnahm.

Na hoppla! Nancy liebte die Reihe-27-Flüge, sie mochte ihre Teamarbeit. Cora lief mit dem Stab los, und Nancy übernahm ihn an der Ziellinie; wie früher beim Staffellauf in der Schule. Und es gefiel ihr, dass niemand davon wusste. Na ja, zumindest fast niemand. Sie hatte es George erzählt, weil sie befreundet waren und er öfter mit ihr auf denselben Flügen arbeitete, sodass er ihnen helfen und ebenfalls ein Auge auf Reihe 27 haben konnte. Zumindest hatte sie es Cora gegenüber damit begründet. Obwohl sich das erst zeigen musste.

Nancy war früher eine ganz passable Läuferin gewesen und hatte es mindestens zweimal in die Schulmannschaft geschafft – zumindest belegten das die Fotos im Sammelalbum ihrer Mutter. Gloria Moone besaß einen Ordner mit Erinnerungen an die frühen Kindheitsjahre ihrer drei Kinder, den sie gelegentlich, wenn sie allein zu Hause war, hervorzog. Dann rief sie ihre einzige Tochter an, um in Erinnerungen an die Erfolge ihrer Kinder zu schwelgen – vorwiegend die ihrer Söhne. Im Vergleich zu Nancy war jedem ihrer Brüder ein Dreifaches an Platz in diesem Ordner gewidmet; Ausschnitte aus der Lokalzeitung über Joe Moone, die ihn als Torwarttalent priesen, und Peter Moones Schulzeugnisse, die voll des Lobes waren. »Der einzige Schüler der Merseyside Grammar School, der jemals bereits vor dem Abschlussjahr zum Schulsprecher ernannt wurde«, schwärmte ihre Mutter jedes Mal am anderen Ende des Telefons. »Und diese Aufgabe war ihm wie auf den Leib geschneidert, Nancy. Genau das haben auch Hansard & Hansard gesehen. Sie haben gewusst, dass er der geborene Anführer ist.«

Die Erfolge, die Nancy in dem Ordner zugeschrieben wurden, waren nicht wirklich ihre eigenen. Es gab ein paar Bilder von ihr bei Bühnenshows in der Stadthalle und dieses Schulzeugnis, in dem ihr Lehrer davon schwärmte, wie ordentlich die Übungshefte und die Federmappe der Vierzehnjährigen waren. Bei dem Rest handelte es sich um Erinnerungen an Ereignisse, bei denen Nancy eine passive Rolle gespielt hatte: Fotos von ihr in affektierten Kleidern, die ihre Mom ausgesucht hatte, und den Text eines Lieds, das ein Freund von Peter über sie geschrieben hatte. Nancys

Lieblingsstück war jedoch das Autogramm, das sie von einer Flugbegleiterin bekommen hatte, als sie zum ersten Mal geflogen war. Imelda Snow war die glamouröseste Erscheinung gewesen, die Nancy jemals untergekommen war. Noch beeindruckender als die West-End-Stars. Selbst ihren Dad hatte ihr Anblick umgehauen. Als Imelda Snow Joe Moone Senior aufgefordert hatte, die Blende hochzuschieben, hatte er nur »Entschuldigung« gestammelt. *Entschuldigung?!* Nancy hatte noch nie gehört, dass sich ihr Vater für irgendetwas entschuldigt hatte. Auf halber Flugstrecke hatte sie dann ihren ganzen Mut zusammengenommen und Imelda um ein Autogramm gebeten.

»Ist das nicht süß? Joe, sieh doch nur«, hatte ihre Mam entzückt gerufen. »Sie ist doch gar kein Star, Liebling, sondern ein ganz normaler Mensch wie wir auch.«

Aber Nancy hatte sie ignoriert und der Flugbegleiterin die Spucktüte und einen lila Gelstift hingehalten.

»Mit dem größten Vergnügen, meine Schöne«, hatte Imelda gesagt, die Tüte umgedreht und die Stiftkappe mit den Zähnen abgezogen. Ihre Zähne waren strahlend weiß gewesen, und Nancy hatte sich gefragt, ob man so weiße Zähne haben musste, damit man um die Welt fliegen durfte. »Möchtest du eines Tages auch Stewardess werden, mein Schätzchen?«

Nancy hatte genickt, und es war, als wäre es in genau diesem Moment wahr geworden. Mit einem Mal konnte sie sich keinen anderen Beruf mehr für sich vorstellen. War das nicht seltsam?

»Ich bin mir sicher, dass du einmal eine ganz wunderbare Flugbegleiterin wirst«, hatte Imelda Snow gesagt und ihr die Spucktüte gereicht. »Wir Blondinnen sind fürs Fliegen geboren.«

Von dem Moment an stand Nancys Entschluss fest. In der elften Klasse hatte ihr Geschichtslehrer die Klasse beauftragt, eine Projektarbeit zu einer »historischen Institution« zu schreiben. Nancy hatte die Fluggesellschaft Pan American World Airways ausgewählt. Ihr Vater hatte zwar behauptet, sie habe die Aufgabenstellung missverstanden, aber letztendlich hatte sie eine Eins bekommen. Die Projektarbeit, für die sie Originalaussagen von Mitarbeitern der Luxusfluglinie gesammelt hatte, hatte zwei Monate lang an den Wänden des Klassenzimmers gehangen.

Zwei ganze Monate: ungefähr so lang wie Joe Moone Juniors Torwärterkarriere in der Nationalliga gedauert hatte. Und dennoch gab es niemanden, der auf die Idee gekommen wäre, jedes beschissene Jahr zu Weihnachten auf ihr Geschichtsprojekt anzustoßen. Nancy umgriff mit beiden Händen den Servierwagen und bereitete sich auf den Bordservice und ihren üblichen Boxenstopp in Reihe 27 vor.

Ingrid hatte ihren Atem endlich wieder unter Kontrolle. Dieser selbstgefällige, arrogante Rassist. Besonders ärgerte sie, dass sie seine Nationalität nicht auf Anhieb erraten hatte, wo er ihre doch sofort ausgemacht hatte. Natürlich war er Däne. Dieses arische Aussehen, diese pseudo-entspannte Ausstrahlung. Und seine Brille war einfach lächerlich für jemanden, der mindestens vierzig war. Wahrscheinlich hatte er seine eigenen Argumente schon immer für unschlagbar gehalten. Man(n) kann eben nicht aus seiner Haut heraus, dachte Ingrid weise. Ach, wie sehr sie solche Redewendungen liebte.

»Kuckuck, Ingrid«, flötete die Stewardess, als sie sich Reihe 27 näherte.

»Hallo, Nancy.«

Die Flugbegleiterin zog die Augenbrauen fragend in Richtung von Ingrids Sitznachbarn hoch. Der Däne war wieder dazu übergegangen, seine Anmerkungen an den Rand der Comic-Version von *Mein Kampf* zu kritzeln. Ingrid schüttelte den Kopf und formte mit dem Mund ein entschiedenes »Nein«.

»Darf ich Ihnen irgendetwas anbieten, Sir?«

»Nein.« Dabei hob er kaum den Kopf. *Typisch Däne*, dachte Ingrid.

»Ach, kommen Sie schon. Freunde von Ingrid sind auch unsere Freunde. Wie wär's, wenn wir Ihnen beiden ein alkoholisches Getränk auf Kosten des Hauses spendieren?« Ingrid schüttelte erneut den Kopf in Nancys Richtung, diesmal vehementer. Verstand sie ihre Körpersprache denn nicht?

»Nein, danke«, sagte der Däne und schaute endlich von seinem Buch hoch. Er lächelte Nancy an.

»Ach, kommen Sie schon«, drängte ihn Nancy erneut und holte zwei Miniatur-Weinflaschen aus der Schublade. »Man muss das Leben genießen.« Sie reichte beiden eine Flasche Rotwein und griff über Ingrid hinweg, um dem Dänen ein Plastikglas zu geben. »Was lesen Sie denn da?«

»Tim und Struppi«, antwortete er und zeigte der Flugbegleiterin das Cover. Er hatte den Rücken durchgestreckt, wie Ingrid bemerkte, und die Brust herausgestreckt. »Ich bin Literaturübersetzer.«

»Uuh«, trällerte Nancy und stellte das zweite Glas auf Ingrids Tablett. »Dann sprechen Sie bestimmt viele Sprachen.«

»Neun insgesamt, sechs auf professionellem Niveau.«

»Neun!«

Ingrid traute ihren Ohren kaum. War Nancy wirklich so

leicht zu beeindrucken, oder war das Teil ihres Jobs? Falls das der Versuch war, ein Gespräch zwischen ihnen beiden anzuleiern, tja, dann war das verschenkte Liebesmüh.

»Ja. Dänisch, Schwedisch ...«

Nancy begann, Ingrid aufgeregt gegen die Schulter zu stupsen. »Ingrid ist übrigens Schwedin.«

»Ja, das ist unschwer zu erkennen.«

»Ach so.«

»Dänisch, Schwedisch, Englisch, Niederländisch, Flämisch ...«

»Das ist dasselbe«, murmelte Ingrid und schraubte den Verschluss der Weinflasche auf.

»Wie bitte?«

»Ich sagte: Das ist dasselbe. Jeder, der Niederländisch kann, kann auch Flämisch. Das ist ein und dieselbe Sprache.«

Nancy begann, mit ihrem Servierwagen zu klappern. »Klingt jedenfalls sehr beeindruckend.«

»Französisch, etwas Grönländisch ...«

Ingrid schnaubte.

»Mit anderen Worten«, fuhr der Däne fort, »ich spreche die meisten der Eskimo-Sprachen.«

»Wie süß«, sagte Nancy. »Ist das nicht süß? Eskimos.«

»Inuit.«

»Was meinten Sie, Ingrid?«

»Nichts.«

Nancy verschwand, und Ingrid konzentrierte sich auf ihren Wein. Sie weigerte sich, den Dänen anzusehen, sein diabolisches Grinsen zur Kenntnis zu nehmen. Sie tranken, ohne ein Wort zu sagen. Ingrid dachte an die Besprechungen heute Nachmittag und versuchte abzuschätzen, um wie viel Uhr sie ins Bett kommen würde. Sie nippte an ihrem Wein und streifte sich die Schuhe ab. Als sie schließlich heimlich zu dem Dänen hinüberschielte, kritzelte dieser Affen auf die Seitenränder seines Buchs.

Kristian wusste, dass sie ihn beobachtete, und versuchte, nicht zu grinsen. Sein Kindermädchen hatte Ingrid geheißen: eine furchtbare Frau. Er fühlte sich wieder wie damals als Teenager, als er den Streber im Geschichtsunterricht zu provozieren versucht hatte. Nur dass er damals Brüste und Penisse in sein Buch gezeichnet hatte. Nachdem er den Wein in drei Schlucken hinuntergekippt hatte, begann er allmählich zu entspannen. Er würde das Meeting einfach aussitzen und nett lächeln. Dann würde er rechtzeitig nach Hause fliegen, um Agnes und ihren Sohn von der Aula abzuholen. Vielleicht würde Nicholas die Höhepunkte seines Auftritts vor dem Zubettgehen noch einmal für ihn aufführen.

Ingrid atmete tief und laut. Schließlich sah Kristian hoch, nur um Ingrid dabei zu ertappen, wie sie sein Gekritzel beäugte. Er begann zu summen, während er weiter die Affenfamilie ausmalte und sie mit Baseballkappen, Zöpfen und Röckchen ausstattete. Er hatte lange nicht mehr gezeichnet, aber er war nicht schlecht. Der Mutteraffe war quasi dreidimensional. Der Alkohol machte ihn leichtsinnig. Er fühlte sich kühn. Kristian prostete Ingrid mit seinem leeren Glas zu.

Von den Touche-Èclat-Abdeckstiften waren keine mehr da. Schon wieder. Nancy schloss das Duty-Free-Schubfach und machte auf der Inventurliste einen Vermerk. Es war ihr bis heute unbegreiflich, wieso man einen Highlighter an einer Stelle im Gesicht auftrug, die man eigentlich verdecken wollte. Und dennoch gingen sie weg wie warme Semmeln. Mehr als einmal hatte sie Passagieren geraten, einen anderen ...

»Aaaaahhh!«

Der Schrei einer Frau. Nancy blickte den Gang hinunter. Die Sitzplätze 27A und B blinkten hysterisch. Der Schrei klang zornig. Die Stewardess warf das Klemmbrett auf den Servierwagen und marschierte den Gang entlang. Doch als sie die Turteltäubchenreihe erreichte, saß Ingrid still da. Der Übersetzer versuchte in der Enge seines Fensterplatzes aufzustehen. Er war derjenige, der tobte und vor sich hin redete, aber nicht auf Englisch – sondern in einer der anderen Sprachen. Nancy folgte seinem Blick.

»Oje, Rotwein! Nein, nicht, Sie reiben nur alles rein. Was Sie brauchen, ist Weißwein. Eine Sekunde.« Sie eilte zurück zu ihrer Station, zog eine Miniaturflasche Weißwein aus dem Vorratsschrank – war es schlimm, dass er nicht kalt war? Daran konnte sie sich nicht erinnern – und nahm ein Tuch aus dem Regal über ihrem Sitz.

Wieder zurück in Reihe 27 hielt Ingrid den Kopf gesenkt, während der Übersetzer weiter vor sich hin murmelte.

»Hier. Tupfen Sie es damit ab.« Ingrid nahm als Mittelsperson den Lappen entgegen, den ihr der Übersetzer augenblicklich aus der Hand riss.

»Diese Plastikgläser sind manchmal ganz schön rutschig«, fügte Nancy hinzu. »Das kann jedem mal passieren.«

»Es war nicht *mein* Wein.«

Nancy sah Ingrid an, die mit großen, unschuldigen Augen zu ihr hochsah. »Wir haben angestoßen.«

»Das war Sabotage!«

»Ein Unfall.«

»Ich kann doch nicht zu einem Meeting gehen, wenn ich aussehe, als hätte ich mein bestes Teil aufgespießt!«

»Es lohnt nicht, über verschüttete Milch zu klagen.«

Nancy räusperte sich. »Tupfen Sie einfach weiter. Schön vorsichtig – ja, ruhig noch ein bisschen länger. Tupfen, tupfen, tupfen.«

Beim Anblick der dunklen Flecken auf dem Teppich verspürte sie leichte Gewissensbisse. Ingrid hatte der Kabinencrew keine zusätzliche Arbeit machen wollen. Die Flecken erinnerten sie an den Boden des Stalls bei ihnen zu Hause; selbst nachdem Ingrid das Blut weggeschrubbt hatte, hinterließ die Gebärperiode ihre Spuren. Sobald sie aufgestanden war, um ihre Tasche aus dem Gepäckfach zu nehmen, schoss der Däne aus seinem Sitz hoch. Ingrid legte die Bordzeitschrift auf den Fleck und folgte ihm zu der offenen Tür am Heck des Flugzeugs. Aber nicht sofort. Sie hielt es für besser, ein wenig Abstand zu halten.

Ingrid fühlte sich albern, siegreich und ein wenig hungrig. Es war ein tolles Gefühl, sich selbst zu schocken. Ihr Verhalten war primitiv gewesen. Ingrid überprüfte den Sitz ihrer Bluse, strich ihre Haare glatt und stellte zu ihrem Erstaunen fest, dass alles noch an Ort und Stelle war. Ein Wolf im Schafspelz, dachte sie und sah sich um. Niemand ahnte etwas. Allein zu sein war nicht gleichbedeutend mit einsam. Sie ging weiter den Gang entlang.

»War wohl nicht der Traumprinz, was?«, bemerkte Nancy, die mit dem purpurgefärbten Lappen in der Hand am Ausgang stand. Den Spuren eines blutigen Kampfes. Na ja, nicht ganz eines Kampfes, aber immerhin einer Vorbereitung darauf, was Ingrid heute bevorstand. Sie fühlte sich gut, bestens gewappnet für einen Nachmittag voller ökonomischer Strategieplanung, und zum Abendessen würde sie sich vielleicht ein Steak gönnen.

»Nein, nicht der Traumprinz«, erwiderte Ingrid und warf sich den Mantel über die Schultern. »Aber keine Bange.« Sie strahlte die Flugbegleiterin fröhlich an. »Andere Mütter haben auch schöne Söhne.«

6 Von ihrem Schalter aus beobachtete Cora ein junges Paar, das seine Rucksäcke an einen polierten Handlauf lehnte, während beide ein letztes Mal das Gepäck durchgingen. Die junge Frau zog einen verblichenen Sonnenhut aus ihrer Tasche und setzte ihn ihrem Freund auf den Kopf. Es war Mitte Februar, aber beide trugen Sandalen. Cora stellte sich vor, wie sie diese Rucksäcke von Indien nach Vietnam und dann durch Australien schleppten. In einem Jahr würden sie zurückkehren, braun gebrannt und mit zueinander passenden Pluderhosen.

Cora hatte es immer schon erstaunt, wie emotionsgeladen ein so steriler Ort sein konnte. Im Ankunftsbereich gab es ununterbrochen Umarmungen, Küsse und Tränen. Im Abflugbereich ging es etwas dezenter zu, doch auch hier waren die Emotionen unterschwellig spürbar. Flughäfen waren in dieser Hinsicht wie Krankenhäuser, nur dass hier meist die Freude überwog.

Cora war seit ihrer Rückkehr aus Deutschland in kein Flugzeug mehr gestiegen. Sie konnte sich kaum an ihren Abflug in Berlin erinnern, nur an das seltsame Gefühl, dass sie in jedem Dritten Friedrich gesehen hatte. Was natürlich absurd war, da seine Erscheinung einzigartig war. Und da er nicht derjenige war, der ihr hinterherlief, der sie brauchte, der sie anbettelte. Inzwischen spukte er ihr immer weniger im Kopf herum, oder zumindest war sie besser darin geworden, ihn hinauszukomplimentieren. Trotzdem gab es immer noch Dinge, die sie an ihn erinnerten, und es passierte nach wie vor, dass sie ihn mitten im Gedränge in Heathrow oder in dem Eckgeschäft an der Seven Sisters Road oder an irgendeinem anderen Ort zu sehen glaubte, obwohl ihr Verstand ihr sagte, dass er dort nie gewesen war. Sie hatten sich in einer Bar kennengelernt, vier Monate nachdem Cora in die deutsche Hauptstadt gezogen war. Ein Kollege von der Werbeagentur, für die sie arbeitete, hatte an dem Abend einen Auftritt gehabt, und Friedrich Turner kannte ihn, wenn auch nur vage, wie er jeden Musiker in Berlin kannte.

Friedrich fand es interessant, dass sie Engländerin war. Er erklärte ihr, er sei von englischer Literatur und Musik fasziniert und wolle alles über sie erfahren. Sie wusste, dass er sie mit seinem Charme umgarnte, dass er ihr unangemessen viel Aufmerksamkeit schenkte, aber sie ließ sich darauf ein und sonnte sich in seiner Intelligenz und Attraktivität. An jenem ersten Abend hatten sie sich noch vor Ende des Gigs aus der Bar gestohlen und waren bis fünf Uhr morgens durch die Stadt spaziert. Sie hatten sich die ganze Zeit unterhalten, und als die Sonne schließlich aufging und Coras Füße in ihren Riemchensandalen allmählich Blasen bekamen, hatte Friedrich darauf beharrt, dass sie unmöglich nach Hause gehen konnte. Schließlich sei er gerade dabei, sich zu verlieben, hatte er gesagt. Und Cora hatte gelacht.

»Du etwa nicht?«, fragte er und hakte sich bei ihr ein. »Bis Mittag habe ich mich bestimmt in dich verliebt.«

Und so liefen sie bei Tagesanbruch zu ihrer Wohnung, aßen Gebäck und tranken Kaffee. Um 7 Uhr verschwand Friedrich, nur um kurz darauf mit einer Flasche Wein zurückzukehren. Um 9 Uhr rief Cora bei der Arbeit an, um sich krankzumelden. Danach hatten sie Sex, und am Mittag verkündete Friedrich, er habe sich unwiderruflich in sie verliebt. Er hatte sich vor Kurzem von der Frau getrennt, die er zu Unizeiten geheiratet hatte. »Alles, einschließlich der Liebe, ist nur beeindruckend, wenn du jung bist«, sagte er, und Cora, die ebenso sehr von der Vorstellung von Friedrich wie von dem tatsächlichen Friedrich geblendet war, fand diese Aussage brillant.

Er war der schönste Junge, den sie je gesehen hatte. Und obwohl er etwas älter war als sie, sah sie genau das in ihm: einen schönen Jungen. Es war unvorstellbar, dass er einmal altern, Falten bekommen oder gebrechlich werden könnte. Friedrich war von seiner eigenen Genialität so überzeugt, dass er unsterblich schien, und Cora glaubte ebenfalls daran.

Innerhalb von einer Woche war er bei ihr eingezogen, und die Intensität hatte nie nachgelassen. Dass es in ihrer Beziehung schon bald kriselte, stand auf einem anderen Blatt. Beide strotzten vor Eifersucht, und als die Monate ins Land gingen, verließ Friedrich immer öfter nachts das Bett, um Anrufe zu tätigen, und anschließend sogar die Wohnung. Gelegentlich rief er seine Exfrau an, andere Male sprach er mit gar niemandem – Cora hatte jeglichen Selbstrespekt verloren bis zu dem Punkt, dass sie sich mit seinem Handy auf dem Klo einsperrte, um seine Anrufliste durchzusehen.

»Würde ich es merken, wenn ich verrückt würde?«, fragte sie eines Nachts, als er sie aufgeweckt hatte, um herauszufinden, was sie geträumt hatte. Friedrich empfand es als besonderen Affront, wenn sie schlief, während er nicht schlafen konnte, als würde sie ihm eine Erfahrung vorenthalten. An den Tagen, die diesen Nächten folgten, zog er sich zurück und sprach wenig, als wollte er sie bestrafen, indem er sich ihr entzog.

Und perverserweise liebte sie ihn nur umso mehr dafür. Er gehörte niemandem. Niemand, nicht einmal Cora, konnte ihn je ganz besitzen. Damals empfand sie es als inspirierend, dass sie eine solche Intimität teilten und doch frei waren. Später wurde ihr allerdings klar, dass die Wahrheit anders aussah: Es war nicht so, dass er zu niemandem gehörte, er hatte nur nicht zu *ihr* gehört.

Cora hörte Joan neben sich über ein Sudoku-Rätsel fluchen und kehrte blinzelnd wieder in die Realität zurück. Es gab sicher Dinge, die es mehr wert waren, Tagträume darauf zu verwenden. Cora beobachtete, wie das Backpackerpärchen sich die Rucksäcke auf die Rücken wuchtete, und versuchte, ihr Urlaubsziel zu erraten.

»Ist der Euro immer noch schwach? Oder hat die EU das mit den Griechen endlich geregelt?«

»Wie bitte, Mäuschen?«, fragte Joan, die Augen auf das Sudoku-Heft fixiert, das halb versteckt unter ihrer Namenaufrufliste lag. Immer wenn Wiesel keinen Dienst hatte, brachte Joan diese Rätselhefte mit zur Arbeit – oder das *Riesen-Kreuzworträtsel-Buch* der Daily Mail. Jim hatte die Zeitungsgutscheine gesammelt und es ihr letztes Jahr zu Weihnachten geschenkt.

»Ach, nichts.« Cora rutschte auf ihrem Stuhl herum, summte unmelodisch vor sich hin und versuchte, sich zu konzentrieren. »Für einen Freitag ist es ziemlich ruhig, nicht? Offenbar haben alle beschlossen, zu bleiben, wo sie sind. »›Habt ihr kein Zuhause, oder was?‹«, sagte sie in breitem Irisch in den leeren Wartebereich vor ihr. Das hatte ihre Mutter früher immer im Scherz gesagt, wenn Coras

Schulkameraden nach dem Abendessen noch nicht gehen wollten. Ihre Gedanken schweiften wieder in die Vergangenheit ab, doch sie rief sich schnell zur Ordnung. »Vielleicht gehe ich schon mal zum Mittagessen.« Keinerlei Reaktion. »Mittagessen, Joan. Ich sagte, ich gehe mittagessen.«

»Mach das, Liebes, mach das.«

Genervt, dass sie ihr Buch vergessen hatte – den neuen Roman von Nick Hornby; sie liebte Nick Hornby –, lief Cora am Mitarbeiterraum vorbei zu der Bank am Taxistand. Tags zuvor hatte sie hier gesessen und beobachtet, wie ein seltsamer Typ eine belesen aussehende Frau gefragt hatte, ob sie sich ein Taxi mit ihm teilen würde. Sie hatte zwar nicht hören können, was sie geredet hatten, konnte es sich aber vorstellen. Diese Bank war einer ihrer Lieblingsplätze am gesamten Flughafen. Cora zog sich einen zusätzlichen Pulli unter den vorgeschriebenen Mantel und lief nach draußen. Es war kalt, aber die Sonne schien kräftig, und so streckte sie ihr Gesicht der Sonne entgegen, dankbar, dass es wenigstens nicht regnete, wie sie sich immer wieder erinnerte.

Cora holte ein Sandwich aus ihrer Tasche, das sie zwar heute Morgen erst bei Costa gekauft hatte, das aber an den Rändern bereits hart wurde, und riss es in kleinere Teile, während sie den Massen dabei zusah, wie sie sich für Taxis anstellten. Heute teilte sich niemand ein Taxi. Es machte sie traurig zu sehen, wie die Leute ihren Platz in der Schlange mit ihrem Gepäck absteckten und ihre Koffer wie einen Warentrennstab an der Supermarktkasse benutzten. »Gute Zäune machen gute Nachbarn«, murmelte sie vor sich hin.

»Hat deine Mutter dir nicht beigebracht, dass man mit

Essen nicht spielt?« Charlie Barrett stand plötzlich neben ihr, eine Stoppuhr um den Hals. Wie war es möglich, dass sie ihn nie kommen sah? Wahrscheinlich waren es seine lautlosen Bewegungen, die ihn so schnell die Karriereleiter im Sicherheitsdienst hatten hinaufklettern lassen.

Cora schirmte die Augen vor der Sonne ab, als sie zu ihm hochsah. »Sheila hat immer gesagt, Tischmanieren seien etwas für Engländer – und dass ihresgleichen sich nicht um solche Formalitäten schere. Wozu die Stoppuhr?«

»Ich stoppe Rays Zeit. Er hat angefangen, in der Mittagspause um das Terminal zu rennen. Das ist heute sein dritter Tag.«

»Und, ist er schon schneller geworden?«

»Nein, aber vielleicht stoppe ich heute ein paar Sekunden früher – damit er nicht den Mut verliert.« Charlie zeigte hinter Cora. »Da kommt ja unser Marathonläufer.«

Rays Haar klebte wieder an seinem Kopf, doch diesmal war es vom Schweiß und nicht vom Gel, und seine Uniform hatte er durch einen nigelnagelneu aussehenden Adidas-Trainingsanzug ersetzt. Erschöpft winkte er Cora zu, während er an ihnen vorbeistampfte.

»Er macht mit dem Gesundheitsplan also wirklich ernst?«

»Jupp, und die Fernsehleute können die Tatsache, dass er am Flughafen arbeitet, gar nicht genug ausschlachten. Sie haben den Slogan ›Jetzt fliegen die Fett-Fetzen‹ für ihn erfunden. Kein besonders schönes Bild, oder? Nicht aufgeben, Kumpel!« Ray war nicht besonders weit gekommen und stand nun, die Hände auf den Knien, vornübergebeugt da. »Weiter, weiter! Lass deine Zukunft nicht von Angst bestimmen!« Cora sah Charlie an, der mit den Achseln zuckte. »Das sagen die vom Fernsehen immer.«

Charlie und Ray waren Freunde. Sie aßen oft zusammen zu Mittag, und Cora konnte sich vage erinnern, dass jemand mal erwähnt hatte, die beiden seien Cousins zweiten Grades. Wenige Arbeitgeber waren so von Vetternwirtschaft geprägt wie der Flughafen.

Ray kam zu ihnen zurückgestampft und wuchtete seinen Körper mit solcher Kraft vorwärts, dass Cora fürchtete, er würde gleich auf der Rollbahn landen. Jeder Zentimeter seiner entblößten Haut war rot und fleckig. Cora hielt ihm ihre Wasserflasche hin, auf die er sich sogleich stürzte.

»12 Minuten 20 – Spitzenzeit, Kumpel! Eine ganze halbe Minute schneller als gestern.«

»Das ... sagst ... du doch ... nur so«, japste Ray, der abwechselnd Luft und Wasser schluckte. »Ich wäre beinahe ... ohnmächtig geworden ... beim ...« Großer Atemzug. »Sammelpunkt.« Er plumpste auf die Bank neben Cora und reichte ihr schlapp die Flasche zurück.

»Es läuft also prima, Ray?«, fragte sie begeistert und wischte mit ihrer Costa-Serviette diskret den Schweiß vom Flaschenrand. Ray, der zu erschöpft war, um etwas zu sagen, nickte nur.

»Am nächsten Mittwochabend läuft er bei einem 3-Kilometer-Lauf am Imperial College mit«, sagte Charlie. »Da fällt mir ein, vielleicht kannst du den im Aer-Lingus-Mitarbeiterraum aufhängen.« Er zog einen Flyer aus seiner Hosentasche und reichte ihn ihr.

Ran an den Speck: Fitnesslauf. Zuschauer werden gebeten, sich bis 19:30 Uhr einzufinden. Neon-Accessoires und Rave-Outfits erwünscht.

»Vergiss den Dresscode, aber es wäre toll, wenn du kommst. Ich habe auch schon bei British Airways und City die Werbetrommel gerührt. Je mehr kommen, desto lustiger wird es.«

Rays Röcheln wurde lauter, als würde er gleich ersticken, doch er versuchte nur zu sprechen. »Nnn ... nicht ...« Keuchen. »Nicht Nancy.«

Cora brüllte vor Lachen. Nancy war Ray seit Beginn der Dreharbeiten auf die Pelle gerückt, hatte sich nach seinen Mittagspausen und seinen Speiseplänen erkundigt und gefragt, wann sie den »Zu Hause bei den Leaders«-Beitrag drehen würden. Wer hätte gedacht, dass Nancy Moone einen erwachsenen Mann dazu bringen würde, sich auf der Toilette zu verstecken? »Geht klar«, sagte Cora, faltete den Flyer zusammen und verstaute ihn in ihrer Tasche.

»Komm schon, Kumpel.« Charlie klopfte Ray auf die Schulter. »Du solltest besser duschen gehen.« Der Sicherheitschef lächelte Cora zu, als sie ihnen zum Abschied zuwinkte. Cora hatte nie verstanden, weshalb er den Ruf hatte, ein stiller Typ zu sein. Gut, er beteiligte sich nicht an dem wild um sich greifenden Flughafen-Klatsch – Neuigkeiten machten hier schneller die Runde als die elektronischen Gepäckmobile –, aber Cora hatte ihn schon immer als herzlich und wenn auch nicht sonderlich gesprächig, so doch als freundlich empfunden.

Vielleicht mochte er sie wirklich. Charlie war ein guter Typ. Und je öfter man ihn sah, desto attraktiver wirkte er. Außerdem bestand keine Gefahr, dass er eine Glatze bekommen würde – aber er war nichts für sie. Doch vielleicht für jemand anderen. Roisin? Mary? Eine der anderen Check-in-Mitarbeiterinnen?

Als Cora zurück am Schalter war, war das Sudoku-Heft verschwunden und Joan beim Check-in für einen Flug nach Madrid. »Drei Leute haben sich bereits beschwert, alle wegen der verdammten Sicherheitsauflagen«, grummelte die reifere Dame, während sie einem armen Mann den Pass fast aus der Hand riss. »Alles Amerikaner, natürlich. ›Wieso kann ich meinen Sitz nicht selbst aussuchen?‹ hier und ›Ich brauche aber einen Gangplatz‹ da. Nein, Schätzchen, was du *brauchst*, ist ein kräftiger Tritt in den Allerwertesten.« Joan machte eine Pause und beäugte ihren aktuellen Kunden misstrauisch. »Sie sind nicht etwa auch Ami, oder?«

Der bleiche Mann schüttelte den Kopf. Er war genauso spanisch wie die Schiffe, die Amerika entdeckt hatten. Dennoch sah Joan ihn mit zusammengekniffenen Augen an, als sie ihm seinen Ausweis zurückgab, und ließ erst los, als er nervös daran zog.

»Nancy hat angerufen«, sagte Joan. »Sie hat gesagt, dass das Belfast-Duo ein Reinfall war. Was auch immer das heißen soll.«

Ein Fan des traditionell von Iren unterstützten Fußballclubs Celtic F.C. und eine Promoterin irischer Tänze. Was für eine vielversprechende Kombi.

»Außerdem soll ich dir sagen ...« Joan sah auf den Block, auf dem sie die Nachricht notiert hatte. »Dass sie getauscht hat und heute Abend den Dublin-Flug begleitet und dass es ihr eine Freude ist.«

Unter dem Schalter schlug Cora die Hacken gegeneinander. Aiden O'Connor flog jeden Freitagabend nach Dublin, und obwohl Cora ihn persönlich nicht einmal mit der Kneifzange anfassen würde, war er einer der Vielflieger mit dem größten Potenzial. Aiden war Arzt, relativ gut aussehend und hatte diesen melodischen irischen Akzent, der Colin Farrell alt aussehen ließ. Allerdings besaß er auch alle unattraktiven Züge, die ein nicht-unansehnlicher Arzt wohl so an sich hatte – Arroganz, Verschlossenheit und das nervige Bedürfnis, immer recht haben zu müssen. Sagte man zu ihm, das Meer sei blau, erwiderte er, das sei nur die Reflexion des Himmels. Außerdem weigerte er sich, auch nur das Geringste über sich preiszugeben, was besonders frustrierend war, wenn man versuchte, eine Dating-Datenbank aufzubauen.

Aiden redete über das Wetter, das Reisen und das aktuelle Zeitgeschehen. Er hatte sich auch schon mit ihr über Filme unterhalten – wobei sein Filmgeschmack anspruchsvoller war als ihrer –, und da er Sheila ein paar Monate vor ihrer Pensionierung kennengelernt hatte, erkundigte er sich regelmäßig, wie ihre Behandlung verlief. Doch sobald die Unterhaltung persönlich wurde, war die Wahrscheinlichkeit, etwas aus ihm herauszukriegen, ungefähr genauso hoch wie die Chance, ein Flugzeug vom Pariser Flughafen starten zu lassen, wenn mal wieder gestreikt wurde.

Es hatte Wochen gebraucht, bis Cora herausgefunden hatte, dass er ledig war – und zwar nicht Wochen beiläufigen Geplänkels, sondern Wochen unverhohlenen Ausfragens.

Haben Sie Mitbewohner?

Bestimmt nicht leicht für eine Beziehung, wenn man ständig unterwegs ist …

Was halten Sie von dem Essen-für-zwei-Angebot von Marks & Spencer?

Aber aus diesem Mann war einfach nichts herauszubekommen. Es war ihm letztendlich auch nur versehentlich herausgerutscht, als sie über Familientraditionen an Weihnachten gesprochen hatten und er erwähnt hatte, dass er sich kaum an welche erinnern konnte, weil er die letzten sieben Weihnachten mit seiner Freundin im Ausland verbracht hatte. »Exfreundin«, hatte er mehr zu sich selbst als zu Cora gesagt und sich geweigert, mehr zu verraten.

Sie wusste nur, dass er seit knapp einem Jahr in London lebte und an den Wochenenden nach Dublin flog, um ehrenamtlich auf der Verbrennungsintensivstation des Krankenhauses auszuhelfen, für das er früher gearbeitet hatte. Was für ein Arzt er war und wieso er jede Woche heimflog, wenn es doch jede Menge karitative Einrichtungen in London gab – und er nicht unbedingt der aufopfernde Typ zu sein schien –, waren Informationen, die er für sich behielt. Es half auch nicht, dass Aiden O'Connor ein Allerweltsname war, sodass die Internetrecherchen wenig hergaben.

Cora brachte die nächsten zwei Stunden damit zu, diverse europäische Flüge einzuchecken und Recherchen zu den Frauen anzustellen, die heute Abend an Bord des Dublin-Flugs sein würden. Cora tendierte dazu, Aiden neben Gutverdienerinnen mit anspruchsvollen Jobs zu setzen. Karrierefrauen, wie sie Sheryl Sandberg in ihrem Buch *Lean In: Frauen und der Wille zum Erfolg* beschrieb. Frauen, die mit seinem Dickkopf umgehen, die ihn vielleicht sogar etwas bremsen konnten. Sie hielt auf den Profilbildern Ausschau nach Hosenanzügen und bei LinkedIn nach leistungsorientierten Hobbys: Marathon, Geopolitik, exotische Sprachen, so was in der Richtung. Sie hätte ihn, wenn auch nur aus reiner Neugier, gerne mal neben Ingrid gesetzt, aber die beiden waren nie auf demselben Flug.

Cora war mitten in ihren Facebook-Recherchen, als Nancy an ihrem Schalter auftauchte. Die Flugbegleiterin stützte ihre Ellenbogen auf dem Schalter auf und legte ihr

Kinn affektiert auf den Handflächen ab. Sie seufzte. Cora sah hoch und grinste sie zögerlich an.

»Was gibt's?«

»Alles, nichts, Flugzeuge ohne Ende ...«

Cora wandte sich wieder ihrem Computer zu, und Nancy seufzte erneut. »Was machst du kommenden Mittwochabend?«

»Ähm, ich ...«

»Ray hat am Mittwoch nämlich einen weiteren Dreh, und ich habe das Gefühl, dass ich für ihn da sein sollte«, fuhr Nancy stoisch fort. »Er braucht dringend Unterstützung, ein bisschen Pepp für seine Kampagne. Die Regie meinte, ich wäre eine große Hilfe, aber ...« Sie seufzte. »Ich habe so viel zu tun. Die Bewerbungsgespräche für meine Beförderung stehen unmittelbar bevor.« Nancy ließ die Arme auf den Schalter fallen und legte den Kopf darauf. Cora hatte den *Ran-an-den-Speck*-Flyer noch nicht einmal an die Pinnwand gehängt; wieso wusste hier eigentlich jeder sofort über alles Bescheid? Sie beschloss, nichts von Rays Ausschlussklausel, was Nancy betraf, zu sagen. Egal, wie oft man seine Unschuld beteuerte, am Ende war es immer der Überbringer schlechter Botschaften, der dran glauben musste.

»Und«, fuhr Nancy fort, »als ob ich nicht schon genug um die Ohren hätte, hat mich ein Gold-Circle-Mitglied heute auf dem 12:40-Uhr-Flug von Mailand nach meiner Nummer gefragt. Er will mich am Mittwoch zum Abendessen ausführen – ins The Shard. Da war ich noch nie. Außerdem muss ich mich noch für das Bewerbungsgespräch vorbereiten und ...«

»Ich bezweifle, dass du viel bei den Dreharbeiten verpasst.«

»Aber das ist total aufregend, mit den Kameras und allem. Und ich möchte nicht, dass Rays Kampagne darunter leidet. Alle kommen.« Nancy machte eine Pause. »Charlie kommt auch.«

»Hör auf.«

»Aber er mag dich!«

»Selbst wenn er mich mögen sollte, sehe ich nur einen Kollegen in ihm. Ich bin nicht interessiert.«

»Du musst ihn ja nicht gleich heiraten. Vielleicht könnte ich mal ein Wort ...«

»Nein. Auf gar keinen Fall, Nancy. Lass es. Okay?«

»Okay, in Ordnung«, meinte die Flugbegleiterin.

»Und jetzt«, sagte Cora und richtete ihre Aufmerksamkeit wieder auf ihren Computer, »lass uns unsere Energie in eine Sache stecken, bei der wir uns vollkommen einig sind: der Flug nach Dublin heute Abend. Ich muss noch ein wenig recherchieren, aber vielleicht kannst du den Betriebsleiter ja daran erinnern, dass er den Anruf durchstellen soll? Gott segne deinen unwiderstehlichen Charme!«

Das Boarding für den Dublin-Flug hatte begonnen, und Cora hatte eine geeignete Kandidatin für Aiden gefunden – eine dreiunddreißigjährige Dublinerin, deren Twitterseite, auf der sie in letzter Zeit allerdings nicht sehr aktiv gewesen war, sie als »Vorstandsvorsitzende einer Wohltätigkeitsorganisation für Kinder und Preisträgerin des Grant-Williams-Awards for Excellence« auswies. Ihr Profilbild zeigte eine attraktive Frau in einem dunkelblauen Anzug mit einem stilvollen Dekolleté. Das konnte sie deshalb mit Bestimmtheit sagen, weil die Dame das »Lean-in« ein wenig zu wörtlich zu nehmen und förmlich in die Kamera zu kriechen schien, was Cora als gutes Zeichen deutete. Vielleicht würden sie sich über die neuesten Erkenntnisse der

Weltgesundheitsorganisation und medizinische Entwicklungshilfe unterhalten und sich bis zum Ende des Flugs nicht nur ineinander verliebt, sondern auch ein Mittel gefunden haben, um Kinder zu retten. Die Frau würde Aiden ihr BlackBerry reichen, er würde den Namen irgendeiner innovativen, lebensrettenden Behandlungsmethode eintippen, und wenn er ihn ihr über die Plastikarmlehne hinweg zurückreichte, würden sich ihre Hände berühren ...

Als Cora in die Realität zurückkehrte, stand ihr Zielobjekt – Wohltätigkeits-Wonderwoman – direkt vor ihr. Sie sah etwas zerzauster aus als auf ihrem Internetfoto und war recht wortkarg, aber sie legte ein edles BlackBerry auf dem Schalter ab, während sie nach ihrem Reisepass suchte, und Cora kam zu dem Schluss, dass das Glas noch immer halb voll war.

»Guten Flug!«, wünschte ihr Cora mit einem strahlenden Lächeln, nachdem sie ihre Angaben abgeglichen und ihr das Flugticket für 27C überreicht hatte.

Cora warf einen Blick auf die Schlange, wo sich die Dublin-Pendler nun mit den Passagieren nach Brüssel und Paris mischten, und entdeckte Aiden als ungefähr Zehnten in der Reihe. Er war groß, breitschultrig und hatte Hände, die zu groß schienen für die Präzisionsarbeit, die er mit ihnen leistete. Aiden legte keinen großen Wert auf sein Äußeres – an den meisten Freitagen trug er denselben irischen Rugby-Pullover, und Cora bezweifelte, dass er mehr als zwei Hosen besaß –, aber er besaß eine gewisse raubeinige Attraktivität, wie sie widerwillig zugeben musste. Sie fragte sich, ob er sich zu Hause umzog, bevor er zum Flughafen fuhr. Er konnte ja schlecht im Krankenhaus in dem Pullover erscheinen. Wie wohl seine Wohnung aussah? Bestimmt minimalistisch eingerichtet, nichts, was Fantasie erforderte ...

»Erde an Cora.«

Aiden stand direkt vor ihr. »Sorry. Ich war gerade in Gedanken«, erklärte sie und gab seine Flugdetails in den Computer ein. »Wie geht es Ihnen? Lange Woche gehabt?«

»Genauso lang wie die letzte, da bin ich mir ziemlich sicher.«

Cora biss sich auf die Zunge. »Da fällt mir ein, ich weiß noch immer nicht, was Sie eigentlich genau machen.«

»Mhm.«

»Wir haben diese kleinen Gespräche jetzt schon seit Monaten – ich weiß sogar, wie Sie Ihren Kaffee trinken –, und dennoch haben Sie mir immer noch nicht verraten, was Sie genau machen.«

»Woher wissen Sie, wie ich meinen Kaffee trinke?«

»Weil Sie mir einmal ausführlich erklärt haben, dass meine Annahme, ein Flat White und ein Caffè Latte seien dasselbe, falsch ist. Außerdem weiß ich, dass Sie keine Mikrowelle benutzen, weil einmal der Kartoffelbrei nicht ganz durchgegart war, als Sie neun Jahre alt waren.«

»Zehn«, verbesserte er sie, und Cora hätte schwören können, dass er sich ein Grinsen verkniff.

»Und dennoch fehlt mir das Basiswissen. Sie wissen, was ich beruflich mache.«

»Mhm.«

»Das ist nur fair.«

»Mein Beruf ist komplizierter.«

»Ich kann ja mein kleines Flughafenangestelltenhirn anstrengen.«

»Ich habe mir übrigens endlich *Harry und Sally* angeschaut«, sagte er, und obwohl Cora der abrupte Themenwechsel nicht entgangen war, schluckte sie den Köder.

»Ich liebe diesen Film.«

»Deshalb erzähle ich es Ihnen ja.«

»Habe ich das schon einmal erwähnt?«

»Zu Halloween. Sie wollten verkleidet als Billy Crystal zu einer Party gehen und waren auf der Suche nach einem übergroßen Achtziger-Jahre-Pullover.«

Roisin hatte beim Münzwerfen gewonnen und als Meg Ryan gehen dürfen. Und Cora hatte schließlich in einem Secondhandladen den perfekten weißen Strickpullover gefunden. »Daran können Sie sich noch erinnern?«

»Wie auch nicht? Sie haben ja wie ein Wasserfall davon geredet. Wollten wissen, ob ich zu Halloween etwas vorhätte, ob ich je als Duo gegangen sei, ob ich das in jenem Jahr vorhätte, was ich für das perfekte Paarkostüm hielte, und so weiter. Fragen über Fragen. Wie immer.«

Als er ihr nun einen Spiegel ihres eigenen Verhaltens vorhielt, begann Cora sich zu fragen, ob sie vielleicht nicht doch noch an ihrer wenig subtilen Befragungsmethode arbeiten musste. »Ich hätte nicht gedacht, dass das Ihre Art von Film ist.«

»War es auch nicht. Aber es war der einzige Film, der lief, und ich konnte nicht schlafen. Jedenfalls hat der Film mich in einem Punkt bestätigt.«

»Dass all die Frauen, von denen Sie dachten, Sie hätten sie befriedigt, das nur vorgetäuscht haben?«

»Dass Sie ganz eindeutig den schlechtesten Filmgeschmack aller Zeiten haben. *So wie wir waren*, *Mondsüchtig*, *10 Dinge, die ich an dir hasse*. Alles furchtbare Streifen.«

»Das ist Gotteslästerung.«

»Und jetzt dieser. Das Ende war von Anfang an völlig absehbar.«

»Na und?«

»Na und?«, echote er ungläubig, während Cora ihn unschuldig ansah. »Wieso schaut man sich überhaupt einen Film an, wenn man bereits weiß, wie er endet? Vergessen Sie es. Wie wäre es, wenn ich Ihnen mal einen Film empfehle? Einen guten.«

»Aber keinen Dokumentarfilm. Ich hasse Dokus. Womöglich ist das das einzige Filmgenre, das ich nicht mag. Ich glaube, ich habe noch keine einzige Doku gesehen, die ich mochte.«

Aiden griff über den Schalter nach Coras Stift und kritzelte einen Titel auf ihren Notizblick. Auf seiner linken Wange erschien ein Grübchen, als ein kurzes Lächeln aufblitzte.

»Das ist ein Dokumentarfilm, stimmt's?«

»Es ist ein guter Film. Und nicht schwer zu verstehen.«

Cora verdrehte die Augen. Sie hoffte, er war weniger herablassend zu den Frauen, die sie neben ihn setzte. »Ich werde ihn mir unter einer Bedingung anschauen«, sagte sie und schnappte sich seinen Reisepass und sein Ticket für 27B. »Sie müssen mir sagen, welche Art von Facharzt Sie sind.«

»Sie haben Ihre Berufung als Detektivin verpasst, wissen Sie das, Cora Hendricks?« Aber Cora hielt seine Dokumente weiter hoch. »Ich verstehe nicht, wieso das von Belang ist. Ich bin auf rekonstruktive Chirurgie spezialisiert. Nicht besonders spannend.«

»Also wenn jemand einen tragischen Unfall hatte und entstellt ist?«

»So was in der Richtung.«

»Und noch eine letzte Frage.«

»Nein. Wir hatten vereinbart, Auge um Auge, nicht Auge um Augenpaar.«

»Wieso fliegen Sie jedes Wochenende nach Hause?«

»Das geht Sie nichts an.«

»Kommen Sie schon. Das interessiert mich einfach. Ich ...«

»Nein. Das interessiert Sie nicht einfach, Cora. Sie sind neugierig. Kann ich jetzt bitte meinen Pass haben, bevor ich noch meinen Flug verpasse?«

Sein schneidender Ton veranlasste sie, mit glühenden Wangen die Arme sinken zu lassen. Schließlich war sie hier bei der Arbeit und er ihr Kunde. Einen Moment lang hatte sie sich vergessen. »Tut mir leid«, murmelte sie, doch er schnappte sich seine Dokumente, ohne sie eines Blickes zu würdigen.

»Bis nächste Woche.«

Cora sah ihm nach, wie er sich umdrehte und ging, während ihr das Blut weiter in die Wangen stieg. Es war ja nicht so, als hätte sie ihn nach seinem Gehaltszettel gefragt, und sie hatte sich entschuldigt. Cora rief den nächsten Passagier an ihren Schalter. Sie konnte nur hoffen, dass die Wohltätigkeitsdame etwas für Unhöflichkeit übrighatte.

LHR → DUB 19:20 Uhr

7

Rekonstruktive Chirurgie, hatte er gesagt. Das war nicht gelogen. Das war das, worauf er spezialisiert war, wofür er diverse prestigeträchtige Auszeichnungen erhalten hatte und was er bis vor einem Jahr gemacht hatte. Er korrigierte sich selbst. Was er noch *immer* machte.

Wieso musste Cora immer nachbohren? Konnte sie es nicht einfach dabei bewenden lassen?

Die Sicherheitseinweisung begann, und Aiden O'Connor verlor vorübergehend den Faden. Er war im letzten Jahr so oft geflogen, dass er die Vorführung selbst übernehmen könnte, aber genau wie die Leute, die nichts für Sport übrighaben und dennoch im Pub unweigerlich auf die Bildschirme starren, konnte er nicht anders, als der Routinedemonstration zu folgen. Aiden mochte gute Technik. Der Steward klemmte sich eine Sauerstoffmaske zwischen die Knie und zeigte auf die Notausgänge, während er den Kopf in den Nacken legte. Es war die Art Pose, die man bei Konzerten sah, kurz bevor zu beiden Seiten des Frontsängers Feuerwerkskörper explodierten. Der Typ war echt gut. Aiden verschwendete keine Zeit damit, denen zuzuschauen, die den Teppich studierten, während sie warteten, dass die Lautsprecherstimme den nächsten Schritt ansagte. Solche Typen vermittelten nicht gerade ein Gefühl von Sicherheit.

War es sein Job, entstellten Menschen nach tragischen Unfällen zu helfen?

Aiden schauderte. Wenn man es als tragischen Unfall betrachtete, mit einer am Ende ganz leicht nach oben gebogenen Nase geboren und mit einem Mann liiert zu sein, der es für ein romantisches Hochzeitsgeschenk hielt, seiner Verlobten eine Nasenkorrektur zu schenken, ja, dann konnte man sagen, er half den vom Leben Gebeutelten.

Aber es drehte sich nicht alles um Nasenkorrekturen und Botox, wie er sich selbst erinnerte. Sie machten auch wertvolle Arbeit. Gaumenspaltenkorrekturen, Spaltzungenkorrekturen und Leberfleckentfernung ...

Das Anschnallsymbol leuchtete auf, und Aiden zog den Gurt über seine Hüfte, wobei er die Frau aufschreckte, die neben ihm ihr Handy ausschaltete. Aiden lehnte den Kopf gegen die Sitzlehne. Wem machte er eigentlich etwas vor? Er hatte ungefähr drei wirklich wichtige Operationen durchgeführt, seit er in der Klinik angefangen hatte. Sein Gehalt war sehr gut und der Job enorm prestigeträchtig, aber es fiel ihm zunehmend schwerer, auf seine Arbeit stolz zu sein. Noch vor einem Jahr war er jemand gewesen, der Menschen die Hoffnung zurückgab, die so großflächige und schwere Verbrennungen erlitten hatten, dass sie ihn anbettelten, sie sterben zu lassen. Jetzt verbrachte er seine Zeit damit, Menschen zu beraten, wie sie es vermeiden konnten zu altern, ohne dass der Tod die Lösung war.

Er redete sich selbst ein, dass sein Ehrgeiz ihn nach London und an diese Klinik gebracht hatte. Selbst Eitelkeit würde er noch zugeben. Beides war weniger beschämend als das Eingeständnis, dass es aus Liebeskummer geschehen war.

»Ich habe es immer wieder bei diesem Iren versucht«, sagte Nancy, die mit George in der Nische am Heck stand und das Geschehen beobachtete. »Vielleicht hat er eine Frau in Irland?« Nancy hatte selbst einmal mit Aiden geflirtet. Ihm für seinen Pullover Komplimente gemacht, seinen Arm gestreichelt und alles, doch er hatte keinerlei Interesse gezeigt. »Oder meinst du, dass er schwul ist?«

»Wieso? Bloß, weil er nicht an dir interessiert ist?«

»Quatsch!«, entgegnete Nancy und war dankbar für ihre Rötungen abdeckende Grundierung.

George steckte den Kopf aus der Nische. »Der Typ in dem Sportpulli? Vergiss es. Übrigens glaube ich nicht, dass es nur an ihm liegt. Die Dame sieht nicht unbedingt so aus, als sei sie an einem Gespräch interessiert. Vielleicht hat Coras intuitives Gespür nachgelassen.«

Nancy nahm das Aer-Lingus-Verfahrenshandbuch aus dem Regal, wo sie es abgelegt hatte. Sie hatte schon zwei Drittel durchgeackert.

»Wirst du dich einschalten?«

»Ich muss erst noch ein paar Seiten lesen«, erklärte Nancy. Sie öffnete das Buch an der markierten Stelle, konnte sich aber nicht konzentrieren, solange ihr George über die Schulter blickte. Sie klappte es wieder zu. »Seit wann interessierst du dich überhaupt für Coras Verkupplungsversuche?«

»Vielleicht tue ich das gar nicht?« George hatte die nervige Angewohnheit, alles nach einer Frage klingen zu lassen. »Ich habe meine Meinung zu Coras Hetero-Quatsch bereits geäußert. Entschuldige, wenn ich einfach ein wenig höfliche Konversation betreiben wollte.«

George beharrte darauf, dass er kein Problem mit Cora hatte, aber Nancy dachte da anders. Dafür, dass ihn das alles angeblich gar nicht interessierte, verwendete er viel zu viel Energie darauf, sich darüber auszulassen. »Ich lese noch ein bisschen, dann gehe ich hin.«

Es war nicht Aidens Idee gewesen, nach London zu ziehen. Izzy war diejenige, die eine Veränderung gewollt hatte. Doch jetzt war sie immer noch an dem Krankenhaus in Dublin, und er hatte allein den Neustart in der elitären Schönheitsklinik gewagt, in der alles kühl und nüchtern war, angefangen bei dem teuren Marmor bis hin zu der Begrüßung durch die Empfangsdame. Dabei hatte Aiden nicht einmal etwas für Make-up übrig und mochte Izzy am liebsten ungeschminkt. Nicht dass sie ihm das abnehmen würde. »Männer behaupten immer, sie würden natürliche Frauen bevorzugen, aber was sie wirklich meinen, ist, dass sie kein übertriebenes Make-up mögen. Jede Frau sieht besser aus, wenn sie ein wenig nachhilft. Selbst ich.«

Dabei war es nicht so, dass Aiden es nicht merkte, wenn sie welches aufgetragen hatte – Gesichter waren schließlich sein Spezialgebiet –, aber er mochte sie einfach lieber ohne. Der Rest der Welt kannte Izzy mit einem leichten Make-up, aber der Anblick ihres ungeschminkten Gesichts, das sie im Bett und an Sonntagen zur Schau trug, wenn sie zu Hause herumlungerten, war nur ihm vorbehalten.

Sie waren sieben Jahre zusammen, als Izzy ihm zu entgleiten begann. Er arbeitete viel – er stieg die Karriereleiter so schnell hinauf, dass er einfach immer weitermachte –, und Izzy war ebenfalls beruflich eingespannt. Dadurch verbrachten sie immer weniger Zeit miteinander, was jedoch nichts an Aidens Gefühlen geändert hatte, sodass er davon ausgegangen war, dass sie eine Familie gründen würden, sobald sich die Lage entspannt hatte. Das hatte er sich von Anfang an gewünscht.

»Wir sehen uns kaum noch, und das scheint keinem von uns etwas auszumachen«, sagte Izzy eines Morgens, als er sich herumrollte und sie hellwach dalag, zu ihrem schiefen Lampenschirm hochstarrte und seinem Blick auswich, einen Abdruck von dem Kissen auf der Wange, auf dem sie gelegen hatte. »Ich brauche eine Veränderung.«

Aiden setzte sich auf. Er merkte, dass es ihr ernst war. »Okay.«

Wenn Izzy eine Veränderung brauchte, würde er für eine sorgen. Aiden liebte seinen Job, aber noch mehr liebte er sie. Und als ein paar Tage später ein Headhunter von irgendeiner Elite-Agentur in der Harley Street anrief, folgte er nicht seiner sonstigen Routine und lehnte höflich ab, sondern hörte zu. Sie wollten ihn so sehr, dass sie für das Bewerbungsgespräch extra nach Dublin kamen. Sie hatten Verständnis für seine Vorbehalte gegenüber der Tätigkeit, versicherten ihm aber, dass sie ihm genügend Raum für gemeinnützige Arbeit lassen würden und dass die Patienten seine Arbeit genauso zu schätzen wüssten wie die Menschen, die er jetzt nach Grillunfällen und Bränden behandelte. Nur weil sie Geld hatten, hieß das nicht, dass sie auf seine Hilfe nicht angewiesen waren. Er redete sich ein, dass das Jobangebot ein Wink des Schicksals sei, und führte Izzy zum Abendessen aus, um ihr die frohe Neuigkeit zu überbringen.

»Bitte sag mir, dass du das nicht ernst meinst. Du hast mich nicht einmal nach meiner Meinung gefragt. Ich will nicht nach England, Aiden!«

»Du hast gesagt, dass wir eine Veränderung brauchen.

Wo soll ich denn sonst Arbeit finden? Du mochtest London doch immer.« Aiden lachte unsicher, aber Izzy starrte einfach auf ihren Teller. »Komm schon, Izzy. Ich liebe dich.«

»Ich habe gesagt, dass *ich* eine Veränderung brauche. Ich habe nie von *uns* gesprochen.«

Ihre Worte drangen langsam zu ihm durch, trafen ihn jedoch mit voller Wucht. Ein Faustschlag in den Magen. »Das war – vor drei Wochen. Dir, uns ging es doch gut seitdem. Und wir schlafen immer noch im selben Bett.«

Nun war es an Izzy zu lachen, traurig und müde und ebenso humorlos wie er. »Ich wollte dir Zeit geben, damit klarzukommen, dich daran zu gewöhnen.« Sie schloss die Augen. »Wie konntest du glauben, dass zwischen uns alles gut ist?« Und als sie die Augen wieder öffnete, war es, als würde sie ihn nicht mehr erkennen. »Wie konntest du *wollen*, dass alles gut ist, so wie es ist?«

Er konnte nichts darauf erwidern, weil er keine Luft mehr bekam. Am nächsten Tag packte er seine Sachen.

George Yare dachte immer, dass Cora schnell merken würde, dass sie nicht die Einzige mit einem ausgeprägten Sinn für Romantik war, wenn sie denn einmal auf die Idee käme zu fragen. *Eilmeldung: Schwule haben auch ein Herz.* George war genauso romantisch wie der nächstbeste andere Homosexuelle, der in einem Kaff im Mittleren Westen der USA aufgewachsen war und sich nur auf seine Fantasie hatte stützen können. Mit absolut null Queer-Vorbildern im echten Leben und im Fernsehen aufzuwachsen war die beste Voraussetzung, um romantische Sehnsüchte und eine lebhafte Vorstellungskraft zu entwickeln. Nicht dass er sich heute dazu herablassen würde, mit einem seiner heimlichen Highschool-Schwärme zu sprechen, geschweige denn seine Weltenbummlerzunge in den Hals dieser Hinterwäldler zu stecken. Allein bei dem Gedanken musste er würgen.

Das erste Mal, das ihn jemand »Schwuchtel« genannt hatte, war im Einkaufszentrum gewesen, wo er nach einem Rucksack gesucht hatte, den nicht jeder in seinem Alter besaß. Zwei Jungs aus der Stufe über ihm waren an ihm vorbeigegangen und hatten es leise geflüstert. Schwuchtel. Wenn es irgendeine rassistische Beleidigung gewesen wäre, hätte er das verstanden. Ja, seine Haut war dunkel. Aber Schwuchtel? George hatte nie herausgefunden, was ihn entlarvt hatte. War es die Art, wie er stand oder sich bewegte? War es seine Frisur? In den letzten sechs Monaten an der Highschool hatte er jeden Morgen vor dem Spiegel gestanden und sein Erscheinungsbild studiert, um herauszufinden, woran sie es gemerkt hatten. Und dann, am Morgen der Abschlussfeier, als seine Frisur besonders umwerfend ausgesehen hatte, hatte er schließlich gedacht: Scheiß drauf. Wenn ich wie eine Schwuchtel aussehe und wie eine Schwuchtel laufe und wie eine Schwuchtel nach einem Rucksack suche, dann muss ich wohl eine Schwuchtel sein. Sobald sein Talar wieder zurück bei dem Verleih war, war er mit dem festen Entschluss, den schwuchteligsten Job zu finden und das schwuchteligste, schönste Leben zu führen, das er konnte, aus Dodge abgehauen.

Er hatte in New York, Chicago und Atlanta alle möglichen Jobs gemacht – doch obwohl er sich die größte Mühe gab, der klischeehafte Schwule zu sein, besaß er kein Talent für Innendesign, und Haare interessierten ihn einen Scheiß, solange es nicht seine eigenen waren.

Dann war er nach London gekommen und hatte in der ganzen Zeit genau einen Freund gehabt: Tim. Ironischerweise war London Tim zu klein gewesen, und er hatte die Stadt und George verlassen, um nach New York zu gehen, was okay war. Das Problem war nur, jemand Neuen zu finden.

George war bei Grindr aktiv, aber unverbindlicher Sex war ihm vor ein paar Jahren langweilig geworden, und inzwischen war er mehr für eine Paarbeziehung als für Paarung. Er suchte nach jemandem, der gut im Bett war, das schon, aber er war auch an einer echten Beziehung interessiert. Aber das war nicht leicht. Und er bekam von niemandem Hilfe. »Könntest du nicht versuchen, jemanden über deine Kumpels kennenzulernen?«, war Nancys genialer Vorschlag zum Thema gewesen. Aber Georges schwuler Freundeskreis war klein, und jeder, den er über die Gruppe kennenlernte, schlief bereits mit dem gemeinsamen Bekannten, der sie einander vorgestellt hatte. Und dann gab es Heteros wie Cora, die ihn mit irgendeinem beliebigen anderen Schwulen verkuppeln wollten, den sie zufällig kannten. Er würde sich nicht einmal dazu herablassen, sie auf diese offensichtliche Beleidigung aufmerksam zu machen.

Denn das war es: absolut beleidigend. Cora steckte ihre ganze Energie in das Verkuppeln von Fremden, während er völlig verzweifelt darauf hoffte, jemanden kennenzulernen, und völlig auf sich gestellt war. Hallo? Da hatte man einen willigen Kandidaten direkt vor der Nase und bemerkte es nicht einmal.

Aber egal. George würde sich einfach weiterhin allein durchschlagen. Zu einem Kaffee-Date nach dem anderen gehen und hoffen, dass sich sein Date am Ende nicht doch als Psycho mit Knacks herausstellte, wie immer. Inzwischen war er bei einem Durchschnitt von drei Dates pro Woche. Wie oft musste er wohl noch seine berufliche Laufbahn herunterbeten und dieselben witzigen Anekdoten über besoffene Promis zum Besten geben? Es war so verdammt ermüdend. Könnte er nicht einfach eine Art Dating-Lebenslauf austeilen? Letztes Wochenende war er mit einem sechsunddreißigjährigen Franzosen ausgegangen. George hatte ihn durch das Fenster des Cafés an der Southbank kommen sehen und gedacht: »O Gott, der sieht ja zur Abwechslung mal wirklich wie auf seinem Profilbild aus.« Aber dann hatte er beobachtet, wie der supersüße Franzose seinen Ehering weggesteckt hatte. George war aufgestanden, um einen zweiten Kaffee zu bestellen, und einfach nicht mehr wiedergekommen. *Und tschüss*. Der Gedanke daran, wie die Hinterwäldler aus seiner Heimatstadt erröten würden, war nicht Grund genug, um sich auf einen solchen Scheiß einzulassen.

Er hatte Izzy auf einer WG-Party kennengelernt, als sie beide noch in der Ausbildung waren. Sie hatten in der Küche gestanden, und die magnetische Anziehungskraft, die sie zueinander hinzog, schien gleichzeitig ein Kraftfeld zu erzeugen, das alle anderen von ihnen fernhielt. Aiden konnte nicht einmal sagen, wie lange dieses erste Gespräch gedauert hatte. Aber als die Gastgeberin sie schließlich unterbrochen hatte, weil Aiden ihr helfen sollte, irgendeinen Betrunkenen aus dem Schlafzimmer zu schmeißen, war Izzy ihm gefolgt. »Ich helf dir«, hatte sie ihm zugeflüstert und nach seiner Hand gegriffen. Bei ihrem ersten Date waren sie essen gegangen, beim zweiten hatten sie einen Spaziergang am Sandymount Strand unternommen. Sie waren lange herumgelaufen, bis ihre Finger so taub gewesen waren, dass sie sich loslassen und die Hände in die Hosentaschen des anderen stecken mussten. Schließlich hatten sie einen Pub gefunden, und als Izzy mit geröteter Nase und vor Kälte tränenden Augen von der Bar zurückgekommen war, hatte Aiden einen Alarmstoß verspürt. Zum ersten Mal in seinem Leben hatte er gedacht: *Ich werde diese Frau heiraten.*

»Kann ich Ihnen beiden etwas bringen?«

Es war die Stewardess, die regelmäßig auf diesem Flug arbeitete, die Blondine, die von Stoffen besessen war. Letztes Jahr hatte sie großes Interesse an seinem dunkelblauen Pullover gezeigt. Er hatte ihr versichert, dass es ein ganz gewöhnlicher Pulli von Marks & Spencer sei, doch sie hatte weiter von dem Material geschwärmt und mit den Fingern daran herumgenestelt. Aiden hatte noch nie jemanden gesehen, der angesichts von Baumwolle derart aus dem Häuschen geriet.

»Nein, danke«, sagte die Frau auf dem Gangplatz, die nun ihre Augen öffnete.

»Ich nehme einen Kaffee«, sagte Aiden und verdrehte seinen Arm so, dass er unter dem Sitzgurt hindurch in die Hosentasche greifen konnte. Er gab ihr die Münzen.

Die Stewardess reichte ihm einen Kaffee, ein übertrieben eingeschweißtes Besteckset, drei Kondensmilchpäckchen und ein KitKat. »Das geht aufs Haus.« Witzig, dass Aiden auf dem Heimflug nie etwas zahlen musste, während sie beim Rückflug am Sonntagabend deutlich geiziger waren. Die Stewardess wandte sich erneut an die Frau neben ihm. »Sind Sie sicher? Möchten Sie wirklich nichts?«

»Vielleicht etwas Schokolade.«

»Gerne! Ab und zu muss man sich auch selbst ein bisschen verwöhnen.« Sie hielt ihr diverse Riegel hin, von denen die Frau sich für ein Bounty entschied.

»Fliegen Sie beruflich oder privat?«

»Ich habe einen Freund besucht.«

»Wie toll«, rief die Stewardess begeistert. »Haben Sie etwas Schönes unternommen?«

»Wir haben nur ... nein, nicht wirklich. Wir haben nur geplaudert und sind ein wenig spazierengegangen. Im Richmond Park.«

»Oh, sehr schön. Waren Sie schon mal dort, Aiden? Aiden ist nämlich Ire, lebt aber jetzt in London. Stimmt's, Aiden?«

Die Flugbegleiterin lächelte ihn an wie ein dementer Dachs. Sie kannte seinen Namen, aber er hatte ihren vergessen. Er streckte sich, um ihr Namensschild lesen zu können. »Stimmt, Nancy. Und nein, im Richmond Park war ich noch nicht. Es gibt immer noch einige Ecken in London, die auf meiner To-do-Liste stehen.«

»Tja«, sagte die Stewardess – Nancy – und schob den Wagen weiter. »Vielleicht kann Ihnen ja Ihre Nachbarin ein paar Sightseeing-Tipps geben.«

Doch die Dame in dem dunkelblauen Hosenanzug war erneut eingenickt und saß mit vornübergebeugtem Kopf da, und Aiden starrte aus dem Fenster in einen tiefen dunkelblauen Abgrund. Alles, was Aiden sich wünschte, war, dass zwischen ihnen – ihm und Izzy – alles in Ordnung kam. Ja, er war mit anderem beschäftigt gewesen, aber nur mit seiner Arbeit. Klar wollte er noch anderes erreichen, aber er hatte nie daran gezweifelt, dass er das mit Izzy wollte. Alle Wege führten zu ihr, und er würde unbeirrbar weiterlaufen, weil sie noch immer sein Ziel war.

»Ich würde sagen, die Chancen auf einen Erfolg sind gering bis nicht existent.« Nancy wechselte den Hörer zum rechten Ohr, während sie George zusah, der ihre Nische verließ und die Augen betont in ihre Richtung verdrehte.

Coras Stimme knackte am anderen Ende der Leitung. »Hast du ihnen etwas zu trinken angeboten?«

»Natürlich. Aber es ist, wie gesagt, zwecklos, Miss Amor. Und bei deiner Auswahl der Kandidatin bin ich mir ebenfalls nicht so sicher. Ein bisschen zombihaft, oder?«

»Kannst du nicht noch einen Versuch starten?«

»Es ist hoffnungslos.«

»Bitte!«

»Ich schaue, was ich tun kann.« Nancy legte auf. So sehr sie sich freute, wenn eine Reihe-27-Verkupplung klappte, würde sie sich noch mehr freuen, wenn sie Cora verkuppeln könnte. Es ging ihr gar nicht darum, dass ihre Freundin den »Einen« traf; sie sollte einfach mal *irgend*einen Mann treffen. Und Nancy war überzeugt, dass Charlie Barrett genau der Richtige für sie war.

George tauchte wieder auf und quetschte sich an ihr vorbei. »Haben wir noch eine Käseauswahl?«, fragte er und wühlte im Vorratsschrank. »Das ist jetzt schon die dritte Bestellung. Offenbar haben wir heute eine klassische europäische Klientel an Bord.« George griff in die hinterste Ecke der Schublade. »Bingo.«

»Was ist das denn?« Er hielt das Verfahrenshandbuch hoch, als ob er sich etwas einfangen könnte. »Paukst du etwa hier?«

»Ich dachte, ich bewerbe mich mal als Purserette.«

»Ich glaub es nicht.«

»Na ja, ich dachte, ich kann es ja mal versuchen.«

»Oh, Nancy, Babe, ja! Du wärst spitze. Und ich würde viel lieber Anordnungen von dir entgegennehmen als von Satsuma-Sarah.« Sarah Martin, die leitende Stewardess an Bord, hatte die Tendenz, es mit der künstlichen Bräune zu übertreiben.

»Normalerweise braucht man drei Jahre Berufserfahrung als Chefstewardess. Ich bin jetzt fast ein Jahr hier, aber davor war ich vier Jahre bei einer anderen Airline, insofern habe ich Hoffnung.«

»Ab-so-lut. Uno momento. Ich bin gleich zurück.« George verschwand mit einer theatralischen Geste im Gang, bewaffnet mit drei Käsepaketen.

Vieles sprach für sie. Aer Lingus war bislang ihr zweiter Arbeitgeber, und im Dezember war sie nach gerade einmal sechs Monaten bei der Firma zur Mitarbeiterin des Monats der Europaabteilung gekürt worden. Nancy war darüber höchst erfreut gewesen. Der Typ, mit dem sie um Weihnachten herum ausgegangen war, hatte ihr eine Moschino-Handtasche geschenkt, die wunderschön war und die sie sich schon lange gewünscht hatte, aber über die »Mitarbeiter des Monats«-Urkunde, gerahmt und nebst einer edlen Flasche Champagner, hatte sie sich noch mehr gefreut.

Nancy hatte den Schampus mit nach Hause nach Liverpool genommen und am Weihnachtsabend geöffnet. »Das ist schön, Liebes«, war alles, was ihre Mutter dazu zu sagen gehabt hatte, als ihr Nancy erzählt hatte, woher die Flasche kam. Gloria Moone war die Energie ausgegangen, nachdem sie vor Entzücken aufgeschrien hatte über die Neuigkeit, dass ihr Bruder Joe und seine Frau versuchten, ein Baby zu bekommen. Nancy schien die Einzige zu sein, die fand, dass das ein bisschen zu viel der Information war.

Bei ihrem anderen Bruder hatte sie die Auszeichnung noch einmal beiläufig erwähnt. Peter hatte ihre Begeisterung sofort gebremst: »Ach, Nancy«, sagte er mit hochgezogener Braue. Ach, was, hätte sie am liebsten gefragt. Ach, was? Wie kam es, dass sie einem relativ bekannten Musiker, der ihr übers Bein gestrichen hatte, als sie seine Duty-Free-Bestellung entgegennahm, in die Brustwarze kneifen konnte, aber kniff, wenn es darum ging, ihrer eigenen Familie zu sagen, dass sie sie mal konnte?

Cora hatte sich mit ihr über die Auszeichnung gefreut. Nancy hatte zunächst befürchtet, sie könnte eifersüchtig sein, aber das war sie natürlich nicht. Wahrscheinlich hatte sie selbst gar kein Interesse daran, fand das Ganze vielleicht sogar ein wenig albern. Für Cora war die Fluggesellschaft nur eine Zwischenstation. Ein lustiger Zeitvertreib, eine Chance, die Kupplerin zu spielen. Aber Nancy nahm ihren Job ernst. Sie wollte Chefstewardess werden und das, bevor sie achtundzwanzig war. Sie liebte ihr Reihe-27-Spiel, aber sie wollte mehr sein als nur Miss Amors Spionin an Bord.

Aiden hatte sein Gesicht wahren wollen, und da er ohnehin nichts mehr bei Izzys Entscheidung mitzureden gehabt hatte, hatte er seine Kündigung bei dem Krankenhaus bestätigt und war allein nach London gezogen. Alle Entscheidungen in einer Beziehung trifft man gemeinsam, bis auf die letzte.

Aber er war sich sicher, dass Izzy ihre Meinung ändern würde, wenn er ihr nur genug Zeit und Freiraum gab. Deshalb hatte sich Aiden als Freiwilliger in seinem alten Krankenhaus gemeldet – wo sie noch immer arbeitete –, um jeden Samstag in der Reha zu helfen. Er wusste nicht, was er sonst tun sollte. Seine neuen Arbeitgeber hatten zunächst zurückhaltend reagiert; einerseits erfüllten sie damit zwar ihr Wohltätigkeitsversprechen, andererseits hätten sie das aber auch kostengünstiger und mit weniger Zeitaufwand in einem nahe gelegenen öffentlichen Londoner Krankenhaus tun können. Erst nach einigem Ringen und seinem Angebot, selbst für die Flüge aufzukommen, hatten sie eingewilligt. Izzy war ebenfalls nicht glücklich darüber. Sie war dazu übergegangen, an weniger Samstagen zu arbeiten als früher, als sie noch ein Paar waren, und wenn sie doch gemeinsam Dienst hatten und er es schaffte, mit ihr zu sprechen, wollte sie nur über die Arbeit reden. Vor ein paar Wochen hatte sie ihm sogar gesagt, er solle überhaupt nicht mehr kommen.

»Wir kommen nicht mehr zusammen, Aiden.«

Er hatte sich die größte Mühe gegeben, empört zu klingen. »Glaubst du, mir macht es Spaß, jedes Wochenende im Flieger zu sitzen? Die Klinik besteht darauf. Sie haben mich hergeschickt.«

»Wieso haben sie dir nicht ein Verbrennungszentrum in London gesucht?«

Ihm war keine glaubwürdige Antwort eingefallen. »Das hat etwas mit der Diversität zu tun, nehme ich an.«

Aiden hätte ihr schon vor Jahren einen Antrag gemacht, hätte Izzy ihn nicht davon abgehalten. Sie hatte warten wollen, bis zumindest einer von ihnen geregelte Arbeitszeiten hatte. Hochzeit, Kinder und was immer das Nord-Dubliner Pendant zum englischen Reihenhäuschen mit einem weißen Lattenzaun war, das war immer der Plan gewesen. Wann hatten sie aufgehört, denselben Plan zu verfolgen? Und wieso hatte ihm das niemand gesagt?

»Was findest du eigentlich so toll an Franzosen?«

»Den Akzent. Den Kleidungsstil. Außerdem sind sie sehr romantisch und sehr selbstbewusst. Allerdings nicht der vom letzten Wochenende, so viel ist klar. Wie kann man sich mit sechsunddreißig immer noch nicht geoutet haben?«

»Ich glaube, ich persönlich habe keine besondere Vorliebe für irgendeine Nationalität. Obwohl so ein schottischer Akzent schon sehr nett ist.«

»Es gibt keinen Franzosen – solange er Single ist und sich geoutet hat –, von dem ich mir nicht zumindest einen blasen lassen würde.«

»George!«, zischte Nancy ihm zu, doch die Passagiere waren noch immer damit beschäftigt, ihre Gurte zu öffnen.

Die Türen gingen auf, und die Meute setzte sich in Richtung Flugzeugheck in Bewegung.

»Einen schönen Tag noch«, trällerte George, als sie nach draußen auf die Gangway strömten.

Aiden hatte niemandem den wahren Grund dafür verraten, warum er jedes Wochenende nach Hause flog. Er übernachtete im Gästezimmer seines Bruders und tischte ihm dieselbe Geschichte auf wie allen anderen: Er erfülle nur die Wohltätigkeitsverpflichtungen der Privatklinik.

Sein Bruder fand, Izzy sei zu gut für ihn.

»Das stimmt nicht«, wehrte Colm ab, als Aiden ihn darauf ansprach. »Ich habe nur nie geglaubt, dass es halten würde.«

Aiden schüttelte den Kopf. Er liebte sie. Nichts anderes zählte. Aidens Gedanken wanderten zu ihrer Anfangszeit zurück. Wie sie an der Irischen See spazieren gegangen waren, sich in der Dunkelheit über die Kiesel vorgetastet hatten. Wenn er sie nur an jene Nächte erinnern könnte. Izzy musste begreifen, dass er sie zurück wollte. Dass diese Zeit der Trennung die Veränderung *war*, die sie gebraucht hatte. Dass alles wieder gut werden würde.

8

»Gott, schau dir diese Typen an«, sagte Roisin in breitem irischen Akzent und blieb vor einem Renaissance-Gemälde von drei singenden Musikanten stehen. Sie las den Text auf der Wandtafel laut vor: *»Ein Konzert von Lorenzo Costa«,* und bemerkte dann: »Der Typ in der Mitte sieht ganz okay aus. Das arme Würstchen rechts hat bestimmt die ganze Musik geschrieben, aber der Trottel durfte in den Vordergrund.«

Cora rutschte näher an ihre beste Freundin heran und legte ihren Kopf auf Roisins Schulter. An der Vorderseite ihres Schädels nahm sie ein leichtes Pochen wahr. Mit ihren glänzenden Locken und ihrem groovigen Samt schien das abgebildete Trio tatsächlich für das 15. Jahrhundert wie aus der Zeit gefallen. Der Frontmann hätte genauso gut Leadsänger bei Led Zeppelin sein können.

»Ich glaube, ich hätte gut in die 1970er gepasst«, sagte Cora. »Ich habe markante Züge, bin groß – und ich glaube, Schlaghosen hätten mir gestanden.«

Als sie vorhin die Gemälde vom Hof Ludwigs XIV. betrachtet hatten, hatte Roisin das 17. Jahrhundert als ihre Lieblingsepoche ausgemacht. »Die sehen aus, als wüssten sie, wie man ausgelassen feiert«, hatte sie gemeint und auf ein großes Fresko dekadenter, nackter Frauen gezeigt, deren üppige rosa Leiber sich auf der Leinwand ausbreiteten. Roisin war nicht üppig, sondern sehr wohlgeformt, aber ihre irische Haut war blass, und sie hatte Kurven. »Ich wäre voll auf meine Kosten gekommen. Könige, die Schlange stehen, um mich mit Wein abzufüllen, daran könnte ich mich gewöhnen. Und meine Sommersprossen wären ihnen total exotisch vorgekommen, und sie hätten mich für eine Gottheit gehalten.«

»Wenn du in die Königsfamilie eingeheiratet hättest, hätten deine Kinder aber vermutlich auch so ausgesehen«, sagte Cora und deutete auf die Porträthalle mit den Gemälden missgebildeter kleiner Monarchen. »Da war Inzest unausweichlich. Und du wärst mit fünfunddreißig gestorben.«

»Na ja, aber ich hätte ein ausgefülltes Leben gehabt.«

Die beiden Frauen schlenderten durch die Säle der National Gallery. Es war der dritte Donnerstag im Februar. Cora musste erst um 14 Uhr arbeiten – eine Wohltat angesichts dessen, dass sie am Abend zuvor Whiskey getrunken hatte, woher auch ihre hämmernden Kopfschmerzen rührten –, und Roisin, die in der Stadtbibliothek arbeitete, hatte sich heute freigenommen. Roisin hatte früher in der Musikpromo gearbeitet, hatte aber Schwierigkeiten gehabt, so zu tun, als wären Scheißsongs total klasse. Außerdem war die Bezahlung miserabel gewesen. Doch der Musikbranche Verlust war der Gewinn der Finsbury Park Bibliothek, deren CD-Sammlung noch nie so progressiv gewesen war und sogar Erwähnung im *Time-out*-Magazin gefunden hatte. In den ersten Monaten, nachdem sie beide zusammengezogen waren, waren sie ständig in Galerien gegangen.

Sie hatten mit der Tate Britain begonnen. Cora hatte Millais' *Ophelia* seit ihrer Jugend nicht mehr im Original gesehen – jenes Bild, das in jedem ihrer Zimmer gehangen hatte. An jenem Samstag, als sie mit ihrem weltlichen

Besitz mit der Piccadilly-Line zum Finsbury Park umgezogen war, hatten Roisin und sie deshalb beschlossen, zur Feier des Tages noch einmal in die U-Bahn zu springen und zu der Galerie zu fahren. Roisin war zwar nicht sonderlich an Kunst interessiert, genoss aber ihren gemeinsamen »Ausflug«. Sie waren durch die weitläufigen Räume der Tate Gallery geschlendert, bis sie zu den Präraffaeliten kamen, und hatten inmitten eines Sammelsuriums an Gemälden die ertrunkene Ophelia entdeckt. Cora hatte ihr Anblick so wenig beeindruckt, dass es sie fast schon traurig machte. Das Grün der Algen leuchtete grell, beinahe fluoreszierend, und das Gemälde war viel kleiner, als es hätte sein sollen. Wahrscheinlich war das Poster, das sie gerade an die Wand ihres neuen Zimmers am Finsbury Park geheftet hatte, im Laufe der Jahre verblasst, aber sie mochte die matte Version dennoch lieber. Nachdem sie sich ein Leben lang an dem Kunstdruck nicht hatte sattsehen können, erschien ihr das Original im Vergleich dazu wie eine billige Kopie.

In diesem ersten Monat waren sie noch zweimal in die Tate Britain gegangen, bis sie einmal in jedem Ausstellungsraum gewesen waren. Sie kauften jedes Mal eine Postkarte von einem Gemälde, das ihnen gefallen hatte, und hängten sie in der Küche auf. Seitdem waren sie in allen Ausstellungssälen aller großen Londoner Kunstmuseen gewesen, und ihre Küchenwand war mit den Meisterwerken der Kunstgeschichte tapeziert. Coras Vorliebe galt dem Meer, während Roisin ein Faible für weibliche Akte hatte.

»Und das alles kostenlos«, sagte Cora und schwang dramatisch die Arme in Richtung der Wände, von denen das Echo widerhallte. »So viele Menschen haben ihr ganzes Leben in dieser Stadt verbracht und sind noch nie in der National Gallery gewesen. Wahrscheinlich sogar die meisten.«

Sie saßen auf einer Bank und blickten auf ein großflächiges Gemälde von einem Tiger und einer Frau, die ein Baby in den Armen hielt. Cora hatte die Beschreibung bei einem ihrer vorigen Besuche gelesen und wusste, dass es sich um eine Allegorie handelte, allerdings nicht mehr, wofür sie stand.

»Also, erzähl schon von gestern Abend«, forderte Roisin sie auf. »Ich habe heute Morgen im Bad das Knicklicht gesehen.«

»Die haben sie uns beim Reingehen gegeben. Ich habe meins nur als Armreif getragen, aber Nancy hat sich aus zweien ein Stirnband gemacht, weil es klasse zu ihrer Neon-Leggings gepasst hat. Sie hat fantastisch ausgesehen.«

Roisin lachte. »Wo wart ihr noch mal?«

»Am Imperial College. In South Kensington. Ich dachte, sie würden nur ein paar gestellte Fotos von Ray beim Laufen machen, aber die anderen Kandidaten waren auch da, und sie hatten eine professionelle Laufbahn aufgebaut.«

Der *Ran-an-den-Speck*-Lauf hatte tatsächlich mehr Spaß gemacht als erwartet. Am Ende hatte sie fünf Whiskeys getrunken und war mit der letzten U-Bahn heimgefahren; mit anderen Worten war Cora seit Langem wieder einmal richtig ausgegangen – Hochzeiten ausgenommen. Als sie um 19 Uhr eingetroffen war, war die Halle voll mit Fans in Neon-Outfits. Sie hatte Ray vorne auf einer Tribüne erspäht, wieder in einem nigelnagelneuen Adidas-Trainingsanzug. Diese Diät musste ihn ein Vermögen kosten.

Links von Cora saß eine größere Gruppe Männer mit nackten Oberkörpern. Auf jedem der gewölbten Bäuche stand in neongrüner Körpermalfarbe ein Buchstabe. Cora stand eine Minute nur da und versuchte, das sich ständig bewegende Anagramm zu enträtseln: LOS ZIM, vielleicht? Oder LOS MIZ? Weder das eine noch das andere war ein akzeptabler Spitzname für einen erwachsenen Mann. Hinter den umtriebigen Bäuchen entdeckte sie jedoch eine Reihe bekannter Gesichter. Cora bahnte sich einen Weg durch die Menge, um zu Joan, Charlie, George, zwei Sicherheitsleuten und einer Frau vom Gepäckscanner vorzudringen.

»Ich wusste gar nicht, dass du auch kommst«, sagte sie zu Joan und umarmte sie kurz. Ihre ältere Kollegin hatte sich extra für diesen Anlass die Haare eingedreht.

»Ich dachte, vielleicht hilft das meiner eigenen Motivation auf die Sprünge. Meine guten Vorsätze fürs neue Jahr sind irgendwo in der Quality-Street-Konfektdose verloren gegangen«, sagte Joan und wedelte mit ihrem leuchtenden Knicklicht in Coras Richtung. »Vielleicht rekrutieren sie ja Kandidaten für nächstes Jahr.«

»Schön, dass du da bist«, sagte Charlie, der sein charakteristisches Outfit aus dunkler Hose und Pulli über einem hellblauen Hemd trug. Da sie ihn noch nie außerhalb der Arbeit gesehen hatte, hatte sie dieses Outfit immer für seine Uniform gehalten. Ihr fiel der neongrüne Streifen an seinen Turnschuhen auf. Ein subtiles, aber keinesfalls unbeabsichtigtes Detail. »Rays Familie ist da drüben.« Charlie zeigte in eine unbestimmbare Menschenmenge. »Und irgendwo sind noch ein paar andere Freunde, aber unsere Gruppe ist eher kleiner. Die Leader aus Newcastle und Cardiff haben ihre Leute in Bussen rangekarrt.« Bei ihm klang das so, als hätten die Kandidaten aus den anderen Städten geschummelt.

»Dann ist Nancy gar nicht gekommen?«

Charlie stupste sie mit der Schulter an und deutete zur Bühne, doch Cora konnte nichts erkennen. »Direkt an der Startlinie«, erklärte Charlie.

Cora ließ ihren Blick zu dem markierten Laufbereich hinüberwandern, und da stand sie. Gekleidet in Neon-Leggings und ein *Ran-an-den-Speck*-Tanktop, hielt ihre Freundin ein Schild mit der Aufschrift »Fertig!« hoch und plauderte angeregt mit dem Regisseur, der die ersten Aufnahmen am Flughafen gemacht hatte.

»Siehst du die Frau mit dem ›Auf die Plätze!‹-Schild? Das ist die Ehefrau des Kandidaten aus Bristol.« Mit jeder Minute wurde es lauter in der Halle, und Charlie rückte näher an Cora heran, um ihr ins Ohr sprechen zu können: »Dazu passend gibt es noch das ›Los!‹-Schild, das der Sohn der Frau aus Newcastle trägt.«

Cora fragte erst gar nicht, was genau Nancy dazu qualifizierte, dort zu stehen. Stattdessen schüttelte sie nur grinsend den Kopf. »Weiß sie überhaupt, wie Ray mit Nachnamen heißt?«

»Dieses Mädchen kann kein Wässerchen trüben«, bemerkte Joan, ihre Aufmerksamkeit noch immer auf das Knicklicht gerichtet, das ihr immer wieder aus der Hand flog. »Was zum Teufel soll ich mit diesem komischen Ding anfangen?«

Charlie nahm ihr das Knicklicht aus der Hand und steckte es ihr vorne ins Haar. »So, Joan. Jetzt werden alle Jungs die Hälse nach dir recken.«

Die Kandidaten wurden zur Startlinie gebracht, wo sie die Trainingsjacken ablegten, unter denen die *Ran-an-den-Speck*-T-Shirts zum Vorschein kamen, auf deren Rücken der jeweilige Name aufgedruckt war. Ray war nicht der dickste der sieben Teilnehmer. Der erste Mann – Mitte fünfzig, auf jeder Wange ein Tattoo – trat vor und warf die Arme in die Luft. Er drehte den Zuschauern den Rücken zu, damit sie seinen Namen lesen konnten: GIZMO. Die oberkörperfreie Brigade neben Cora rastete völlig aus. Die Kamera schwenkte zu ihnen hinüber, doch ihre Aufregung war so groß, dass sie es nicht schafften, ihre Bäuche in Stellung zu bringen. Als es an Ray war vorzutreten, brach ihre kleine Enklave in Jubel aus, und Cora schrie aus Leibeskräften: »Los, Ray, los, mein Junge!«

Der Regisseur wies die Menge an, sich in die Mitte des Laufparcours zu stellen, damit die Leader im Kreis um sie herum rennen konnten. Dann bat er um »atmosphärische Stille.«

»Schau!«, flüsterte Joan und knuffte Cora in die Seite. Ein mürrisch dreinschauendes Kind trug jetzt das ›Fertig!‹-Schild, und Nancy stand an vorderster Front, um den Läufern das »Los!« zu zeigen. »Sie ist befördert worden.«

»Und Start!«

Das Trällern der Pfeife erklang, und die Teilnehmer rannten los. Die Leader hielten in den ersten Runden noch ein gutes Tempo, aber schon bald gaben drei auf und gingen zum Gehen über, während zwei andere sich für einen Wechsel zwischen Gehen und Laufen entschieden. Ray rannte jedoch noch immer, worüber Charlie ganz aus dem Häuschen geriet. Sie hatte ihn noch nie so aufgeregt gesehen. Er hatte sich bis zur Frontlinie vorgedrängelt, und Cora hörte ihn schreien: »Super, Ray, Kumpel, du hast es fast geschafft! Glaub an dich! Besiege den Schmerz!« Der Lauf war eigentlich gar nicht als Wettkampf gedacht, aber plötzlich skandierten alle »Ray!« oder »Carol!« für die einzige andere Teilnehmerin, die noch joggte, und man konnte den Eindruck gewinnen, als würde der gesamte Saal um seine Wetteinsätze bangen. Als Ray über die Ziellinie humpelte, tobte der Raum vor Jubel. Die Schwierigkeit bestand nun darin, die Begeisterung aufrechtzuerhalten, bis auch der letzte Kandidat – Gizmo – zwölf Minuten später endlich ins Ziel kam.

Nach dem Rennen ging Ray wie auf Wolken und schien weder zu bemerken, dass Nancy jedes Mal seinen Arm ergriff, wenn der Lokalfotograf sich näherte, noch schien es ihm etwas auszumachen, wenn sie die Fragen der Journalisten an seiner Stelle beantwortete: »Er ist jetzt im Training und hat einen tollen Freundeskreis, der ihn unterstützt. Der Name ist Moone, mit einem ›e‹ am Ende.« Die restlichen Kollegen waren inzwischen ebenfalls im Adrenalinrausch, und es war Cora, die vorschlug, noch in einen Pub zu gehen.

Joan musste passen. Jim war bei einem Turnier, sodass sie mit Taubenfüttern dran war. Doch die anderen der Heathrow-Gang und Rays beide Schwestern machten sich auf den Weg zu dem Pub um die Ecke. Nancy trank Wasser; ein klares Zeichen, dass sie später noch etwas vorhatte, dachte Cora – wahrscheinlich ein Date. Bei Rays spontaner Rede wurden die Handykameras gezückt, und die Frau hinter der Bar machte ein Gruppenbild von ihnen.

Nach drei Drinks begann Cora den Alkohol zu spüren. Um eine kurze Verschnaufpause einzulegen, verzog sie sich auf die Toilette; als sie zurückkam, unterhielt sich Nancy mit der Dame vom Gepäckscanner über Pan Am. Falls Nancy je zu einer Quizshow gehen sollte, wäre ihr Spezialgebiet schon mal klar. »Die Pan-Am-Stewardess, die ich in dem Interview gesehen habe, hat schließlich einen Mann von ihrem dritten Flug geheiratet. Ich schwöre es dir, sie waren wie Filmstars. Jedes Mal, wenn sich ein Passagier ein Glas Champagner bestellt hat, hat er eins für die Flugbegleiterinnen mitbestellt. Hast du mal die Uniformen gesehen ...?«

An der Bar kaufte der betrunkenere der beiden Sicherheitswachmänner Ray einen weiteren Gin. »Aber ganz im Ernst, Kumpel, du hast es geschafft, eine Kluft zu überbrücken. Hast alle Flughafenbereiche zusammengebracht, um dir dabei zu helfen, gesünder zu werden. Gestern hat mich ein Pilot von British Airways auf dich angesprochen. Es war, als würde Apollo höchstpersönlich zu Rocky kommen.« Er reichte Ray ein Glas und hob sein Bierglas, um mit ihm anzustoßen. »Du hast die Kluft überwunden, Kumpel, das hast du.«

Cora ließ sich ein Glas Wasser von der Bardame geben und kehrte zum Tisch zurück. Nancy saß jetzt neben Charlie, und die beiden flüsterten miteinander. Als Cora sich näherte, stutzte Charlie, und Nancy entschuldigte sich schnell, um auf die Toilette zu verschwinden.

»Worum ging es denn?«

»Ach, um nichts.«

»Darf ich?« Cora deutete auf den Platz neben Charlie.

Etwas ungelenk rückte er auf der Bank ein Stück auf. »Ich hab dir den hier geholt«, sagte er und deutete auf den Whiskey vor ihr.

»Danke.«

»Schöne, äh, Robe, die du da anhast.«

Cora sah an ihrem ziemlich alten, ziemlich unspektakulären Kleid hinunter. »Danke.«

»Prost«, sagte er ihr. Als er das Glas wieder abstellte, hievte er sich hoch und rutschte noch ein Stück weiter weg. Irgendwie verhielt er sich seltsam. »Man weiß, dass man alt wird, wenn man nicht mehr sitzen kann, ohne zu stöhnen.«

»Wie alt bist du denn, Charlie? Du redest, als wärst du neunzig.«

»Vierunddreißig – das heißt, ich habe es immerhin länger gemacht als Jesus. Und du?«

»Achtundzwanzig, seit letztem Monat.«

» Alles Gute nachträglich.«

»Danke.«

Cora inspizierte den Tisch. Knicklichter steckten in leeren Biergläsern und guckten aus Blumenvasen. Sie nahm einen feuchten Bierdeckel hoch und versuchte, ihn wie eine Münze kreisen zu lassen, doch es kam lediglich ein schlaffes Taumeln dabei heraus. Nancy kam von der Toilette zurück und rutschte am anderen Tischende neben George auf die Bank. George begann, verstohlen mit ihr zu reden, während er Cora mit dem Blick festhielt.

»Was?«

»Nichts«, erwiderte George und schüttelte den Kopf wie eine gemarterte Diva. »Wir haben uns nur über Menschenrechte unterhalten. Ich weiß nicht, ob dich das überhaupt interessiert, Cora. In Irland wird doch bald über die Homoehe abgestimmt.«

»Ja«, sagte sie. »Und ich hoffe, das Gesetz kommt durch.«

»Ha!«

»Was ist, George? Was ist dein Problem?«

»Er ist sauer, weil du deine Verkupplungsdienste Homosexuellen vorenthältst«, sagte Nancy über ihrem zweiten Mineralwasser. George warf ihr einen vernichtenden Blick zu, ehe er Cora ansah, als wollte er sie auffordern, ihr zu widersprechen.

»Es gibt einfach nicht so viele«, sagte Cora, die versucht

hatte, das zu ändern, aber gescheitert war. »Außerdem sind sie nicht so leicht auszumachen, und es ist schwierig, jemanden ganz beiläufig nach seiner sexuellen Orientierung zu fragen.«

George richtete seine Aufmerksamkeit auf einen Punkt an der Decke.

»Es ist schwieriger«, fuhr Cora fort. »Und du hast mir mal gesagt, dass nur Schwule andere Schwule miteinander zusammenbringen sollten, als ich versucht habe, dich mit Naomis Bruder zu verkuppeln, wie du dich vielleicht erinnerst?«

»Es geht um Chancengleichheit, Cora«, sagte er und stand auf. »Nancy, möchtest du einen Drink?«

»Nein, danke. Ich hab noch.«

George vollführte eine dramatische Drehung und eilte zur Bar. Cora wusste, dass er diese Show nur ihretwegen abzog. Sie verdrehte die Augen in Nancys Richtung. »So eine Dramaqueen!«

»Na, das ist aber auch diskriminierend, Miss Amor«, zog Nancy sie auf. »Jemanden auf Stereotype zu reduzieren.«

Nach ihrem fünften Whiskey und zwei Grundsatzdiskussionen – zuerst, ob es egoistisch war, Kinder zu kriegen, und, kurz danach, ob es so etwas wie eine selbstlose Tat gab – beschloss Cora, dass es an der Zeit war, heimzugehen. Sie sah sich um, aber Nancy war weg.

»Sie hat gesagt, dass sie noch lernen muss«, meinte die Gepäckscannerdame, und Cora lachte. Sie fragte sich, ob ihre Freundin sich wohl mit dem Regisseur von *Ran an den Speck* traf. George saß jetzt in der Ecke und redete mit Rays Schwestern, die ausgelassen lachten. Seine Augen verengten sich zu Schlitzen, als er Cora dabei ertappte, wie sie zu ihnen hinübersah. Sie schüttelte lediglich den Kopf.

Charlie und Ray begleiteten sie zur Haltestelle Kensington (Olympia). Unterwegs erzählte Charlie von der Sicherheitspanne im letzten Sommer und dass die Schuld bei einem slowakischen Flughafen gelegen hatte und nicht bei Heathrow, dass der Zwischenfall aber auch Schwächen in ihrem eigenen System offengelegt hatte.

»Die Slowaken haben an ihrem Flughafen eine Sprengstoffprobe im Gepäck eines Fluggasts platziert, als Test für ihre Spürhunde. Die Hunde haben den Sprengstoff zwar entdeckt, aber irgendein trantütiger Sicherheitswachmann hat vergessen, ihn wieder zu entfernen«, sagte Charlie, animiert durch den Alkohol und die plötzliche frische Luft. »Der Sprengstoff klebte an der Tasche von diesem Typen – einem slowakischen Bierbrauer, der geschäftlich in London zu tun hatte. Er hatte nicht die leiseste Ahnung, der arme Kerl – und der Sprengstoff wurde erst ein paar Tage später bei seiner Heimreise entdeckt.«

»Das heißt, das Problem lag bei dem anderen Flughafen?«, fragte Cora und blickte sich um, um zu sehen, wo Ray geblieben war, der ein paar Meter hinter ihnen hertrottete.

»Ja, das auch. Aber der Slowake war bereits an Bord des Flugzeugs, bevor wir von der Substanz erfahren haben. Es war nur eine Probe und nicht genug, um Schaden anzurichten. Aber trotzdem. Es hätte uns auffallen müssen.«

Cora machte sich Sorgen, dass sie zu schnell für Ray waren, aber jedes Mal, wenn sie langsamer wurde, wurde er es auch. So allmählich hatte sie den Verdacht, dass das Absicht war. Als Cora und Charlie die Haltestelle erreichten, hatten sie Ray weit hinter sich gelassen. Während sie die

Rolltreppe hinunterfuhren, lachten sie über Charlies Verwendung des Wortes »Robe«.

»Was ist daran verkehrt?«

»Ach, nichts. Aber sag mal, hast du schon mal Mädchen beim Schwofen Roben tragen sehen?«

»Jetzt machst du dich über mich lustig, Cora.«

»Ich habe dich einfach noch nie so viel reden hören.«

»Ich rede gerne mit dir.«

Cora zögerte. »Sollten wir nicht auf Ray warten?«

»Nein. Er ... ich habe ihn gebeten, uns allein zu lassen.«

Ach du Scheiße.

»Hör mal, Cora. Falls du irgendwann mal mit mir ausgehen möchtest, würde ich mich freuen.«

Wenn sie losrannte, könnte sie in zehn Sekunden am anderen Ende des Tunnels sein. Gar kein Problem.

»Und falls nicht, ist das auch okay. Es liegt ganz bei dir. Kein Druck. Und kein Schwof.«

»Na, da bin ich aber erleichtert.«

»Es liegt ganz bei dir«, wiederholte er.

»Okay, ich glaube, ich sollte dann mal ...«

»Klar. Wir müssen Richtung Süden.« Charlie winkte ihr zum Abschied zu und drehte sich zu den Rolltreppen um. »Ich sage Ray Bescheid, dass die Luft rein ist.«

»Also, ich glaube, er hat mich um ein Date gebeten ...«

»Äh, ja, Sherlock, das glaube ich auch.«

Die beiden Freundinnen standen vor dem allegorischen Gemälde. Eine Reisegruppe älterer walisischer Damen hatte sich zu ihnen gesellt, sodass sie von einem Meer aus lila getönten Haaren umzingelt waren. Mit ihren Walkie-Talkies, über die sie dem Audio-Guide lauschten, sahen sie aus wie Spione, und Cora ließ sie keine Sekunde aus den

Augen, um zu sehen, ob sie auch hineinsprachen. Die Katerparanoia hatte sie voll im Griff. Das war einer der Nachteile, wenn man eine lebhafte Fantasie besaß. Der andere waren die unerwünschten Gedanken, die jedes Mal an die Tür klopften, wenn sie auch nur einen Hauch von Interesse für jemandem empfand oder jemand ihr seinerseits Interesse bekundete. Charlie war liebenswert - er strahlte eine würdevolle männliche Liebenswürdigkeit aus. Aber das ließ sie nur an Friedrich denken, der diesen Wesenszug mehr als alles andere verabscheut hatte. Für ihn war liebenswert zu sein die Antithese zu brillant zu sein. Cora hatte ihn einmal »grausam« genannt, was er beinahe dankbar als Kompliment aufgefasst hatte. Cora schloss die Augen und ließ ihren Kopf zum Trost auf die Schulter ihrer Freundin fallen, die schon immer etwas kleiner gewesen war als sie. »Es hat mich völlig überrumpelt. Im einen Moment albern wir ausgelassen herum, im nächsten fällt ihm nichts ein, worüber er mit mir reden kann - *schöne Robe?* -, und dann fragt er mich, ob ich mit ihm ausgehen würde.«

»Klingt ziemlich normal für meine Begriffe.«

»Warum hat er das gemacht? Jetzt ist es irgendwie seltsam.«

»Ähm, vielleicht, weil er dich mag? Magst du ihn denn?«

»Nicht auf diese Weise. Meinst du, ich habe irgendwas gesagt, was falsche Signale ausgesendet hat? Irgendwann habe ich mich neben ihn gesetzt, obwohl noch viele andere Stühle frei waren. Vielleicht hätte ich ...«

»Jetzt bleib mal ganz locker«, sagte Roisin, die Cora oft genug in Katerstimmung erlebt hatte, um zu wissen, wann sie intervenieren und wann sie Gefühlsausbrüche ignorieren musste. »Ich frage mich nur, ob du nur nicht mit *ihm* oder grundsätzlich mit *niemandem* ausgehen willst?«

»Ich wüsste nicht, wo da der Unterschied ist. Er ist sehr nett, aber nicht mein Typ. Vielleicht magst du ihn ja?«

Roisin johlte, woraufhin die lilahaarige Seniorin neben ihr hochschreckte. »Typisch Hendricks. Kümmere du dich erst mal um dein eigenes Liebesleben, okay? Um meins hast du dich bereits gekümmert.«

»Siehst du Prince Charming denn noch?«

»Sporadisch. Eine Frau hat gewisse Bedürfnisse, und er macht seinen Job gut. Man muss unter einen Typen kommen, um über einen anderen hinwegzukommen – wie eine alte Lebensweisheit sagt.«

»Und jetzt komm«, sagte Cora, stand von der Bank auf und zog Roisin hoch. »Lass uns gehen. Wir müssen noch eine Postkarte kaufen, bevor ich wieder zurück in die Tretmühle muss.«

Im Eilschritt hasteten sie durch die Ausstellungsräume über das 16. und 17. Jahrhundert und strebten auf den Ausgang zu. Cora war etwas mulmig bei dem Gedanken, heute Abend wieder in Heathrow zu sein, aber hier und jetzt, in Gesellschaft ihrer besten Freundin und der großen Meister war sie zufrieden. Sie kamen an einem Porträt von Marie Antoinette vorbei. »Was hältst du von einer Reise nach Paris?«

Roisin blieb stehen und betrachtete ihre Freundin, die aussah, als hätte sie noch etwas sagen wollen, es sich dann aber anders überlegt. »Ich wäre überaus dafür, das halte ich davon. Wird auch mal Zeit, dass du deine Freiflüge nutzt. Eine super Idee.« Letzteres gab sie in ihrem Roisin-typischen schrecklich falschen englischen Akzent von sich. Es klang jedes Mal, als würde sie einen Scotchterrier in irgendeinem amerikanischen Kinderfilm synchronisieren.

»Guck mal, Cora, du brauchst dir keine Gedanken mehr

um dein gutes altes Liebesleben zu machen. Ich hab jemanden für dich gefunden. Schau.« Roisin nickte zu dem Porträt eines Mannes aus dem 15. Jahrhundert mit einem pummeligen Gesicht, Glupschaugen und einem unsagbar lächerlichen Hut hinüber. »Na, wenn das mal kein Traummann ist.«

Die beiden Freundinnen brachen in Gelächter aus und stiegen die Treppe zum Trafalgar Square hinab.

9 Als Cora den Mitarbeiterraum betrat, saß Joan allein an einem der drei Plastiktische, die Füße auf einem zweiten Stuhl abgelegt, das Kreuzworträtselbuch aufgeschlagen vor sich. Joan war die einzige Mitarbeiterin, der man flache Schuhe durchgehen ließ, nachdem sie ein Attest von ihrem Arzt eingereicht hatte, dem intime Details zu ihren entzündeten Fußballen zu entnehmen waren, woraufhin das Management nie wieder ein Wort darüber verloren hatte.

»Wiesel hat vorhin herumgeschnüffelt«, sagte Joan, die Tee aus einer Spruchtasse trank. Auf der Cora zugewandten Seite stand: *»Ich mag meinen Kaffee wie meine Männer – stark und bitter.«* »Nächsten Monat stehen die Beförderungen und die Versetzungen an, und er wollte herausfinden, wer an einem Wechsel interessiert ist. Oder wie hat er es noch gleich genannt? ›Parteien, die an einem Weiterkommen oder einem Aufstieg interessiert sind‹. Er hat sich beinahe nicht mehr eingekriegt mit seinen netten kleinen Formularen, auf denen *höchst vertraulich* aufgedruckt steht und die *nur ihm persönlich* zurückgegeben werden dürfen.« Joan verdrehte die Augen.

Die Umstrukturierung war für den Frühling geplant. Cora hatte das ganz vergessen. Demnach war sie bereits seit acht Monaten hier. Wie war das zugegangen? »Hat er dich gefragt, ob du interessiert bist?«

»O ja«, sagte Joan und richtete sich aus ihrer Lümmelhaltung auf. »Und ich habe ihm gesagt, was ich ihnen bereits seit dreißig Jahren sage. Dass es mir auf meinem Posten sehr gut gefällt, schönen Dank auch. Von mir aus können sie das Beförderung nennen, so oft sie wollen, aber ich habe bestimmt keine Lust, stundenlang am Gate zu stehen.«

Der Check-in war eine Einstiegsposition. Wenn man als Bodenpersonal bei der Fluggesellschaft anfing, landete man zuerst am Check-in. Man nahm ein paar Wochen lang an Schulungen teil, ansonsten galt *learning by doing.* Die meisten Neulinge zogen innerhalb eines Jahres zum Boarding- oder Ankunftsbereich weiter. Nicht so Joan. Sie hatte die letzten dreiunddreißig Jahre am Check-in-Schalter gesessen und nicht die Absicht, ihren Stuhl jemand anderem zu überlassen, bis zu dem Tag, an dem man ihr eine goldene Uhr schenken oder irgendein unbedeutenderes Präsent zu ihrer Pensionierung überreichen würde. Vielleicht würde man ihr sogar den Drehstuhl vermachen.

Als Cora bei der Airline angefangen hatte, hatte sie ihr Leben wieder in den Griff bekommen und einen Plan für die Zukunft schmieden wollen. Doch dann war das Self-Check-in-Embargo dazwischengekommen, und Cora hatte sich gedacht, dass das vielleicht der Plan war. Da sie nicht wusste, was sie selbst wollte, würde sie einfach all ihre Energie in das Leben anderer Menschen stecken. Und es hatte funktioniert. Aber es standen immer noch etliche alleinstehende Vielflieger auf ihrer Liste, sodass sie gar nicht die Zeit hatte, sich um ihre eigene Zukunft Gedanken zu machen. Sie hatte schon alle Hände voll zu tun mit der Gegenwart. Es war unwahrscheinlich, dass Wiesel ihre Verkupplungsmission als Grund für ihr Desinteresse akzeptieren würde, in der Firma »aufzusteigen«. Was hieß, dass sie ihn einfach meiden musste.

Coras Studienwahl war ziemlich willkürlich gewesen. Sie hatte sich für Kunstgeschichte entschieden, ohne sich wirklich darüber im Klaren zu sein, dass dieses Studium weniger mit Malen zu tun hatte als damit, Bücher über die Bilder anderer Leute zu lesen. Nach ihrem Abschluss hatte sie noch immer nicht gewusst, was sie beruflich machen wollte, und ein Praktikum bei einer Kunstzeitschrift absolviert. Das Gehalt war nicht mehr als ein Almosen gewesen und die Arbeit deprimierend. Den Informationen zum Hintergrund eines Kunstwerks – dem Werdegang der Künstler, ihrem Geschwafel und wie gut sie sich vernetzten – wurde viel mehr Wert beigemessen als dem Werk selbst. Coras letzter Auftrag, ehe sie das Ganze als »Schwachsinn« abgehakt hatte, war ein Dreitausend-Wörter-Interview mit einem aufstrebenden Shootingstar der Kunstszene gewesen, dessen größte Kunstfertigkeit darin bestand, ein »Inc.« an seinen Namen anzufügen. Joseph Mason Walter Inc. war der absolute Liebling der Frieze-Kunstmesse, auf der sein gesamtes *œuvre* in der »Kunst der Nicht-Produktion« bestand, was so viel hieß wie absolut nichts herzustellen und zu verkaufen – und das zu rapide steigenden Preisen.

Im Anschluss hatte sie völlig ziellos Teilzeitjobs angenommen, in der Hoffnung, der richtige Beruf würde schon zu ihr kommen. Doch das tat er nicht. Also ging sie nach Berlin. England den Rücken zu kehren schien eine triftige Alternative zu einer fundierten Karriereplanung. Wenn Verwandte Sheila fragten, was ihre Tochter machte, konnte sie sagen, »Cora ist in Deutschland«, woraufhin in den seltensten Fällen jemand nachhakte. An einem anderen Ort der Welt zu leben galt bereits als Tätigkeit an sich.

In Berlin arbeitete sie als Werbetexterin für eine englischsprachige Firma und erwog sogar ernsthaft, noch einmal die Universität zu besuchen. Dann lernte sie Friedrich kennen, und plötzlich war es undenkbar, eine wichtige Entscheidung für ihr Leben zu treffen *UND* mit ihm eine Beziehung zu führen. Zum ersten Mal in ihrem Leben war sie verliebt, und diese Liebe nahm den gesamten Raum ein. Mit Friedrich Schritt zu halten oder womöglich ihn einfach nur zu halten war ein Vollzeitjob.

In guten Momenten sah Cora ihre Zeit in Berlin als ihre wilden Jahre an und fand das völlig okay. In schlechten hingegen als den Punkt in ihrem Leben, an dem sie alles verbockt hatte. Als Cora auf die dreißig zuging, wurde ihr bewusst, dass ihr zielloses Dahintreiben nicht mehr so romantisch war wie früher. In seinen Zwanzigern durfte man es verbocken. Doch bald schon, fürchtete sie, würde das nur noch armselig sein.

Seit sie aus Berlin nach Hause zurückgekehrt und ihre Mutter erkrankt war, wurde sie das Gefühl nicht los, dass eine riesige, unsichtbare Hand sie in der Körpermitte gepackt und so lange geschüttelt hatte, bis alles durcheinander geraten war. In Coras Innerem schien nichts mehr an seinem richtigen Platz zu sein, und sie fürchtete stets, dass bei nur einer abrupten Bewegung alles in sich zusammenfallen würde. Außerdem konnte sie niemandem mehr vertrauen. Also blieb sie, wo sie war, und versuchte, sich wieder neu auszurichten. Bis dahin blieb ihr natürlich immer noch die Freude, anderen Menschen zu ihrem Glück zu verhelfen.

Cora überließ Joan ihren Kreuzworträtseln und strebte hinaus auf den Flur. Es war allerhand los an diesem Donnerstagabend, und hinter den Aer-Lingus-Schaltern standen bereits vier Mitarbeiterinnen. Cora loggte sich am fünften Computer ein und begann, die Passagiere mit Reiseziel Edinburgh und Madrid abzufertigen. Charlie, der an der Aer-Lingus-Schlange vorbeikam, grüßte sie, indem er die Stoppuhr hochhielt. Ein weiterer Lauf in der Mittagspause. Sie winkte zurück. Zum Glück war er nicht der Typ, mit dem die Situation unangenehm wurde. Dennoch wünschte sie sich, sie könnte die Zeit zurückdrehen und frühzeitig den Pub verlassen, damit diese ganze Unterhaltung gar nicht erst stattgefunden hätte.

»Nancy!«, rief Cora, als ihre Freundin an ihrem Schalter vorbeieilte. Die Flugbegleiterin änderte die Richtung und kam mit wippendem blondem Pferdeschwanz vor dem Aer-Lingus-Schalter zum Stehen. »Ich habe gestern gar nichts mehr von dir gehört«, sagte Cora. »Wie ist es in Reihe 27 gelaufen?«

»Mit diesem Typen aus Island? Der war wirklich interessant.«

»Habe ich mir doch gedacht! Ich konnte mir die beiden sofort zusammen vorstellen; mit ihrer blassen Haut, den vernünftigen Schuhen.«

»Ach so, nein«, entgegnete Nancy, die mit ihrem Lieblingskoffer von Louis Vuitton reiste, an dem als Echtheitsbeweis noch immer das Harrods-Etikett hing. Nancy legte großen Wert darauf, sich von den Langstreckenstewardessen zu unterscheiden, die sich billige Markenimitate in Beijing und Marrakesch kauften. »Ich glaube kaum, dass da irgendwas draus geworden ist. Sie hat sofort eine Augenmaske herausgeholt, sobald sie an Bord war. Aber dieser Isländer war megainteressant. Wir haben uns super unterhalten. Wusstest du, dass er Lebensberater ist?«

»Na klar wusste ich das. Er ist auf Berufsberatung spezialisiert, und die Frau, die ich für ihn ausgesucht habe, ist erst vor Kurzem entlassen worden. Es war einfach perfekt. Deshalb sollte er ja mit *ihr* flirten und nicht mit dir!«

»Ich habe nicht geflirtet. Wir haben über die Arbeit gesprochen, und wie gesagt, die Frau hat sowieso geschlafen. Aber«, sagte Nancy und ließ Coras Proteste an sich abprallen, »wie ist denn der Abend neulich noch weitergegangen? Habe ich irgendwas *Interessantes* verpasst?«

»Was? Nein«, stammelte Cora verlegen. »Ich habe ein bisschen zu viel getrunken, aber sonst war nichts. Doch jetzt zu dem Dublinflug heute Abend: Ich habe überlegt, diesmal ein junges Pärchen in Reihe 27 zu setzen. Die sind zwar manchmal etwas unberechenbar, aber es ist schon eine Weile her, seit wir jungen Leuten eine Chance gegeben haben. Was meinst du?«

»Sicher, Miss Amor. Du pickst zwei heraus, und ich schaue, was ich tun kann.«

Gegen 16 Uhr gab es die erste Flaute, sodass Cora mit ihrer Recherche zu den Passagieren des 18:20-Flugs nach Dublin begann. Es war der einzige Hinflug, auf dem Nancy heute arbeitete. Cora hatte eine zweiundzwanzigjährige Irin herausgesucht, die heute Morgen nach Heathrow geflogen war. Megan O'Neill. Aus Erfahrung wusste Cora, dass die meisten jungen Leute, die innerhalb eines Tages hin- und zurückflogen, wegen eines Bewerbungsgesprächs nach London kamen. Passend zu Megan wählte sie Philip Mellon, einen zweiundzwanzigjährigen Juraabsolventen, der ursprünglich aus der Nähe von Dublin kam und gerade bei einer Nichtregierungsorganisation in London ein Praktikum machte. Seine LinkedIn-Seite war ziemlich beeindruckend. Schon bald nachdem Cora mit ihren Recherchen in den sozialen Netzwerken begonnen hatte, hatte sie ihre eigenen Profileinstellungen auf privat gestellt. Die Menge an Informationen, die die Leute von sich preisgaben, war erschreckend.

Megan war eine der Ersten, die sich am Schalter einfanden.

»Meg…« Cora konnte sich gerade noch rechtzeitig auf die Zunge beißen. Sie hatte den Reisepass noch gar nicht richtig aufgeschlagen und konnte den Namen der jungen Dame eigentlich gar nicht wissen. »Megan O'Neill! Willkommen bei Aer Lingus! Haben Sie Gepäck zum Aufgeben?«

Leider war Megan weniger gesprächig als erhofft: Auf ihre Frage »Hatten Sie einen angenehmen Tag in London?« bekam sie lediglich eine gemurmelte Antwort, von wegen eines Treffens mit Freunden – dennoch wies sie ihr Sitzplatz 27A zu.

»Cora Hendricks. Dürfte ich Sie kurz in meinem Büro sprechen?« Wiesel stand hinter ihr und starrte missbilligend auf die Krümel ihres halb aufgegessenen Sandwiches in dem Fach unter ihrem Schalter, während er einen Stapel mit Unterlagen an seine Brust drückte. Seine Lippen waren an den Enden rissig. Vor lauter Aufregung ob seiner Wichtigkeit musste er ganz vergessen haben, seinen Lippenbalsam aufzutragen.

»Ich bin mitten im Check-in.«

»Ihre Kolleginnen können den Check-in für Ihren Flug übernehmen. Hier geht es immerhin um Ihre Zukunft.«

Da ihr keine Ausrede einfiel zu bleiben, gab Cora schnell die Vorabreservierung von Sitz 27B für Philip ein und hoffte, rechtzeitig zurück zu sein, um einen Blick auf ihn zu erhaschen.

Während sie Wiesel zum Aer-Lingus-Personalraum folgte, studierte sie seine Füße, die sich wie aufziehbare Enten bewegten, nur dass ihn dieses schnelle Watscheln nicht schneller voranzubringen schien. Im Personalraum stand auf einem der hintersten Plastiktische in der Mitte ein Schild »Reserviert«. Wiesels »Büro«, wie sie annahm.

»Nehmen Sie doch Platz.«

Er räusperte sich und klopfte mit den gesammelten Unterlagen gegen den Tisch. »In der Luftverkehrsbranche ist kein Monat so wichtig wie der März. Wie Sie sicherlich wissen, ist der März der Monat, in dem sich Neulinge aus dem gesamten Unternehmen der Frage stellen, wo sie stehen und wo sie sich künftig sehen. Bestimmt ist Ihnen das aus den Erzählungen Ihrer Mutter vertraut. Es ist der Moment, wo sich die Schafe von den Böcken scheiden, die Spreu vom Weizen, die ...«

»Ich habe es verstanden.«

»Das hier ...«, er wedelte mit seinen geliebten Unterlagen, »ist der Unterschied zwischen der Gold-Circle-Lounge und der Gepäckermittlung.«

»Okay.«

»Es gibt noch viele weitere Bereiche, in denen Sie vielleicht eine Weile arbeiten möchten, um einen umfassenderen Einblick in unsere Arbeit zu bekommen.«

»In der Tat.«

Cora beobachtete, wie Wiesels Kinn zitterte. Es schien, dass alles an ihm angesichts der höheren Sphären der Verantwortung ins Zittern geriet. Plötzlich hatte sie das verstörende Bild von Wiesel beim Orgasmus vor Augen. *Du meine Güte*, ermahnte sie ihre eigene Fantasie, *reiß dich zusammen*.

Wiesel, der Verständnis dafür hatte, dass dies eine gewichtige Entscheidung war, nahm es hin, keine konkrete Antwort von ihr zu erhalten. Immer wieder ließ er das Wort

»Zukunft« fallen und reichte ihr dann das Formular. »Diese Unterlagen sind höchst vertraulich«, sagte Wiesel, dem es offensichtlich ebenso schwerfiel, den Blickkontakt loszulassen wie sein Ende des Dokuments. »Bringen Sie *mir* die ausgefüllten Unterlagen zurück, und zwar nur mir.«

Cora kehrte gerade noch rechtzeitig an den Check-in-Schalter zurück, um zu sehen, wie Philip zum Schalter einer Kollegin ging. Sofort checkte sie das System; er war noch immer auf den vorreservierten Sitz gebucht. Sie sah ihn mit der anderen Check-in-Mitarbeiterin reden. Er war kleiner, als es auf seinem Profilbild den Anschein machte, und trug eine Brille sowie eine schlecht sitzende schwarze Jeans und jene Art von T-Shirt, die junge Männer ohne jedes Interesse an Mode trugen. Cora lehnte sich zurück, um die Aufschrift auf seinem T-Shirt zu lesen: *Straight Up for Equality* – der Slogan für ein Ja zum irischen Homoehe-Referendum.

In dem Fach unter dem Schalter klingelte neben ihrem verwaisten Sandwich ihr Handy. Eine SMS von Roisin:

Wie läuft es mit Charlie? Hat er dir bereits einen Antrag gemacht, oder will er erst bei deinem Vater um deine Hand anhalten? Trauzeugin in spe.

Als Cora wieder aufschaute, war Philip verschwunden.

LHR → DUB 18:20 Uhr

10

Während sie sich durch den Gang im Flugzeug vorkämpfte und immer wieder gegen die Sitze stieß, dachte Megan O'Neill zum ersten Mal, dass sie das Ganze an eine Kirche erinnerte. Die ihr zugewiesene Kirchenbank befand sich nahe des Hecks, und sie bahnte sich aufrechten Ganges den Weg durch die Zehner- zu den Zwanzigerreihen – 24, 25, 26, na endlich. Als sie sich in ihren Sitz fallen ließ, stieg eine Hitze in ihr hoch, die nicht durch den Mantel kam, den sie noch immer trug, zwar zugeknöpft, aber mit offenem Gürtel. Eine Minute lang saß sie nur da und sammelte sich, ehe sie wieder aufstand, um ihn auszuziehen und sich wie eine Decke über die Knie zu legen.

Megan befühlte mit der Hand ihr Gesicht und fragte sich, wie sie aussah. Ob man es ihr anmerkte. Heute Morgen am Flughafen in Dublin hatte sie mit Argusaugen Ausschau nach bekannten Gesichtern gehalten, ein Alibi jederzeit abrufbereit, doch auf dem Rückweg hatte sie vergessen, ähnlich wachsam zu sein. Was hatte sie der Check-in-Dame erzählt? Ihr Blick scannte das Flugzeug ab, dann fiel ihr etwas ein: Sie hatte der Krankenschwester Rachels Adresse genannt. Sie hatte Panik bekommen. Ach, du Scheiße. Was, wenn sie sie kontaktierten? Was, wenn sie einen Brief an ihre Adresse schickten und Rachels Eltern ihn öffneten, oder noch schlimmer, wenn sie ihn zu Megan nach Hause schickten und ihre Eltern ihn aufmachten? Die beiden besten Freundinnen waren nur wenige Schritte voneinander aufgewachsen, und als Kind war es Megan schon mal passiert, dass sie eine Postkarte an Rachel versehentlich an ihre eigene Adresse geschickt hatte. Oft rief sie auf der Festnetznummer ihrer Freundin an, wenn sie eigentlich ihre eigene anrufen wollte. Es wäre folglich nicht das erste Mal. Megan kramte ihr Handy aus ihrer Manteltasche und begann hektisch zu googeln, aus Sorge, man würde sie auffordern, es auszuschalten, ehe sie die Antwort gefunden hatte. Aber da stand es, in einem Internetforum: Die Postanschrift wird nur zur Archivierung und zu statistischen Zwecken erfasst. Megans letzte zwei Suchanfragen bei Google waren Krämpfe und Blutungen gewesen. Schnell löschte sie ihren Suchverlauf. Dabei dachte sie an all die anderen Informationen, die nie gelöscht wurden.

Philip Mellon zerrte seinen prall gefüllten Rollkoffer den Gang entlang. Wieso hatten sie nicht auch den Hintereingang für das Boarding geöffnet? Dann wären sie doppelt so schnell zum Abflug bereit. Das einzig Gute daran, den gesamten Gang hinunterschreiten zu müssen, bestand darin, dass das den anderen Passagieren Gelegenheit gab, sich über die Botschaft auf seinem T-Shirt Gedanken zu machen. Mit der freien Hand zupfte er an dem billigen Baumwollshirt, um es glatt zu ziehen. Währenddessen blieb sein Koffer holpernd am Fuß einer am Gang sitzenden Frau hängen. Er hob ihn darüber und zerrte ihn weiter hinter sich her. Er war noch nie mit einem derart vollen Koffer für ein Wochenende nach Hause geflogen. Normalerweise packte er nur zwei Boxershorts, ein T-Shirt und ein paar Studienunterlagen ein. Doch dieses Wochenende hatte er keine Kleidung eingepackt und auch keine Unterwäsche, wie ihm jetzt einfiel. Egal. Es waren ja nur drei Nächte. Der Koffer war gefüllt mit Postern, Spruchbändern, einem Elektrotacker, Straight-up-for-Equality-T-Shirts, Petitionen mit Unterschriften, die er und andere Oxford-Studenten gesammelt hatten, und Fahnen. Der monetäre Wert des Koffers war zwar gering, aber er war eindeutig das wichtigste Gepäckstück an Bord. Philip schob einen Koffer im Gepäckfach direkt über sich beiseite, um seine Tasche so nah wie möglich bei sich zu haben. Das war schließlich der ihm zugewiesene Sitz, und somit war das auch der ihm zugewiesene Stauraum.

Er blickte zu dem Mädchen neben sich und sah den Reisepass auf ihren Knien liegen. Sie war Irin und ungefähr in seinem Alter; bestimmt würde sie es toll finden, dass er extra sein Wochenende opferte. Dabei gab es noch allerhand zu büffeln, selbst wenn man das Staatsexamen in Jura in der Tasche hatte. Die Leute hatten ja keine Ahnung.

»Lebst du in Irland?«, fragte er, als er sich hingesetzt hatte, und schreckte sie auf.

»Ja.«

»Ich komme aus Wicklow, wohne aber in London. Mittlerweile seit, lass mich überlegen, sechs Jahren. Ich fühle mich schon richtig heimisch hier und könnte mir gar nicht mehr vorstellen, zurück nach Irland zu gehen; irgendwie ist es mir dort zu eng.«

Sie lächelte, ohne ihn anzusehen. Auf ihn wirkte sie eher träge als unhöflich. Phlegma war eine furchtbare Volkskrankheit. *Jetzt zeig doch mal Interesse, Frau*, dachte er bei sich. Wir leben in einer Zeit des Umbruchs. Wach auf aus deiner Gleichgültigkeit.

»Aber ich hänge noch immer an meiner Heimat und fliege rüber, um an einer Kampagne zum Referendum teilzunehmen. Das ganze Wochenende über. Bestimmt bin ich am Ende völlig fertig, aber was soll's? Die Abstimmung zur Ehe für alle steht kurz bevor, wie du sicherlich weißt?« Er drehte ihr das Gesicht zu und zog an seinem T-Shirt. Sie nickte zustimmend. Im letzten Jahr war die Legalisierung der Homoehe im irischen Radio hoch und runter debattiert worden. »Ich bin Menschenrechtsanwalt«, fuhr er fort und hoffte, nicht allzu belehrend rüberzukommen. »Jeden Tag landen bei uns Fälle aus der Dritten Welt auf dem Schreibtisch, aber mich lässt die Frage nicht los, was in meinem eigenen Land passiert. Meinen Kollegen sage ich immer: ›In Irland sind Menschenrechtsverletzungen an der Tagesordnung.‹ Ich sage: ›Ich komme aus einem Dritte-Welt-Land.‹«

Seine Stimme war unglaublich laut, wie ein Nebelhorn. Megan versuchte, die Unterhaltung zu beenden, doch das Problem war, dass es gar keine Unterhaltung war. Sie kannte Leute von seinem Schlag. Leute, die nach Filmvorführungen oder öffentlichen Interviews ungefragt unverzeihlich lange Fragen stellten – nur, dass sie in Wirklichkeit keine Fragen stellten, sondern ihre eigene Intelligenz zur Schau stellten. Sie hatte zunächst aufs Trinity College getippt, aber da er schon so lange in England lebte, kamen eher Oxford oder Cambridge infrage, was auch logischer erschien. Wahrscheinlich hatte er sogar ehrenwerte Absichten, aber das war ihr egal. Megan hatte die Götter angefleht, sie möge auf dem Rückflug allein sitzen, aber offenbar waren sie nicht sonderlich gut auf sie zu sprechen. Natürlich glaubte sie nicht an Gott, das war alles

Quatsch, doch das hielt sie nicht davon ab, kleine Deals mit einer höheren Macht abzuschließen. In der letzten Zeit hatte sich diese Macht allerdings nicht an die Absprachen gehalten.

Dass sie schwanger war, hatte sie drei Wochen nachdem Darragh mit ihr Schluss gemacht hatte, herausgefunden und eine Woche nachdem sie sich noch einmal an der O'Connell-Brücke getroffen hatten und sie zusammengebrochen war, als er ihr klar zu verstehen gegeben hatte, dass er sie nicht zurücknehmen würde. Megan hatte auf dem kalten, grauen Beton gesessen und sich daran erinnert, wie sie nur zwei Monate zuvor an einem Samstagmorgen noch ineinander verschlungen durch die Iveagh-Gärten spaziert waren. Sie erinnerte sich, wie sie sich Sorgen gemacht hatte, dass sie zu einem halben Menschen geworden war, der nur laufen konnte, wenn seine bessere Hälfte da war, um sie zu stützen. Dann hatte sich diese andere Hälfte komplett abgespalten, und sie hatte nicht mehr stehen können. Wahrscheinlich würde es ihr niemand glauben, aber sie hatte den Moment genau gespürt, als ihr Herz gebrochen und alles in sich zusammengefallen war.

Zwischen dem Abend auf der Brücke und dem Freitagmorgen, an dem sie auf der Toilette des RTE-Radiogebäudes den Schwangerschaftstest gemacht hatte, hatte sie nichts von ihm gehört. Sieben Stunden nachdem ihr Pipi den Teststreifen blau gefärbt hatte, machte sie sich vom Funkhaus, wo sie in der Radiorecherche arbeitete, auf den Heimweg und kaufte unterwegs eine Packung Müsli. Sie schwor sich, dass sie ausschließlich Müsli essen würde. Wenn sie nichts von Darragh gehört hatte, bis die Packung aufgebraucht war, bedeutete das, dass er nicht zu ihr zurückkommen würde. Doch dann hatte ihre Mutter den Rest der Packung gegessen, und Megan war in Tränen ausgebrochen. Damit war der Deal null und nichtig, aber sie hatte beharrlich weitergemacht. Falls sie nicht schwanger war, würde sie die 900 €, die sie in ihrem ersten richtigen Job angespart hatte, für wohltätige Zwecke spenden; sie würde ihre vier Lieblingskleidungsstücke dem Oxfam-Laden vermachen; und sie würde drei Monate lang keine Schokolade mehr essen. Doch das Familienplanungszentrum bestätigte ihr, dass diese Opfer nicht genügt hatten: Sie war schwanger. Nach dieser Hiobsbotschaft konnte sich Megan nicht vorstellen, je wieder etwas zu essen, schon gar keine Schokolade, und ihre Ersparnisse in Höhe von 900 € wanderten nun in den Abtreibungs-Fonds.

Sie hatte es Rachel erzählt, und gemeinsam hatten sie die Flüge gebucht. Rachel hatte ihr sogar angeboten, sie nach London zu begleiten, aber sie hatte seit ihrem Abschluss keine Anstellung gefunden, und Megan hatte nicht genug Geld, für sie beide zu zahlen. Am Abend vor ihrer Abreise hatte Megan bei Rachel übernachtet und ihren Eltern erzählt, sie besuche alte Freunde aus Unizeiten, die auf der anderen Seite der Stadt wohnten. Sie hatte sich noch vor Sonnenaufgang und bevor Rachels Eltern ihren Übernachtungsgast bemerkten, aus dem Haus geschlichen.

Megan war heute Morgen um 6:40 Uhr vom Flughafen Dublin aus geflogen. Wenn sie in einer Stunde zu Hause landeten, würde sie direkt mit dem Bus in die Innenstadt zum Abendessen anlässlich des achtzehnten Geburtstags ihres Bruders fahren. Bei dem Gedanken an den McDonald's am Flughafen Heathrow, wo sie sich auf der Toilette übergeben hatte, drehte sich ihr der Magen um.

»Wirf einfach einen kurzen Blick auf die beiden, wenn du mit dem Servierwagen herumgehst, George.«

George stieß einen betonten Seufzer aus und riss Nancy, die noch immer das Verfahrenshandbuch durcharbeitete, den Wagen aus den Händen. »Na schön. Aber ich tue das für dich, nicht für Cora.«

Sein gestriges Date war wieder einmal ein völliger Reinfall gewesen. Diesmal war es tatsächlich der Freund eines Freundes gewesen, und Georges *Freund* hatte geschworen, dass nie etwas zwischen ihnen gelaufen war – was sich als große Lüge herausgestellt hatte. George hatte eine Stunde lang im Starbucks gesessen und diesen Burschen trösten müssen, der vor Monaten mit seinem Freund geschlafen hatte und der ihn schneller rausgeschickt hatte als Beyoncé ein neues Album. George wusste nicht, was er anderes dazu sagen sollte, als dass er sich besser schon einmal daran gewöhnen sollte. »Es wird immer behauptet, das Comingout sei das Schlimmste«, sagte er, während der Bursche an einem Pickel an seinem Kinn herumdrückte, »dabei ist das bloß der Anfang.«

»Irland wurde schon vor die HRC zitiert – das ist die Menschenrechtskommission der UNO, weißt du? –, aber egal, jedenfalls wurde Irland in drei Jahren dreimal vorgeladen. Das ist doch beschämend. Ich schäme mich wirklich, aus einem so rückständigen Land zu kommen. Niemand hat ein Ohr für die Belange der Unterdrückten. Niemand gibt ihnen eine Stimme. Immer sind es heterosexuelle weiße Männer, die die Entscheidungen treffen. Sie sagen Frauen, Schwulen und Lesben, was sie zu tun haben und was nicht. Es hört nie auf …«

Megan versuchte, ihn einfach auszublenden, aber seine nasale Stimme bohrte sich beharrlich in ihr Hirn. Sie dachte an das Nachsorge-Hinweisblatt, das sie im Bus zum Flughafen gelesen und anschließend in einem Mülleimer entsorgt hatte, als niemand hinsah. Rachel hatte eine Klinik für sie gefunden, die irischen Bürgern einen Rabatt gewährte. Deshalb hatte sie eine Adresse in Dublin angegeben. Wie illegal war eine Abtreibung eigentlich genau? Es bestand doch nicht die Gefahr, dass die Behörden sie am Dubliner Flughafen aufhalten würden? Oder? In der Schule hatte es Gerüchte gegeben, dass so etwas manchmal vorkam. Es hieß, man solle 24 Stunden nach dem Eingriff nicht reisen, und Megan hatte den letztmöglichen Flug gebucht, aber sie musste es zu dem Abendessen heute Abend schaffen. Die größte Sorge der Ärzte war, dass man mitten auf dem Flug schwere Blutungen bekam. Sie schloss die Augen und konzentrierte sich auf ihren Körper; die Blutung war nicht stärker als während ihrer Periode, doch sie hatte noch nie solche Unterleibskrämpfe gehabt.

»... Das Problem ist die Mitte von Irland. Wenn man nach Dublin kommt, denkt man: ›Okay, vielleicht muss man sich doch gar nicht so für dieses Land schämen‹, aber dann kommt man in die Midlands oder irgendwohin außerhalb der Hauptstadt, eigentlich ist das egal, und plötzlich ist es, als könnten die Menschen nicht mehr selbst denken. Wahrscheinlich sollten wir dort unsere Kampagne durchführen, aber dann würde man uns lynchen – oder was man sonst dort mit Andersdenkenden macht. Wicklow ist das Äußerste, wo wir hingehen. Dort leben zwar viele ältere Leute, aber man muss ihnen einfach nur erklären, dass jeder das Recht haben sollte zu heiraten ...«

Megan hatte keine Schuldgefühle mehr wie heute Morgen auf dem Weg zum Flughafen, wo ihr richtiggehend übel davon gewesen war. Jetzt überwog die Erleichterung. Sie fühlte sich auch nicht mehr schlecht, weil sie ihre Eltern angelogen hatte – auch wenn sie sich gewünscht hätte, ihre Mutter hätte sie begleitet, hätte im Wartezimmer ihre Hand gehalten und anschließend an ihrer Seite gesessen. Sie wünschte, sie hätte es ihr erzählen können. Immer wenn Megan tieftraurig war, dachte sie an ihre Mutter und zwar an ihre »Mami« – obwohl sie ihre Mutter seit fünfzehn Jahren nicht mehr so genannt hatte. Als sie nach dem Eingriff auf der Liege lag, hatte sie an ihre Mami gedacht. Sie hatte sich vorgestellt, wie sie sich selbst von oben betrachtete, wie sie immer höher flog, bis sie so hoch schwebte, dass sie sowohl sich selbst auf einem Bett in einer diskreten Klinik neben einer Sozialwohnungssiedlung in Brentford liegen als auch ihre Mutter an ihrem Lehrerpult stehen sah, wie sie Zehnjährige an einer Schule in North County Dublin unterrichtete.

Dass der Arzt ein Mann gewesen war, hatte es noch schlimmer gemacht. Damit hatte sie nicht gerechnet, und sie hatte sich furchtbar vor ihm geschämt. Ihr war bewusst, dass es dafür keinen Grund gab, aber sie konnte nicht anders. Megan spürte, dass ihre Wangen glühten und wie sich die Tränenkanäle hinter ihren Augen weiteten, und riss sich zusammen. Sie würde ihre Mutter fest in die Arme nehmen, wenn sie heute Abend im Restaurant ankam. Und ihre Mutter würde ihre Umarmung erwidern, weil sie ein liebevoller Mensch war; sie hatte einfach nur andere Überzeugungen …

»Irgendetwas aus unserem Snackangebot?«

Der näselnde Junge und einer der Stewards, der mit

einem Servierwagen im Gang stand, sahen sie an. »Entschuldigung«, sagte Megan. »Nein, danke.«

»Sind Sie sicher? Es geht auch aufs Haus. Reihe 27 liegt uns ganz besonders am Herzen.« Bei dem letzten Satz schwoll die Stimme des Stewards an, und er drehte den Kopf zum Heck des Flugzeugs hin, von wo aus ihn eine Blondine beobachtete.

»Nein, danke.«

»Also ich hätte gern einen Kaffee. Danke, Kumpel. Wäre es möglich, einen mit Schaum zu bekommen, oder gibt es nur einfachen Kaffee?«

»Wir haben nur Instantkaffee.«

»Kein Problem, der tut es auch. Und ja, was das T-Shirt angeht ...«

Darragh hatte Kaffee gemocht. Megan nicht. Er hatte versucht, sie zu bekehren, aber erfolglos. Sie fragte sich, ob sie Kaffee immer mit ihm verbinden würde. Immerhin dachte sie in der Vergangenheitsform an ihn. Musste man erst von jemandem schwanger sein, um über ihn hinwegzukommen?

»... Ja, genau darum geht es, George. George ist doch richtig, oder? Wegen dem Namensschild. Egal. Ich bin zwar nicht schwul, aber ich finde, dass man das Recht haben sollte, es zu sein. Jeder sollte das Recht haben zu wählen, verstehen Sie? Ich mache mich nur für ihre Rechte stark ...«

Das Geschwafel des jungen Aktivisten war für Megan nur ein Hintergrundrauschen, aber sie beobachtete die Reaktion des Stewards, der keine Miene verzog. »Wie großherzig von Ihnen«, sagte er und schob den Wagen weiter. Allerdings verstand der Junge keinen Sarkasmus.

»Getränke umsonst?«, sagte er, genauso an Megan gewandt wie sein bisheriger Monolog. »Offenbar haben die irischen Fluggesellschaften kräftig aufgeholt, seit ich zuletzt mit einer geflogen bin. Du hättest zugreifen sollen.«

Megan spürte, wie sich ihr Magen zusammenzog, und bedeckte ihn instinktiv mit der Hand. Seit drei Wochen ertappte sie sich dabei, wie sie schützend die Hand auf den Bauch legte. Obwohl sie wusste, dass es lächerlich war, konnte sie damit nicht aufhören. Sie zog die Hand weg und rieb ihre Finger aneinander, als ob sie unsichtbare Magnete abstreifen wollte, die sie wie magisch zur Bauchdecke zogen. Sie ließ den Kopf gegen die Lehne sinken und täuschte vor zu schlafen.

Dem Mädchen schien das Land, in dem sie lebte, völlig egal zu sein. Oder vielleicht langweilte er sie auch. Aber genau das war heute das Problem, dachte er: Auf Facebook hatten die Leute zu allem eine Meinung, aber im echten Leben kriegten sie den Mund nicht auf. Philip beobachtete das Mädchen, das vorgab zu dösen. Aber er wusste, dass sie wach war, weil sich ihr Atem nicht verändert hatte. Er schaute an ihr vorbei aus dem Fenster und sah Dublins markante Bucht in der Ferne. Heute Abend würde er die anderen auf ein paar Bierchen vor der morgigen Kampagne treffen. Ihnen würden die T-Shirts gefallen – oh, und die Anstecker, die sie an den Haustüren verteilen wollten! Er setzte sich ein Stück auf und zog einen Aufkleber aus der Gesäßtasche: *Make Up Your Own Mind*. O ja, die anderen würden total begeistert sein.

11

Egal, aus welcher Perspektive sie es betrachtete – und Cora hatte das Dokument nun aus jedem Winkel begutachtet –, die vorherrschende Farbe in ihrer Verkupplungsstatistik war noch immer Rot. Die Decke halb zurückgeschoben und mit Kissen im Rücken, stellte sie ihren Regenbogenstift auf Gescheitert und trug die weiteren Ergebnisse ein. Es war ein insgesamt enttäuschender Monat gewesen.

Die Vielflieger hatten sich als besonders harte Nüsse erwiesen. Es war vier Flüge her, seit Ingrid zumindest mal auf ein Gelb gekommen war, und die Geschichte mit Aiden kam ihr inzwischen wie eine Folge der *Sesamstraße* zum Lernen von Farben und Zahlen vor: *»Die heutige Sendung wurde präsentiert von der Farbe Rot und der Zahl Null«*. Cora ignorierte Nancys Feedback zu dem jungen Paar, das letzte Woche nach Dublin geflogen war – Megan, so hieß das Mädchen, den Namen des Jungen hatte sie vergessen –, und markierte es als »unklar«. Nancy hatte George als Späher geschickt, der alles Mögliche behaupten würde, um sie zu ärgern, sagte sich Cora, während sie das Kästchen gelb ausmalte.

Beim Blick auf die rote Einfärbung, die das Experiment mit dem Isländer markierte, das Nancy verbockt hatte, spürte sie einen Anflug von Zorn. Es gab genug Männer auf der Welt, warum musste sich Nancy ausgerechnet in

Reihe 27 einmischen? Wie sollte sie jemals den Grünanteil steigern, wenn ihre einzige Komplizin ihr Bestes tat, dass sie aus dem Rotbereich nicht herauskamen?

Cora legte das Diagramm zurück in die Schublade ihres Nachttischchens und zog ihre Beine ganz unter der Decke hervor. Sie streckte ihre Zehen auf dem warmen Linoleum. Hieß es nicht, dass man seine Träume vergaß, sobald man die Füße auf den Boden stellte? Dennoch blieb ein vages Gefühl von Verwirrung zurück.

Cora rollte die Jalousie hoch und blickte aus ihrem schmalen Schlafzimmerfenster geradewegs in das obere Stockwerk eines Doppeldeckerbusses und in die Augen eines Mädchens im Teenageralter. Cora stellte sich die Seven Sisters Road gerne als eine Art Safariroute vor, wobei die roten Londoner Busse die geländetauglichen Jeeps waren, die neugierige Touristen umherkarrten, und sie ein exotisches Tier. Als der 253er losfuhr, legte Cora den Kopf schräg (an diesem speziellen Samstagmorgen war sie ein Strauß), und das Mädchen winkte. An manchen Morgen fiel ihr erst beim Anziehen ein, dass die Jalousien oben waren. Doch da das in Wirklichkeit gar keine Safaritouren – und die Fahrgäste bloß müde Pendler – waren, war das nie ein Problem. Die Leute waren viel zu sehr mit ihren Handys beschäftigt, um ihre entblößte, vom Duschen noch feuchte Haut zu bemerken.

Cora hörte den Fernseher, noch bevor sie die Küche betrat, und als sie auf der Türschwelle stand, sah sie ein Sieb und die Weight-Watchers-Waage auf dem Abtropfbrett. Egal, welche 1-Personen-Mahlzeit Mary auch machte, sie brauchte dafür immer so viel Geschirr, dass die ganze Spüle überquoll. Das heutige Frühstück bestand aus einem sorgfältig zubereiteten Eiweiß-Omelette, im Ofen geröstetem

Kürbis und irgendeinem grünen Smoothie. Der Geruch von Spirulina-Algen hing in der Luft, und das entsorgte Eigelb klebte am Boden einer Tasse – Coras Lieblingstasse.

»Was siehst du dir da an?«, fragte Cora, stellte ihren Porridge in die Mikrowelle und suchte nach einer sauberen Tasse.

»Viel auf der Waage, bald auf der Bahre.«

»Na, wenn das mal kein einprägsamer Titel ist.«

»In der Sendung wird total übergewichtigen Menschen gesagt, wie lange sie noch haben, bis ihr Fett sie umbringt«, erläuterte Mary, ohne die Augen nur eine Sekunde vom Bildschirm abzuwenden. Eine übergewichtige Dame stand vor einem weißen Vorhang, während ein Mann in einem frisch gebügelten Kittel Wäscheklammern in ihre Speckröllchen klemmte. Gebannt schaute Mary zu und lutschte an ihrer Gabel.

Cora gab heißes Wasser und einen Teebeutel in das einzige saubere Gefäß, das sie fand. »Meine Mutter wird heute achtundfünfzig, und heute Mittag gibt es ein Geburtstagsessen.«

»Wie schön.«

»Ja, es wird bestimmt ganz gut. Nur ein paar Stunden – länger hält sie nicht durch, und dann gehe ich vielleicht noch in die Tate.«

Ihre Mitbewohnerin gluckste. »Du bist ja ganz besessen von Kunstausstellungen.«

»Übertreib mal nicht, Mary. Ich war schon seit Wochen in keiner Ausstellung mehr. Mindestens seit drei.«

Cora wartete auf eine Antwort, aber Mary würdigte ihre Mitbewohnerin nicht eines Blickes, rührte sich nicht einmal. Vielleicht war ihr die Gabel im Hals stecken geblieben.

Cora holte ihre Schüssel aus der Mikrowelle und nahm sie mit in Roisins Zimmer. »Mary hat mich gerade besessen genannt«, sagte sie und ließ sich neben ihre schläfrige Freundin fallen. »Von Kunstausstellungen. Ich hätte mir heute Morgen auch die Mona Lisa auf die Stirn tätowieren lassen können, und Mary hätte es nicht bemerkt. Sie konnte ihre Augen nicht von diesen armen ausgebeuteten Geschöpfen abwenden. Aber klar: *Ich* bin diejenige, die besessen ist.«

Roisin grinste und streckte die Arme über dem Kopf.

»Ihr Frühstück hätte dir aber bestimmt gefallen. Sie hat praktisch eine essbare irische Flagge zusammengestellt.«

»Ah, die Trikolore.« Roisin rollte sich herum, um nach ihrem Handy zu greifen und nach der Zeit zu sehen. Roisin aß zwar nichts zum Frühstück, liebte Tee aber über alles. Cora reichte ihr die Tasse und zog die Vorhänge auf, während ihre Freundin sich aufsetzte und ihr zusah.

»Du bringst mir Tee und Licht? Du bist ja besser als zwei Frauen zusammen.« Roisins Großvater hatte das einmal zu ihrem Vater gesagt, als der dem alten Mann ein Sandwich gebracht und unmittelbar darauf das Feuer angezündet hatte. Seither war es zu einer festen Redewendung von Roisin geworden. »Gut schaust du aus, Cora.«

»Oh, danke.« Sie machte einen Knicks und glättete den Rock ihres Blumenkleids, das sie ursprünglich einmal für eine Hochzeit gekauft hatte. »Wir gehen heute zu Maeve zum Mittagessen, um Sheilas Geburtstag zu feiern.«

»Wie alt wird sie?«

»Achtundfünzig, was mir das Gefühl gibt, alt zu sein. Ich hatte bei dem Kleid schon Sorge, ob ich nicht zu alt dafür bin.«

»Bist du nicht.«

»Das hoffe ich, ich habe es nämlich noch kaum getragen. Seltsam, wie ein bisschen Farbe sofort die Laune hebt – was mich daran erinnert, dass ich noch Blumen für Mum und Maeve besorgen muss. Um wie viel Uhr fährst du nach Brighton?«

Roisin fuhr an diesem Abend zu einem Konzert von Prince Charmings Band Avoid the Slam. Ihre Musik hatte sie als »totale Scheiße« klassifiziert, doch wenn die Band außerhalb von London auftrat, konnten sie kostenlos übernachten, und Roisin konnte ihr heiß geliebtes »Ich gehöre zum Schlagzeuger«-T-Shirt anziehen, das sie vor Jahren einmal gekauft hatte. Ursprünglich hatte es ein ironisches Statement sein sollen, wie sie damals erklärt hatte, weil »niemand sich damit brüstete, mit dem Schlagzeuger zusammen zu sein«.

»Ich fahre um drei los und komme morgen wieder, wahrscheinlich erst spät abends, weil wir warten müssen, bis der Bassist seinen Rausch ausgeschlafen hat, bevor er den Transporter zurückfahren kann. Avoid the Slam sind die Stars des Abends, was viel darüber aussagt, wie abgrundtief schlecht der Club sein muss, aber ich habe noch nie Fish'n'Chips in Brighton gegessen.«

Cora schaltete Roisins Radio ein, legte sich quer auf das Bett und hörte zu, wie Frank Skinner die Handlung irgendeiner Soap mit einer obskuren griechischen Tragödie verglich. Cora starrte das Schlüsselband an, das an Roisins Bettpfosten hing – BIBLIOTHEK FINSBURY PARK N4: PERSONAL –, während sich ihre Freundin anzog.

»Den habe ich neulich gefunden«, sagte Roisin und zog einen Brief aus ihrer Unterwäscheschublade. »Den hast du mir aus Deutschland geschickt, kurz nachdem du Friedrich kennengelernt hattest und zu dem Schluss gekommen warst, dass Briefe der einzige Weg seien, wie du deine *wahren Gefühle* ausdrücken konntest.« Roisin war der einzige Mensch in Coras Bekanntenkreis, der es schaffte, Sticheleien liebenswürdig klingen zu lassen. »Und als dann die Kacke am Dampfen war, bist du in null Komma nichts wieder auf E-Mails umgeschwenkt.«

Cora vergrub das Gesicht unter der Decke und stöhnte. Sie konnte kaum noch begreifen, wie unterwürfig sie damals gewesen war, aber es existierten handfeste Beweise. »Bitte wirf ihn weg.«

»Manches davon ist echt gut, Cora. Was immer Fredi, der Yeti ...«

»Er war nicht behaart!«

Roisin zuckte die Schultern. »Aber trotzdem ist und bleibt er ein Arschloch, oder nicht? In dem Brief stehen ein paar wirklich kluge Zeilen über Museen und Kunst und so. Bei der Hälfte habe ich zwar keine Ahnung, wovon du sprichst, aber du drückst dich gut aus.«

Cora richtete sich auf dem Bett auf. »Okay, ich sollte dann mal langsam.« Sie drückte ihrer Freundin auf dem Weg zur Tür die Schulter. »Viel Spaß heute Abend, und iss eine Portion Fish'n'Chips für mich mit.«

Der Blumenladen in Stoke Newington war wegen eines Trauerfalls in der Familie geschlossen, sodass Cora, die nur diesen einen Floristen mit seiner grausigen Schaufensterauslage aus Kränzen und Lilien kannte, mit dem Rad die Straßen abfuhr, bis sie an einem Stand in Dalston vorbeikam. Durch diesen Umweg war sie spät dran, als sie schließlich vor Maeves Doppelhaushälfte aus rotem Backstein ankam. Cora fielen die frische Malvenfarbe am Tor und die kräftigen Geranien auf, die den bescheidenen Garten ihrer Schwester dominierten. Maeve hatte den grünen Daumen ihrer Mutter geerbt. Cora hingegen konnte gerade mal einen Laub- von einem Nadelbaum unterscheiden. Sie klingelte an der Tür und hörte ihre Nichte aufgeregt kreischen. Cora stellte sich vor, wie die Betätigung der Klingel bei der dreijährigen Primrose einen sanften elektrischen Stromschlag auslöste. Einen Moment lang erwog sie, erneut zu klingeln, nur um ihre Theorie zu überprüfen.

»Komm rein, komm rein«, winkte Chris sie herein, während er die Tür aufhielt. Cora bückte sich, um unter seinem Arm hindurchzuschlüpfen, woraufhin er sie ungelenk umarmte. Maeves Mann war der Inbegriff englischer Unbeholfenheit. Er besaß eine endlose Sammlung an roten Leinenhosen, die bei Cora immer die Vorstellung hervorriefen, wie er auf einem Kamel saß und irgendeine Region Indiens als Kolonialherr eroberte.

»Hallo, hallo«, begrüßte er sie nervös und rückte seine Schildpattbrille zurecht. »Schön, ähm, dich zu sehen.«

»Freut mich auch, dich zu sehen, Chris«, erwiderte sie und überreichte ihm den etwas günstigeren Blumenstrauß.

»Oh, die sind ja ... tja, also danke«, räusperte er sich, was ein nervöser Tick von ihm war. »Prima. Alle sind drin. Ich, ähm, geh nur mal eine Vase für die Blumen holen ...« Er führte sie durch den kurzen Flur in die helle Küche mit dem angrenzenden Esszimmer.

Cora bot sich eine Szene häuslicher Behaglichkeit dar, die ihr Herz anschwellen ließ bei dem Gedanken, wie sehr ihrer Mutter das gefallen würde. Sheila war noch nicht da, aber Maeve stand bereits über den Herd gebeugt, eine Schürze um die Taille gebunden und einen Ofenhandschuh an einer Hand. Sie plauderte mit einer herausgeputzten Joan, deren Proseccoglas überall mit Lippenstiftabdrücken verziert war. Cian saß am Tisch und baute eifrig mit Lego, während Primrose ihn als Klettergerüst benutzte. Über ihnen hing ein Banner: »Herzlichen Glückwunsch zum 21.!« Die alten Witze waren doch noch immer die besten.

»Cora! Cora!«, rief Primrose, die von Cian hinuntersprang und irgendwie auf dem Kachelboden landete. Energisch rannte sie auf ihre Tante zu, blieb aber aus Schüchternheit kurz vor ihr stehen.

Cora schloss das magere Kind in die Arme und machte so lange mit dem Mund blasend Pupsgeräusche an ihrem Bauch, bis Primrose sie unter Lachtränen anflehte, sie wieder loszulassen. Nachdem sie ihrem Wunsch nachgekommen war, umarmte sie ihre Schwester und Joan und ließ sich ein Glas Prosecco von Chris geben, der sich daraufhin wieder seiner vergeblichen Suche nach einer Vase widmete. Er öffnete und schloss mehrmals dieselben Schranktüren und klopfte sich immer wieder auf die Brusttaschen. *Da wirst du sie wohl kaum finden*, dachte Cora. Über der Spüle standen zwei leere Vasen, aber sie beschloss, ihn einfach mal machen zu lassen.

»Wo ist Sheila?«

»Sie sollten jede Minute hier sein«, antwortete Maeve und blickte zu der Vogeluhr neben der Hintertür. Die Uhr, ein Einweihungsgeschenk von Sheila, ließ zu jeder vollen Stunde eine andere Vogelstimme erklingen. »Die Krankenschwester bringt sie und Tom her. Wusstest du, dass Toms Sohn für Sheilas Geburtstag online ein Armband bestellt hat? Tom hat es gestern in Geschenkpapier eingewickelt gefunden und gedacht, es sei für ihn. Als die Krankenschwester ihre nächtliche Runde gedreht hat, hat sie ihn mit dem Armband ums Handgelenk angetroffen.«

»Ist das der Kerl mit dem roten Gesicht?«, fragte Joan, in deren Glas der Prosecco vor sich hinperlte.

»Genau der. Bekleidet mit einem Flannelschlafanzug und einem Perlenarmband.«

Die Frauen grinsten, aber nur einen Moment lang. Cora beobachtete, wie Maeve die Zutaten für das Salatdressing abmaß. Seit Sheila in der Forschungseinrichtung lebte, hatte sie die Rolle der Matriarchin übernommen. Einmal in der Woche rief sie Cora an, um zu sehen, wie es ihr ging, und lud sie zum Abendessen ein.

Maeves Handy klingelte. »Hi, Trish! Seid ihr schon unterwegs? Ich war gerade ...« Plötzlich verstummte sie und flitzte um Cora und Joan herum hinaus in den Garten hinter dem Haus, wobei sie die Fliegengittertür offen ließ.

»Trish ist die Krankenschwester in der Einrichtung«, erklärte Cora Joan, während die ältere Frau ihre Gläser nachfüllte. Die Fliegengittertür flog auf, und Maeve kam zurück.

»Sie sind ein wenig spät dran, sollten aber innerhalb der nächsten Stunde hier sein.« Maeve legte ihr Handy auf die Arbeitsplatte und öffnete den Kühlschrank. »Könnte mir mal jemand die Pavlova reichen? Wenn ich die Torte in den Kühlschrank bekomme, sollte sie sich ohne die Früchte halten.«

»Stimmt irgendwas nicht?«

»Trish meinte, Sheila sei heute Morgen etwas konfus gewesen, aber jetzt ist sie wieder auf der Höhe. Sie hatte gestern diese lange Sitzung für die Forschungsstudie. Ich wusste, dass ihr das zu viel werden würde mit der Feier am nächsten Tag, aber das ist das Problem mit der Einrichtung; alles ist furchtbar unflexibel.«

»Aber es ist doch schön, dass sie immer noch kommen und gehen kann, wann sie möchte«, gab Joan zu bedenken.

»Es ist eine Forschungseinrichtung, kein eigenes Heim.«

»Und was meinte sie mit konfus?«

»Ehrlich gesagt weiß ich auch nicht mehr, Cora.« Maeve, die die mit Frischhaltefolie abgedeckten Schüsseln umarrangierte, hielt inne. »Könntest du so lieb sein und rüber zum Laden gehen und noch etwas Schlagsahne holen? Doppelrahm.«

Als Cora das Gartentor hinter sich zuzog, blätterte ein Stück Farbe ab. Sie zog ihr Handy aus der Tasche und schrieb an Nancy:

Hey! Bist du später da? Hast du Lust, mit mir was zu trinken und zu quatschen? Ich würde sogar auf die Südseite der Themse rüberkommen. C x

Als der Minivan des Rowan Centre endlich vor dem letzten Reihenhaus parkte, kam Sheila anderthalb Stunden zu spät zu ihrer eigenen Geburtstagsfeier. Cora wusste, dass irgendetwas faul war. So wie andere nahenden Regen in den Knochen spürten, spürte Cora ihn in der Magengegend.

»Hi, Mum.« Cora trat auf sie zu, um ihr einen Kuss auf den Scheitel zu drücken. Sie atmete den Duft des Shampoos von Sheilas feuchtem Haar ein. Cora streckte Tom die Hand entgegen, der diese jedoch nur entgeistert anstarrte. »Tom, ich bin's, Cora. Sheilas Tochter. Wie geht's dir?« Doch er rückte lediglich näher an Trish heran.

Maeve folgte der Krankenschwester nach draußen zum Auto, während Chris Tom zum Esstisch führte. Es waren kaum drei Monate vergangen, seit Cora den alten Mann zuletzt gesehen hatte, und seine Veränderung raubte ihr den Atem. Sheila und Joan nahmen an einem Ende des

Esstischs Platz und begannen sofort, verschwörerisch miteinander zu kichern.

»Bring uns ein Glas Sekt, Cora.«

»Bist du sicher?«

»Es ist doch schließlich mein Geburtstag?«

Von diesem Argument überzeugt, lief Cora in die Küche und holte ihrer Mutter eine Sektflöte. Sheila stellte das Glas neben ihrer Gabel ab und drehte sich gestikulierend zu ihrer Freundin um: »Also, Joan, erzähl: Wie geht es Jim? Hat er nach mir gefragt?« Joan versetzte Sheila einen freundschaftlichen Klaps. Sheila zog sie immer damit auf, dass Jim zuerst ein Auge auf sie geworfen hatte.

Maeve kehrte mit einem glücklichen und entspannten Gesichtsausdruck zurück. Dennoch arbeitete es in Cora. Das Tablett mit den Appetithäppchen wurde herumgereicht, und Cora betäubte ihre innere Unruhe mit Sauerteigbrot und Hummus. Das Essen war köstlich. Maeves Kartoffelgratin war wie immer auf den Punkt. Tom wurde es nach dem Hauptgericht zu viel, und er zog sich ins Wohnzimmer zurück, um mit ausgeschaltetem Ton die Sky-Nachrichten zu schauen. Maeve überlegte, Trish anzurufen, aber die anderen rieten ihr davon ab.

»Eine Stunde wird er's schon noch aushalten«, sagte Joan und spießte etwas von der Käseplatte auf. »Ich kann mich nie erinnern, welcher Käse welcher ist. Da werde ich wohl alle probieren müssen.« Maeve schob ihr den Käsehobel hin, aber Joan attackierte die Platte bereits mit ihrem Buttermesser. »Das Essen war hervorragend. Du kannst stolz sein, eine so talentierte Tochter zu haben, Sheila.«

»Wusstest du, dass Maeve auch eine Begabung für Mathe hat?«

»Und Cora fürs Zeichnen«, fügte Maeve an.

»Du bist eine der Besten im ganzen Land. Du räumst alle Preise ab, stimmt's, Maeve?«

»Früher einmal, Mum.«

Joan tätschelte Sheilas Hand. »Es ist schön, Töchter zu haben.« Aber Sheila schien nicht mehr zuzuhören, entschuldigte sich, sie müsse zur Toilette, und Chris ging den Kessel aufsetzen.

»Möchte jemand Tee oder, ähm, Kaffee?«

Cora konnte ihre Mutter im Stockwerk über ihnen hören, wie sie Türen öffnete und schloss, bis sie die Toilette gefunden hatte. Dieses Gefühl, dass im Inneren alles durcheinandergeraten war, ließ sie einfach nicht los. Cora richtete sich auf und versuchte, ihr inneres Ungleichgewicht zu richten.

Sheila kehrte mit gebürsteten Haaren zurück und stupste Joan sanft an, als sie sich hinsetzte: »Also, hat Jim nun nach mir gefragt?« Kaffeetassen wurden auf dem Tisch verteilt, und Joan blickte sich um, ob irgendjemand es gehört hatte. Cora mied ihren Blick.

»Ach, Sheila, du weißt doch, dass er immer nach dir fragt.«

Erneut diese innere Unrast, die sich durch den Hummus, das Brathähnchen und die Pavlova hindurchfraß.

»Was für eine Käsesorte ist das, Maeve?« Joans Stimme war lauter geworden, während ihre Hand noch immer auf Sheilas Schulter ruhte.

»Emmentaler, glaube ich.«

»Im neuen Lidl gibt es den auch, aber Jim ist der Meinung, dass er ungenießbar sei und man auch gleich auf einem Fahrradschlauch herumkauen könne.«

Das Zwitschern der Vogeluhr erklang aus der Küche, und Sheila drehte den Kopf: »Eine Blaumeise.«

»Wir lieben die Uhr«, sagte Maeve. »Primrose kennt alle Vogelstimmen. Stimmt's, mein Mäuschen?«

Primrose, die in einem Hochstuhl zwischen ihrer Mutter und ihrer Oma saß, hatte die Frage nicht gehört und quetschte ihr Saftpäckchen zusammen, als ihr Name fiel. »Bin hier! Bin hier!«

»Herrje, jetzt schau dir nur mal dein Kleid an. Als hättest du eingenässt ...« Sheila tupfte den Rock des Mädchens mit einer Serviette ab, während Maeve einen Lappen von der Spüle holte. »Lass nur, Maeve, das mach ich schon.« Sheila stieß mit dem Ellenbogen das Trinkpäckchen um. Eine kleine Lache tropfte auf den Schoß der Kleinen, und Sheila begann wie wahnsinnig zu wischen.

»Schon gut, Mum. Ist nicht so schlimm.«

»Ich habe einfach nicht aufgepasst. Zu viel Sekt ...« Sheila verstummte. »Tut mir leid, Primrose. Wirklich. Tut mir leid.« Aber Primrose war so vergnügt wie zuvor, und Cora, die das Gefühl hatte, sich gleich übergeben zu müssen, befürchtete, dass ihre Mutter vielmehr alle anderen um Vergebung bitten wollte.

»Maeve kümmert sich schon darum, Mum«, sagte sie und streckte die Hand über den Tisch, doch Sheila zog hastig ihre Hand zurück.

»Ich bin kein Kind. Behandle mich nicht so.«

Ihre harschen Worte schnellten wie ein zurückschnippendes Gummi gegen Coras ausgestreckten Arm. Sie zog ihn zurück, während Maeve aufstand und mit lauter Stimme ihrem Mann bedeutete, Sheila ins Wohnzimmer zu bringen.

Cora stieg die Treppen zum Schlafzimmer ihrer Schwester hoch und setzte sich aufs Ende der Kingsize-Matratze. Die Zeichnungen ihrer Nichte klebten mit Powerstrips am

Kleiderschrank, und eine rote Leinenhose guckte aus dem Wäschekorb heraus. Maeve kam ihr hinterher und schloss die Tür. »Corey …«

Cora drehte sich um, um ihre Schwester anzuschauen, und als sie den Mund öffnete, konnte der Schmerz in ihrem Magen endlich entweichen. Er stieg ihr direkt in die Kehle, flutete ihren Kopf und drückte gegen ihre Tränendrüsen.

»Das war ein langer Tag für sie gestern.« Maeve setzte sich neben Cora ans Fußende des Betts und rieb ihr sanft über den Rücken. Cora vermisste es, umarmt zu werden. Plötzlich fühlte sie sich regelrecht ausgehungert nach Umarmungen. Sie drückte ihre Schwester, als könnte sie so ihr Gleichgewicht wiederfinden, und versuchte, etwas von Maeves Widerstandskraft in sich aufzusaugen und ihr all die Dinge mitzuteilen, die sie nicht ausdrücken konnte. Eines Tages würde ihre Mutter sterben und Cora ganz allein sein. Als die Furcht nachließ, ließ sie ihre Schwester los.

»Ich weiß. Es ist nicht so, als ob ich es nicht wüsste. Aber letzte Woche ging es ihr gut. Und davor auch.«

Maeve lächelte. Genau wie bei ihrer Mutter legte sich ihre Stirn in Falten, wenn sie sich Sorgen machte.

»Meinst du, es waren einfach die Extrasitzungen – du weißt schon, die gestern, von denen du mir erzählt hast?«

»Es ist eine degenerative Erkrankung, Cora.«

»Dann ist es jetzt also so weit, und von nun an geht es stetig bergab?«

»So schlimm war es nun auch nicht. Schau dir Tom an.«

»Ich will mir Tom gar nicht anschauen. Tom steht für das, was uns bevorsteht. Es gibt kein Zurück, stimmt's? Es ist nicht so, als ob sich der Zustand erst verschlimmert, dann verbessert, dann wieder verschlimmert und wieder verbessert. Es gibt nur eine Richtung. Ich hätte einfach nicht gedacht, ich ...« Cora war kurz davor, zuzugeben, dass sie nie richtig daran geglaubt hatte, dass ihre Mutter krank war, hielt dann aber inne. Mit einem Mal war sie wieder zehn und stand in ihrem Badezimmer in Kew, während ihre ältere Schwester sie über die Menstruation aufklärte. Maeve hatte ihr die Damenbinden im Kasten unter dem Waschbecken gezeigt, und Cora hatte es bei der Vorstellung gegruselt, dass ihre Mutter Windeln trug. Cora schüttelte ihre Arme aus, und ihre Schwester griff nach ihrer Hand.

»Wieso ist sie heute zu spät gekommen, Maeve?«

»Es gab ein Problem mit den Pflanzen. Ihr Setzling, dieses zarte Pflänzlein in dem blauen Topf, war heute völlig überflutet und stand unter Wasser. Die kleinen Wurzeln vertragen aber nicht viel Wasser, und Sheila hat angefangen, die Schwestern zu beschuldigen, sie würden ihre Pflanzen umbringen. Aber es war den ganzen Tag niemand bei ihr im Zimmer.«

»Also war sie es selbst?«

»Sie hat es schlicht und ergreifend vergessen, Cora. Sie hat die Pflanze gegossen, es danach vergessen und sie erneut gegossen. Und jetzt wird die Pflanze vermutlich eingehen. Die arme Pflanze.«

»Die arme Sheila.«

»Wir sollten runtergehen«, sagte Maeve. »Ich muss ein Auge auf alles haben.«

»Hast du von ihr auch einen ...?«

»Einen Brief bekommen? Ja.«

»Hast du ihn geöffnet?«

»Nein.«

»Ich auch nicht.«

»Wie läuft es sonst? Wie läuft's am Flughafen?«

»Alles bestens.«

»Hast du noch mal darüber nachgedacht, wieder an die Uni zu gehen?«

»Läuft alles bestens bei der Arbeit«, wiederholte sie, zog ein Taschentuch aus einer Schachtel neben dem Bett und schnäuzte sich die Nase. »Übrigens, Maeve Hendricks, wozu sind eigentlich diese Taschentücher?« Cora zog eine Augenbraue hoch und rang sich ein Lächeln ab. »Taschentücher direkt neben dem Ehebett, wofür die wohl gut sind? Hmmm?«

Maeve grinste und zog ebenfalls eins heraus. »Primrose ist momentan wie verrückt danach, anderen Leuten die Nase zu putzen. Sie versteht nicht, warum sie sich ihren Hintern im Bad abputzen muss, während Daddy sich seine Nase in aller Öffentlichkeit putzen darf. Schnodder nennt sie auch gerne ›Nasenpipi‹.«

Cora schnaubte.

»Ich ziehe da eine echte Dame groß.«

»Irgendwie hat sie ja nicht ganz unrecht.«

Die beiden Schwestern gingen gerade Arm in Arm die Treppe in den Flur hinunter, als sie hinter der Milchglastür einen Trish-förmigen Schatten entdeckten. Maeve öffnete die Haustür.

»Also, Ladies, wie lief's?« Trish gab Maeve das Übergabeformular. Alles musste dokumentiert werden. Trish lief ins Wohnzimmer, um Tom und Sheila zu beobachten, die nebeneinander saßen und sich einen Bericht über einen Flugzeugabsturz anschauten. Sheila erklärte gerade, wie eine Blackbox funktionierte. Cora bot Trish einen Tee an, die höflich ablehnte und fortfuhr, sich Notizen zu machen.

Als sie ihre Mäntel anzogen, war die Uhr erneut zu hören.

»Ein Specht«, sagte Sheila zu Trish. »Ich hab sie ihnen gekauft.«

»Was hast du gekauft, Sheila?«

»Das Ding mit den Vögeln, da, die Wanduhr.«

Sheila neigte den Kopf, damit Cora ihr einen Kuss darauf drücken konnte. Ihre Lippen verharrten auf dem Scheitel. Was stets eine liebevolle Geste gewesen war – sie war eins zweiundsiebzig im Vergleich zu den eins sechzig ihrer Mutter –, fühlte sich nun einschüchternd an.

Nicht lange nachdem Joan sich auf den Weg zur U-Bahn gemacht hatte, ging Cora ebenfalls mit dem Versprechen, in ein paar Wochen mal wieder zum Tee vorbeizuschauen. Cian sah sich völlig unbeeindruckt von Maeve, die um ihn herum aufräumte, den zweiten Herr-der-Ringe-Film an. Cora mochte es, dass zumindest ihr Bruder immer derselbe blieb.

Es war nach 17 Uhr und das Licht grau. Cora stieg auf ihr Rad und umklammerte fest den Lenker, als sie vom Gehsteig auf die Straße rollte. Sie fuhr die Busspur entlang und versuchte, sich die Beerdigung ihrer Mutter vorzustellen. Ihr Vater würde mit seiner aktuellen Frau aufkreuzen, mit Flügen, die Cora ihnen gebucht hatte. Viele ehemalige Kollegen vom Flughafen würden kommen, und Cian würde sich weigern, eine Krawatte zu tragen. Wer würde eine Rede halten? Wahrscheinlich Maeve. Und was würde mit den Geschwistern passieren, wenn ihre Mutter nicht mehr da war? Sie war schließlich das Herz aller Familientreffen. Cora versuchte, sich an das letzte Mal zu erinnern, dass sie Cian allein getroffen hatte. Doch es fiel ihr nicht ein.

An einer Bushaltestelle fuhr sie heran, um zu überlegen, was sie noch machen wollte. Es war zu spät für die Galerie, aber sie hatte auch keine Lust, schon heimzufahren. Cora überlegte, sich in ein Café zu setzen und ihr Buch zu lesen. Sie warf erneut einen prüfenden Blick auf ihr Handy. Immer noch keine Antwort. Auf Nancy war einfach kein Verlass.

LHR → UTC 20:40 Uhr

12

Nancy hatte sich auf YouTube ein Lernprogramm von Deepak Chopra angeschaut und versuchte jetzt im Heck des Flugzeugs, die darin vorgestellten Visualisierungstechniken anzuwenden. Sie zog die Gardine zu, schloss die Augen und richtete ihre gesamte Konzentration auf das, was sie erreichen wollte; sie würde im Bewerbungsgespräch selbstbewusst auftreten, sie würde die Beförderung bekommen, sie würde die Beförderung verdienen, und eines Tages würde sie vermögend genug sein, um sich eine eigene Wohnung zu kaufen …

Letzteres fügte sie in letzter Minute hinzu, und wahrscheinlich ging es nicht gerade als höheres spirituelles Ziel durch. Andererseits hatte Nancy übers Wochenende *The Secret – Das Geheimnis* gelesen, und das Buch hatte mit Materialismus kein so großes Problem. In *The Secret* hieß es, dass man alles visualisieren konnte und dass es zu einem kommen würde. Man musste es sich nur immer wieder vorsagen. Und tatsächlich hatte es Samstagnachmittag geklappt, als sie vor dem Westerfield Einkaufszentrum einen Parkplatz gesucht hatte.

Nancy zog schnell die Gardinen wieder zurück, als sie die Passagiere an Bord kommen hörte. Dann wischte sie mit einem Lappen über ihre neuen Schuhe – sechs Zentimeter hohe Absätze, genau nach Vorschrift – und leckte sich mit der Zunge über die Zähne, um etwaige Lippenstiftspuren zu entfernen. *Ich verdiene eine Beförderung, ich verdiene eine Beförderung, ich verdiene eine Beförderung.* Es war Mittwoch, und somit waren es noch sechs Tage bis zu dem Mitarbeitergespräch. Die letzten vier Tage hatte sie in einem Zustand intensiver Vorbereitung verbracht. All die Vorschriftenhandbücher, die bei der Ausbildung ausgegeben wurden und die sonst niemand las – Nancy hatte sie gelesen. Sie hatte sie akribisch studiert, Dinge markiert, auf Karteikarten zusammengefasst und laut wiederholt. Sie hatte mehr Mühe darauf verwandt als auf ihr Abitur. Sie hatte ihren Lebenslauf umgeschrieben und ein persönliches Statement dazu verfasst, was sie alles gelernt hatte und wie sie in ihrer neuen Position das Team bereichern konnte. Sie hatte ihre Pläne für die Zukunft skizziert und eine Kopie ihrer Mitarbeiterin-des-Monats-Urkunde beigefügt. Konnte ja nicht schaden. Nancy ging den Gang hinunter, um die Passagiere zu begrüßen. An Reihe 16 blieb sie stehen, richtete sich auf und straffte ihre Mitte. Deepack Chopra war kein Scharlatan, er hatte recht: Alles war miteinander verbunden.

Ingrid Sjöqvist hatte begonnen, ins Fitnessstudio zu gehen. Es hatte mit einem Buch angefangen, das sie bei der Arbeit auf der Mikrowelle gefunden hatte. Einem Laufbuch, das einem helfen sollte, fünf Kilometer in drei Wochen zu schaffen. Ingrid hatte es Spaß gemacht, sich mit Laufkleidung einzudecken und die richtigen Turnschuhe auszusuchen. Im Sportladen in der Oxford Street war sie auf einem Laufband gelaufen, während ein junger Verkäufer ihre Bewegungsabläufe beobachtet hatte. Das Gerät hatte ihr sagen können, dass sie das Gewicht beim Laufen auf die Innenseiten ihrer Füße verlagerte, und der Verkäufer hatte ihr zudem noch Einlegesohlen verkauft. Inzwischen liebte sie Lycra und trug die Laufkleidung auch gerne im Haus. Sie war bequem wie ein Schlafanzug, nur dass sie sie dazu anregte, sich zu dehnen, statt sich hinzulegen. Ingrid war so begeistert, als sie mit dem Lauftraining begann, dass sie eine Woche übersprang. Innerhalb von vierzehn Tagen würde sie die gesamte Strecke in dreißig Minuten laufen. »Wie ein geölter Blitz«, brüstete sie sich vor dem Portier, als sie die Ziellinie in ihrem Hauseingang überquerte. Das Problem an London war allerdings das Wetter; es schüttete ständig wie aus Kübeln. Also hatte sich Ingrid im Fitnessstudio angemeldet. Die 24-Stunden-Öffnungszeiten kamen ihren Arbeitszeiten sehr entgegen, und seit sie den Dreh raus hatte und die Stoßzeiten mied (die dieselben waren wie in der U-Bahn; aber wie in Herrgottsnamen schafften es die Leute, überall gleichzeitig zu sein und ganz London zwischen 17 und 19 Uhr zu verstopfen?), ergatterte sie immer ein freies Laufband.

Es war ihr neues Hobby, das Ingrids Aufmerksamkeit auf das Handgelenk ihres Nachbarn lenkte. Ja, das Armband hatte eine hübsche Zimtfarbe, und ja, die hervorstehenden Venen deuteten auf einen hohen Muskelanteil, aber der eigentliche Gesprächsinitiator war das in das Armband eingebaute Gerät.

»Ist das ein Aktivitätstracker?«

Der Mann mit den dunklen Augen und dem hochgegelten Haar streckte ihr seinen Arm entgegen. »Fitbit.«

Ingrid berührte leicht das Armband. Offenbar schien der Mann die heruntergeklappte Armlehne und die Grenze, die sie markierte, nicht zu bemerken. Vielleicht war es auch sein Alter, das ihn diese unsichtbaren Grenzen missachten ließ, denn er war ein wenig jünger als sie. Sein Gesicht war schmal, sein Kreuz breit, und er trug eine jener teuren Trainingshosen, die im Sportgeschäft an einem separaten Ständer hingen. Ingrid hatte Cora von ihrem Fitnessstudio vorgeschwärmt, und nun hatte die Check-in-Mitarbeiterin für sie einen geübten Läufer gefunden.

»Die wurden in meinem Fitnessstudio beworben ...« – wie aufregend, in einem Fitnessstudio zu sein! Genau wie das Wissen, dass man auf der Rolltreppe rechts stand, gab es Ingrid das Gefühl, eine echte Londonerin zu sein – »... und ich habe mich gefragt, ob sie wirklich funktionieren. Geht man mehr Treppen, wenn man weiß, wie viele man bereits gegangen ist? Oder ist es eher so, dass man die U-Bahn nimmt, wenn man weiß, dass man sein Tagespensum schon erreicht hat?«

»Nee, dafür verwende ich es nicht. Klar kann man das machen, aber ich nutze es fürs Training. Um mein Tempo und die Entfernung zu messen. Ich bin gerade unterwegs nach Holland zu einem Marathon und will meine Zeit tracken; mal sehen, ob ich meine PB verbessern kann.«

»PB, klar: die persönliche Bestzeit.« Der Begriff sprang ihr von Postern überall in *ihrem Fitnessstudio* entgegen. »Ich habe gerade erst mit dem Laufen angefangen. Auf Marathonniveau bin ich zwar noch nicht, aber ich laufe inzwischen sieben Kilometer.«

»Schön«, entgegnete der Mann mit einem anerkennenden Nicken. Ingrid war es schon immer schwergefallen, auszumachen, ob jemand »cool« war, sie wusste nur, dass sie es nicht war. Aber auf diesen Mann könnte es zutreffen, dachte sie. »Wenn man fünf Kilometer laufen kann, kann man auch zehn laufen, und so weiter«, sagte er. »Es geht nichts über das Gefühl, sich selbst herauszufordern – immer schneller und immer stärker zu werden.«

»O ja, das ist ein echt tolles Gefühl.« Sie versuchte, ebenso begeistert zu klingen wie er. »Die beste Entdeckung seit geschnittenem Brot.«

»Geschnittenem Brot! Aber hallo!« Er klatschte sich auf die Schenkel und lachte. Ingrid dachte darüber nach. Es war tatsächlich seltsam, ausgerechnet die Entdeckung von geschnittenem Brot zu preisen. Wieso nicht frische Pasta? Oder pasteurisierte Milch? *Die beste Entdeckung seit Beutelreis.* Nun musste Ingrid auch kichern.

An diesem Wochenende hatte Nancy ihre Wohnung im Stadtteil Putney nur dreimal verlassen: um zum Pilates zu gehen, um schnell ein paar Lebensmittel einzukaufen und um sich Karteikarten im Westfield Einkaufszentrum zu besorgen. Sie hatte sogar ein Date abgesagt, das sie bereits einmal verschoben hatte, nachdem sie sich für Rays TV-Rennen und eine spätabendliche Wiederholung ihres Lernstoffs bei einem Abendessen im Shard entschieden hatte. Aber Nancy verschwendete daran nicht allzu viele Gedanken; der Italiener hatte ihren Namen am Telefon nicht ein einziges Mal genannt. Sie nahm an, dass er ihn vergessen hatte. Eigentlich hatte sie auf diverse SMS antworten wollen – von ihrer Mum und ein paar von Cora –, dann aber ihr Handy im Bad gelassen und sich selbst auferlegt, nur bei den Toilettengängen einen Blick darauf zu werfen. Sie musste sich einfach ein paar Tage komplett zurückziehen, um das beruhigende Gefühl zu haben, dass sie ihr Bestes gegeben hatte.

Dafür hatte Nancy sich freiwillig angeboten, den Servierwagen aufzufüllen und eine kurze Inventur durchzuführen. Sie brauchten mehr CK One und Touche Éclat, während sich das Teenager-Parfüm überhaupt nicht verkaufte.

Sie machte eine Notiz, dass sie diesen Posten überdenken sollten. Die heutige Chefstewardess an Bord war Ronnie, und ihre Schwägerin war die Leiterin der Personalabteilung. Nancy betrachtete deshalb alles, als wäre es ein Bewährungstest, eine Chance, sich selbst zu beweisen. Sorgsam richtete sie das Parfümtablett. *Ich verdiene eine Beförderung, ich verdiene eine Beförderung, ich verdiene eine Beförderung.*

»Aber man muss auch Rückschläge einstecken können, das gehört einfach dazu.«

»O ja, ich weiß«, sagte Ingrid. »Am Anfang habe ich mir zwei Blasen gelaufen und musste anderthalb Tage warten, ehe ich wieder joggen konnte. Da habe ich mir gesagt: ›Ingrid, aller Anfang ist schwer. Übung macht den Meister.‹«

»Es geht vor allem darum, die Signale früh zu erkennen. Man muss auf seinen Körper hören und reagieren. Wenn ich merke, dass meine Bänder wehtun oder mein Schienbein schmerzt, schalte ich sofort einen Gang runter, reduziere die Intensität des Trainings und ergreife Gegenmaßnahmen. Krafttraining und Faszientraining: Das ist das Geheimrezept. Ich sage es Ihnen: Ohne diese beiden Elemente können Sie das Laufen gleich sein lassen.«

Nachdem er sich selbst vorgestellt hatte, gab ihr Rajesh Patel nun einen umfassenden Überblick über seine diversen Leiden, Behandlungsmöglichkeiten inklusive. Ingrid lernte dabei jede Menge. Sie hätte es nie für möglich gehalten, dass Schienbeine splittern konnten, und dass die Knie zueinander ausgerichtet sein mussten, hätte sie auch nicht gedacht. Außerdem erklärte er ihr, dass ihre Schmerzen an der linken Fußsohle wahrscheinlich von einer Entzündung der Plantar Fascia herrührten.

»Interessant«, kommentierte Ingrid. »Höchst interessant.«

Nancy hatte den Duty-Free-Wagen in die Mitte ihrer Nische am Flugzeugheck gerückt, damit Ronnie von ihrer Chefstewardess-Station am Cockpit aus sehen konnte, welche Mühe sie sich gab. Zuerst öffnete Nancy mit übertriebenen Armbewegungen die Gepäckfächer – das beherrschte sie aus ihrer Zeit an der Merseyside-Schauspielschule perfekt – und schlug sie energischer als nötig wieder zu. Doch als sie den Gang entlangblickte, sah sie, dass George die Sicht versperrte.

»Sie hat sein Bein berührt«, verkündete er, während er in ihre Nische am Heck geeilt kam. »Yep. Also, der Umgang zwischen den beiden Geschlechtern mag zwar nicht mein Fachgebiet sein, aber da, wo ich herkomme, heißt das, dass sie ihm ins Netz gegangen ist. Sie hat den Köder geschluckt, den er ihr hingeworfen hat.«

»Wovon redest du, George?«

»Hallo? Coras Paar? Reihe 27.«

»Ach so, richtig. Die hatte ich ganz vergessen.« Nancy versuchte vom Boden aus, wo sie mit drei Flaschen Barbie Bliss in der Hand kniete, an Georges Beinen vorbeizuspähen.

»Mir ist aufgefallen, dass das ganze Herumgelaufe in letzter Zeit immer an mir hängen geblieben ist. Bist du es endlich leid, Coras Marionette zu sein?«

»Ich bin nicht ihre Marionette.«

»Mhm-mhm?«

Wieso musste bei George eigentlich immer alles wie eine beschissene Frage klingen? »Ich bin *nicht* ihre Marionette«, wiederholte Nancy mit angespanntem Kiefer. Sie zuckte vor Schmerz zusammen. Es war nicht der beste Zeitpunkt gewesen, mit dem Bleichen ihrer Zähne zu beginnen. Sie ermahnte sich, entspannt zu bleiben. »Ich helfe Cora mit Reihe 27, weil es mir Spaß macht, und wenn ich keine Zeit habe, habe ich eben keine Zeit. Insofern weiß ich gar nicht, worüber du dich aufregst. Niemand außer mir hat mir was zu sagen. Okay?«

Nancys Mutter hatte sie am Montag schließlich erreicht, und nachdem sie ihrer Tochter Vorwürfe gemacht hatte, dass sie nicht zurückgerufen hatte, hatte sie ihr verkündet, dass sie bald Tante werden würde. Joes Frau war schwanger.

»Oh, sie werden bestimmt wunderschöne Babys bekommen, die schönsten überhaupt, bei seiner Größe, seinen Augen und dem schnellen Stoffwechsel ... Joe war ein entzückendes Kind – habe ich dir das je erzählt, Nancy? Alle haben das gesagt. Peter war auch hübsch, ein richtiger kleiner Mann. Du warst eher ein Spätzünder und musstest erst reichlich Babyspeck ablegen, aber letztlich ist ja doch noch was aus dir geworden. Ich hoffe, du treibst immer noch Sport? An den Hüften legst du immer zuerst zu. Das hast du leider von mir geerbt, und mit den Jahren wird es nur noch schwerer, das auszugleichen. Aber weißt du was, ich fühle mich noch gar nicht bereit, Oma zu werden – die Frauen im Sainsbury's konnten es nicht glauben, selbst als ich ihnen erzählt habe, dass er mein Ältester ist – aber mit dem Kinderkriegen sollte man auch nicht zu lange warten. Joe ist jetzt dreißig, und Lorraine dürfte achtundzwanzig sein. Was ist eigentlich mit dir, Nancy? Was ist aus dem netten Piloten geworden? Ich bin zwar zu jung, um Großmutter zu sein, aber ich kann auch nicht ewig warten, Brautmutter zu werden. Noch länger – und mir ergeht es wie Fran Henshaw. Davon habe ich dir doch erzählt, oder? Auf der Hochzeit ihrer Tochter hatte sie das gleiche Kleid an wie die Großmutter des Bräutigams. Kannst du dir das vorstellen? Nicht, dass du mich je dabei ertappen würdest, wie ich bei Wallis einkaufe, natürlich ...«

Sobald sie ihre Mutter in ihre Welt hereinließ, war alles in ihrer Wohnung infiziert. Die mit Karteikarten beklebte Wand sah albern aus, womöglich sogar irre. Die für das Bewerbungsgespräch infrage kommenden, auf der Kommode aufgereihten Lippenstifte wirkten albern. Die Memoiren ihres Vorbilds Alison Beatle lagen aufgeschlagen auf ihrem Bett. Das Buch handelte von ihrer Zeit bei Pan Am in den 1960ern und wie Richard Burton sich an sie herangemacht hatte, obwohl Liz Taylor an Bord desselben Flugs gewesen war. Nancy schlug das Cover um. Die Biografie hieß *Wer aufsteigen will, muss Ballast abwerfen* und war ihr Lieblingsbuch. Als Gloria Moone endlich einmal Luft geholt hatte, hatte ihre Tochter sie unterbrochen. »Tut mir leid, Mum, ich muss los. Ich ruf dich unter der Woche noch mal an.« Sie hatte ein schnelles »Tschü-hüss« hinterhergeschossen und aufgelegt.

Nancy schloss die Duty-Free-Schubladen und ging in Gedanken alles Positive durch. Sie durfte nicht vergessen, immer positiv zu denken. Erstens: Sie hatte es nicht zugelassen, dass ihre Mutter ihr alles kaputtredete. Zweitens: Die restliche Zeit ihres langen Wochenendes war sie produktiv gewesen. Drittens: Bei diesem Flug lief bislang alles gut. Ronnie musste beeindruckt sein, alles lief einfach wie am ...

»Warte mal. Was hast du gesagt, George? Sie hat sein Bein berührt? Ober- oder Unterschenkel? Ich werde ganz sicher nicht zulassen, dass hier irgendjemand dem Mile High Club beitritt – nicht auf meinem Flug, und ganz sicher nicht diese Woche.«

Ingrid hatte ein Stück Papier gefunden, fand aber keinen Stift. Erneut suchte sie in ihrer Handtasche und schob die

Unterlagen für das Briefing morgen beiseite. »Nein. Tut mir leid.«

»Kein Problem. Ich werde gleich mal nach einem fragen.« Rajesh lehnte sich zur Seite und blickte den Gang hinunter. »Keiner da.«

»Es gibt drei Prinzipien, die ich meinen Klienten immer einzuprägen versuche, okay? Das erste ist Beständigkeit – das heißt nicht, dass man immer wieder dasselbe tun soll, ganz und gar nicht, aber egal was man tut, man sollte es regelmäßig und zu festen Zeiten tun. Ich nehme an, Sie haben ein ziemlich stressiges Leben, stimmt's?«

»Ja, ja«, sagte Ingrid und wünschte, sie könnte sich Notizen machen.

»Also müssen Sie sich Zeiten heraussuchen, die für Sie funktionieren. Ganz früh am Morgen, kurz vor dem Schlafengehen oder ja, warum eigentlich nicht, zur Mittagszeit.«

»Ich bin viel unterwegs.«

»Verstehe. Dann wäre Intervalltraining eine Option, das kann man überall machen. Zwanzig Minuten Widerstandslauf ist besser als eine Stunde rennen.«

»Nein!«

»Doch, das ist die Wahrheit.«

Rajesh drehte sich zur Seite, um erneut den Gang hinunterzublicken. »Entschuldigen Sie, Kumpel. Haben Sie vielleicht zufällig einen Stift?«

Der amerikanische Steward blieb an ihrer Reihe stehen, lächelte Ingrid an und zog einen Bic-Kuli aus seiner Brusttasche: »Geht rot?«

»Prima, danke. Ich beeile mich, so gut ich kann.«

»Kein Stress«, sagte er und spähte Rajesh über die Schulter. »Darf ich fragen, was Sie da zeichnen?«

»Er ist Personal Trainer und erstellt ihr einen Trainingsplan. Keine Anzeichen für eine Intimmassage.«

Das Flugzeug war in Utrecht gelandet und George für die Landung zum Heck geschickt worden. Nancy bewunderte die jetzt fein säuberlich aufgereihten Waren, die in durchsichtigen Duty-Free-Schubladen weggeschlossen waren. »Das muss ich Cora erzählen.«

»Ich bin mir aber nicht sicher, ob da groß Romantik im Spiel ist.«

»Okay.« Nancy hatte ihren Namen oben auf der Bestandsliste vermerkt, fragte sich jetzt aber, ob sie nicht auch das Datum hätte notieren sollen.

»Ich meine, es ist nicht ausgeschlossen.«

Normalerweise ließen sie die Bestandslisten einfach im Ordner, aber der lag bei Ronnie an der anderen Station.

»Nancy? Hallo? Sie ist deine Freundin. Ich gebe das nur weiter? Mir kann das egal sein?«

»In Ordnung, George. Ich hab's verstanden. Außerdem ist es auch nicht so wichtig. Es ist nur ein doofes Spiel!«

Ihr Kollege sah sie mit gespieltem Erstaunen an. »Na, das höre ich jetzt aber zum ersten Mal.«

»Ich bin ja nicht völlig verblödet«, sagte Nancy mit glühenden Ohren. »Ich *weiß*, dass es nur ein Spiel ist.« Sie konnte fast hören, wie ihre Mutter über ihre Naivität lachte, und sehen, wie ihr Bruder eine Augenbraue hochzog: *Ist das dein Ernst, Nancy?* Ihr war bewusst, dass sie angespannt und gestresst war. Ihr Kiefer knirschte. »Ich schreibe Cora eine SMS, sobald alle Passagiere von Bord sind. Ich hatte keine Zeit, den dämlichen Betriebsleiter daran zu erinnern, eine Telefonverbindung herzustellen.«

»Wie gesagt, ich weiß nicht, ob es ein Treffer war oder nicht.«

»Lass uns einfach sagen, es war ein Treffer. In Ordnung, George? Ich werde Cora sagen, dass sie es als Erfolg verbuchen soll.«

»Das ist kein Grund, gleich so gereizt zu werden.«

»Ich bin nicht *gereizt.*«

»Aha – und was bist du dann?«

»Ich werde ihr sagen, dass sie es als Erfolg verbuchen soll«, sagte Nancy ruhig.

George war einigermaßen besänftigt. »Die Körpersprache deutete jedenfalls stark darauf hin.«

Nachdem das Flugzeug leer war, blieb noch Zeit, und Nancy bot freiwillig an, noch zwanzig Minuten länger zu bleiben und mit den Vorbereitungen für den nächsten Flug zu helfen. Sie staubsaugte die Passagiersitze, wahrscheinlich etwas aggressiver als nötig, und erinnerte sich daran, die Gurte auf Flecken zu überprüfen. Sie nahm sogar einen Eiswürfel und einen Gummischaber zur Hand, um lange Zeit übersehene Kaugummis zu entfernen. *Ich verdiene eine Beförderung, ich verdiene eine Beförderung, ich verdiene eine Beförderung.*

13

»Aber genau das ist doch der Punkt, oder nicht?«, sagte Joan, die sich emsig durch eine Passagierliste klickte. »Da betreibt man einen Riesenaufwand – und dann hat deine Mitbewohnerin wie viel noch mal genau abgenommen? 25 Kilo? 30 Kilo?«

»25 Kilo.«

»25 Kilo. Und, ist sie jetzt dünn?«

»Nicht dünn.« Cora dachte nach. »Eher normaler Durchschnitt.«

»Eben. All der Aufwand und dann ist man trotzdem nur normaler Durchschnitt. Wozu dann das Ganze?«

Die Neuigkeiten über Rays drittes Wiegen machten die Runde. Er hatte ganze sechs Kilo abgenommen, und alle redeten darüber, was für eine tolle Leistung das sei. Alle bis auf Joan. Als er eine Stunde zuvor an ihrem Check-in-Schalter vorbeigekommen war, hatte ihn Joan skeptisch beäugt. »Wenn das Flugzeug an einem einsamen Berg zerschellen würde, wäre er immer noch der Erste, der aufgegessen würde.«

Am Vorabend hatte Cora Ray keuchen und schwitzen sehen, während Charlie die Stoppuhr geschwenkt und ihm zugerufen hatte, er solle sich auf das Unerwartete einstellen und sich von Kopf bis Fuß auf Sieg programmieren. Charlie sah gut aus in seinem Sportoutfit, obwohl er selbst nicht trainierte, und Cora hatte gedacht, dass sie unbedingt jemanden für ihn finden musste. Er hatte ihr »Guten Heimweg« zugerufen und selbst Ray hatte es geschafft, eine Hand zum Gruß zu heben. Sie hatte sogar den Eindruck gehabt, dass er inzwischen schneller lief – oder zumindest in einem konstanteren Tempo.

»Aber was ist mit der Gesundheit? Es geht ja nicht nur darum, schlank zu sein.«

»Gesundheit!«, johlte Joan. »Das ist doch die reinste Verarsche. Unsere Nachbarin, die ist zwar jung, aber ihr Göttergatte hat ihr eins dieser Dinger gekauft, du weißt schon, wie heißen die doch gleich, wo man drauf rennt und …«

»Laufband?«

»Zu Weihnachten! Er hat ihr so ein vermaledeites Laufband zu Weihnachten geschenkt! Sie hat gesagt, dass das total lieb von ihm sei und dass er nur an ihre Gesundheit denkt – na klar, das wird es sein, woran er denkt. An ihre *Gesundheit.* Der hat wohl eher Angst, dass sie einen fetten Arsch kriegt. Bin ich froh, dass ich Jim habe. Das ist mal ein Mann, da könnte man glatt auf die Idee kommen, zu untersuchen, ob zwei Spiegeleier und ein Berg Blutpudding wie ein Aphrodisiakum wirken.«

Es war Freitagnachmittag, und Cora und Joan arbeiteten beide in der Spätschicht. Nancy war für den 19:20-Flug nach Dublin eingeteilt, auf Aidens Flug, was hieß, dass Cora Recherchen zu den weiblichen Passagieren anstellen musste. Die Berichte ihrer Stewardess-Freundin waren in der letzten Zeit ziemlich dürftig ausgefallen, und Cora machte sich Sorgen, dass sie von anderen Dingen abgelenkt war. Nancy hatte sich schon seit Tagen nicht mehr richtig gemeldet, obwohl sie wusste, dass Cora die Informationen für ihr Diagramm benötigte. Coras Augen schmerzten allmählich von der ganzen Bildschirmguckerei, sodass sie die Passagierliste für den Dublinflug ausdruckte.

Ihre letzten Verkupplungsversuche mit Aiden waren eine Katastrophe gewesen. Kaum ein Wort gewechselt, lautete Nancys knapper Bericht. Wahrscheinlich fanden die Damen seine Stimmungsschwankungen wenig charmant. Oder er hatte sie mit seinen Erzählungen über eine preisgekrönte Doku über die schlimmsten Genozide der Welt unterhalten. Cora hatte sich den von ihm empfohlenen Film angeschaut – widerwillig in Anbetracht der Tatsache, wie ihre letzte Begegnung geendet hatte, aber sie wollte ihm nicht die Genugtuung geben zu glauben, dass sein Verhalten sie in irgendeiner Weise traf; schließlich war sie ein Profi, und sich mit Griesgramen herumzuschlagen war ihr Job – doch sie hatte noch vor der Hälfte des Films aufgegeben. Stattdessen war sie ins Kino geflüchtet. Gnadenloses Elend bekam man schon genug im echten Leben zu sehen.

Aiden hatte Potenzial, aber ein nettes Lächeln konnte nur zeitweilig von den anderen drei Ps ablenken – prahlerisch, pedantisch, prätentiöser Filmgeschmack. Dennoch, dachte Cora bei sich, als sie die warmen Blätter aus dem Drucker nahm, jeder hatte es verdient, jemanden zu finden.

Als Cora zu ihrem Schalter zurückkam, plauderte Nancy gerade angeregt mit Joan, die Haare zu dem charakteristischen Pferdeschwanz hochgebunden, während sich der smaragdgrüne Gabardinestoff der Uniform perfekt um ihre Schultern schmiegte. Es war, als ob die aus der Massenfertigung kommende Aer-Lingus-Uniform extra für sie entworfen worden sei.

Noch ehe Cora ihre Freundin fragen konnte, wo sie in der letzten Zeit gesteckt hatte, kam Joan ihr zuvor.

»Cora Hendricks! Du hast mir nie erzählt, dass Charlie Barrett dich gefragt hat, ob du mit ihm gehen willst!«

»Ich hab nicht – er ... Woher weißt du das?«

Joan neigte den Kopf in Richtung Nancy, die über beide Backen grinste.

»Wahrscheinlich hat er sogar die Formulierung ›miteinander gehen‹ verwendet.«

»Und woher weißt *du* das überhaupt?«, richtete sich Cora nun an Nancy. »Ich habe dir nichts davon erzählt. Und ich weiß zwar, dass sich Gerüchte hier wie ein Lauffeuer verbreiten, aber ich habe niemandem auch nur ein Sterbenswörtchen verraten.«

»Oh, Miss Amor! Ich konnte es kaum erwarten, dich danach zu fragen. Wie war's? Ich habe ihm noch eingebläut, sich nicht zu altmodisch auszudrücken, damit er nicht wie ein alter Sack klingt. Aber man kann ja nie ...«

»Du hast mit ihm darüber geredet? Hat er dir gesagt, dass er mich um ein Date bitten wollte? Oder, warte mal ...« Cora fiel plötzlich wieder der Abend von dem *Ran-an-den-Speck*-Rennen ein – der ungewöhnliche Anblick von Nancy und Charlie, die in der Ecke des Pubs verschwörerisch miteinander getuschelt hatten. »Hast du etwa ...? Nein, Nancy, bitte sag mir, dass du ihn *nicht* aufgefordert hast, mich um ein Date zu bitten ... Oder hast du?«

Nancy platzte beinahe vor Freude und Stolz. »Womöglich habe ich ihm einen kleinen Schubs gegeben.«

»O Gott.«

»Bei dem Rennen habe ich gesehen, wie ihr euch unterhalten habt – von der Startlinie aus hatte ich einen super Überblick –, und es war einfach nicht zu übersehen, wie gut ihr euch versteht, Miss Amor. Entweder redet er mit dir viel mehr als mit jedem anderen Menschen, oder er mag es einfach, dir ins Ohr zu atmen, doch wie dem auch sei, ihr habt so vertraut gewirkt und …«

Doch Cora hörte nicht mehr zu. Es war Nancys Schuld, dass Charlie sie um ein Date gebeten hatte. Es war Nancys Schuld, dass sie sich mit noch einer Sache herumschlagen musste, wo ihre Energie doch anderweitig gebraucht wurde. Cora gab ihr Bestes, alles im Griff zu behalten, und ihre Freundin – die nie nachdachte, bevor sie handelte – hatte einfach alles durcheinander gewirbelt. Erst vor ein paar Wochen hatte sie zu diesem Thema ein ernstes Wörtchen mit Nancy geredet. *Vergiss es*, hatte sie gesagt, als sie ihr mit der Idee von ihr und Charlie gekommen war. Aber Nancy hatte ihr nicht zugehört – schlimmer noch, sie hatte ihr zugehört und sich über alles hinweggesetzt. Cora konnte spüren, wie die Wut in ihr hochstieg.

»… Als wir im Pub waren, habe ich mir gedacht, ich rede mal mit ihm – nur, dass es vielleicht keine schlechte Idee wäre, dich um ein Date zu bitten. Ich konnte ihm zwar nichts versprechen, aber immerhin bestand die Chance, dass du Ja sagen würdest. Du hättest sein Gesicht sehen sollen, Cora. Er war …«

Aber Cora wollte nichts mehr hören. Sie *hatte* sein Gesicht gesehen – und nichts als Schuld empfunden. Nancy hatte sich nichts dabei gedacht – dass ihre Aktion für andere Folgen hatte, und dass Charlie sie nicht darum gebeten hatte – und ihm eine Abfuhr eingehandelt. Cora wandte den Check-in-Schaltern den Rücken zu und marschierte davon. Sie wusste zwar nicht, wohin sie wollte, aber …

»Cora! Warte!« Sie hörte Nancys Absätze hinter sich auf den Fliesen klappern. Sie wartete, bis Joan außer Hörweite war, dann drehte sie sich zu ihrer Freundin um.

»Wie konntest du nur, Nancy!« Cora war außer sich. Die Hitze, die in ihr wallte, strömte ihr in die Augäpfel. Das also war die berühmte blinde Wut. »Wie konntest du es wagen!«

»Ich ...«

»Ich habe dir gesagt, du sollst dich nicht einmischen. Ich habe ausdrücklich gesagt, dass ich nicht will, dass du dich da reinhängst, dass ich nicht auf Charlie stehe und nicht mit ihm ausgehen will – oder mit irgendjemand anderem! Ich habe mich unmissverständlich zu diesem Thema geäußert, und ich bin mir ziemlich sicher, dass ich klipp und klar ›Nein‹ gesagt habe.«

»Aber du hast einfach nur Angst, Miss Amor. Manchmal brauchen wir jemanden, der ein wenig nachhilft. Das weißt du doch am besten! Du hilfst ständig ein wenig nach. Und ich dachte, wenn du erst mal mit der Möglichkeit konfrontiert wärst, würdest du den Schritt wagen ...«

»Ich bin nicht irgendeine Fremde auf einem Flug! Ich bin deine Freundin, die du besser kennen und deren Wünsche du respektieren solltest.« Sie standen mitten im Abholbereich, während Passagiere und Flughafenmitarbeiter um sie herum von A nach B eilten. Dennoch konnte Cora ihre Stimme nicht senken. »Und ich *habe* keine Angst! Ich habe einfach nur gerade viel um die Ohren, und mit irgendeinem Typen auszugehen steht momentan nicht auf meiner Prioritätenliste. Auch wenn das für dich nur schwer zu verstehen ist.«

»Was willst du denn damit sagen?«

»Na ja, in letzter Zeit bist du immer so zerstreut – bist von dem Rennen früher nach Hause gegangen, berichtest mir von den Reihe-27-Paaren nur noch, wenn ich dich direkt danach frage. Und letztes Wochenende habe ich dir zwei SMS geschickt, und du hast nicht einmal darauf geantwortet. Sheilas Geburtstagsessen war schrecklich, und es wäre schön gewesen, jemanden zum Reden zu haben.«

»Ich weiß, du denkst, ich verbringe meine Freizeit damit, mich von einem Typen zum Nächsten durchzuschlafen ...«

»Das habe ich nicht gesagt ...«

»Aber ich habe auch viel zu tun. Eigene Sachen. Ich habe das ganze Wochenende gelernt und hatte keine Zeit, mich bei irgendwem zu melden. Wenn du denkst, du bist die Einzige, die sauer deswegen ist, solltest du mal meine Mum fragen.«

»Du hattest nicht mal eine Minute Zeit, eine SMS zu schreiben?«

»Nicht mal eine Minute. Die Mitarbeitergespräche sind nächste Woche. Dir mag die Beförderung egal sein, aber ...«

»*Dafür* lernst du?«, sagte Cora und hörte den Spott aus ihrer Stimme ein bisschen zu spät heraus.

»Ja, *dafür* lerne ich.«

»Tut mir leid, Nancy, ich wollte nicht ... Ich habe – das einfach vergessen.«

»Im Pausenraum hängen überall die Aushänge«, sagte Nancy verärgert. »Und ich habe es dir erzählt. Aber natürlich hast du es vergessen, weil nicht du es bist, die sich um eine Beförderung bewirbt. Deshalb war ich beschäftigt. Ich habe dir erzählt, dass ich bis vier Uhr morgens wach war, und ich bin nur deshalb von Rays Laufevent früher gegangen, um noch ein bisschen büffeln zu können – aber du hast natürlich gedacht, ich wäre bloß abgehauen, um mit irgendeinem Kerl herumzuknutschen?«

»Nein«, entgegnete Cora, wich aber ihrem Blick aus. Sie sollte doch das Opfer sein, sie sollte wütend sein. Wann genau hatte sich das Blatt gewendet?

»Doch, hast du!«

»Nein ... aber selbst wenn, hätte sich meine Annahme nur auf bisherige Erfahrungen gestützt. Aber egal, solange es nicht einer meiner Kuppelkandidaten ist, ist es mir egal, mit wem du deine Zeit verbringst.«

Nancy seufzte. »Das Check-in-Embargo wird nicht ewig dauern, Cora.«

»Und?«

»Es wird niemand mehr an deinen Schalter kommen. Was du machst, hat nichts mit der Realität zu tun. Was willst du nach dem Sommer machen?«

»Vergiss es, Nancy. Ich brauche keine ...«

»Mag sein, dass dir an diesem Job nichts liegt oder dass du dir zu gut dafür bist oder was auch immer«, unterbrach sie Coras Protest. »Aber ich mache mir Gedanken um meine Zukunft. Ich will Chefstewardess werden, und zwar dieses Jahr noch. Ich muss es schaffen, bevor ich achtundzwanzig werde.«

»Du musst es schaffen, bevor du achtundzwanzig wirst? Was? Hattest du im Traum eine Eingebung?«

»Ich bin mehr als nur deine Marionette, Cora.«

»Meine Marionette!? Ich weiß sehr wohl, dass du nicht *meine Marionette* bist, Nancy. Was meinst du überhaupt damit?« Cora spürte erneut die unsichtbare Hand in sich, die kurz davor stand, alles durcheinanderzuschütteln. Sie mäßigte ihren Ton und holte tief Luft. Eine von ihnen musste schließlich einen kühlen Kopf bewahren. »Du hast dich absichtlich in mein Leben eingemischt, obwohl ich dich ausdrücklich darum gebeten hatte, es nicht zu tun. Und du hast Charlie da mit reingezogen – wodurch er sich praktisch einen Korb eingehandelt hat –, und jetzt muss ich die Scherben zusammenkehren, und du siehst nicht einmal ein, dass du einen Fehler gemacht hast. Und ich dachte, wir wären Freundinnen.«

»Sind wir das, ja, Freundinnen? Du und ich, Cora? Eine schöne Freundin bist du. Die nicht einmal weiß, was ich seit Wochen mache, weil sie nicht nachfragt.«

»Wie hätte ich denn fragen sollen, wenn du auf meine SMS nicht reagierst?«

Nancy zitterte inzwischen – aus Ärger oder vor Aufregung oder aus einer Mischung aus beidem. »Warum sollte ich denn reagieren, wenn ich genau weiß, dass du nur über *deinen* Kram reden willst, über *dein* verfluchtes Verkupplungsprojekt? Freunde benutzen einander nicht. Freunde wissen, was im Leben des anderen vor sich geht. Freunde kümmern sich um einander.«

»Tja, schön, dass wir das genauso sehen.«

Die beiden Frauen funkelten sich gegenseitig an, während Verärgerung, Verletzung und Verwirrung zwischen ihnen in der Luft hingen. Passagiere huschten vorbei, und Cora bemerkte, dass Wiesel auf sie zugehastet kam. Als sich der Manager näherte, machte Nancy auf dem Absatz kehrt und stapfte mit halb hochgeschobenen Mantelärmeln und einer Tasche, aus der ihr Laptop herauszufallen drohte, davon. Für Nancys Verhältnisse sah sie derangiert aus. Noch ehe Wiesel das Schlachtfeld erreicht hatte, zog Cora sich an ihren Schalter zurück. Sie fühlte sich, als hätte ihr jemand ein Bein gestellt, und sie konnte sich nicht erinnern, ob sie sich den Kopf angeschlagen hatte.

Cora wusste, dass das Self-Check-in-Embargo nicht ewig dauern würde. Natürlich wusste sie das. Hielt Nancy sie für doof? Natürlich würde sie danach etwas anderes machen. Sie wusste nur noch nicht genau, was. Aber schließlich blieben ihr noch ein paar Monate. Hatte in der E-Mail nicht gestanden, das Embargo würde mindestens ein Jahr dauern? Also würde Cora erst einmal alles andere klären, bevor sie sich den Kopf über ihre Karriere zerbrach. Und davon einmal abgesehen: War es keine sinnvolle Beschäftigung, Leuten zu ihrem Liebesglück zu verhelfen? Nancy tat gerade so, als sei *Cora* egoistisch.

Es war typisch für Nancy, alle in ihr Melodrama hineinzuziehen. Cora hätte wissen müssen, dass sie Charlie etwas sagen würde – ein Riesenspaß für Nancy, wie die anderen sich fühlten, egal. Was spielte es schon für eine Rolle, dass Cora schon Mühe genug hatte, mit ihren eigenen Gefühlen klarzukommen, ohne dass sie auch noch für die von jemand anderem verantwortlich war? Und ihre Marionette? Wo hatte sie das denn her? Bestimmt hatte sie Probleme mit irgendeinem Kerl oder mit ihrer Mutter oder mit irgendwas sonst, die sie jetzt an Cora ausließ. Und wer würde nun auf dem Flug heute Abend ein Auge auf Aiden haben? Und was war mit dem restlichen Wochenende? Nancy war diejenige, die im Unrecht war, und dennoch waren es Cora und die einsamen Herzen unter den Fluggästen, die darunter leiden würden. Tja, Cora würde einfach warten müssen, bis Nancy endlich in ihrem Wolkenkuckucksheim aufwachte und auf den Boden der Tatsachen zurückkehrte. Wolkenkuckucksheim? Mein Gott. Sie klang fast schon wie Ingrid.

Der Check-in für Dublin hatte begonnen, unter den sich auch Passagiere für den Berlin-Flug mischten, und Cora musste noch eine potenzielle Kandidatin für Aiden aussuchen. Nicht dass es irgendjemanden auf dem Flug gab, der ihr Bericht erstatten würde. Und wenn sie an diesem Wochenende Aidens große Liebe fand? Allerdings war das extrem unwahrscheinlich, es sei denn, man hätte ihm mit einer Lobotomie das Hirn durchtrennt. Aber sie würde es nie *ganz sicher* wissen. Sie dachte daran, jemand anderen an Bord zu fragen, aber das würde Nancy nur darin bestätigen, dass sie sie benutzte. Was nicht der Fall war. Sie wollte nur nicht, dass all ihre Mühe umsonst war. Cora ging im Dienstplan die restliche Kabinenbesatzung für den 19:20-Flug nach Dublin durch, aber es gab niemanden, den sie fragen konnte.

»Lassen Sie sich ruhig alle Zeit der Welt, Cora.«

Als sie hochsah, stand Aiden vor ihr.

»Alle Zeit der Welt? Na, dann nehme ich mir noch ein paar Minuten«, sagte sie und sah weiter in die Liste. Sie war heute wirklich nicht in der Stimmung für sarkastische Bemerkungen.

Zu ihrer Überraschung blieb er ruhig stehen und wartete. Als ihr von dem hektischen Auf- und Abhuschen ihrer Augen auf dem Bildschirm schwindelig wurde, hob sie den Kopf.

»Alles okay?«, fragte er mit einem Anflug von Sorge. Sie war augenblicklich total durcheinander.

»Ja.«

»Sind Sie sauer wegen neulich?«

»Wegen neulich?«, fragte sie und setzte ein ekelhaft süßes Lächeln auf.

»Als ich meinte, Sie seien ein wenig ... Ich bin mir nicht mehr sicher, was die genaue Formulierung war ...«

»Neugierig.«

»Neugierig. Richtig. Ich hatte eine lange Woche hinter mir und viel um die Ohren. Manchmal greife ich in meiner Wortwahl etwas daneben ...«

Cora betrachtete ihn aufmerksam. »Ist das ... entschuldigen Sie sich gerade bei mir, Aiden O'Connor?«

»Ich sage bloß, dass ich womöglich ein wenig überreagiert habe. Sie waren selbst auch nicht gerade höflich, Sie ...«

»Ich nehme das mal als eine Entschuldigung. Machen Sie das jetzt nicht kaputt.«

»Nichts läge mir ferner, als Ihre Definition einer Entschuldigung korrigieren zu wollen.«

»Genau. Weil Sie ja *nie irgendjemanden* korrigieren.«

»Haben Sie mit meiner Exfreundin gesprochen?«

Cora sah ihn an – die goldbraunen Locken waren erst kürzlich gestutzt worden, der Rugby-Pullover hatte erste Flecken am Kragen. Mit Sicherheit konnte er sich ein zweites Sweatshirt leisten? Das war das zweite Mal *überhaupt*, dass er sich als Single geoutet hatte.

»Wenn sie denselben Filmgeschmack wie Sie hat, bezweifle ich, dass wir viel gemeinsam haben.«

»Sie haben ihn sich angeschaut?«

»Ja, ich habe mir die Doku angeschaut, das heißt, größtenteils. Sie war grauenvoll. Deprimierend, lang und unerträglich langweilig. Und dann auch noch in Schwarz-Weiß. Warum? Sie ist doch erst letztes Jahr gedreht worden.«

»In Schwarz-Weiß? Das war mir gar nicht bewusst.«

»Aber Sie haben sie mir empfohlen.«

»Mhm, schon«, sagte Aiden und nahm seinen Reisepass und sein Ticket an sich, ehe Cora beides als Geisel nehmen konnte. »Aber ich habe sie selbst nie gesehen. Es heißt, sie soll schrecklich sein. Eine furchtbar prätentiöse Scheiße.«

»Was? Sie haben sie nie gesehen? Wieso haben Sie sie mir dann empfohlen?«

»Aus Rache«, sagte Aiden und klang ebenso selbstzufrieden, wie er aussah. »Für all die schlechten Schema-F-Liebeskomödien, die Sie mir empfohlen haben.«

Cora war baff. »Sie ...«

»Tja, wenn das mal kein Spaß war«, sagte er, und das Grübchen an seiner linken Wange war nun deutlich zu sehen.

»Sie Mistkerl.«

»Na, na, na, Cora, jetzt seien Sie mal nicht so. Hier ...« Er schwang seine Tasche erneut herum. »Im Krankenhaus haben sie für einen guten Zweck Buttons verkauft. Ich dachte mir, der ist doch perfekt für jemanden, der mit den Gedanken überall zu sein scheint, nur nicht bei der Arbeit. Bis nächste Woche, Sie Tagträumerin!«

Aiden stolzierte davon – o ja, er stolzierte –, und Cora griff nach dem Anstecker, den er auf ihrem Schalter liegengelassen hatte. Auf hellblauem Untergrund stand in weißer, verschnörkelter Schrift: *Kopf in den Wolken*.

Obwohl sie sich alle Mühe gab, konnte sie sich ein Lachen nicht verkneifen.

Cora dachte daran zurück, wie sie diese Scheißdoku geschaut hatte und zunehmend frustrierter geworden war, wie sie sich die Haare gerauft und vor sich hingemurmelt hatte: »Jetzt bringt sie halt alle um, verdammt noch mal«, und musste tatsächlich laut lachen. Sie war beeindruckt. Vielleicht war Aiden ja doch nicht so – na ja, so wie Aiden! Allerdings musste sie immer noch jemanden für ihn finden. Sie sah auf ihr Handy, um nachzuschauen, ob Nancy in der Zeit zwischen Sicherheitscheck und Abflug endlich erwachsen geworden war, aber sie hatte keine neuen Nachrichten. Verzweifelt scrollte sie durch die schwindelerregende Anzahl an Frauen auf dem Dublinflug, die sie noch durchleuchten musste. Und im hinteren Teil des Flugzeugs würde eine Schulklasse sitzen. Na toll.

Bei einem der Lehrer handelte es sich um eine ledige Frau. Das war doch sicher nicht ihre einzige Option. Cora suchte die Schlange nach der Schulklasse und ihrer infrage kommenden Aufsichtsperson, Georgia Hancock, ab. Doch kaum hatte sie die ersten wartenden Gesichter abgescannt, als sich ihr der Magen umdrehte. Der dritte in der Schlange war Friedrich Turner. Und diesmal war es keine Fata Morgana. Er stand leibhaftig dort. Aus Fleisch und Blut, mit perfekten blonden Locken. Und neben ihm stand seine Frau.

Cora schaffte es nicht, ihre Wangen zu entspannen oder ihren Kiefer zu bewegen. Es war, als ob ihr Gesicht zu einer Maske erstarrt wäre. Irgendwie gelang es ihr, den nächsten Passagier nach vorne zu rufen.

»Reisepass und Flugnummer, bitte.«

Der Passagier beobachtete sie, als sie die Details in den Computer eingab, und Cora fragte sich, ob er ihr Blut gegen die Wände ihrer Venen dröhnen hörte. Eigentlich sah sie den älteren Fluggast gar nicht richtig an, es war einfach so, dass er in ihrem Blickfeld stand und sie es nicht wagte, irgendwo andershin zu sehen. Ihre Schwester war früher oft sauer auf sie gewesen, weil Cora die Regeln beim Versteckspiel nicht verstanden hatte. Maeve hatte sie aufgefordert, sich zu verstecken, und Cora war einfach mit geschlossenen Augen stehen geblieben; wenn sie die anderen nicht sehen konnte, konnten sie sie auch nicht sehen. Inzwischen kannte sie die Regeln, kniff jetzt aber trotzdem die Augen zu. Reiß dich zusammen. Lächle. Es ist dein Leben. Sie dachte an das Gedicht von T.S. Eliot, das sie in der Schule gelesen hatten und in dem es darum ging, das eigene Gesicht darauf vorzubereiten, den Gesichtern zu begegnen, die man traf. Cora öffnete die Augen, entspannte ihre Gesichtszüge und lächelte.

»Guten Flug!«

Der Nächste in der Schlange war Friedrich. Physisch anwesend, fassbar und absolut fehl am Platz. Er hatte nichts mit ihrem Leben hier zu tun. Niemand hatte ihn je getroffen, und sie hatte nie von ihm gesprochen. Es fühlte sich langsam so an, als hätte sie ihn sich bloß ausgedacht. Aber da stand er, real und entspannt, und ließ den anderen Passagieren den Vortritt. Seine Frau hatte ihre Hand leicht auf seinen Arm gelegt und flüsterte ihm etwas ins Ohr, doch Friedrich beobachtete Cora. Eine Familie drängelte sich vor ihn. Er ließ sie gewähren. Wieso wartete er extra, um an ihren Schalter treten zu können? »Der Nächste, bitte.«

Friedrich kam auf sie zu, im Schlepptau die Dame, die seine Ehefrau sein musste. Sein Schritt war so lässig und selbstbewusst wie eh und je. Er war spindeldürr, breitschultrig und hatte jene Art von rasierklingenscharfen Wangenknochen, die romantisch veranlagte junge Frauen geradezu anbettelten, sich die Handgelenke daran aufzuschlitzen. Cora hatte unter diesem Eindruck einige peinliche Gedichte geschrieben. Er hatte einen Wust goldener Locken, von denen sie immer gesagt hatte, sie seien von gefallenen Engeln gewoben. Cora hatte wirklich genau diese Worte gesagt. *Zu ihm*. Und, Gott möge ihr beistehen, sie hatte sie für unglaublich tiefgründig gehalten. Friedrich hatte ihr erzählt, seine Mutter habe seine Haare an Hersteller teurer Perücken verkauft, als er ein kleiner Junge war. Cora hatte gewusst, dass das gelogen war. Sie hatte es gewusst, weil alles gelogen war, allerdings konnte sie das nur selten beweisen. Deshalb hatte sie auch nur stumm zu diesen dämlichen Geschichten nicken können, während sie sich wie eine Idiotin vorgekommen war. Ihre Beziehung hatte eine intensive Paranoia bei ihr hervorgerufen, und lange Zeit hatte sie sogar daran gezweifelt, dass er Deutscher war. Friedrich stammte aus einer anderen Welt, er war ein Dichter aus dem 19. Jahrhundert, der sich geschworen hatte, für immer jung zu bleiben. Alles an ihm war manieriert, aber die Masche zog.

»Ich glaube, ich habe eine Vision, oder ist sie das wirklich? Cora Hendricks. Lang ist's her.« Er lächelte und war völlig entspannt, und alles war easy. »Ich habe gehört, dass du hier arbeitest. Geht's dir gut? Cora, darf ich vorstellen: meine Frau, Sophia Turner. Ich bin mir nicht sicher, ob ihr euch je kennengelernt habt. Sophia, das ist Cora Hendricks, sie hat früher für Stefan gearbeitet.«

Ich habe früher Werbetexte für Stefan geschrieben, dachte Cora, *und mit deinem Mann zusammengelebt.* Die Frage war nur, ob er da ihr Mann gewesen war. Friedrich hatte ihr erzählt, dass sie getrennt seien, aber sie waren beide so jung gewesen, und letztlich konnte man sich bei ihm nie sicher sein. Sophia war blass und zierlich. Vieles an ihr erinnerte an einen Schatten. Sie streckte ihre schlanke, weiche Hand aus, und Cora ergriff sie. »Freut mich.« Eine Hand, die Geld besaß, damit aber selten Umgang hatte. Friedrich hatte mit Cora in der Öffentlichkeit niemals Händchen gehalten. Damals hatte es sie verletzt, dass er sich offenbar geschämt hatte, aber nun kam ihr der Gedanke, dass er womöglich noch verheiratet gewesen war.

»Könnte ich bitte eure Reisepässe haben?«

Sophia streifte leicht den Arm ihres Mannes, als sie aus ihrer Handtasche die beiden Dokumente zog. Die beiden waren ein bildschönes Paar. Haare und Haut schienen zu leuchten. Cora wusste, dass sich unter seinem weichen Baumwollshirt erstaunlich starke Arme verbargen. Er sah inzwischen viel gesünder aus und kleidete sich ordentlich, seinem Alter entsprechend. War er schon dreißig? Trotz all seinem ungreifbaren Gerede von Leidenschaft und Wahrhaftigkeit schien er Geld am meisten zu brauchen. Alles andere hatte er bereits in sich, da kam eine vermögende Leinwand, auf die er all das projizieren konnte, gerade recht. Cora hatte ihm Geld gegeben. Sie weigerte sich auszurechnen, wie viel, aber sie hatte für Flüge und Essen bezahlt und ihn kostenlos bei sich wohnen lassen. Obwohl er eine Festanstellung gehabt hatte und sie Freiberuflerin gewesen war. Sie tippte die Reisepassdaten ein und druckte die Tickets aus.

»Geht es dir gut, Cora?«, beschwor er sie. »Fühlst du dich wohl?« Seine Stimme war warm und liebevoll. Seine Frau hatte noch immer ihre Hand auf seinem Arm.

»Alles gut, danke. Ich gehe meiner Arbeit nach.«

»Am Flughafen?«

»Ja, hier.« *Ganz offensichtlich*, hätte sie am liebsten gesagt, *das siehst du verdammt noch mal doch*. Friedrich hatte ihr früher immer prophezeit, dass sie eines Tages etwas Bedeutendes, Wertvolles, Außergewöhnliches machen würde. Nur hatte er ihr nie verraten, welche Art von Arbeit ihr das ermöglichen würde.

»Das ist wunderbar«, sagte er. »Du siehst blendend aus, Cora, wirklich.« Am liebsten hätte sie ihn angeschrien.

»Ein Sitz am Gang wäre schön, falls das möglich ist.« Sophias blass gesprenkelte Augen musterten Coras Gesicht, und sie lehnte ihren Kopf gegen die Schulter ihres Mannes.

Cora wurde plötzlich klar, dass sie tausend Fragen hatte, die nur Sophia ihr beantworten konnte. Sie wollte sie fragen, ob Friedrich sie am liebsten mochte, wenn sie wütend war. Ob er ihr je gesagt hatte, dass sie die traurigsten Augen der Welt hatte? Ob sie jemals beim Sex absichtlich geweint hatte? Cora wollte wissen, ob der Sex am besten war, wenn sie sich wie zwei Fremde verhielten, wenn Küssen verboten war und Sophia sich wie eine Prostituierte vorkam. Sie wollte wissen, ob Sophia das antörnte. Sie wollte sich versichern, dass sie nicht verrückt war.

Friedrich und Sophia hatten während des Studiums geheiratet und sich zum zweiten Mal getrennt, als Cora ihn kennenlernte. Diesmal sollte es endgültig sein, und sie wollten sich scheiden lassen. Zumindest hatte er ihr das gesagt. »Alles, einschließlich der Liebe, ist nur beeindruckend, wenn du jung bist.« Im Nachhinein bezweifelte sie, ob eine Scheidung je zur Debatte gestanden hatte. Im Nachhinein stellte sie alles infrage. Als sie zurück in England war, hatte Cora bei der Musikhochschule angerufen, an der er arbeitete, gebeten, zu ihm durchgestellt zu werden, und war verblüfft gewesen, dass er tatsächlich existierte.

»Habt ihr Urlaub in London gemacht?«, fragte sie und hoffte, ihre Worte kamen nicht zu zaghaft herüber.

»Friedrich hatte ein Vorstellungsgespräch.«

»Keine Stelle an der Uni, nicht in London«, fügte er schnell an, da er Coras Panik womöglich spürte. »Es geht um ein Orchester, das in München ansässig ist, aber das Vorspielen findet auf internationaler Ebene statt. Es ist ziemlich prestigeträchtig, und sie wollen mich unbedingt, aber ich muss erst noch entscheiden, ob ich jemand bin, der vorspielt. Es ist so gewöhnlich, Ruhm und Ansehen hinterherzujagen, und so gefährlich, seinen Wert vom Urteil anderer abhängig zu machen.«

Sophia blickte ihren Ehemann an, und Cora fragte sich, wieso sie nicht gelernt hatte, seine Lügen zu durchschauen. Er war nichts als ein verängstigter kleiner Junge, der Angst hatte, das Gesicht zu verlieren. Er benutzte Integrität als Schutzschild, wenn das Risiko bestand, dass nicht alles nach seinen Vorstellungen lief. Friedrich ging nie Risiken ein und weigerte sich, sich verletzlich zu machen. Friedrich ließ sich das Leben nichts kosten. Ruhm und Ansehen waren genau das, was er wollte. Und er würde niemals zugeben, dass irgendjemand oder irgendetwas ihn nicht wollte.

Am Ende ihrer Beziehung hatten sich ihre Diskussionen so in die Länge gezogen, dass Cora manchmal darüber eingeschlafen war. Dann hatte er sie mitten in der Nacht geweckt und sie gefragt, wie sie bei all dem einfach schlafen konnte. Aber bei »all dem« war es nie um irgendetwas Konkretes gegangen. Ihre Streitereien waren zu omnipräsent gewesen, um konkret zu sein. Für Cora hatten sie sich wie eine quälende Marathonsitzung angefühlt, und sie hatte sich gefragt, weshalb er nie das Bedürfnis verspürte zu schlafen. Sie hatte jedes Mal auf dem Bett gesessen und war so konfus und schläfrig gewesen, dass sie angefangen hatte zu weinen, während er auf dem E-Piano irgendeinen Schwachsinn in die Tasten hämmerte.

»Ihr sitzt auf dem 19:40-Uhr-Flug nach Berlin auf den Plätzen 16A und 16B.«

»Danke, Cora.« Friedrich griff nach den Tickets, ehe sie sie auf den Schalter legen konnte, strich ihr über die Finger und hielt ihren Blick fest. »Es war schön, dich zu sehen. Du siehst bezaubernd aus.«

Sophia strahlte angesichts der wohlmeinenden Worte ihres Mannes und nickte zustimmend.

»Schön, dich gesehen zu haben«, wiederholte Friedrich, und das war's. Cora sah ihnen nach, bis sie um die Ecke verschwunden waren, Sophia einen Sekundenbruchteil nach ihrem Mann. Er drehte sich nicht ein einziges Mal um. Aus den Augen, aus dem Sinn. Die weniger bekannten Regeln des Versteckspiels.

Den Rest des Check-ins erlebte Cora wie in Trance. Die Lehrerin war völlig ungeeignet – nett, bodenständig und dazu verdonnert, sich den gesamten Flug über um ihre lärmende Meute zu kümmern –, aber Cora konnte keinen klaren Gedanken mehr fassen und schaffte es gerade noch rechtzeitig, sie neben Aiden zu setzen. Cora versuchte, Friedrich aus ihren Gedanken zu verbannen, bis der Arbeitstag vorüber war. Sie würde ihn erst auf dem Heimweg in der U-Bahn wieder hineinlassen. Sie hätte Nancy gerne eine SMS geschickt, tat es aber nicht. Wahrscheinlich war sie inzwischen bereits in Dublin. Ob sie auf der anderen Seite der Irischen See ebenso rücksichtslos war?

Cora bemühte sich, die Erinnerungen zurückzudrängen, schaffte es aber nicht. Ihr fiel ein, wie sie sich mit Friedrich betrunken hatte – wobei die zahlreichen Male eine einzige wirre Erinnerung bildeten – und wie intim dieses Erlebnis gewesen war. Die Liebe hatte sie seit ihren Kindertagen in ihren Bann gezogen, und nun hatte sie sie gefunden. Eine alles verzehrende, verletzende, in den Wahnsinn treibende Liebe; eine Liebe wie aus dem Bilderbuch. An anderen Abenden hatte sie allein zu Hause gesessen und getrunken, und Friedrich war am nächsten Morgen um vier Uhr nach Hause gekommen und hatte ihr von den faszinierenden Frauen erzählt, die er nach einem Konzert getroffen hatte, während sie so getan hatte, als würde sie das nicht stören. Er hatte sie zum Weinen gebracht, um sie trösten zu können. Aber war das nicht der Inbegriff der einzig wahren Liebe? Diese Extreme der Gefühle? Cora zwang ihre

Gedanken zurück ins Hier und Jetzt, zu ihrer Arbeit. Ein Paar mittleren Alters stand an ihrem Check-in, und die Frau zeigte auf Aidens Anstecker, der immer noch auf dem Schalter lag.

»Erinnerst du dich an das Lied, Gerry?«, sagte sie und stupste ihren Gatten an. »›*Du hast den Kopf in den Wolken und dein Herz auf Eis gelegt.*‹ Wer hat das noch mal gesungen?«

»Kann ich dir nicht sagen, Margaret. Klingt nach einer deiner Platten.«

Friedrich hatte immer behauptet, seine Musik sei »zu intensiv« für die meisten Leute, aber er war einfach nicht besonders gut. Cora hatte das die ganze Zeit über gewusst, es aber bis zum Schluss geleugnet. Friedrich hatte auch behauptet, Geld sei nicht wichtig, und dem hatte sie in gewisser Weise zugestimmt, aber es war immer ihr Geld gewesen, das er nicht geachtet hatte. Doch ihn einen Scharlatan zu nennen hätte bedeutet, sich selbst einen Dummkopf zu nennen.

Wiesel tippte ihr auf die Schulter: »Ich habe Ihr Formular noch immer nicht zurückbekommen, Cora.«

Cora studierte einen Moment sein Gesicht. Es juckte ihr in den Fingern, ihn einfach wegzustoßen. Sie gab sich die größte Mühe, ruhig zu bleiben und sich zusammenzureißen, und alle hatten nichts Besseres zu tun, als sie zu nerven. Sie hatte nicht einmal einen Blick auf das Formular geworfen. Und nicht die geringste Ahnung, wo es war. Gut möglich, dass sie die harte Brotrinde von einem Mittagssandwich darin eingepackt hatte.

»Ich habe es verlegt.«

»Die Gespräche sind nächste Woche, Cora. *Nächste Woche.*«

»In Ordnung. Aber ich brauche kein Formular, weil ich nicht wechseln will. Mir gefällt es hier.«

»Sie wollen nicht wechseln?«

»Nein.«

Wiesel blickte auf sein Klemmbrett. »Das wird nicht gut aussehen.«

»Okay.«

»So kommen Sie nicht voran.«

Cora zuckte mit den Achseln. Sie hatte gar nicht vor, voran oder irgendwo sonst hinzukommen. Wieso taten sich die Leute so schwer, das zu verstehen?

»Vielleicht kann ich eine Verlängerung für Sie erwirken«, sagte er und blätterte in den Seiten. »Ich kann mir bei einigen einflussreichen Leuten Gehör verschaffen. Schlafen Sie noch mal eine Nacht darüber. Ich kann mir Sie gut im Boarding vorstellen.«

Cora rutschte von ihrem Stuhl herunter und warf einen Blick auf den Wartebereich. Er war immer noch leer. »Ich bin gleich zurück«, sagte sie zu Wiesel, lief um ihn herum und weiter zur Rolltreppe, fuhr eine Etage hoch und wartete auf den Aufzug. Das war nicht die einzige Entscheidung, die sie treffen musste. Sie hatte schon viel zu lange gewartet, und irgendetwas musste passieren. Sie musste dafür sorgen, dass etwas passierte.

Sie klopfte an Charlies Tür und wartete, dass er sie hereinrief.

»Ich hätte nicht gedacht, dass das Bodenpersonal weiß, wo unsere Büros sind. Normalerweise warten wir einfach darauf, gerufen zu werden.«

»Ich gehe mit dir aus.«

Die kurze Stille reichte, um Coras Entschlossenheit zu erschüttern. Ihre Worte hallten in ihr wider; sie klang ziemlich arrogant. Was, wenn er es inzwischen bereute, sie gefragt zu haben? Was, wenn das der Grund war, weshalb er so tat, als sei nichts gewesen? Aber egal, wer nicht wagt, der nicht …

»Gut.«

»Okay. Gut«, wiederholte sie erleichtert.

»Nächsten Samstag?«

»Du meinst, morgen in einer Woche?«

»Ja, wenn das bei dir passt?«

»Klar. Gut.«

Plötzlich erinnerte sie sich daran, an dieses Gefühl. So fühlte es sich an, wenn sich etwas im Leben tat.

LHR → DUB 19:20 Uhr

14

Auf Aidens Platz turnte ein Schuljunge herum. Er kniete verkehrt herum darauf, um sich besser mit den Mädchen in Reihe 28 unterhalten zu können.

»Tut mir leid, Kumpel, aber das ist mein Platz.«

Der Teenager drehte sich zu ihm um, eine Flasche Coca-Cola Zero in der Hand. »Ist das so, Bruder?«, fragte er und grinste die Mädchen an.

»Das ist so, ja.«

»Okay, Bruder.« Der Junge stemmte sich aus dem Sitz hoch, während die Mädchen zu lachen begannen.

»Ja, Bruder«, murmelte eine von ihnen, als der Junge immer noch grinsend in die gegenüberliegende Reihe wechselte.

»Ist das so, Bruder?«

»Nein, Bruder.«

»Ja, Bruder.«

So ging es immer weiter, und jede unsinnige Äußerung rief noch mehr Gelächter hervor als die vorhergehende. Im Flugzeug befanden sich ungefähr zwölf Sekundarschüler, unschwer an ihren flaschengrünen Uniformen zu erkennen, und er war umzingelt von ihnen. Hätte Cora ihn nicht etwas weiter hinten hinsetzen können? Wenn sie ihn nicht jedes Mal in Reihe 27 setzen würde, hätte er fast vermutet, das sei *ihre* Rache.

»Ronald Archibald, nimm deine Füße gefälligst vom

Sitz!« Aiden beobachtete eine Frau, die den Gang zum hinteren Teil des Flugzeugs entlangkam und die Jugendlichen anblaffte. »Und knöpf deine Bluse zu, Matilda Middleton. Ich kann mich nicht erinnern, dass dein Ausschnitt so tief war, als dich deine Eltern zum Flughafen gebracht haben.« Die Frau machte an Reihe 27 halt, und die Anspannung fiel von ihr ab. Sie lächelte Aiden an.

»Sie Ärmster«, sagte sie zu ihm, während sie sich auf Platz 27C fallen ließ. »Sitzen ausgerechnet zwischen uns. Wenn ich's mir recht überlege, könnte das Reisebudget eventuell noch für einen Whiskey zur Selbstmedikation reichen.«

»Es ist bestimmt keine gute Idee, Alkohol als Medizin zu verwenden.« Aiden zuckte zusammen. »Mein Gott. Manchmal höre ich mir selbst zu und denke, ich könnte eine saftige Ohrfeige vertragen.«

»Ich würde Ihnen ja gerne zur Hand gehen, aber Schlagen ist Lehrern schon seit einer ganzen Weile verboten. Gott sei's geklagt angesichts dieser Rasselbande.«

Die Stewardess, Nancy, kam den Gang herunter und wies alle Schüler an, die Gurte anzulegen, fegte aber an Aiden vorbei, ohne ihn auch nur eines Blickes zu würdigen, sodass es ihm selbst überlassen blieb, festzustellen, dass sein Sitz noch in eine aufrechte Position gebracht werden musste.

»Ich bin doch echt krank, oder?«, sagte eins der Mädchen hinter ihm. »Als ich es bekommen habe, habe ich es überhaupt nicht zu schätzen gewusst. Erst jetzt, wo es kaputt ist. Mir war nicht mal klar, wie viel sie dafür hingeblättert haben. Ich dachte, so um die dreihundert Pfund. Von wegen.«

»Wenn du versuchst, es weiterzuverkaufen, sag nicht, dass es Cola war. Sag, es war Wasser«, riet ihr eine andere.

»Ja, sag, dass es Wasser war.«

»Ja, ich werd sagen, ich hab Wasser darüber verschüttet. Das Problem ist, wenn ich es online einstelle, kriege ich höchstens dreißig Pfund dafür. Das ist ja die Scheiße.«

»Aber was ist, wenn die irgendwie rauskriegen, dass es nicht nur Wasser war?«

»Wenn sie mich zur Rede stellen, sag ich einfach: ›Oh, das hab ich echt nicht gewusst.‹ Außerdem kann ich immer noch meine Mum hinschicken oder so, denn wenn ich selbst hingehe, denken die doch sofort: ›Du Scherzkeks‹. Das Ding lässt sich einfach nicht mehr einschalten. Wenn es total aufwendig ist, es zu reparieren ...« Das Mädchen seufzte. »Oh Mann, ich will einfach ein neues.«

Aiden drehte den Kopf, um zu sehen, wer da redete, aber die Lehrerin ertappte ihn dabei. Er drehte sich wieder um. Bei Teenagern wollte man schließlich keine Missverständnisse riskieren.

»Was für ein Mist, den die Kids da erzählen«, sagte die Lehrerin, die die Verschwörung hinter ihnen ebenfalls mitgehört haben musste. Sie holte ein Wollknäuel und zwei Stricknadeln aus der Tasche. Dabei war sie in seinem Alter. Aiden konnte sich nicht erinnern, jemals jemanden unter sechzig stricken gesehen zu haben. »Ich bin jeden Tag aufs Neue erstaunt, was die Kids für ein Vertrauen haben. Sie sprechen so laut, weil sie nicht den leisesten Zweifel an dem haben, was sie da von sich geben«, fuhr sie fort, sichtlich unbekümmert, dass man sie ebenfalls hören konnte. »Können Sie sich das vorstellen? Ich frage mich oft, ob ich früher auch so war.«

Aiden hatte seine Jugendzeit genossen – er war gut in der Schule gewesen, gut im Sport und bei den Mädchen gut angekommen. Aber sein zwei Jahre älterer Bruder war all das auch, und Aiden hatte immer so sein wollen wie Colm.

Insgeheim hatte er sich sein ganzes Leben lang gegenüber seinem Bruder beweisen wollen, hatte um seine Anerkennung gebuhlt. Colm hatte nach der Schule Rechnungswesen studiert, also hatte Aiden Mathematik als Leistungsfach belegt und sich in den Abschlussprüfungen in Rechnungswesen prüfen lassen, obwohl er bereits wusste, dass er Medizin studieren würde. Colm hatte einen Beruf mit einem hohen Einkommen ergriffen, also hatte Aiden dasselbe getan. Und trotzdem hatte Colm ihn in einem Bereich geschlagen. Er hatte eine Familie: eine umwerfende Frau und zwei Kinder. Aiden hingegen fehlte dieses häusliche Glück. Eigentlich hatte er das mit Izzy geplant gehabt.

»Meine Jugend war fantastisch«, sagte er. »Aber ich würde sie trotzdem nicht noch mal erleben wollen.«

»Ich meine auch nicht«, erwiderte die Lehrerin. »Mein Gott, allein wenn ich daran denke. Ich erinnere mich, wie ich einmal oben im 11er-Bus gesessen und meinen Freundinnen gepredigt habe, wie wichtig es sei, aufeinander abgestimmte Unterwäsche zu tragen. ›Da stehen Männer drauf‹, habe ich damals gesagt. Ha! Was wusste ich denn da schon? Wahrscheinlich hatte ich das in irgendeiner Zeitschrift gelesen. Damals war ich noch ein paar Körbchengrößen davon entfernt zu erkennen, dass Männern die Unterwäsche völlig egal ist und dass sie in ihren Augen sowieso nur ein Hindernis darstellt. Wenn ich mich damals selbst gehört hätte, wie ich mein Maul aufgerissen habe, was war ich doch für ein Trottel!«

Aiden sah sich um, um zu sehen, ob ihre Schüler mithörten. Aber nein.

»Keine Sorge«, sagte sie, ihn aus dem Augenwinkel beobachtend, während ihre Hände unablässig zuckten und sich immer neue Maschen auf der Nadel aufreihten. »Die haben null Interesse daran, was jemand sagt, der über dreißig ist. Haben Sie als Teenager ältere Leute als Menschen wahrgenommen? Für die hier ist es unvorstellbar, dass ich ein Mensch aus Fleisch und Blut bin, der schläft und isst, ganz zu schweigen davon, dass ich Unterwäsche trage.«

»Ich nehme an, ja«, sagte Aiden.

»Da gibt es nichts anzunehmen«, entgegnete sie, während ihre Handgelenke weiter zuckten. »Der Egoismus von Teenagern ist die stärkste Wahrnehmungsbarriere, die es überhaupt gibt. In dem Bus damals hätte mir jeder zuhören können, wie ich mich über die passende Unterwäsche ausgelassen habe, ich hätte es nicht einmal bemerkt.«

Das letzte Mal hatte Georgia Hancock den 11er-Bus genommen, als sie abends von einer Bar nahe dem Sloane Square nach Hause gefahren war, wo sie sich kurz nach Weihnachten mit ein paar alten Schulfreundinnen getroffen hatte. Eine von ihnen, ebenfalls Lehrerin, war verheiratet, lebte in Saudi-Arabien und erwartete ihr erstes Kind. Die andere war in einer fünfjährigen Beziehung, glaubte nicht an die Ehe, hatte gerade ihren Job in der City of London gekündigt und stand kurz davor, mit ihrem Partner auf Weltreise zu gehen. Als es an Georgia war, die anderen auf den neuesten Stand zu bringen, hatte sie ein Tinder-Date etwas aufgebauscht und es so erzählt, als hätte es erst vergangene Woche und nicht bereits vor drei Monaten stattgefunden.

»Er scheint super zu sein«, hatte die eine geschwärmt.

»Es ist schon Wahnsinn, auf wie unterschiedlichen Wegen man heute neue Leute kennenlernen kann«, sagte die andere. »Eine meiner Kolleginnen hat ihren Mann über die Single-Seite des *Guardian* kennengelernt. Ich finde das großartig.«

»Wenn ich Single wäre, würde ich das auf jeden Fall probieren.«

»Absolut. Er klingt spitze, Georgia. Ganz so, als stünde bald das zweite Date an.«

»Na ja, mal schauen, was daraus wird«, sagte Georgia, die genau wusste, dass sich bis auf einen Ausflug zum Gynäkologen und ein paar schlaflose Nächte gar nichts aus diesem Rendezvous ergeben hatte. Glücklicherweise hatte sich der Ausschlag als Scheidenpilz und nicht als Gonorrhö herausgestellt. Der Arzt hatte ihr geraten, die Finger von Alkohol und Süßigkeiten zu lassen, bis er abgeklungen war. Das mit dem Zucker war kein Problem gewesen, aber es hatte sie schon ein wenig beunruhigt, dass es mit dem Wein nicht so einfach war. Für ihre glücklich verliebten Freundinnen, die mit ihrem Partner herumsitzen und Tee trinken konnten, war das kein Problem. Aber Georgia musste sich bemühen, mehr unter Leute zu kommen, musste sich in Situationen begeben, in denen sie Leute kennenlernte, und in den meisten davon war Alkohol im Spiel. Selbst in dem Strick-Plauder-Club, in dem anfänglich nur gestrickt und Tee getrunken wurde, war man schnell zu Stricken und Wein übergegangen. Inzwischen kamen sie mitunter gar nicht mehr zum Stricken, weil dadurch keine Hand mehr für das Weinglas frei war.

»Freddie Wheatley! Nimm deine Finger da weg und tu sie irgendwohin, wo ich sie sehen kann. Und, Hannah Upshall, ich weiß gar nicht, was es da zu kichern gibt. Ich will lieber gar nicht wissen, wo er seine Griffel hatte.«

»Lehrer müssen ihre Augen wirklich überall haben«, sagte der Typ neben ihr. Ein gut aussehender Mann, hübsche rote

Haare, und, oh, bei seinem irischen Akzent schmolz Georgia nur so dahin.

»Das ist das Erste, was man uns im Lehrerseminar beigebracht hat«, entgegnete sie. »Das, und wie man ... Okay! Jetzt reicht's, Freddie.« Dieser kleine Scheißer, dachte Georgia, sprang von ihrem Sitz auf und schnappte sich beim Gehen den Sexualkundeordner.

Aiden sah zu, wie sich die Maschen aufdröselten. Er hatte keine Ahnung, was man dagegen tun konnte, und er würde ganz sicher nicht die Frau stören, die gerade dabei war, die Hormone zweier Teenager abzukühlen. Aiden hatte erst heute Morgen eine junge Frau in seiner Praxis gehabt, die sich nach einer Kieferkorrektur erkundigt hatte. Ein Geschenk von ihren Eltern zu ihrem sechzehnten Geburtstag. Selbst durch die Brille des Mediziners hatte Aiden bis auf ein paar Flecken an der Stirn und die geröteten Wangen keine Mängel an ihrem Gesicht feststellen können, während sie ihm erklärt hatte, was sie gerichtet haben wollte. Er hatte versucht, sie von einem Eingriff abzubringen, hatte ihr erklärt, dass ihr Gesicht sich noch verändern konnte und dass es sich lohne, ein paar Jahre zu warten, aber er hatte sie nicht überzeugen können. Sie hatte ein Foto ihrer idealen Gesichtsform aus einer Zeitschrift herausgerissen, und das Einverständnisformular der Eltern steckte fein säuberlich gefaltet in ihrem Hausaufgabenheft.

Aiden war nie immun gegen Schuldgefühle gewesen. Er verstand sich selbst zwar als Agnostiker, doch seine katholische Erziehung war tief in ihm verwurzelt. Als er an diesem Abend die Klinik verließ, hatten Spendensammler im Foyer gestanden. Sie hatten für ein größeres gesellschaftliches Bewusstsein für psychische Gesundheit geworben, was – ausgerechnet an diesem Arbeitsplatz – die reinste Ironie war. Er hatte sein gesamtes Portemonnaie geleert – 112,50 £ –, und sie hatten darauf bestanden, den allerletzten Anstecker ganz unten aus ihrem Eimer hervorzuwühlen. Sobald er ihn gesehen hatte, hatte er gewusst, dass er ihn Cora geben würde. Er stellte sie sich vor, wie sie an ihrem Aer-Lingus-Schalter saß, ganz in ihre eigene Welt versunken. Er wusste zwar nicht, was es mit diesem Bild auf sich hatte, aber als er dem Spendenstand den Rücken kehrte, fühlte er sich bereits ein wenig besser.

»Es geht doch nichts über ein paar Bilder von Geschlechtskrankheiten, um die Kids davon zu überzeugen, ihre Hände bei sich zu lassen«, sagte die Lehrerin, als sie wieder ihren Sitz einnahm und den Ordner öffnete, damit Aiden einen Blick auf das erste Bild werfen konnte.

»Mein Gott.« Er schloss die Augen. »Das unterrichten sie also? Sexualkunde?«

»Gute Güte, nein. Das gehört nur zur Ausstattung für Übernachtungsausflüge. Außerdem habe ich einen Erste-Hilfe-Kasten, eine Liste mit den Kontaktnummern der Eltern und einen Vorrat an Paracetamol dabei. Ich unterrichte Altphilologie. Wir besichtigen morgen Newgrange und den Hill of Tara. Waren Sie da schon mal?«

»Vor Jahren«, erwiderte Aiden. »Allerdings war der Hill of Tara, soweit ich mich erinnere, weniger ein Hügel als vielmehr ein Feld.«

»Das spielt keine Rolle. Ehrlich gesagt, fällt das auch kaum unter Altphilologie, aber die Abteilung hatte noch Geld für einen Wandertag übrig. Und immerhin ist er älter als Stonehenge.«

»Ein ziemlich aufwendiger Wandertag.«

»Wir sind eine Internatsschule. Die haben haufenweise Schotter – selbst wenn sich dieser Sauhaufen hier nicht so verhält.«

»Ich bin einmal während der Schulzeit im Ausland gewesen, in Frankreich, und das haben meine Eltern selbst organisiert«, sagte Aiden. »Ansonsten kann ich mich nicht erinnern, dass wir uns je weiter als fünfzig Kilometer von Dublin entfernt hätten.« Aiden hörte die Mädchen hinter sich aufkreischen und dachte erneut an die peinlich berührte Sechzehnjährige, die heute Morgen vor ihm gesessen hatte. Die Spende hatte nicht ausgereicht, um sie aus seinen Gedanken zu verbannen. Er würde den Eltern des Mädchens schreiben, um von der Behandlung abzuraten, und konnte nur hoffen, dass sie sich bei niemand anderem in der Klinik eine zweite Meinung einholten. Es gehörte nicht zum Geschäftsgebaren der Klinik, Aufträge abzulehnen.

Der unregelmäßige Schlaf der letzten Tage machte sich bemerkbar, und Aiden gähnte.

»Langweile ich Sie?«

»Das ist nur die übliche Freitagabendmüdigkeit.« Zweimal pro Woche im Flugzeug zu sitzen machte es nicht besser, und er war sich nicht einmal sicher, ob Izzy morgen überhaupt arbeitete. Und selbst wenn, was sollte er ihr sagen? Der letzte Dienst, bei dem sie gemeinsam ihre Runden auf der Station gedreht hatten, war normal verlaufen – so normal, dass sie eine beliebige Physiotherapeutin hätte sein können, mit der er unbekümmert über die Arbeit und das Wetter plauderte, während sie von Bett zu Bett gingen. Einen Moment lang hatte Aiden sogar vergessen, dass es diese Frau war, wegen der er nach Hause geflogen war, dass es diese Frau war, die er zurückgewinnen wollte. Das war ihm erst wieder richtig bewusst geworden, als sie in die Pause gingen und sie sich automatisch an den Tisch setzte und darauf wartete, dass er den Kaffee holte. Er erinnerte sich, dass sie das immer gemacht hatte, als sie noch zusammen waren, und er erinnerte sich, dass es ihn immer genervt hatte.

»Ich war erst einmal in Dublin«, sagte die Lehrerin. »Bei einem Junggesellinnenabschied. Und ich muss sagen, ich fand es extrem teuer.«

»Wahrscheinlich weil Sie die ganze Zeit in Temple Bar in der Innenstadt unterwegs waren. Keine gute Idee.«

»Werde ich mir merken«, sagte die Lehrerin.

Er beobachtete, wie sie versuchte, die vorbeilaufende Stewardess herbeizuwinken. »Miss?« Aber Nancy schob einfach ihren Wagen weiter.

»Entschuldigen Sie, Miss?«

Georgia schwenkte den Arm, aber es tat sich nichts. Hörte die Flugbegleiterin die Verzweiflung in ihrer Stimme nicht? Mr. Mortem, der andere Altphilologie-Lehrer, hatte ebenfalls Aufsichtsdienst, aber Georgia konnte ihn selbst von hier in der letzten Reihe schnarchen hören. Georgia war gute vierzig Minuten vor dem Eintreffen der Jugendlichen in Heathrow angekommen und hatte gehofft, sich noch mit einem Schnäpschen stärken zu können. Doch ein einziger Blick auf die Bardame hatte sie abgetörnt. Die Frau, die vermutlich ein paar Jahre jünger war als Georgia, hatte ein Tattoo auf der Längsseite ihres Arms: *Stay Forever Young and Invincible*. Wie alt mochte sie gewesen sein, als sie sich das hatte stechen lassen? Bestimmt kam einem das an einem Strand in Vietnam oder sonst wo als super Idee vor, aber hier im tödlich tristen England war es eine Strafe, so etwas auf der Haut zu tragen. Wie konnte man damit jeden Morgen aufwachen, ohne zutiefst enttäuscht zu sein, egal wie sich das eigene Leben entwickelt hatte?

»Haben Sie selbst Kinder?«, fragte der Ire mit dem gewellten Haar. Es war offensichtlich, dass er sich bemühte, freundlich zu sein, was sie auch zu schätzen wusste, doch gleichzeitig fragte sie sich, was an ihr ihm das Gefühl gab, sich bemühen zu müssen.

»Noch nicht«, antwortete sie und suchte sein Gesicht nach Anzeichen von Mitgefühl ab. »Vielleicht bin ich dafür einfach nicht gemacht, um ehrlich zu sein. Ich schlage mich ja ohnehin schon den ganzen Tag mit welchen herum.« War das etwa ...? Es war. Rasch stand sie auf und schnappte sich Giles Stewarts Handy. »Handy aus!« Sie schaltete es aus und stopfte es in ihre Tasche. »Und Sie?«, fragte sie und ging davon aus, dass er welche hatte, so wie alle tollen Männer.

»Nein. Ich bin beruflich zu eingespannt. Eines Tages vielleicht.«

»Bleibt ja noch reichlich Zeit«, versicherte sie ihm, erleichtert, sich keine süßen Babyfotos anschauen zu müssen. Sie hatte einen Hund, den sie über alles liebte, aber nie fragte jemand nach Bildern von ihm. »Dann sind Sie ledig? Entschuldigen Sie, wenn ich so direkt bin, aber ich habe noch nie etwas von Konventionen gehalten.«

»Nein, ich ...« Er holte tief Luft. »Gewissermaßen.«

»Gewissermaßen ledig?«

»Mhm.«

»Also eine Beziehungspause? Wessen Idee war's?«

Entgeistert über so viel Direktheit starrte er sie an, doch sie bedeutete ihm nur mit einem Nicken weiterzureden.

»Es ist kompliziert.«

Sie runzelte die Stirn. »Es ist nie so kompliziert. Ich bin eine vollkommen Fremde, und Sie werden mich nie wiedersehen, insofern haben Sie doch nichts zu verlieren, wenn Sie's mir erzählen. Womöglich habe ich sogar einen anderen Blick auf die Dinge.«

»Ich bin nicht der Typ, der über solche Dinge redet.«

»Welcher Mann ist das schon?«

Er sah sie erneut an, doch sie strickte einfach weiter. »Wir haben Schluss gemacht und ... Falls ich Sie *doch* wiedersehen sollte, werde ich so tun, als ob ich Sie nicht kenne und als hätte ich Ihnen nie irgendetwas erzählt. Okay?«

»Ich war nie auf diesem Flug.«

»Wir haben uns getrennt. Eigentlich wollten wir gemeinsam nach London ziehen, zumindest dachte ich das, aber sie ist nicht mitgekommen. Insofern war die Trennung letztlich ihre Entscheidung. Aber – es lief schon vorher nicht besonders gut. Aber das wird mir erst jetzt langsam klar. Fast ein Jahr später.« Verwundert schüttelte er den Kopf, und sie sah, wie seine Locken mitwippten. »Wir haben beide viel gearbeitet und uns als Paar darüber ein wenig verloren. Aber das passiert nun mal, wenn man länger zusammen ist.«

Georgia sagte nichts und zählte einfach weiter Maschen.

»Aber ich werde sie zurückgewinnen.«

»Wieso?«

»Was?«

»Wenn es am Ende doch nicht so toll gelaufen ist, wieso wollen Sie sie dann zurück? Vielleicht ist das einfach der Lauf der Dinge.«

Er sah sie vollkommen ungläubig an. »Man kann doch nicht einfach alles hinwerfen. Wir waren sieben Jahre zusammen.«

Mist, Masche runtergefallen. Georgia sagte nichts, nur ihre Nadeln klapperten.

»Ich dachte, wir würden heiraten, Kinder kriegen, das ganze Programm. Man gibt das alles doch nicht einfach so auf.«

»Ist das alles?«

»Was? Ist das nicht Grund genug? Dass man jahrelang zusammen auf dieses Ziel hingearbeitet hat?«

»Lieben Sie sie?«

Er lachte – zwar kein richtiges Lachen, aber Georgia entdeckte ein Grübchen in seiner Wange. Süß. Sein Gesicht war müde, aber gutmütig und von jener Aufrichtigkeit, die man nur schwer vortäuschen konnte. »Die Frage ist lächerlich.«

Masche zunehmen, abnehmen, zunehmen, abnehmen.

»Nach sieben Jahren ist es schwer, noch dasselbe wie am Anfang zu empfinden.«

Eine weitere Masche entwischte, doch sie konnte sie in letzter Sekunde retten.

»Ich meine, ja. Natürlich liebe ich sie. Ist doch klar.«

Vielleicht hatte Izzy sich von ihm entliebt, ein klein wenig. Aber andersherum konnte es nicht sein. Aiden musste sie lieben. Sonst würde er doch nicht jedes Wochenende nach Dublin fliegen. Aiden konnte vor Hunderten Studenten stehen und von seiner glänzenden Karriere schwärmen oder einem sechsundsechzig Jahre alten Mann erklären, warum es keinen Sinn hatte, eine Hodensackstraffung durchzuführen, und nichts davon brachte ihn aus der Fassung. Doch jetzt, wo er so offenherzig mit dieser Unbekannten sprach, nagten die Selbstzweifel an ihm.

Aiden erinnerte sich, wie es sich angefühlt hatte, Izzy zu

lieben. An manchen Tagen war das Gefühl stärker gewesen als an anderen, und inzwischen war er an manchen Samstagen, wenn sie gemeinsam ihre Runden drehten, vorwiegend genervt. Aber das war okay. Nur weil man etwas nicht jeden Tag fühlte, hieß das nicht, dass es nicht mehr da war. Die Stricknadeln der Lehrerin schienen mit jedem Mal lauter zu werden. Ein irritierendes Geräusch. Aiden zweifelte nur selten an sich selbst. Seine Herangehensweise, die bisher prima funktioniert hatte, war die, sich ein Ziel zu suchen und darauf loszurennen – und alle Hürden zu nehmen, die ihm in den Weg gestellt wurden, das Ziel immer vor Augen. Es war ihm nie in den Sinn gekommen zu überlegen, wieso er das Rennen überhaupt gewinnen wollte.

In diesem Moment kam Nancy mit dem Servierwagen den Gang entlang, und die Lehrerin versuchte erneut, ihre Aufmerksamkeit zu wecken.

»Entschuldigen Sie! Miss!«, rief sie.

»Tut mir leid. Keine Zeit. Wir landen in Kürze.« Und schon war Nancy wieder verschwunden. Sie schien nicht einmal ihn zu bemerken.

Die Mädchen hinter ihm äfften jetzt Akzente nach. Für seine Begriffe klang es einfach nur so, als würden sie ihren eigenen Akzent verstärken. »Ich geh' dann ma' un' knutsch alle ab: schwul, hetero, lesbisch, bi.«

»Transen!«

»Klar, Bruder. Mir doch schnuppe.«

Aiden wandte sich wieder der Lehrerin zu, deren Handarbeit beachtliche Fortschritte machte, was auch immer das einmal werden sollte. »Wieso nennen die sich ständig ›Bruder‹?«, erkundigte er sich. »Was soll daran so witzig sein?«

»Keine Ahnung«, sagte die Lehrerin. »Letztes Jahr waren alle ›Gangsta‹. Manchmal frage ich mich, ob sie sich über die Straßenkids lustig machen oder ihnen nacheifern. Wahrscheinlich wissen sie das selbst nicht.«

Aiden sah zu, wie sie ihre linke Stricknadel sinken ließ und sich erneut über die Stuhllehne beugte, um demselben Burschen wie eben das iPad abzunehmen und es zu seinem Handy in ihre Tasche zu stopfen. »Und das nehme ich auch besser mal an mich. Vielen Dank, Giles.«

Aiden hörte, wie der Junge, dessen Haut noch blasser war als seine eigene, seinen Freunden zuraunte: »Können einen Nigga nich' mal in Ruhe lassen.«

»Sehen Sie?«, seufzte die Lehrerin. »Und sein Vater sitzt im Oberhaus des Parlaments.«

15

»California« lief schon zum dritten Mal in Dauerschleife, als Roisin an Coras Zimmertür klopfte.

»Ah, gut«, sagte sie und steckte den Kopf zur Tür herein, während sie sich mit einer Hand die Augen zuhielt. »Dachte ich's mir doch, dass du allein bist, wenn bei dir Joni Mitchell läuft. Aber man weiß ja nie. Vielleicht steht Charlie ja auf melancholische Mucke am Sonntagmorgen.« Roisin inspizierte den Kleiderhaufen auf dem Boden und zog mit dem Fuß das Kleid heraus, das Cora gestern Abend getragen hatte. »War das ›Sire of Sorrow‹, das ich vorhin gehört habe?«

»Yep«, sagte Cora, die noch immer dem Text lauschte. *Reading* Rolling Stone, *reading* Vogue. Wie jeder hoffnungslose Romantiker hatte Cora bei Joni Mitchell Rat gesucht, seit sie ein Teenager war. Das Verkupplungsdiagramm, ein Atlas und diverse Flugpläne lagen auf dem Bett verstreut. Cora hatte nicht schlafen können, ihr war zu viel im Kopf herumgegangen, und das war die einzige Beschäftigung, bei der sie zur Ruhe kam. Sie hatte eine Korrelation zwischen Flugdauer und Erfolgswahrscheinlichkeit entdeckt und war gerade mitten in einer Analyse, die beweisen sollte, dass es keinen Zusammenhang zwischen romantischen Städten und einer romantischen Stimmung an Bord gab.

»Mein Gott, Cora. Wie schlimm war es?«

Cora schaute auf die Blätter hinunter. Es war nicht schlimmer geworden, weil sich nichts verändert hatte. Seit Nancy an Bord nicht mehr den Spion spielte, kamen keine neuen Daten hinzu. Doch dann wurde ihr klar, dass ihre Freundin nicht von dem Diagramm sprach.

»Du meinst das Date?«

»Ja, natürlich meine ich das verdammte Date!«, sagte Roisin und beäugte skeptisch das Diagramm, das momentan eher Ähnlichkeit mit einer bunten Exceltabelle hatte. Glücklicherweise war es so ausgefeilt, dass es quasi verschlüsselt war. Hastig schlug Cora den Atlas zu und stopfte die immer mehr werdenden Seiten in ihren Nachttisch. Die Schublade ging kaum noch zu.

Das Date war gar nicht mal so schlecht gelaufen. Objektiv gesehen könnte man sogar sagen, dass es ziemlich gut gelaufen war, was sie auch Roisin mitteilte. (*»›Objektiv gesehen?‹* O mein Gott, Cora, du schreibst doch keinen Militärbericht darüber.«) Charlie hatte vorgeschlagen zu kochen, aber schon irgendwo auswärts zu essen, ohne dass sein Bett nur wenige Meter entfernt stand, war für Cora Druck genug. Cora hatte ein Restaurant in der Nähe ihrer Wohnung vorgeschlagen, und Charlie, als der 1950er-Gentleman, der er nun einmal war, hatte darauf bestanden, sie in der Seven Sisters Road abzuholen. Und so hatte er Punkt 19:30 Uhr mit dem Handy am Ohr unter ihrem Fenster gestanden, ein einsames weißes Gesicht in einem Meer aus älteren nordafrikanischen Männern, die sich vor dem Café nebenan versammelt hatten.

»Eine Minute, ich bin gleich da«, hatte Cora zugleich ins Handy und durch das offene Fenster gebrüllt.

»Rapunzel, Rapunzel, lass dein dunkles Haar herunter«, hatte Roisin, die außer Sichtweite am anderen Ende des

Betts gesessen hatte, sie aufgezogen. Sie war ihre Modeberaterin für den Abend gewesen – und hatte ein Veto gegen einen Jumpsuit eingelegt, weil Cora darin aussah, als würde sie eine Windel tragen, und ein Daumen-hoch für ein schmeichelhaftes, »aber nicht zu nuttiges« hautenges schwarzes Kleid gegeben. »Ich finde ja immer noch, dass ihr euch vor dem Restaurant hättet treffen sollen«, sagte Roisin. »Denn jetzt weiß er, wo du wohnst, und zufälligerweise wohne ich auch hier. Was ist, wenn er der klettige Typ ist, der mit einer Abfuhr nicht umgehen kann und irgendwann plötzlich nachts bei uns mit einem Gettoblaster vor der Tür steht oder meinetwegen auch mit einer Axt?«

Aber Cora war dankbar für den Spaziergang gewesen. Charlie-bei-einem-Date war nicht derselbe wie Charlie-bei-der-Arbeit. Er hatte sogar seinen dunkelblauen Pullover gegen einen dunkelblauen Blazer eingetauscht. Wenn sie ihm sofort an einem Tisch bei Kerzenlicht gegenübergesessen hätte, hätte sie entweder vor Nervosität einen Lachanfall bekommen oder sich übergeben. Der zwölfminütige Spaziergang von ihrem Haus zum Season war perfekt gewesen, um sich an die ungewohnte Situation zu gewöhnen und sich nicht in die Augen sehen zu müssen. Während sie in Gleichschritt gefallen waren, war ihre Unterhaltung immer gelöster geworden, und als sie schließlich an dem Restaurant angekommen waren – und gerade darüber diskutierten, welcher Nord-Londoner Fußballclub die unausstehlichsten Fans hatte –, hatte Cora sich fast wohlgefühlt.

»Du hast auch schon mal spannendere Geschichten erzählt«, unterbrach Roisin sie.

»Ich beschreibe zunächst mal die Szenerie!«

»Schon klar«, antwortete Roisin wenig überzeugt. »Das ist ein bisschen flach ... Lass es uns wie bei ›Erste Dates‹ im *Guardian* machen. Du bist das einsame Herz und ich die Journalistin. Warte, ich hol eben die Zeitung.« »Erste Dates« war ein wöchentlicher Beitrag in der Zeitung *The Guardian*, in dem zwei fremde Menschen zu einem Blinddate geschickt wurden und hinterher Fragen dazu beantworteten. Cora und Roisin lasen ihn jeden Samstag und hatten übereinstimmend festgestellt, dass die besten Beiträge die waren, in denen einer von beiden glaubte, seinen Seelenverwandten gefunden zu haben, während der andere das Date schrecklich fand. Insgeheim jedoch mochte Cora die am liebsten, bei denen beide sich 10 von 10 möglichen Punkten gaben. Inzwischen hatte es sogar ein paar »Erste Dates«-Hochzeiten gegeben.

»Okay, ich hab's«, sagte Roisin, die mit der Ausgabe vom Vortag zurück in Coras Zimmer kam. »Und können wir wenigstens zum nächsten Song vorspulen?« Sie beugte sich über Coras Laptop und deaktivierte die Repeat-Taste. »In Ordnung. Also. Cora Hendricks, erste Frage: Was hattest du dir erhofft?«

»Dass es nicht so unangenehm wird, dass ich mich nie wieder in der Arbeit blicken lassen kann?«

»Cora, komm schon. Du musst schon richtig mitmachen.«

»Ich mache richtig mit. Das ist tatsächlich das, was ich gedacht habe. Okay, okay. Was ich erhofft habe? Ich habe gehofft, dass es wie von selbst läuft, dass ich mich wohlfühle und sich meine Befürchtungen nicht bestätigen.«

»Was Charlie betrifft?«

»Nein, nicht was Charlie betrifft. So ganz allgemein. Wegen vieler Dinge. Okay, weiter geht's. Nächste Frage.«

»Okay«, sagte Roisin und richtete ihren Blick wieder auf die Zeitung. »Was war dein erster Eindruck?«

»Huch, dieses Blinddate kommt mir irgendwie bekannt vor.«

»Cora!«

»Ich dachte: Zum Glück ist er groß, sodass ich Absätze tragen kann. Er sieht übrigens wirklich immer attraktiver aus, je besser man ihn kennt, aber ich weiß noch immer nicht, ob er mein Typ ist. Oh! Und er hat gut gerochen.«

»Das ist immer wichtig. Worüber habt ihr geredet?«

»Wir haben über Bücher geredet. Das lief richtig gut. Er hat übrigens an der Uni Anglistik studiert, das habe ich nicht gewusst. Und er liebt Raymond Chandler, von dem ich jedoch noch nie was gelesen habe. Er liest mehr als ich, was ich gut finde, denn so habe ich ein paar Dinge gelernt. Dann haben wir über Stadtbibliotheken gesprochen, und ich habe erzählt, dass du in einer arbeitest ...«

»Was hast du noch über mich erzählt?«

»Witzig, ich kann mich gar nicht erinnern, dass die Frage im *Guardian* vorkommt. Die muss neu sein.«

Roisin streckte ihr die Zunge raus.

»Wir haben über Bibliotheken und den öffentlichen Nahverkehr in London geredet, was gar nicht so langweilig war, wie es klingt. Dann hat er mir von seiner Familie erzählt, und dass er schon drei Patenkinder hat, und dass er dem Satan jetzt so oft widersagt hat, dass er allmählich befürchtet, er könnte es persönlich nehmen. Ich musste lachen, obwohl ich es nicht richtig kapiert habe. Ist wohl irgend so ein katholisches Ding.«

»Ist es.«

»Und dann hat er mir erzählt, dass er bei seiner Großmutter aufgewachsen ist, die ihm im wahrsten Sinne des Wortes gute Manieren eingebläut hat. Was allerhand erklärt. Und ansonsten haben wir über den üblichen Kram geredet: Musik, Restaurants, gemeinsame Bekannte.«

»Klingt gut! Irgendwelche seltsamen Momente?«

»Tja, das ist es, worauf ich vorhin hinauswollte, bevor du mich unterbrochen hast. Sobald wir im Restaurant waren, war es irgendwie merkwürdig. Es lief zwar eigentlich ganz gut, und es gab auch keine unangenehmen Schweigepausen oder so, aber ich habe mich die ganze Zeit beobachtet – ich saß da wie jemand, der weiß, dass er beobachtet wird, und ich wusste immer genau, wie spät es war.«

»Das ist normal«, beruhigte Roisin sie. »Genau wie die Nackenschmerzen, weil man die ganze Zeit unter Strom steht. Ein typisches Erstes-Date-Phänomen.«

»Mag sein, aber ich hatte keine Schmetterlinge im Bauch. Es war nicht so, dass ich mich gefragt habe, was er von mir denkt oder ob ich Blödsinn rede. Das war mir egal. Es war nett, aber gleichzeitig war es anstrengend.«

Cora zog die Steppdecke über sich. Sie hätte gerne gesagt, dass sie sich bei dem Ganzen innerlich tot gefühlt hatte, aber sie wusste, dass Roisin mit so was nichts anfangen konnte.

Als Charlie Cora nach Hause gebracht hatte, hatte sie beschlossen, es zuzulassen, falls er versuchen würde, sie zu küssen. Es war ihr egal gewesen. Er hatte sie schließlich um Erlaubnis gebeten (natürlich, was sonst), und Cora hatte ihre Abwehr zu einem Lächeln zurechtgebogen und genickt. Als er sich vorgebeugt und seine Lippen auf ihre gedrückt hatte, während seine Hand so zaghaft in ihrem Rücken lag, dass sie sie kaum spürte, hatte sich ihr ganzer Körper versteift. Sie hatte nur noch an den letzten Mann denken können, den sie geküsst hatte, und als sie den Kuss jetzt mit der betörenden Wirkung von Friedrichs Lippen, Zunge und Griff verglich, war es fast so, als wäre das hier gar kein Kuss.

»Als er mich geküsst hat, hatte ich die schreckliche Befürchtung, dass man romantische Gefühle wirklich nur empfindet, solange man jung ist, Roisin.«

»Deine Antworten sind ein wenig zu bedeutungsschwanger für ein ›Erstes Date‹.«

Cora versetzte ihrer Freundin unter der Decke einen Tritt.

»Gute Tischmanieren?«

»So was hast du noch nicht gesehen.«

»Das Beste an Charlie?«

»Freundlich, aufmerksam, ein gutes Herz.«

»Aus ›Erste Dates‹-Sicht quasi der perfekte Mann zum Heiraten.«

»Das ist eine Sicht der Dinge.«

»Würdest du ihn deinen Freunden vorstellen?«

»Wenn er einverstanden wäre, dass ich ihn mit jemandem verkuppele, ja.«

»Beschreibe Charlie in drei Worten.«

»Sehr netter Mann.«

»Seid ihr danach noch irgendwohin gegangen?«

»Hast du mich gestern Abend nicht reinkommen hören?«

»Cora!«

»In den Dairy-Pub. Auf zwei Drinks. Ich habe Gin getrunken, er zwei Bier. Ich habe bezahlt, weil er darauf bestanden hatte, mich zum Abendessen einzuladen. Reicht das?«

»Habt ihr euch geküsst?« Roisin hob die Hand, ehe Cora protestieren konnte. »Beantworte einfach die Frage.«

»Ja. Wir haben uns geküsst. Aber das war auch alles.«

»Nur Knutschen, nichts weiter? Na toll. Auf einer Skala von zehn?«

»Siebeneinhalb. Die sagen immer siebeneinhalb.«

»Wirst du ihn wiedertreffen?«

»Morgen bei der Arbeit.«

Roisin ließ ihr das durchgehen. »Wenn du eine Sache an dem Abend ändern könntest, was wäre das?«

»Ich hätte an meiner Stelle eine Freundin hingeschickt, die ich wirklich gern habe.«

Alles, was Charlie machte, erinnerte Cora an Friedrich. Selbst wenn er ihr die Tür aufhielt oder für sie beide bezahlte – alles Dinge, die Friedrich nie getan hatte –, ertappte sie sich noch immer dabei, dass sie ihn vermisste. Ihr war bewusst, dass ihre Beziehung nicht gesund gewesen war, dass sie auf eine Weise verletzt worden war, von der sie sich noch immer nicht ganz erholt hatte, doch Cora hatte ihn immer gewollt, selbst wenn er sie im Landhaus von irgendeinem seiner Freunde sitzen lassen hatte, ohne eine Möglichkeit, nach Berlin zurückzukommen, und ohne zu wissen, wohin ihr Freund verschwunden war und mit wem. Sie war von ihm abhängig gewesen. Und Cora wusste, dass das nicht gut war. Sie wollte nicht nach dem Alles-oder-nichts-Prinzip leben, wenn es darum ging, sich auf jemanden einzulassen. Sie vertraute Charlie, was sie von Friedrich nie hatte sagen können, und es war möglich, dass sich der Rest von selbst ergab.

Cora beugte sich vor, um einen Blick auf ihr Handy zu werfen. Sheila hatte diese Woche einen Unfall gehabt. Sie hatte sich Mittwochabend mit kochendem Wasser verbrüht, und Maeve schickte regelmäßige Updates an Cora und Cian. Der Kessel war zu schwer gewesen, und Sheila hatte ihn fallen lassen. Niemand wusste, wieso sie ihn randvoll gemacht hatte, da sie immer nur eine Tasse Tee kochte und immer darauf achtete, nicht unnötig Energie zu verschwenden. Jedenfalls hatte sie sich das Wasser über den ganzen linken Arm und die Hand gegossen.

An dem Abend hatte das Rowan Centre Maeve angerufen, und alle drei Kinder waren sofort auf die Intensivstation geeilt. Verbrennungen zweiten Grades. Die Ärzte hatten gesagt, dass das Trauma schlimmer sei, weil Sheilas Haut so dünn war und es so lange gedauert hatte, bis jemand etwas gemerkt hatte. Sheila hatte weder um Hilfe gerufen noch den Alarm ausgelöst, sodass die Krankenschwester nicht hatte sagen können, wie lange sie schon dagesessen hatte, bevor sie sie gefunden hatte, aber ihre Haut hatte bereits angefangen, um ihre Armbanduhr und ihren Claddagh-Ring herum anzuschwellen, und Sheila hatte vehement behauptet, keine Schmerzen zu spüren.

Ihre Mutter hatte benommen auf dem Krankenhausbett gesessen. Man hatte sie in eine Art Alufoliendecke gewickelt und ihr dringend geraten, viel zu trinken, doch sie hatte nur von Maeve zu Cora geblickt, wobei ihr vom Zittern das Wasser das Kinn hinuntergetropft war, während sie immer und immer wieder gefragt hatte, wann sie jemand nach Hause bringen würde. Cora war sich nicht sicher, ob sie ihr Zimmer in der Einrichtung meinte oder ihr Haus in Kew, das sie längst verkauft hatten. Sie hat einen Schock, einen furchtbaren Schock, hatten alle immer wieder gesagt. Cora hatte ihre Mutter noch nie in einem derartigen Zustand gesehen.

Seither hatte sie Sheila nicht mehr besucht, aber heute würde sie hingehen. Keine Ausreden mehr. Sie kletterte um Roisin herum, die gerade einen Artikel über das neue Blur-Album las, und ging Porridge machen.

In der Küche war Mary dabei, eine heiße Schokolade zu perfektionieren – ihre übliche Sonntagsnascherei. Mary ging samstagabends nie aus und war am Sonntag immer früh auf, machte sich ein aufwendiges Frühstück, erledigte ihre Wäsche, nahm ein Bad und bereitete sich eine Instantschokolade zu. Gerade gab sie vorsichtig Marshmallows in eine Tasse, die auf ihrer Weight-Watchers-Waage stand. Cora stellte sich neben sie und sah ihr dabei zu.

»Wie viel dürfen es sein?«

»Einundzwanzig Gramm Marshmallows, also 197 insgesamt.«

Die Waage zeigte jetzt 185 an und Cora beobachtete, wie die Zahl langsam stieg, während Mary nie mehr als zwei Marshmallows auf einmal hinzufügte. 189, 192, 195, 198. Mary runzelte die Stirn.

»Lass mich dir helfen«, sagte Cora und mopste sich einen von oben.

»Ach, *deswegen* war es so schwer!« Aber Mary lachte.

Cora machte ein gespielt schockiertes Gesicht und stibitzte einen weiteren Marshmallow von dem Berg. »Gern geschehen«, sagte sie, als die Anzeige auf 196 fiel. Mary lachte erneut, und Cora fiel auf, wie selten sie ihre Mitbewohnerin lachen hörte.

Roisin stand derweil im Flur und suchte ihre Schlüssel. Sie wollte Prince Charming einen Besuch abstatten. Seine Eltern waren dieses Wochenende in der Stadt, aber Roisin hatte keine Lust, sie zu treffen. Dieses in seinen Augen beleidigende Desinteresse hatte dazu geführt, dass er ihr »verwirrende Emojis« schickte, wie Roisin es formuliert hatte. Einen Zwinkersmiley, gefolgt von Eltern mit ihrem Kind: »Cora, sag du es mir, was zum Teufel soll das bedeuten?« Doch schließlich hatten sie einen Kompromiss gefunden, und nun würde sie ihn in seiner Wohnung besuchen, während seine Eltern unterwegs waren, um sich die Stadt anzuschauen. »Ein bisschen nachmittägliches Vergnügen«, gab Roisin ihren schrecklich falschen englischen Akzent zum Besten und verschwand in die Dunkelheit des Treppenhauses. »Ich bin wieder da, bevor der Tower of London schließt.«

Die Farbe war in ihr Gesicht zurückgekehrt, und um ihren linken Arm hatte sie einen dicken Verband. Ein Wissenschaftler, der bei Coras Eintreffen Sheilas Zimmer verließ, sagte ihr, dass sie etwas zittrig sei und essen müsse. »Was sie in der Genesungsphase vor allem braucht, ist Energie. Sie braucht mehr Kalorien. Und es ist mit Sicherheit eine Wohltat für sie, ihre Tochter zu sehen.« Die Wissenschaftler bemühten sich zwar, Mitgefühl zu zeigen, aber es kam bei ihnen nie so natürlich herüber wie bei dem Pflegepersonal. Nichts von dem, was Cora mit ihrer Mutter besprechen wollte – wie man herausfindet, ob man jemanden mag, wie man endlich über jemand anderen hinwegkommt –, konnte man als Wohltat bezeichnen. Sie dankte dem Wissenschaftler und überdachte ihre Gesprächsthemenauswahl noch einmal.

»Mein Spatz.« Sheila saß mit einer Decke über den Knien in ihrem Sessel. Ihr verletzter Arm ruhte auf der Lehne. Sie sah zehn Jahre älter aus als beim letzten Mal, als Cora sie besucht hatte. In der Zeit, die sie brauchte, um sich zu fangen, guckte sie überall hin, nur nicht zu ihrer Mutter. Ihr Blick fiel auf den blauen Blumentopf, der leer war, seit es den Setzling dahingerafft hatte, und auf einen zusätzlichen Handlauf neben dem Waschbecken. Wo einst der Wasserkessel gestanden hatte, war jetzt ein leerer Platz. Der Toaster war ebenfalls verschwunden.

»Hi, Mum«, sagte sie und drückte ihr einen dicken Kuss auf die Kopfmitte. »Ich habe Kuchen mitgebracht.«

»Prima«, entgegnete Sheila, beobachtete aber nervös, wie Cora eine Tupperdose mit einem halben kastenförmigen Zitronenkuchen herausholte. »Was ist das?«

»Glasierter Zitronenkuchen. Der ist super, glaub mir.«

»Zitrone. Zitrone.« Sheila probierte das Wort auf der Zunge wie ein Bonbon. »Okay.«

»Also, wie geht's dir?«

»Ich. Ich – wollte gerade den Boden wischen, als du kamst ...«

Ihre Mutter stand abrupt auf, ein wenig zittrig auf den Beinen, und Cora sprang instinktiv ebenfalls hoch.

»Ich mach das schon.«

Aber Sheila zog problemlos einen Mopp und einen Eimer hinter der Tür hervor. Sie stützte ihre Hände auf die Arbeitsfläche. »Wo haben sie nur den Kessel hingestellt? Immer stellen sie alles um.«

»Ich schau gleich mal nach«, sagte Cora. Die Zimmer wurden regelmäßig von Reinigungskräften geputzt, aber die Bewohner im offenen Betreuungsprogramm durften ihre eigenen Reinigungsmittel haben. Cora begutachtete die Fliesen in der Kochnische des Zimmers. »Der Boden sieht picobello aus, Mum. Ich würde sagen, die Reinigungskräfte sind schon da gewesen.«

Aber Sheila war eifrig dabei, mit ihrer gesunden Hand die Schränke auf- und zuzumachen. »Ich brauche Wasser. Wasser. Wo haben die denn nun wieder ...«

In diesem Moment klopfte eine Pflegerin an die Tür und trat ein. »Sheila«, sagte sie, wobei ihr jamaikanischer Akzent den Namen scharf zerschnitt und bei ihrer Mutter sofort einen schuldbewussten Blick hervorrief. »Du kann nich putzen, Shi-la. Ich hab dir schon gesagt. Gib mir den Mopp und setz du dich hin.« Dann wandte sie sich an Cora: »Hab ich schon heut Morgen geputzt. Sie fragt und ich putze. Der Boden ist sauber. Du musst aufpassen, sonst passiert wieder ein Unfall.«

»Ich lasse mich in meinem eigenen Haus doch nicht wie ein Kind behandeln«, blaffte ihre Mutter, als die Hilfskraft Eimer und Mopp aus dem Zimmer entfernte. »Die Frau ist eine Hexe.«

»Ich kann dich hören, Shi-la«, rief die Jamaikanerin vom Korridor aus.

»Das hoffe ich doch«, rief ihre Mutter zurück. »Ich habe ja auch laut genug gesprochen!« Sheila sah zu ihrer Tochter hin und verdrehte die Augen.

»Sollen wir den Kuchen essen?«, fragte Cora fröhlich und stand auf, um den Schrank mit der Aufschrift TELLER zu öffnen. Man hatte ihnen im Krankenhaus gesagt, dass Sheila anfällig für Infektionen war und unbedingt essen musste. Cora war zwar nicht sicher, inwiefern sie damit auch Kuchen gemeint hatten, aber die hohlen Wangen ihrer Mutter sagten ihr, dass der besser war als nichts.

»Was ist das?«, fragte Sheila, als Cora ihr ein großes Stück hinstellte.

»Das ist glasierter Zitronenkuchen.«

»Zitrone, Zitrone, Zi-trone ...«

Cora stellte sich auch ein Stück Kuchen hin.

»Ich habe keinen Hunger.«

»Komm schon, Mum, ich habe ihn dir extra mitgebracht.«

»Nein.«

»Hier«, sagte Cora, zerteilte ihr eigenes Stück mit der Gabel und schob sich einen Happen in den Mund, auch wenn ihr absolut nicht nach Essen war. »Mhm. Siehst du? Der ist lecker. Und jetzt du.« Sie schob einen Bissen auf Sheilas Gabel. Aber ihre Mutter zog lediglich einen Schmollmund.

»Und was ist mit einem Keks?«, schlug Cora vor und sprang wieder auf, um die Schränke zu durchsuchen. Hatte Sheila etwas zu Mittag gegessen? Gefrühstückt? »Du musst doch auf irgendetwas Lust haben. Wenigstens auf einen Keks. Hier, nimm den.« Sie bemühte sich zu sehr, das war ihr klar, aber sie konnte nicht anders. Sie hatte keine Ahnung, wann Sheila das letzte Mal etwas gegessen hatte. Cora zog in Erwägung, eine Krankenschwester zu fragen, aber sie wollte sie auch nicht allein lassen. Wann war sie so dünn geworden? So abgemagert war ihre Mutter noch nie gewesen. »Nur einen, Mum. Bitte.«

Cora erinnerte sich an den Tag, als ihnen Maeve verkündet hatte, dass sie heiraten würde: Die drei Frauen waren einkaufen gewesen, und ihre Mutter hatte Stiefel anprobiert. Als sie den Reißverschluss nicht ganz über ihre Wade hatte ziehen können, hatte Sheila einen hysterischen Anfall bekommen und sich auf das Sofa in dem Schuhladen fallen lassen. Die beiden Töchter hatten sich mit besorgten Gesichtern neben sie auf den Boden gekniet, während Sheila sich eine Träne aus dem Gesicht gewischt hatte. »Geht's dir gut, Mum?«, hatte Cora gefragt.

Und Sheila hatte mit einem breiten Grinsen geantwortet: »Tja, Mädels, sieht so aus, als müsste ich akzeptieren, dass ich irische Tanzbeine habe.«

Sechs Jahre waren seitdem vergangen, und sie kniete wieder vor ihr: »Alles in Ordnung, Mum?« Vorsichtig beugte sie sich vor, um den verletzten Arm nicht zu berühren. »Möchtest du was? Irgendetwas?«

Cora konnte die Hysterie in ihrer Stimme hören und erinnerte sich daran, was die Ärzte gesagt hatten – dass ihre eigene Nervosität Sheila nur noch mehr aufwühlte –, und versuchte, sich zu beruhigen. Aber ihre Mutter wimmerte weiter, und Cora wusste sich nicht zu helfen. Sie hatte ihre Mutter zuletzt weinen sehen, als sie ein Kind gewesen war, und dieser Anblick versetzte sie in eine unbegreifliche Panik.

»Mein Arm«, wimmerte Sheila mit hoher ängstlicher Stimme. »Mein Arm, mein Arm ...«

»Tut er weh?« Cora sah sich verzweifelt um. Sie dachte darüber nach, den Rufknopf zu drücken, war aber unsicher, ob das als Notfall galt.

»Jemand hat meinen Arm verletzt.« Sie sah Cora an, als sei sie das Kind, das getröstet werden musste. Als sie Kinder waren, hatte ihre Mutter so lange Küsschen auf die schmerzende Stelle gedrückt, bis alles wieder gut war. Und jetzt hielt Cora ihre Tränen zurück, beugte sich vor und drückte kleine Küsschen auf den rauen Mullverband.

»Siehst du«, sagte sie und hörte die Stimme ihrer Mutter in ihrer Erinnerung. »Und schon ist alles wieder gut!« Cora gab sich die größte Mühe zu lächeln, doch es zerriss ihr das Herz. Sie nahm die rechte Hand ihrer Mutter, damit sie nicht weiter an dem Verband kratzte, und summte irgendeinen Quatsch, um sie beide abzulenken. Ihr fehlten die Worte, und letztlich versiegten die Tränen.

»Es tut mir leid«, flüsterte Sheila mit unpassend junger Stimme. Und Cora, die nicht wusste, was sie darauf erwidern sollte, drückte ihre Finger einfach fester. Keine fünf Minuten später nickte Sheila ein.

Cora musste mit sich kämpfen, um nicht zu gehen. Zu fliehen. In Kürze würde sie heimgehen, Kaffee machen und sich voll und ganz ihrem Verkupplungsdiagramm widmen. Es gab so viele Variablen zu beachten: Altersgruppen, Berufsgruppen. Sie würde ihre ganze Aufmerksamkeit darauf richten. Wenn sie es schaffte, sich zu konzentrieren, würde alles gut werden. Als Sheila erwachte, wusch Cora gerade die Teller ab. Mit ihrer guten Hand begann sie, kleine Notizzettel aus ihrer Hosentasche zu angeln. »Verbrennung zweiten Grades«, las sie vor.

»Ich weiß, Mum.« Cora legte die letzte Gabel weg.

»Du musst mit deiner Schwester reden.«

»Wer?«

»Du.«

»Das tue ich. Maeve ruft mich jede Woche an.«

»Du musst mit ihr reden. Und mit dir kommt alles in Ordnung, das weiß ich. Ganz bestimmt.«

»Ich weiß, Mum. Mit mir *ist* alles in Ordnung. Du bist einfach müde. Schhh, alles wird gut.«

Sheila schnäuzte sich die Nase, und als Cora die Chance ergriff und ihr einen Keks anbot, nahm sie ihn wortlos. Ihr Gesicht war noch immer rot und geschwollen, und die Krümel fielen auf ihre Brille, die um ihren Hals hing. »Irgendwelche Neuigkeiten in Sachen Männer?«

Ein Lachen sprudelte aus Cora heraus. »Ich hatte tatsächlich gestern Abend ein Date. Mit Charlie, vom Flughafen.«

»Ist er nett?«

»Charlie, Mum! Du kennst ihn von ...« Aber Cora korrigierte sich selbst. »Er würde dir gefallen. Er ist sehr nett. Sehr gut erzogen, wie du wahrscheinlich sagen würdest.«

»Das ist gut, mein Spatz.«

Das war die Art von Gespräch, die für geplagte Mütter eine Wohltat war. »Ich denke, dass es gut ist, ja. Ich halte dich auf dem Laufenden.«

LHR → BHD 15:20 Uhr

16

Kevin Daniel Reynolds war enttäuscht, eine Reihe hinter dem knackigen jungen Ding zu sitzen, das er in der Warteschlange beobachtet hatte. Sie sah aus wie eine angehende Schauspielerin – oder zumindest so, als könnte sie sich dafür begeistern, eine zu werden, wenn er ihr diesen Floh ins Ohr setzte. Nachdem er eine Weile über ihre in den Gang hineinragenden Beine sinniert hatte, richtete Kevin seine Aufmerksamkeit wieder auf seinen Reisepass. In drei Monaten lief er ab, und er konnte seinen Namen endlich offiziell machen. Anfangs hatte er das Daniel hinzugefügt, weil es schon einen Kevin Reynolds gab, der in der Filmbranche arbeitete. Aber nun gefiel es ihm, wie beeindruckend das klang – Kevin Daniel Reynolds: eine dreifache Drohung – ganz zu schweigen davon, wie viel Raum der Name auf der Leinwand einnahm. Beim Abspann würde sein Name immer größer als der von allen anderen sein.

Das Belfast Film Festival bezahlte seine Flüge, aber mit einem Gratisgetränk, geschweige denn einem Gratisessen sah es eher schlecht aus. Nichts verdarb Kevin so sehr die Stimmung, wie nach Hause zu fliegen. Kevin hatte seinen Akzent sowie alles andere, was ihn mit Nordirland verband, vor achtundzwanzig Jahren auf dem Schiff, das von Larne aus ging, über Bord geworfen. Heute Abend war die große Eröffnung des Festivals. Nur was man in Irland als

»groß« bezeichnete, ging in England wohl eher als »okay« durch, vermutete er.

Er dachte darüber nach, das langbeinige junge Ding in ein Gespräch zu verwickeln, aber der Sitzgurt war so schon unbequem genug, ohne dass er sich vorbeugte. Die Dame neben ihm gab vor, im Bordmagazin zu lesen, aber aus dem Augenwinkel nahm er wahr, wie ihre Wimpern klimperten, als sie ihm verstohlene Blicke zuwarf. Mit ein bisschen Make-up und gut sitzender Kleidung dürfte sie ganz annehmbar aussehen. Sie war alt genug, um seine Frau zu sein, aber für einen Flug nach Hause lief es gar nicht mal so schlecht für ihn.

»Kevin Daniel Reynolds«, sagte er und achtete darauf, dass sein Hemdsärmel hochrutschte, als er seine Hand ausstreckte. Sie schüttelte sie, und seine Achtzehn-Karat-Armbanduhr funkelte im einfallenden Licht des Fensters.

»Ingrid Sjöqvist«, erwiderte sie sofort, als habe sie nur darauf gewartet, dass er sich vorstellte.

»Toller Typ, dieser Colin Farrell«, sagte Kevin und deutete auf das Cover des Magazins in ihrer Hand. »Ein wirklich begnadeter Schauspieler. Er war nicht gerade in der besten Verfassung, als ich ihn kennenlernte. Ich hab ihm gleich gesagt: ›Colin, amigo, Drogen bringen dir gar nichts‹, aber er hat nicht auf mich gehört. Jeder muss eben selbst seine Erfahrungen machen.«

Ihre Unterhaltung war nicht ganz so verlaufen, aber Kevin war zweiter Assistent bei einem von Colin Farrells ersten Filmen gewesen und hatte den Schauspieler dreimal aus seinem Wohnwagen abgeholt. Wie weit sie beide es seither doch gebracht hatten.

»Leider habe ich nicht viel Zeit, um ins Kino zu gehen«, sagte die Blondine und blätterte zu dem Artikel zurück.

»Sie Glückliche! Ich entkomme einfach nicht. Berufsrisiko.« Kevin ließ ein Lächeln aufblitzen und überreichte ihr seine Visitenkarte – vor ein paar Monaten hatte er sich seine Zähne machen lassen und musste sich selbst regelmäßig daran erinnern, sie wirkungsvoll einzusetzen.

Ingrid Sjöqvist sah sich die Karte an – Kevin Daniel Reynolds, Filmproduzent – und fragte sich, was sie damit sollte. Aus dieser Begegnung würde sich vermutlich nichts Gewinnbringendes ergeben. Was enttäuschend war. Vor ein paar Wochen hatte Ingrid Rajesh Patel kennengelernt, der seitdem ihr Personal Trainer war und ihr zu einem völlig neuen Fitnesslevel verholfen hatte, sodass sie nun siebenundzwanzig Liegestütze schaffte. Und letzte Woche war sie mit einem Tierarzt ausgegangen, den sie auf einem Reihe-27-Flug nach Edinburgh kennengelernt hatte. Eigentlich hatten sie nichts gemeinsam, außer dass sie sich mit Hoftieren auskannten, doch das libanesische Abendessen in Soho war köstlich gewesen. Aller guten Dinge waren drei. Zumindest hatte Ingrid das gehofft.

Sie hörte Kevin zu – pardon, Kevin Daniel –, der ihr eine Geschichte erzählte, die »äußerst witzig« gewesen sei, wie er ständig wiederholte, und sie fragte sich, wieso Cora ausgerechnet ihn für sie ausgesucht hatte. Sein Leibesumfang deutete darauf hin, dass er nicht sonderlich daran interessiert war, seine PB zu verbessern, Ingrids einzigem richtigem Interesse, und sie bezweifelte, dass er sich für den Molkereikongress interessierte, auf dem sie die nächsten drei Tage verbringen würde.

Ingrid konnte sich beinahe in seinen Backenzähnen spiegeln. »Welche Art von Filmen machen Sie?«

»Im Moment dreht sich bei uns alles darum, vergessene

Schätze zu zeigen«, sagte er und zog an den Ärmelaufschlägen seines Hemds. »Wir konzipieren und drehen sie neu. Mit anderen Worten producen wir sie für die neue Generation.«

»Also Neuverfilmungen?«

»Das ist bestimmt die einfachste Beschreibung, wenn man kein Muttersprachler ist«, sagte er, die Lippen zu einer Art Lächeln zurückgezogen. Das Glänzen seiner Zähne und seiner Uhr blendete sie. »Im Moment denken wir über Blade Runner nach. Ich sollte Ihnen das eigentlich gar nicht erzählen, solange wir noch in der Konzeptphase sind, aber Sie haben ein ehrliches Gesicht. Und ein hübsches dazu, das muss mal gesagt werden.«

»Klingt für mich nach der Wörterbuchdefinition von Neuverfilmung«, sagte Ingrid, die das sofort hätte belegen können, da sie immer ein Wörterbuch bei sich hatte. Etwas, das im Gepäck eines Mannes, der das Wort »producen« verwendete, vermutlich fehlte.

Aber Kevin grinste einfach weiter. »Wir werden die Geschichte nacherzählen, aber in London spielen lassen. Man schaut sich das Original an und denkt: ›Was ist schon der Unterschied zwischen dieser dystopischen Welt und einem verregneten Tag in London?‹ Alles ist grau in grau, und die Leute flüchten vor dem Regen, als ob er ihnen die Haut wegätzen würde. Dann verpassen wir den Replikanten einen Cockneyakzent und platzieren an jeder Straßenecke halb nackte, verarmte Blumenverkäufer. Wir erzählen die Geschichte für die Kids von heute und gestalten die Todesszenen richtig spektakulär.«

Er sah Ingrid an, als ob er Applaus erwarten würde. Kevin musste Mitte vierzig sein, und Ingrid war sich absolut sicher, dass die Mähne, durch die er sich fortwährend strich, das Ergebnis einer Haarverpflanzung war.

Wenn George etwas in seinem Leben hätte ändern können, wäre es nicht die Tatsache, dass er in einem homophoben Kaff groß geworden war oder dass seine afroamerikanischen Eltern entschieden hatten, sich ausgerechnet an einem Ort niederzulassen, der offiziell der viertweißeste Ort in den USA war – Hut ab, Osage County, Missouri. Er würde nicht einmal etwas daran ändern, dass seine Mum und sein Dad in einer so winzigen und neugierigen Nachbarschaft wie der ihren, in der sie ohnehin schon wie ein bunter Hund auffielen, eine ungesunde und in aller Öffentlichkeit zur Schau getragene Obsession für die TV-Serie *Love Boat* entwickelt hatten, was sie von der restlichen, verschwindend geringen nicht-weißen Bevölkerung unterschied und ihm den Spitznamen Boje George eingebracht hatte. Nein, all das war okay. Genau genommen zog er die Erfahrung von Spott und Ausgrenzung auf der Highschool sogar dem vor, was er jetzt schon seit Gott weiß wie vielen Tagen ausstehen musste. Wenn George Yare etwas in seinem Leben hätte rückgängig machen können, dann hätte er Nancy gegenüber nie, niemals gesagt, dass sie nichts weiter als eine Marionette sei.

Um ehrlich zu sein, war ihm nicht einmal bewusst, dass er das *gesagt* hatte. Er beklagte sich ständig über Cora und ihre himmelschreienden Vorurteile, aber das war nichts als Gerede, und ihm war schleierhaft, wieso Nancy plötzlich auf ihn hörte. In Wirklichkeit glaubte er nicht, dass Nancy ihre Marionette war. So ein Quatsch. Denjenigen, der auch nur *versuchte*, Nancy zu sagen, was sie zu tun hatte, würde er gerne mal sehen. Aber dann hatte Cora irgendetwas gesagt, was Nancy auf die Palme gebracht hatte, sodass sie das mit der Marionette erwidert hatte, und nun war Cora beleidigt, und die beiden lagen im Clinch, und jetzt war es genauso lustig, mit Nancy auf demselben Flug auf engstem Raum zusammengepfercht zu sein wie mit einem 9/11-Verschwörungstheoretiker.

»Ob es mich beschäftigt? Es beschäftigt mich überhaupt nicht, George, wirklich nicht. Ich sehe Reihe 27 nicht einmal mehr. Wenn ich die Passagiere abzähle, denke ich jetzt immer ›Reihe 25, 26, 28‹ ... So zähle ich inzwischen, George. Mich beschäftigt das Ganze überhaupt nicht ...«

George versuchte mittlerweile, so wenig Zeit wie möglich in der Nische am Heck zu verbringen, und hatte sich sogar freiwillig gemeldet, vorne mit Satsuma-Sarah zu arbeiten, aber sie hatte ihn nach hinten geschickt, um Touche-Éclat-Nachschub zu holen. Während er das Make-up aus der Ablage nahm, hielt er den Kopf gesenkt.

Das war irgendwie nicht seine Woche. Nicht nur sein Arbeitsumfeld war schwer zu ertragen, auch die Männer in London wurden immer beschissener. Zum dritten Mal in viel zu kurzer Zeit hatte sich George darauf eingelassen, einen Typen, den er online kennengelernt hatte, bei Tageslicht zu treffen, und der Typ war total high gewesen. George hatte Ewigkeiten überlegt, was er anziehen sollte, was sie unternehmen und worüber sie sich unterhalten konnten, und dann hatte der Typ kaum einen geraden Satz herausbekommen. Ein paar Abende zuvor war er mit ein paar Freunden durch die Rupert Street gezogen. Eigentlich war ihm nicht nach Ausgehen zumute gewesen, aber er würde die Liebe seines Lebens nicht kennenlernen, wenn er zu Hause saß und den Sci-Fi-Sender schaute. Also waren sie durch die Kneipen gezogen, wo ihn ein Kerl angequatscht hatte. Typ Muskelprotz mit Proteinshakezufuhr und dem ganzen männlichen Protzgehabe. Dann hatte er diesen Spruch gebracht, dass George ihn an irgendeinen Schauspieler erinnere, von dem er noch nie gehört hatte. Daraufhin hatte George ihm erzählt, dass seine Lieblingsserie *Buffy – Im Bann der Dämonen* war, und dieser Typ – dieser beschissene schwule Typ in seiner beschissenen Schwulenbar – hatte ihn doch allen Ernstes eine Tunte genannt. Hallo, ging's noch? Scheiß drauf. Er hatte keine Zeit für so eine homonormative Scheiße. George würde Regenbogen furzen, wenn er könnte.

Wenn er bei Events zu Hause über den roten Teppich lief, juckte es Kevin jedes Mal am ganzen Körper; die hirnverbrannten Fragen, die von der anderen Seite der Absperrung kamen, waren einfach zu viel für ihn. *Freuen Sie sich, wieder zu Hause zu sein? Werden Sie ein Guinness trinken, wenn Sie schon mal im Lande sind? Werden Sie den Giant's Causeway besuchen? Ist Belfast für Sie noch immer der schönste Ort der Welt?* Er hatte einen Film auf den Seychellen gedreht, und da standen sie unter ihren stets einsatzbereiten Regenschirmen und stellten ihm allen Ernstes diese Fragen? O mein Gott.

»Es ist schon eine Weile her, seit ich das letzte Mal im guten alten Belfast war«, sagte er zu der Schwedin auf dem Fensterplatz, deren Namen er vergessen hatte. »Ich fliege nur wegen des Filmfestivals rüber.«

»Ich besuche eine Landwirtschaftskonferenz zu den Milchquoten.«

»Ich empfinde es als Privileg, meiner Heimatstadt etwas zurückgeben zu können«, fuhr er fort, ohne ihr zuzuhören. »Das ist eine große Ehre für mich.«

Seit sie mit dieser ganzen Trainingsgeschichte angefangen hatte, war Ingrids Libido voll aufgeblüht. Sie war nicht sicher, ob sie bis dahin eine gehabt hatte, aber wenn sie nun die Türschwelle ihres Wohnhauses überschritt und sich der Schweiß an ihrem Haaransatz sammelte, spürte sie eine Wallung im Intimbereich. Bisher hatte sich ihre Lust beim Sex immer nur aus den animalischen Reaktionen ihres Partners gespeist. Angesichts dieser neuen Empfindung kam ihr der Gedanke, dass Sex womöglich doch noch mehr zu bieten hatte.

Jetzt konnte alles Mögliche sie erregen. Ihr wurde schon ganz anders, wenn sie einfach nur hinten in einem rumpelnden Londoner Bus saß. Sie wollte diese neue Lust ausprobieren, und der einzige Ort, an dem sie einen potenziellen Partner dafür finden konnte, waren diese Flüge.

Kevin Daniel war kein geeigneter Kandidat. Selbst beim Abflug, als das Flugzeug über die Rollbahn gerattert war, hatte sie nichts gespürt. Ihr Hirn hatte bereits entschieden: Ingrid würde auf keinen Fall mit Kevin Daniel Reynolds schlafen. Eher ging ein Kamel durch ein Nadelöhr, als dass sie sich auf diesen Mann einlassen würde.

Es gab vieles, bei dem George bereit war, ein Auge zuzudrücken. Er verkniff sich einen Kommentar, wenn Typen beim Abendessen ständig auf ihr Handy schielten. Und er störte sich nicht einmal an ein wenig künstlerischer Freiheit bei den Profilbildern. Und auch ob jemand es bevorzugte, oben oder unten zu sein, war kein Hindernis. Er wollte einfach endlich mal an einem Punkt ankommen, an dem man erwägen konnte, einen Typen mit nach Hause zu nehmen, ohne am nächsten Morgen das Schloss austauschen zu müssen.

»George, könntest du bitte wieder zur hinteren Station gehen und nachschauen, ob Nancy Hilfe braucht?« Sarah hielt inne. »George, hallo?«

»Ach, du redest mit *mir*? Tja, weißt du, das ist mir leider gerade nicht möglich? Ich bin ziemlich eingespannt.«

»Mit was?«, fragte sie und riss ihm den Lappen aus der Hand. »Meinen Servierwagen auf Hochglanz zu polieren?«

George schaffte es bis Reihe 27. Er würde verdammt noch mal nicht weitergehen; Nancy war inzwischen zuzutrauen, dass sie ihre Krallen ausfuhr und ihm das Gesicht zerkratzte. Obwohl er sich die größte Mühe gab, konnte er nicht umhin, einen Blick auf Coras Pärchen zu werfen. Das heutige Paar war ein Desaster auf ganzer Linie. Und gestern hatte sie ganz offensichtlich eine Lesbe zu einem Hetero gesetzt. Das musste doch ein Versehen gewesen sein und keine Absicht? Das Ganze war total unfair und diskriminierend. George wollte ja niemand sein, der überall Homophobie witterte. Aber hallo? Wenn das keine verdammte Homophobie war, was dann?

»Also, was führt dich nach Belfast, Schätzchen? Die Arbeit oder ein kurzer Vergnügungsurlaub?«

Ingrid drückte den Knopf an der Seite ihres Fitbits. Nach dreiundzwanzig Minuten Monolog war das die erste Frage nach ihr, und dann auch noch eine, die sie bereits beantwortet hatte. Er wartete nicht einmal auf eine Antwort.

»Denn falls du Lust hättest, die Festivalgala heute Abend zu besuchen, könnte ich dir eine Karte besorgen.«

»Ich habe heute Abend schon etwas vor.«

Immer noch lächelnd legte er den Kopf schräg. »Haare waschen?«

Ingrid fragte sich, ob er sie überhaupt gehört hatte. »Ich muss die Molkereidaten des letzten Jahres abgleichen.«

Kevin brauchte das nicht. Er betätigte die Ruftaste über seinem Sitz und wartete auf die hübsche kleine Kellnerin, nach der er bereits zuvor gerufen hatte. In diesem Moment kam eine andere Flugbegleiterin mit orangefarbener Haut den Gang entlang, die, wie Kevin bemerkte, niemals als Stewardess gecastet werden würde. Glücklicherweise blieb die mandarinenfarbene Dame ein paar Reihen vor ihm stehen, und Kevin drückte erneut die Taste. Ein paar Minuten später stand die reizende Blondine neben ihm.

»Hallo, Schätzchen«, sagte er, seine Ärmelaufschläge nach oben schiebend.

»Kann ich Ihnen mit irgendetwas behilflich sein?«

»Tja, Nancy«, sagte er, indem er den Hals streckte, um ihren Namen lesen und bei der Gelegenheit gleich einmal einen Blick in ihr Dekolleté werfen zu können. »Ich hätte gerne einen Whiskey – Jameson, wenn Sie den haben.« Er zog einen Zwanziger aus einem Bündel Scheine, woraufhin die Geldklammer wieder zurückschnippte.

»Der Bordservice beginnt in wenigen Minuten; es ist gleich jemand für Sie da.«

»Aber ich habe schrecklichen Durst, und es ist viel angenehmer, einen Drink von einer hübschen Blondine serviert zu bekommen. Das Wechselgeld können Sie behalten.«

»Momentan bin ich nicht für diese Reihe zuständig«, sagte die Flugbegleiterin barsch und ignorierte das Geld. »Der Servierwagen ist in Kürze bei Ihnen.«

Kevin stopfte den Schein zurück in die Hosentasche und beobachtete, wie die arrogante Kellnerin davonwatschelte. Er probierte, den Sitz zurückzukippen, aber der Knopf funktionierte nicht. Was für eine Fluggesellschaft war das denn? Das Mädchen mit den Gazellenbeinen in der Reihe vor ihm ließ ihr Smartphone auf den Boden fallen und wurde dadurch von ihren Kopfhörern abgestöpselt. Schnell löste Kevin seinen Gurt und hob es auf.

»Danke«, sagte sie, als er es ihr reichte. Doch Kevin ließ das Gerät nicht los. »Haben wir schon einmal zusammen gearbeitet? Du kommst mir irgendwie bekannt vor. Bist du Schauspielerin?«

»Nein«, sagte das Mädchen und errötete.

»Oder Model?«

»Nein!«, kicherte sie und hielt sich die Hand vor den Mund mit der glänzenden Zahnspange.

Ein korpulenter Mann mit rotem Gesicht erhob sich aus Sitz 26 B – dem Platz neben dem langbeinigen Mädchen. Offensichtlich eifersüchtig, beäugte er Kevin. *Tja, manchmal muss man sich eben geschlagen geben, mein Freund.* »Kann ich Ihnen helfen?«

»Zunächst einmal könnten Sie meine Tochter in Ruhe lassen. Sie ist sechzehn. Wie heißen Sie?«

»Ich habe doch nur mit ihr geplaudert.«

»Ich weiß, wie plaudern klingt, und Sie haben sich eindeutig an sie herangemacht. Ich sollte Sie melden. Wie heißen Sie?«

»Das geht Sie überhaupt …«

»Kevin Daniel Reynolds«, unterbrach ihn die Schwedin, während sie dem bulligen Typen Kevins Visitenkarte reichte.

»Jetzt habe ich Ihre Telefonnummer, Freundchen«, sagte der und führte zwei Finger an seine hervortretenden Augen, ehe er sie auf Kevin Daniel richtete. »Lassen Sie gefälligst Ihre Finger von ihr!«

Kevin wollte etwas Cleveres erwidern, aber als der Vater sich wieder zurück in den Sitz fallen ließ und die ganze

Reihe 26 erbebte, beschloss er, es zu lassen. Die Skandinavierin neben ihm hob ihre Zeitschrift vors Gesicht, aber daran, wie Colin Farrell hoch und runter hüpfte, konnte Kevin erkennen, dass sie sich dahinter ins Fäustchen lachte.

17

Als Roisin von der Arbeit heimkam – und die Wohnung mit einem »Schatz, bin wieder da!« betrat –, saß Cora im Wohnzimmer, umringt von Neontextmarkern und aus einem A4-Block herausgerissenen Blättern. Neben ihr stand ihr aufgeklappter Laptop und daneben ein Klammeraffe. Roisin konnte durch die Trennwand zwischen Küche und Wohnzimmer ihre Freundin nicht in ihrem Chaos sitzen sehen, plauderte aber mit Cora, während sie die Reste ihres Mittagessens in die Mülltonne warf und die Tupperdose spülte. Cora versuchte unterdessen, sich zu konzentrieren.

»Weißt du, wo die ganzen Verrückten in London hingehen, Cora?«, schrie sie, um das laufende Wasser zu übertönen. Cora vernahm das verzweifelte Quietschen der Spülmittelflasche, aus der der letzte Rest herausgequetscht wurde.

»Ich werde es dir sagen. In die Stadtbibliothek. Und warum auch nicht? Dort ist es warm, man muss keinen Eintritt zahlen, und es gibt lauter gemütliche Sofas, wo man ein bisschen vor sich hin dösen kann. Es gibt Internetplätze, an denen man die Symptome imaginärer Krankheiten googeln kann – und wenn man nicht findet, wonach man sucht, tja, dann kann man einfach die Bibliothekarinnen fragen, denn was sind wir sonst, wenn nicht unterbezahlte Sozialarbeiter –, und dann gibt es noch kostenlose Zeitungen und Zeitschriften, in denen man nach Herzenslust blättern kann, und sogar Toiletten, auf denen man seine Socken waschen und auf die Heizung legen kann, die immer an ist, sodass sie in null Komma nichts trocken sind. Klingt das nicht großartig?«

Cora hörte Roisin das Küchenhandtuch ausschütteln. »Und habe ich dir schon von dem neuesten Trend-Accessoire der Finsbury-Park-Bibliothek erzählt? Das Must-have der Saison ist die Plastiktüte. Ein Mensch ohne Plastiktüte ist ein Niemand. Und je mehr man hat, desto besser. Egal, wie alt ich werde und an welch entlegene Plätze dieser Welt ich reise, ich werde nie wieder das Rascheln einer Plastiktüte hören können, ohne mich an diesen Ort zu erinnern. Vielleicht sollte ich mich nach Crouch Hill versetzen lassen. Offenbar treten die Irren da in geringerer Anzahl auf. Wahrscheinlich entmutigt sie der steile Anstieg. Heute hatten wir eine Frau mit sechs Plastiktüten, die in der Lernecke saß und die ganze Zeit die Tüten auf- und zugemacht hat – raschel, raschel, raschel. Eine Tüte war voller Malbücher, in einer anderen war ein Mayonnaiseglas. Sie hat eine Tüte geöffnet, irgendwas rausgenommen, es in der Hand hin und her gewendet, wieder reingesteckt, die Tüte geschlossen, und dann fing alles wieder von vorne an. Ich dachte, ich müsste gleich ... Was machst du da eigentlich?«

Roisin war um die Trennwand herumgekommen, ein Geschirrtuch in der einen, die Lunchbox in der anderen Hand, und betrachtete den Papierpfad, der sich vom Fernseher bis zu Roisins Füßen erstreckte. In seiner Mitte saß Cora, ohne sich des Strichs bewusst zu sein, den sie sich versehentlich mit einem Textmarker wie eine Kriegsbemalung quer über die Wange gezogen hatte.

»Ich wollte dafür eigentlich in mein Zimmer gehen, aber ich habe diese Woche Frühschicht und weiß, wenn ich mich jetzt auf mein Bett setze, schlafe ich ein.«

»Aber was machst du da überhaupt?«

Cora hatte sich in der vergangenen Woche kopfüber in das Verkupplungsdiagramm gestürzt. Jetzt, wo sie noch weitere Kriterien hinzugefügt hatte – Nationalität, Flugziel, Anlass der Reise –, konnte sie sich stundenlang darin verlieren, und in ihrem Kopf blieb kein Raum, um an irgendetwas anderes zu denken. Was auch immer versuchte, in ihr Hirn vorzudringen, wurde einfach rausgekickt. Diese neue Beschäftigung war sozusagen der Türsteher von ihrem Hirn. »Die Informationen waren bisher nicht umfassend genug«, erklärte Cora. »Ich habe einfach nur nach ›ja‹ und ›nein‹ unterschieden, aber nun habe ich mir das Ganze noch mal im Detail angesehen, und ich erkenne gewisse Trends. Durch die Vielflieger bekommen wir wertvolle Daten herein. Wusstest du, dass das bisherige Verhalten eines Menschen mehr über ihn aussagt als das, was er glaubt, sich zu wünschen? Und seltsamerweise stehen englischsprachige Passagiere romantischen Begegnungen offener gegenüber; schau dir das an – die Erfolgsrate bei nicht-englischen Muttersprachlern liegt bei eins von zehn, aber zwanzig Prozent der Iren und Amerikaner brachten es auf ein Match oder ein Vielleicht, während es bei Engländern und Schotten sogar dreißig Prozent waren.«

Roisin schüttelte ein Blatt von der Sohle ihres rechten Fußes ab und sah zu, wie ihre Freundin ein Tortendiagramm nach dem anderen hochhielt.

»So bin ich auf den Gedanken gekommen, mich auf die Schotten zu konzentrieren. Allerdings ist das schwierig, weil die meisten unserer Flüge von London nach Dublin gehen. Deshalb habe ich beschlossen, zu jedem Match eine kleine Akte zu erstellen.« Cora zog ein paar zusammengetackerte Blätter unter dem Sofa hervor. »Ich habe die sozialen Netzwerke nach Anzeichen einer erfolgreichen Verkupplung durchsucht, und es gibt tatsächlich zwei Paare vom letzten November, die ich zu Grün abändern kann. Dieses Instagram-Foto ist etwas unscharf, aber sieht es nicht ganz so aus, als würde es sich bei der Dame in seinem Arm um diese Frau hier handeln – das ist die Ärztin, mit der ich ihn zusammengesetzt habe? Sie trägt die Haare zwar etwas kürzer, aber ...«

»Cora.«

»Ich weiß. Fünf Monate? Klar könnte es sein, dass sie sich die Haare hat schneiden lassen.«

»Cora.«

»Was?«

»Schau dich bitte mal an.« Roisin nahm eine metallene Abdeckplatte vom Herd und hielt sie hoch, damit Cora ihr verzerrtes Spiegelbild betrachten konnte. »So geht das jetzt schon seit Tagen. Schau dich mal genau an.«

»Ja, und? Das hier ist kein Hautpflegewettbewerb. Das ist Arbeit.«

»Das ist keine Arbeit. Niemand bezahlt dich dafür, niemand hat dich darum gebeten. Du hast das Abendessen bei Maeve abgesagt.«

»Ich wollte nicht ... ich konnte nicht ...« Sie hatte jetzt keine Zeit, ihr das zu erklären. »Ich hatte zu tun.«

»Hat es mit Nancy zu tun? Hast du mit ihr geredet? Oder mit Sheila? Du hast mir gar nichts von deinem letzten Besuch bei ihr erzählt.«

Nancy redete noch immer kein Wort mit ihr, und Cora begann langsam, sich deswegen schlecht zu fühlen. An ihre Mutter durfte sie gar nicht erst denken, das war das Schlimmste von allem. »Ich will das hier einfach ordentlich machen.«

»Du hast gesagt, du hattest heute Frühschicht. Wieso warst du dann die halbe Nacht wach?«

»War ich nicht.«

»Ich habe Licht bei dir *gesehen* und Joni *gehört*.«

»Überwachen Sie mich etwa, Herr Wachtmeister?«

»Was in aller Welt hast du gemacht?«

»Nichts.«

Roisin warf ihr einen Blick zu, als ob sie eine der Irren aus der Bibliothek wäre. Cora war die halbe Nacht aufgeblieben, um sich abzulenken. Sie hatte überlegt, den Brief ihrer Mutter zu öffnen, Nancy eine SMS zu schreiben, Charlie anzurufen. An einem Punkt hatte sie sogar erwogen, Friedrich anzurufen. Also hatte sie beschlossen, ihre Zeit besser sinnvoll zu nutzen und weitere Passagierakten anzulegen.

»Du lässt zu, dass das hier alles andere in den Hintergrund drängt. Du bist besessen.«

»*Besessen*. Du klingst schon wie Mary.«

»Nein, Cora. Du fängst schon an, wie Mary zu sein. Für sie ist Essen eine Ablenkungsstrategie, deine ist das hier.«

Cora begann, ihre Blätter zusammenzusammeln.

»Hast du mit Nancy geredet?«, wiederholte sie.

»Das hat nichts damit zu tun«, erwiderte Cora. Ihre Hand hielt über einer Seite mit dem Match auf einem Flug nach Holland inne. Sie hatte darauf die Telefonnummer des Mannes notiert, eines Elektrikers, die sie online gefunden hatte. Was genau hatte sie damit gewollt? »Wie gesagt, ich habe morgen Frühschicht, das heißt, ich nehme die am besten einfach mit in mein Zimmer.«

Roisin seufzte. »Hat das etwas damit zu tun, dass du Friedrich wiedergesehen hast? Denn was das angeht, solltest du auch mal was in die richtige Perspektive rücken. Hast du mal darüber nachgedacht, dass er womöglich nicht der Grund für alle Leiden dieses Lebens ist? Vielleicht war das mit ihm einfach eine Beziehung, die gescheitert ist.«

Coras Faust schloss sich fester um das Papier, frustriert, wie ihre Freundin so leichtfertig etwas umdichten konnte, das so komplex war, etwas, wovon sie keine Ahnung hatte. »Gute Nacht, Roisin.«

»Du musst aufhören, dir um das Leben aller anderen Gedanken zu machen, und dich mal auf dein eigenes konzentrieren. Diese Passagiere sind völlig Fremde, und du bewegst dich im Grenzbereich zum Stalker.«

Aber Cora hielt sich die Ohren mit ihren Textmarkern zu, als sie den Raum verließ, und die einzige vernehmbare Antwort war das Zuschlagen ihrer Tür.

18

Cora kauerte bereits eine Stunde vor ihrem Computer, als Joan eintraf.

»Und ich dachte, ich wäre eine Frühaufsteherin«, sagte ihre ältere Kollegin und hielt mitten in der Bewegung inne, als sie sich auf ihren Stuhl hievte, um Cora über die Schulter zu schauen. »Was machst du denn da? Wir brauchen die Passagierlisten doch frühestens in einer Stunde.«

»Ich wollte einfach rechtzeitig anfangen«, entgegnete Cora und schob das Stück Papier, auf dem sie sich private Passagierdaten notiert hatte, auf die andere Seite des Computers. Cora hatte eine Alliierte auf dem Flug um 9:20 Uhr nach Paris gefunden und suchte nun potenzielle Kandidaten heraus. Alison war Flugbegleiterin und eine alte Freundin ihrer Mutter. Sie arbeitete nur in Teilzeit, aber Cora war ihr heute Morgen zufällig begegnet, als sie aus der U-Bahn gestiegen war.

»Wie geht es Sheila?«, hatte Alison sich erkundigt.

»Sie hat gute und sie hat schlechte Tage. Im Moment sind es nicht so viele gute.«

»Das tut mir leid zu hören. Würdest du ihr ausrichten, dass ich nach ihr gefragt habe?«

Cora bezweifelte, dass Sheila sich an Alison erinnerte, versprach es aber. Anschließend hatte Alison ihr ihre Hilfe angeboten, sollte sie irgendetwas brauchen. Cora hatte zwar nicht vorgehabt, die Krankheit ihrer Mutter auszunutzen –

und gestand sich auch nicht ganz ein, dass sie genau das getan hatte –, aber als sie sich beiläufig nach Alisons Flug heute erkundigt und erfahren hatte, dass sie einen Morgenflug nach Paris begleiten würde, hatte sie nicht anders gekonnt, als Alison zu fragen, ob sie ein Auge auf zwei Freunde in Reihe 27 werfen könne.

»Wie sehen die beiden denn aus?«

»Schwer zu beschreiben«, hatte Cora gemeint, die ihre Kandidaten noch aussuchen musste. »Aber sie sitzen auf 27A und B. Allerdings kennen die beiden sich noch nicht so gut, weißt du. Könntest du mir vielleicht Bescheid sagen, wie sie sich verstehen?« Dann hatte sie schnell ihre Nummer in Alisons Handy eingetippt, ehe die verdutzte Stewardess weitere undichte Stellen in ihrer Geschichte entdecken konnte.

Seit ihrem Streit mit Nancy waren Wochen vergangen, und Coras Arbeitstage hatten allmählich jeglichen Sinn eingebüßt. Cora ließ es sich nicht nehmen, Reihe 27 weiterhin entsprechend zu besetzen, in der Hoffnung, dass Nancy ihr einen Bericht schickte, aber nichts passierte. Der Kontakt war abgebrochen, sodass Cora selbst versuchen musste, irgendwie zu erfahren, wie es ausgegangen war. Am Montag hatte sie Ingrid auf einem Flug nach Belfast mit einem Filmproduzenten zusammengesetzt.

Gestern Abend hatte Cora wieder nicht schlafen können und den Twitteraccount des Filmproduzenten nach irgendwelchen Hinweisen auf die Schwedin abgesucht, doch alles, was sie gefunden hatte, waren Fotos von ihm, wie er ein Guinness im neuen *Titanic*-Besucherzentrum trank.

Cora drehte ihren Bildschirm von Joan weg und begann, die Kandidaten für Alisons Parisflug zu googeln. Es fühlte sich gut an, wieder im Geschäft zu sein, wenn auch nur vorübergehend. Ein Check-in ohne irgendeine Verkupplungsmission erschien ihr nicht der Mühe wert.

»Ich habe gehört, du hast dich gar nicht um eine Versetzung beworben«, sagte Joan, die sich ein morgendliches Gähnen verkniff.

»Stimmt. Ich bleibe hier bei dir.«

»Bist du denn gar nicht an einer Beförderung interessiert?«

»Ich dachte, in deinen Augen sind das keine Beförderungen.«

»Na ja, nicht für mich, aber bei dir ist das anders. Du bist noch jung«, sagte Joan.

»Ich bin hier glücklich und zufrieden.«

»Na gut. Wenn das stimmt, dann passt es ja.«

Cora tippte weiter, spürte aber, dass Joan noch nicht fertig war.

»Ich habe gestern Abend deine Mutter besucht.«

»Aha.« Cora war seit dem Zwangs-Keksessen-Vorfall erst einmal wieder bei ihrer Mutter gewesen und ihr war die ganze Zeit schlecht gewesen. Sheila hatte weiterhin Panikanfälle wegen ihres Arms und ihrer Narben. Ihre Mutter, die nie viel Aufhebens um ihr Aussehen gemacht hatte, hatte eine hysterische Form von Eitelkeit entwickelt und wollte wissen, wer ihr das angetan hatte. Da Cora die einzige Anwesende war, war sie die Hauptverdächtige. Kurzum: Sie fühlte sich miserabel, wenn sie ihre Mutter besuchte, und sie fühlte sich miserabel, wenn sie sie nicht besuchte. Sorgsam wies Cora einer französischen Schauspielerin und einem seit Kurzem geschiedenen Financier ihre Plätze zu: 27A und B. Insgeheim betete sie, Joan möge endlich aufhören zu reden. Doch die fuhr unbekümmert fort.

»Diese Verbrennungsgeschichte hat sie echt mitgenommen, was? Hat sie ganz schön ausgezehrt, die Arme. Ich muss schon sagen, ich hab einen Schock gekriegt, als ich sie gesehen habe. Aber ich bin mir sicher, das wird schon wieder. Die haben doch die besten Ärzte dort, nicht wahr? Es besteht kein Grund zur Sorge. Überhaupt nicht, überhaupt nicht.« Joan räusperte sich. »Du bist heute ganz schön abwesend, Cora, und ich frage mich, ob du von deinem Date mit einem gewissen Charlie Barrett träumst.«

Endlich wurde Coras Aufmerksamkeit vom Bildschirm abgelenkt.

»Woher weißt du davon?«

»Och, das hat mir ein kleines Vöglein gezwitschert«, antwortete Joan, die die Geheimniskrämerei sichtlich genoss, letztlich aber doch lieber im Klatsch schwelgen wollte. »Na ja, eigentlich gar kein kleines Vöglein. Sondern ein ziemlich kräftiger Vogel. Ray hat es mir erzählt. Er hat mir gestern geholfen, den Griff meiner Handtasche zu reparieren, und weißt du was, ich glaube, so langsam sehe ich tatsächlich eine Veränderung bei ihm, er ist im Gesicht schmaler geworden.«

Charlie hatte am Montag angerufen. Heutzutage rief niemand nach einem ersten Date an. Aber Charlie schrieb keine SMS. Er hatte ihr nochmals versichert, wie schön der Abend mit ihr gewesen sei, und als er seine Bitte (und es war wirklich eine Bitte) vorgebracht hatte, sie zu einem zweiten Date am kommenden Samstag einladen zu dürfen, war ihr kein Grund eingefallen, Nein zu sagen. Er *war* schließlich attraktiv, und er *war* nett.

Cora stöhnte. »Wissen es alle?«

»Alle«, wiederholte Joan und schnalzte mit der Zunge. »Aber wer ist schon *alle*, Cora? Sei nicht albern. Ich dachte,

du könntest es kaum erwarten, von deiner neuen Beziehung zu erzählen.«

»Es ist keine Beziehung!«

»Oder wie auch immer ihr das heute nennt. Aber das ist ja auch egal«, sagte Joan und rückte mit ihrem Stuhl näher an Cora heran. »Wie ist es denn gelaufen? Komm schon, der guten alten Joanie kannst du's doch erzählen. Offenbar hat Charlie es genossen; er war ganz verknallt – das sind Charlies Worte, nicht Rays. Ein prima Kerl, der Charlie. Hat manchmal ein bisschen was von einem Klugscheißer, aber ein guter Fang. Zum Anknabbern.« Sie kicherte. »Ich zieh dich nur auf. Ich habe mich sehr gefreut, als ich gehört habe, dass du Ja gesagt hast.«

Cora sah in der Ferne einen gerädert aussehenden George. »Entschuldige, Joan. Ich bin gleich wieder da.«

Sie hüpfte von ihrem Stuhl herunter und rannte auf ihn zu. »Morgen, George«, begrüßte sie George freudestrahlend, der ihr Näherkommen mit verschlafenen Augen skeptisch beobachtete.

»Es ist Morgen, ja«, sagte er und rieb sich den Schlaf aus dem linken Augenwinkel. »Was willst du?«

»Wie geht es Nancy?«

»Ganz gut«, sagte er, immer noch misstrauisch. »Sie wird auch ohne dich überleben, falls es das ist, was du wissen willst. Sie schafft es noch jeden Morgen aus dem Bett.«

»Das freut mich. Hat sie die Beförderung bekommen?«

George zuckte mit den Achseln. »Sie hat noch nichts gehört.«

Cora sah zu Boden und wartete darauf, dass George seinen Bericht etwas ausführte.

»Mag sein, dass sie etwas bissiger ist seit eurem Schreiwettbewerb.«

»Hat sie immer noch ein Auge auf Reihe 27?«

»Ich glaube, sie wirft gelegentlich einen Blick in die Richtung.« Er zuckte erneut die Schultern. »Genau wie ich. Die Konstellation am Montag – auf dem Flug nach Belfast? – war ein totaler Reinfall. Der Typ war ein totales A...loch.«

»Der Filmproduzent«, sagte Cora nickend. »Ja, er schien ein wenig von sich selbst eingenommen.« Sie zwang sich, sich nicht nach den anderen Matches zu erkundigen – es war besser, sich auf die Zukunft zu konzentrieren. »Vielleicht könntest du mir von dem Mittagsflug nach Edinburgh Bericht erstatten?«, fragte sie beiläufig. »Ich habe gesehen, dass Nancy und du eingeteilt seid.«

Georges Augen verengten sich erneut. »Und weswegen sollte ich das tun?«

»Wegen der LIEBE, George. Ist das nicht der beste Grund überhaupt, etwas zu tun? Es dient einem höheren Zweck. Und vielleicht wird Nancy ja klar, was ihr entgeht. Ich habe schon ein paarmal versucht, sie zu erreichen.« Das war eine Lüge, eine harmlose Lüge, eine Lüge zu einem höheren Zweck. »Aber vergebens. Bitte. Nur einmal.«

George zog die Augenbrauen hoch und verdrehte die Augen. »Na schön«, sagte er. »Aber such eine spannende Kombi raus, ja? Ein junges, hübsches Paar. Du hast Glück, dass du mich abpasst, nachdem ich gerade selbst ein ziemlich gelungenes erstes Date hatte.« Cora grinste ihn an, aber er zog mit der Hand einen imaginären Reißverschluss am Mund zu, um ihr zu bedeuten, dass er keine Details verraten würde. »Ah-bap-bap. Ich rufe dich ganz, ganz kurz an, wenn wir landen. Aber du kümmerst dich um den Betriebsleiter? Das mit dem Honig-ums-Maul-Schmieren musst du selbst übernehmen. Deine Beine sind nicht übel, aber gegen Nancy hast du keine Chance.«

Cora legte einen Arm um ihn. Nur einen, sie wollte es ja nicht übertreiben. »Danke, George. Juhu! Danke, danke!«

Er ließ ein verhaltenes Grummeln hören und zog seines Weges.

Cora ging zurück zu ihrem Schalter und arbeitete sich durch die ersten Check-ins nach Paris. Die Fernsehschauspielerin war im echten Leben dunkler. Der Financier hatte ein offenes, freundliches Gesicht. Cora hatte ein gutes Gefühl, was ihre Chancen anging. Irgendwo in der Ferne hörte sie die Bodenpoliermaschine brummen. Im Moment war mehr Flughafenpersonal in der Abflughalle unterwegs als Passagiere. Ein neuer Sonnenaufgang, ein neuer Tag. Sie konnte das hinbekommen.

Als Cora von dem Betriebsleiter zurückkam, rollte sie ihren Rock wieder auf Vorschriftslänge hinunter und schickte George eine SMS, dass sie loslegen konnten. Es ist für einen höheren Zweck, wiederholte sie, traurig über den Marktwert eines entblößten Knies.

Sie konnte es kaum erwarten, mit der Suche nach potenziellen Matches für Georges Edinburgh-Flug zu beginnen, und nahm ihr Mittagessen am Schalter ein. Sie war hoch konzentriert, fokussiert und voller Energie. Ihr Handy piepte. Schnell fischte sie es heraus, in der Hoffnung, einen Lagebericht von Alison vorzufinden. Doch es war eine SMS von Roisin:

Heute wurde die erweiterte 2.WK-Abteilung in der Bibliothek eröffnet. Die Irren sind total begeistert. Beobachte gerade eine 50-j. Frau mit Neon-Tenniskäppie, die an einem Buch mit dem Titel »Söhne des Reichs« schnuppert. Wie läuft's auf der Arbeit? Hast du schon mit Nancy geredet?

Cora verstaute das Handy unter ihrem Schalter und fuhr mit der Passagierliste für Edinburgh fort. Sie fand einen gut aussehenden jungen Typen mit eigenem YouTube-Kanal und wollte sich gerade ansehen, wie er eine eigene Komposition aufführte, als ihr Handy erneut piepte:

PS: Ich werde einfach so tun, als ob du mich nicht ignorieren würdest.
PPS: Rede. Endlich. Mit. Nancy.

Cora schloss ihre Kopfhörer am Computer an. Es war zwar ziemlich durchschnittlicher Balladenkram, aber dieser Bursche verstand definitiv etwas vom Klavierspielen. Die Musik schwoll zu einem kitschigen romantischen Crescendo an, und Cora scannte den Wartebereich ab, um zu sehen, ob sie irgendwelche Passagiere übersehen hatte. Und plötzlich sah sie Aiden O'Connor, der auf sie zukam.

»Es ist Mittwoch! Seit wann fliegst du an einem Mittwoch?«, sagte sie und ging hektisch ihre Passagierliste durch. »Ich bin noch gar nicht bereit für dich.«

»Bereit für mich?«

»Na ja, nicht in *dem* Sinne«, stotterte sie. »Ich hatte einfach nur nicht mit dir, sorry, mit Ihnen gerechnet.«

»Verstehe. Sie sind immer so sprunghaft, Cora. Was ist los?«

»Ich weiß nicht. Und warum sind Sie immer so überheblich?« Das war unprofessionell. Schon wieder. »Tut mir leid.«

»Ist das etwa ... Entschuldigen Sie sich etwa bei mir, Cora Hendricks?« Er äffte ihr Verhalten bei ihrer letzten Begegnung nach.

»Klappe. Wohin geht es heute?«

»Ich fliege nirgendwohin. Mein Bruder kommt ein paar

Tage zu Besuch, und ich hole ihn ab. Und um Ihre Frage zu beantworten, ich weiß nicht, wieso ich immer so überheblich bin. Aber ich arbeite daran. Übrigens, sollten wir nicht langsam mal das Sie ablegen?«

Cora lächelte. Seine Haare sahen diese Woche ganz besonders gut aus. »Wann landet Ihr ... wann landet dein Bruder denn?«

»Erst in vierzig Minuten.«

»Tja, ich habe heute noch keine Pause gemacht. Wenn du deine klugen Kommentare im Zaum halten kannst, kannst du mich gerne begleiten.«

»Ich gebe mir die größte Mühe.«

Cora kam hinter ihrem Schalter hervor. »Ich übernehme die Standortwahl und der überhebliche Herr die Rechnung.«

»Da! Siehst du das? Die beiden Anzugträger? Sie verhandeln gerade über die Fahrt.«

Cora saß mit Aiden auf ihrer Lieblingsbank vor Terminal zwei, jeder mit einem Kaffee neben sich und einem Caffè-Nero-Sandwich in der Hand. Aiden schielte zu dem Taxistand hin, die Augen vor der frühmorgendlichen Aprilsonne abschirmend, während sie versuchten, die Gespräche der Leute in der Warteschlange zu belauschen. Für jemanden, der anfänglich behauptet hatte, nicht zu verstehen, wie man Gefallen daran finden konnte, Leute »auszuspionieren«, fand er erstaunlich schnell hinein.

»Jetzt schau dir das an, und es geht noch weiter. Sieht so aus, als wäre es heute genau so üblich, sich ein Taxi zu teilen wie früher das Brot. Wer hätte das gedacht?«

»Das Beste ist immer der Annäherungspart«, sagte Cora und riss ein großes Stück von ihrem Weißbrot mit Thunfisch und gebackenem Käse ab. »Wenn du jemanden genau in dem Moment erwischst, bevor er die andere Person anspricht, kannst du viel über denjenigen erfahren, in puncto Selbstvertrauen, Freundlichkeit und Finanzen.«

»Finanzen?«

»Du kannst sehen, ob jemand im Urlaub seine Ersparnisse auf den Kopf gehauen hat und sich aus finanziellen Gründen ein Taxi teilen will oder ob er einfach Gesellschaft und Abenteuer sucht, und dann gibt es noch einige wenige, die sich ein eigenes Taxi leisten könnten – wahrscheinlich übernimmt die Spesen sowieso die Firma –, aber zu geizig dazu sind.«

»Das grenzt ja fast schon an Verhaltensforschung, du bist quasi das Heathrow-Pendant zu David Attenborough.« Cora senkte ihre Stimme und fuhr mit typisch englischer BBC-Stimme fort: »Der überbezahlte Geizhals pirscht sich an die freundlichen Urlauber heran. Nachdem er seine Beute ausgemacht hat, behält er die Quittung.«

»Schau dir mal die Frau da hinten an.«

»Wo?«

»Da«, sagte Aiden. »Hinter der Frau im Hidschab. Ich wette, sie fragt das Pärchen gleich, wo sie hinfahren.«

»Ich sehe sie nicht ... ah, da, jetzt sehe ich sie. Ja! Siehst du! Sie tut es! Nicht schlecht beobachtet für einen Anfänger.«

Aiden deutete eine Verbeugung an.

»Hier draußen vor dem Terminal bist du weit weniger nervig als sonst«, sagte sie in der Annahme, die externe Umgebung entbinde sie auch von ihrer Pflicht zur Professionalität.

»Du meine Güte. Was für ein Kompliment.«

»Na ja, du bist einfach so starrköpfig. Du weigerst dich standhaft, mir irgendetwas von dir zu erzählen.«

»Ich bin starrköpfig? Du bist wie ein Hund mit seinem Knochen, an jeder Frage beißt du dich fest. Al-Qaida-Terrorverdächtige werden an diesem Flughafen weniger ins Kreuzverhör genommen als ich.«

»Verrate mir, weshalb du jedes Wochenende heimfliegst. Ich bin neugierig.«

»Du gibst nie auf, was?«

»Doch.«

»Mhm.«

»Manchmal zumindest.«

»Ich fliege nach Dublin, um ehrenamtlich in dem Krankenhaus auszuhelfen, in dem ich früher gearbeitet habe.«

»Das weiß ich, aber wieso nicht in einem Krankenhaus in London?«

»Das hat etwas mit der Diversitätsrichtlinie der Klinik zu tun, in der ich jetzt arbeite. Mein Arbeitgeber hat das entschieden, nicht ... ach, verflixt, was soll's. Die Wahrheit ist die, dass ich jedes Wochenende nach Hause fliege, weil ich hoffe, meine Exfreundin zurückzugewinnen, die mich nicht mehr liebt und die ich, wie ich gerade feststelle, auch schon lange nicht mehr liebe, ich bin einfach schlecht im Verlieren, sodass ich sie trotzdem zurück wollte.«

Cora sah ihn an.

»Aber ich will sie gar nicht mehr zurück. Offensichtlich.« Er lachte. »Ist doch offensichtlich, oder nicht? Mein Gott. Was für eine Zeitverschwendung.«

»Es ist keine Verschwendung«, sagte Cora vorsichtig. »Du hast Gutes getan – im Krankenhaus.«

»Früher habe ich Gutes getan. Inzwischen ist die einzige sinnvolle Arbeit, die ich mache, die an den Wochenenden.«

»Aber du bist doch Arzt.«

»Der letzte Patient, den ich gestern hatte, war der CEO

eines Transportunternehmens, der ein Augenbrauenlifting wollte. Und wieso? Weil seine Firma sich ein neues ›Nette Leute‹-Image zugelegt hat und er der Meinung ist, sein natürlicher Gesichtsausdruck sei zu grimmig.«

»O Gott.«

»Ich habe ihm fünftausend Pfund geschenkt, indem ich ihn stattdessen zum Augenbrauen-Waxing geschickt habe.« Aiden vergrub das Gesicht in den Händen. »Und das war nicht mal die lächerlichste Unterhaltung, die ich diese Woche geführt habe.«

»Na ja, das ist trotzdem ...« Cora sah Aiden an und versuchte, seiner Situation etwas Sinnvolles abzugewinnen.

»Schon okay. Mir fällt auch nichts ein.«

»Du bist also Schönheitschirurg?«

»Von der übelsten Sorte. In Dublin war das anders. Aber hier sind es rein kosmetische und weitestgehend unnötige Eingriffe. Ich verkaufe jugendliche Schönheit zu einem extrem hohen Preis. In meine Sprechstunde kommen junge, unsichere Mädchen, die sich an Fotos klammern, während ich ihnen zu erklären versuche, dass die gephotoshoped sind.«

»Hast du heute Morgen ein Wahrheitsserum getrunken?«

»Ich rede mir lieber alles von der Seele, ehe Colm ankommt. Mir fällt es ohnehin schwer, das Gesicht zu verlieren, aber vor meinem großen Bruder wäre das unerträglich.«

Sie aßen ihre Sandwiches, und Cora dachte über ihre eigene Familie nach. Es war angenehm, neben Aiden zu sitzen. Viel angenehmer, als wenn ein Schalter zwischen ihnen stand.

»Sheila hatte vor ein paar Wochen einen Unfall, und seither hat sich ihr Zustand deutlich verschlechtert. Sie hat sich kochend heißes Wasser über den ganzen Arm gekippt und sich furchtbar verbrannt.«

»Verbrüht«, korrigierte Aiden sie. »Bei heißem Wasser heißt es verbrüht, nicht – o mein Gott. Was habe ich eigentlich für ein Problem? Tut mir leid. Und das mit deiner Mum tut mir auch leid.« Da war sie wieder: diese Güte in seinen Augen. Sie wurde davon regelrecht überrumpelt. »Alzheimer ist eine furchtbare Krankheit.«

»Sie baut rasant ab und fängt an zu vergessen, wann wir zu Besuch da waren, selbst wenn es erst am Vortag war.« Was Cora nicht sagte, war, dass sie diesen Umstand mittlerweile ausnutzte. Während Aiden bereit war, seine Unzulänglichkeiten zuzugeben, war Cora noch nicht so weit. »Die Krankenschwester hat ein Besucherbuch vorgeschlagen. Sie kann ziemlich fies werden, wenn sie vergessen hat, dass wir schon da waren – meine Mutter, nicht die Krankenschwester. Das sieht ihr so gar nicht ähnlich. Sheila ist die netteste Frau, die ich kenne. Kannte.«

»Sie hat Angst.«

»Ich weiß.« Cora nahm die Schultern zurück und atmete laut aus. »Sie macht so ein Theater wegen der Verbrennungs ... Verbrühungsnarben, meine ich. Früher hat sie sich nie etwas aus ihrem Aussehen gemacht. Wir mussten sie sogar anbetteln, ihre Arbeitsuniform auszuziehen, wenn sie zu den Elternabenden ging, und jetzt bricht sie in Tränen aus, wenn sie ihre Narben sieht.«

»Dann lasst sie doch entfernen – sobald die Haut vollständig abgeheilt ist.«

Cora schüttelte den Kopf. »Das Institut, in dem sie lebt, kommt für unnötige ästhetische Operationen nicht auf. Und wir haben sowieso kein Mitspracherecht. Mum hat ihre Regeln unterschrieben.« Cora drehte die Enden ihrer

Brotrinde zwischen den Fingern, die sie an Play-Doh erinnerten. »Manchmal glaube ich, alles wird gut, und in der nächsten Minute wird mir ganz schwindelig, wenn ich über alles nachdenke, und habe das Gefühl, jeden Moment ohnmächtig zu werden. Es ist einfach alles zu viel.« Cora schluckte schwer. »Und sie ist die Einzige, der ich mein Herz ausschütten mag.«

»Du bist ein guter Mensch, Cora Hendricks. Falls du das nicht schon weißt.«

Cora beäugte ihn misstrauisch, doch er verzog keine Miene.

»Danke«, flüsterte sie. Einen Augenblick lang sagte sie nichts – und lauschte stattdessen dem Rhythmus von Aidens Atem, der ihr durch seine Stetigkeit und Nähe ein Gefühl der Geborgenheit gab. In gewisser Weise kannte sie ihn bereits seit einem Jahr; andererseits kannte sie ihn überhaupt nicht. Und dennoch verspürte sie dieses verwirrende Bedürfnis, ihm mehr zu erzählen – ein plötzlich aufwallendes Vertrauen. Cora hob das Gesicht der Sonne entgegen. »Was für ein schöner Tag.« Sie sagte sich, dass das ein erinnerungswürdiger Moment war. Dass da etwas in der Luft lag. Als Aiden erneut einen Schluck von seinem Kaffee trank, landete seine Hand wieder auf der Bank, nur eine Haaresbreite von ihrer entfernt.

»Flughäfen sind der Ort, an dem sich die ganze Menschheit begegnet«, sagte sie ruhig, mit angespanntem Körper, bedacht, sich keinen Zentimeter zu rühren. »Auf den ersten Blick mögen sie ziemlich steril erscheinen, aber dann trifft man auf völlig fremde Menschen, von denen jeder seine eigenen Ziele, Wünsche, Geheimnisse und Pläne mit sich herumträgt, und gemeinsam hebt man in die Lüfte ab. Das ist schon ziemlich magisch.«

»Hab ich mir gedacht, dass du romantisch veranlagt bist. Den. Kopf. In. Den. Wolken«, neckte er sie und hob die Arme, als Cora vorgab, ihn zu hauen.

Gemeinsam beobachteten sie, wie die Taxiwarteschlange schrumpfte und wuchs, als sich keine Pärchen mehr zusammentaten und sich keine offensichtlichen Allianzen mehr anboten. Aiden erzählte ihr, wie er das erste Mal geflogen war und wie wenig Französisch er bei diesem Sprachaustausch gelernt hatte. Cora erzählte ihm im Gegenzug von ihrer Zeit in Deutschland – wobei sie das erste Mal von diesem Abschnitt ihres Lebens redete, ohne dass es um Friedrich ging – und dass sie nicht mehr über die französische Sprache wusste, als dass man das »c« in Sauvignon Blanc nicht aussprach.

»Irgendwie habe ich das Gefühl, dass meine Zeit in London die reine Verschwendung war«, sagte Aiden. »Ich war nicht wirklich da, ich war nur nirgendwo anders.«

»Du findest bestimmt jemand Neues«, sagte Cora, der plötzlich wieder ihre gescheiterten Versuche einfielen, eine Frau zu finden, für die er sich interessieren könnte.

»Das ist es nicht. Ich verstehe nicht, wieso ich hergekommen bin. Dass ich diesen Job angenommen habe, hatte teilweise was mit Prestige zu tun. Es ist schon peinlich zu erkennen, wie viel einem an so etwas liegt. Ich wollte mir selbst beweisen, dass ich Karriere machen kann, so erfolgreich sein kann wie mein Bruder. Aber was für eine Karriere? Und was mache ich mit dem zusätzlichen Geld? Abgesehen davon, dass ich mir eine höhere Miete leisten kann.«

»Du könntest dir ein paar neue Klamotten gönnen. Nur so eine Idee.«

»Nicht dass das mit dem Hin- und Herfliegen nur schlecht war. Ich bin froh, dass ich dich ...«

»Cora.«

Von hinten ertönte eine Stimme. Als sie sich umdrehten, entdeckten sie Charlie, die Stoppuhr um den Hals. »Hallo«, sagte er, mehr zu Aiden als zu ihr.

»Hi.«

»Charlie. Wartest du auf Ray?«

Er nickte. »Eine morgendliche Joggingrunde.«

Cora spürte, wie Aiden neben ihr das Gewicht verlagerte. »Aiden, das ist Charlie, ein Kollege von mir. Und Charlie, das ist Aiden, ein Passagier von uns.«

»Hallo«, sagte Charlie erneut.

»Hallo«, sagte der andere Papagei.

Aiden sammelte seinen Müll zusammen und stand auf. Als er ihn in die Mülltonne warf, sagte Charlie laut und vernehmlich: »Steht das mit Samstag noch, Cora?«

»Ich werde dann mal besser …« Aiden verstummte und deutete auf das Terminal. »War schön, mit dir zu plaudern, Cora.«

Noch ehe Charlie die Chance hatte, um sie herumzupinkeln, piepte sein Pager, und er musste sich auf den Weg machen. »Ich ruf dich später an«, sagte er mit einem vielsagenden Blick, und Coras Magen machte einen Satz. Dann saß sie da, allein, mit einem lauwarmen Kaffee und der abgepulten Brotrinde. Sie sammelte ihren eigenen Müll zusammen, als ihr Handy piepte. Als sie es aus der Hose zog, rechnete sie mit weiteren Sticheleien von Roisin, doch stattdessen sah sie eine unbekannte Nummer.

Hi Cora. Deine Freunde schienen sich nicht zu kennen, hatten aber am Ende einen guten Draht zueinander, denke ich. Ein hübsches Mädchen. Hoffe, dir geht's gut. Alison

Cora hatte den Parisflug zwischenzeitlich ganz vergessen. Eine weitere grüne Markierung in ihrem Diagramm. Wenn sie nach Hause kam, würde sie das sofort eintragen. Cora stand von der Bank auf und lief nach drinnen zu ihrem Schalter. Jetzt standen erst einmal andere Aufgaben an.

LHR → EDI 13:00 Uhr

19

George legte die Rettungsweste und die Sauerstoffmaske wieder an ihren Platz. Die heutige Sicherheitseinweisung war eine seiner besten gewesen. Triumphierend schritt er den Gang entlang und behielt seine Leute sowie das junge Paar in Reihe 27 im Blick. Sie hatte eine Porzellanhaut und rotes Haar mit einem Fransenpony, und er war eine Mischung aus Justin Bieber und einem der *One Tree Hill*-Herzensbrecher. Es gab also jede Menge Potenzial. George hätte sich eher seinen Schwanz abgeschnitten, als es zugegeben, aber er war ziemlich aufgekratzt, wieder bei einem von Coras Flirtflügen an Bord zu sein.

Natürlich half es da, dass er die Nacht mit seinem künftigen Ehemann verbracht hatte und selbst die Liebe und den ganzen Kram von wegen höherem Zweck, womit Cora ihn beschwatzt hatte, spürte.

»Soll ich die Gitarre für dich aufbewahren?«, fragte er den Jungen mit ausgestreckter Hand und lächelte das Mädchen an. »Alles okay, Schätzchen?«

»Nein, schon okay«, sagte der Junge und legte das Instrument auf den leeren Sitz 27A. »Ich lege sie hierhin, wenn niemand mehr kommt. Falls das okay ist?«

»Ab-so-lut. Was immer du wünschst. Hauptsache, du machst es dir bequem. Sag mal, hat dir schon mal jemand gesagt, dass du Ähnlichkeit mit Justin Bieber hast?«

Der Junge errötete, und das Mädchen warf ihm einen Blick von der Seite zu. »Ja, erst dieses Wochenende, ehrlich gesagt.«

»Und jetzt nimmst du eine Auszeit von der Stadt.«

»Ja«, sagte der Junge. Sein vertrotteltes Lächeln würde Frauen reihum das Herz brechen. »Ich habe bei einem dieser Showcase-Dinger gespielt, und einer der Plattenlabeltypen meinte, ich hätte den Bieber-Faktor, wenn Bieber auf einem Bauernhof aufgewachsen wäre.«

»Die Plattenlabeltypen waren sofort hingerissen von dir, was? Nicht dass uns das überraschen würde, stimmt's?«, sagte George mit hochgezogener Augenbraue an das Mädchen gewandt. »Gutes Aussehen und Talent: eine äußerst attraktive Kombi. Sagt jedenfalls Bescheid, wenn ich euch etwas bringen kann. Ich bin jederzeit für euch da.«

Während er den Gang wieder hochtänzelte, war sich George seines Körpers, der nur so zu summen schien, voll bewusst. Vor drei Tagen hatte George den Mann seiner Träume getroffen, was sich letzte Nacht bestätigt hatte. Scheiß auf Nancy und ihre Launen. In der letzten Zeit war sie eine totale Spielverderberin gewesen und hatte ihre Professionalität und die aller anderen sabotiert, indem sie sich die allergrößte Mühe gegeben hatte, Reihe 27 tunlichst zu ignorieren. Doch Georges ganze Welt war aus der Umlaufbahn geschleudert worden, und sie würde sich jedes Detail anhören müssen, ob sie das wollte oder nicht.

Das war nicht Nancys Woche gewesen, und den ganzen positiv-denken-Quatsch von Deepak Chopra hatte sie ohnehin längst in den Wind geschossen. Der Scharlatan war sowieso an allem schuld, und seine Bücher wussten auch keine Antwort darauf, was zu tun war, wenn die beste

Freundin noch immer nichts von sich hören ließ oder deine Mum ständig anrief, um dir zu sagen, wie dünn deine schwangere Schwägerin war – worauf stolz zu sein, nebenbei bemerkt, ziemlich gestört war –, und es verflucht nochmal keine Meditationsübung gab, mit der man die Zeit zurückdrehen und die Entwicklung eines total beschissen gelaufenen Bewerbungsgesprächs rückgängig machen konnte. Und ja, das Fluchen war gerechtfertigt. Deshalb war das Letzte, was Nancy in dieser Situation brauchen konnte, einen vor Selbstsicherheit strotzenden George, der mit Hüftschwüngen auf sie zu stolziert kam, bei denen Mütter ihren Kindern die Augen zuhalten würden.

»Hast du mit Coras Bande geredet?«, fragte sie und setzte jenen beiläufigen Ton auf, den sie in dem Sommer perfektioniert hatte, als sie die Sandy in der Merseyside-Schauspielschul-Variante von *Grease* gespielt hatte. »Und was ist mit deinem Gang? Du warst ja noch nie ein Mauerblümchen, George, aber dieser Hüftschwung ist fast schon anstößig.«

»Nancy, Babe, demnächst wirst du mich nur noch auf Wolken schweben sehen. Ich habe den Mann meiner Träume getroffen, und letzte Nacht hat er mich zum Explodieren gebracht wie die Feuerwerkskörper am Unabhängigkeitstag.«

»Um Gottes willen, George!«, flehte Nancy ihn an und zog schnell den Vorhang vor die Nische.

»Nein, Nancy. Ich werde mich nicht zensieren und mundtot machen lassen. Meine Sexgeschichte wird nicht ausgegrenzt.«

Nancy seufzte. Dass George den Eindruck hatte, jemals zensiert worden zu sein, war lächerlich. Sie hatte ihn noch nie dazu bringen können, die Klappe zu halten.

George hatte ihn gehört, bevor er ihn gesehen hatte. Er hatte an der Bar gestanden, wo die Cocktailschlange doppelt so lang war wie die Schlange für Bier. Es war Drag-Night gewesen. Egal. Jedenfalls hatte George irgendeinen Typen gehört, der einem anderen Kerl die Leviten gelesen und ihn angebrüllt hatte, dass er »ganz bestimmt nicht das heteronormative Ideal widerspiegeln« würde und dass sein »Anus keine Vagina mit Minderwertigkeitskomplexen« sei. Daraufhin hatte George geradewegs die Martinischlange verlassen. Es war schließlich nur ein Drink. Aber das hier war Liebe auf den ersten Brüller.

»Nach einer halben Stunde sind wir gegangen und haben einfach nur geredet und geredet und geredet. Du weißt ja, die berühmte Connection. Es war einfach wow.«

»Seid ihr zu dir oder zu ihm?«

»Ähm, hallo? Ich habe dir schon mal gesagt, dass ich bei einem ersten Date nie so weit gehe, also habe ich brav Gute Nacht gesagt, und er war ganz Gentleman. Und dann sind wir gestern Abend, nachdem er mir mehrere E-Mails geschrieben und mich gefragt hat, wann wir uns wiedersehen, in Runde zwei gegangen und haben unsere Bekanntschaft vertieft und uns intimer kennengelernt. Wenn du weißt, was ich meine.«

»Ich weiß ganz genau, was du meinst.«

»Es war eine absolut tiefgreifende Erfahrung. Als ob ich auf einer höheren Ebene existierte.«

George seufzte verzückt. Vielleicht war es der Adrenalinschub, der ihn nach einer schlaflosen Nacht am Laufen hielt, vielleicht war es das berauschende Gefühl, jemanden gefunden zu haben, mit dem man die ganze Nacht durchquatschen wollte, aber George spürte die Liebe. Er schnappte sich ein Paar Kopfhörer, das oben auf dem

Haufen im obersten Fach lag, und huschte wieder zu Reihe 27 davon.

»Na, alles klar bei euch?«

Der Juniorpopstar und das irische Mädchen sahen mit einem entzückenden schüchternen Lächeln zu ihm hoch.

»Ihr mögt beide Musik, stimmt's?« Er sah das Mädchen an, das hastig nickte, als ob sie ihren Einsatz verpasst hätte. »Tja, super. Wir haben nämlich eine neue Bordplaylist, die wir gerade ausprobieren, und ich habe mich gefragt, ob ihr sie euch vielleicht anhören und uns ein Feedback dazu geben mögt? Normalerweise wird dieser Service auf Kurzstrecken nicht angeboten, aber ich habe ihn für euch eingeschaltet. Allerdings haben wir leider nur noch ein Paar Kopfhörer übrig. Würde es euch etwas ausmachen, sie euch zu teilen? Ein Stöpsel für jeden? Super ...«

»Ich habe meine eigenen Kopfhörer, falls das hilft?«

»Nein, Bieber-Boy, das hilft nicht. Also pack sie ruhig wieder weg.«

Der Junge verstaute das weiße Kabel wieder in seiner Hosentasche.

»Wunderbar.« George lächelte erneut. »Ihr steckt einfach die Kopfhörer ein, genau so, und hört es euch an. Tauscht euch gerne aus, nur keine Scheu. Ich komme dann wieder, um eure Meinung zu erfahren.«

Was genau hatte ihre Lieblingsfarbe damit zu tun, wie geeignet Nancy für die Stelle einer Chefstewardess war?

»Das soll nur das Gespräch etwas auflockern«, hatte die Dame in der Bewerbungsjury gesagt. »Den Stein ins Rollen bringen.«

Man konnte sie nach den Verfahrensstrukturen fragen oder nach der Firmengeschichte oder nach den einzelnen Prozessschritten zum Vorgehen bei Notfällen. Man konnte sie nach dem mechanischen Aufbau der vorderen Propeller fragen. Sie konnte das alles aus dem Effeff. Aber sie wollten ausgerechnet ihre Lieblingsfarbe wissen.

»Ähm ...«

Ihr fiel nichts ein. Früher hätte sie Pink geantwortet. Als sie sieben war. Aber sie wollte nicht den Eindruck erwecken, sie sei ein Dummchen. Sie könnte Grün sagen, Grün wie ihre Uniform und das Firmenimage von Aer Lingus allgemein. Aber Grün stand auch für Neid. Das kam bestimmt nicht gut an, wenn man mit seinen Kollegen gerade um eine Beförderung konkurrierte.

»Wirklich, Nancy, irgendeine Farbe. Eine, die Ihnen gefällt.«

Das war eine dieser Fangfragen, da war sie sich sicher, wo die Antwort irgendwelche Rückschlüsse auf die Persönlichkeit oder die Intelligenz zuließ. Nancy zermarterte sich das Hirn auf der Suche nach der richtigen Antwort.

»Nennen Sie einfach das Erste, was Ihnen einfällt. Im Ernst. Irgendetwas.«

Und dann, von irgendwoher aus dem schwammartigen Teil des Gehirns, in dem die Festnetznummern alter Schulfreunde und die Liedtexte von Radiosongs, die man nicht einmal mochte, gespeichert waren, fiel ihr etwas ein.

»Tja«, sagte sie, richtete sich gerade auf und suchte bewusst den Blickkontakt. »Es gibt so etwas wie Farbe im Grunde nicht. Oder Töne oder Texturen, nicht in der Natur zumindest. Es ist alles eine Frage des Kontexts und der

Wahrnehmung.« In ihrem Geist konnte sie Deepak hören, der sie in seinem Streben nach Empowerment und ihrem Streben, diesen Job zu kriegen, anleitete. Sie hatte seine bewusstseinserweiternde Serie eine ganze Woche in Dauerschleife gehört und nun füllte seine Stimme ihren ganzen Kopf aus. »Wir sagen, eine Rose sei rot, aber in Wirklichkeit ist es so, dass unser Nervensystem die Frequenzen von elektromagnetischer Strahlung empfängt, und dann geben wir diesem Erleben den Namen ›rot‹.«

Einen Moment lang sagte keiner der Interviewer ein Wort. »Heißt das, Ihre Antwort lautet ›rot‹?«

Aber da fiel ihr noch etwas ein. »Wahrnehmung ist ein passiver Vorgang, oder nein, warten Sie, sie ist *kein* passiver Vorgang, sondern ...« Aber was war sie gleich noch mal? Sie dachte darüber nach, was sie eben gesagt hatte, und es ergab überhaupt keinen Sinn. *Himmel Herrgott noch mal, Nancy, nicht nachdenken! Einfach nachsprechen.* »Warten Sie kurz. Wahrnehmung ist kein passiver Vorgang, sondern ...«

»Wissen Sie was«, sagte die Frau, die ihr diese dämliche Frage überhaupt erst gestellt hatte. »Wie wäre es, wenn wir einfach ›unentschieden‹ festhalten? In Ordnung? Gut. Möchten Sie ein Glas Wasser? Schön langsam trinken. So ist's gut.«

Und das war es dann. Nancy beantwortete alle nachfolgenden, berufsbezogenen Fragen kurz und bündig. Sie beeindruckte die Interviewer mit ihrer Kenntnis über das historische Wachstum von Aer Lingus und die Änderungen im Einstellungsverfahren. Aber sie würde nie wieder den Makel loswerden, dass sie jemand war, der die Existenz von Farben leugnete.

Die Absage wäre vielleicht kein solch heftiger Schlag

gewesen, wäre der Streit mit Cora nicht gewesen. Wenn man sich gerade mit seiner Freundin überworfen hatte, erschien einem alles noch viel dramatischer. Es war, als wollte man ein Haus auf brüchigem Grund errichten. Nancy tat die ganze Charlie-Geschichte leid – sie hatte geglaubt, ihr mit dem Verkuppeln einen Gefallen zu tun –, und sie hätte es gerne wiedergutgemacht, aber sie wusste nicht, wie, und befürchtete, dass Cora gar nicht daran interessiert war.

Sie holte tief Luft und spähte von ihrer Station in der Hecknische hervor. George war schon wieder bei Reihe 27. Wollte er sie ärgern? Schnell zog sie den Vorhang zu, ehe er sie beim Spionieren erwischte.

»Glaube ich nicht, Cora«, sagte George in den Hörer, als das Flugzeug mit dem Landeanflug begann. Nancy stand neben ihm und tat so, als würde sie nicht zuhören. »Es lief gut, bis irgendjemand Bob Dylan beleidigt hat. Und, na ja, jetzt steht der Gitarrenkasten zwischen ihnen.«

Cora seufzte am anderen Ende der Leitung. »Zu jung. Ich muss das Alter zu einem festen Kriterium in meinen Analysen machen.«

»Du führst jetzt schon Analysen durch?«

»Ich versuche nur, effizienter vorzugehen.«

George warf Nancy einen fassungslosen Blick zu, aber die Stewardess gab immer noch vor, nicht zu lauschen.

»Hast du zufällig irgendeine politische Tendenz herausgehört?«, fuhr Cora fort. »Oder Hinweise auf ihre Religionszugehörigkeit? Oder irgendetwas anderes Verwertbares?«

»Nicht dass ich wüsste, nein«, antwortete George und wickelte sich das Kabel um den Finger. »Schockierend, ich weiß, aber diese zwei Fremden haben sich siebzig Minuten unterhalten, ohne dass Fragen zu grundsätzlichen Wertvorstellungen aufgekommen sind.«

20

Cora lag auf dem Bett und starrte auf die Wasserrisse an der Decke. Normalerweise sah sie darin die Umrisse von London, doch mit dem Kopf am Fußende liegend, erinnerten sie sie mehr an einen Welpen. Sie war müde, aber zu aufgekratzt, um zu schlafen. Cora lag auf der einzigen Stelle des Betts, die nicht mit Blättern, Landkarten und dem Diagramm bedeckt war.

Ihr Bett in Berlin war das einzige Bett gewesen, über dem das Ophelia-Poster nie gehangen hatte. Friedrich hatte sich davor gegruselt, also hatte sie es in den Flur gehängt. Sie betrachtete das Poster, das an der gegenüberliegenden Wand hing. Alles sah aus diesem Blickwinkel anders aus.

Das mit Friedrich war einfach eine Beziehung gewesen, die gescheitert war. Es klang so einfach. Wie konnte es so einfach klingen? Würde sie es je so sehen können? Sie rekelte sich auf ihrem Bett und stellte sich vor, mit jeder Bewegung eine neue Perspektive einzunehmen. Zum Glück konnte Roisin sie so nicht sehen, denn jetzt sah sie wirklich aus, als sei sie besessen. Während die Karte von London zu einem Welpen wurde, der zu einem Pudel wurde, betrachtete sie die Dinge aus einer anderen Sicht. *Das mit Friedrich war einfach eine Beziehung, die gescheitert war. Ihre Mutter war krank, lebte aber. Und sie liebte sie. Sheila würde sie immer lieben.* Cora rutschte weiter auf der Matratze hin und her. *Man war nur einmal jung. Sie hatte alle*

Zeit der Welt. Es gab unzählige Optionen. Die Welt stand ihr noch immer offen.

Es klopfte an ihrer Tür.

»Komm rein.«

»Was machst du denn da?«

Cora wandte den Blick nicht von der Decke ab. »Ich versuche, die Dinge in die richtige Perspektive zu rücken.«

»Freut mich zu hören«, sagte Roisin und setzte sich neben sie. »Hast du nicht ein Date heute Abend? Bist du nicht zum Abendessen bei Charlie eingeladen?«

»Das hat sich erledigt.«

»Inwiefern?«

»Ich habe abgesagt.«

»Cora!«

Cora hatte Charlie heute Morgen angerufen und sich für die kurzfristige Absage entschuldigt. Als er einen anderen Termin vorgeschlagen hatte, hatte sie ihm gesagt, dass es zu einem anderen Termin auch nicht gehen würde. Cora hatte sich eingeredet, dass sie den ganzen heutigen Tag brauche, um sich auf ihr Diagramm zu konzentrieren, aber ihr war auch klar, dass sie bei dem Gedanken an Charlie Barrett nie Schmetterlinge geschweige denn Flugzeuge im Bauch haben würde. Den Hörer fest umklammert, hatte sie ihn am anderen Ende der Leitung langsam schlucken hören und bildlich vor sich gesehen, wie sein Adamsapfel auf und ab hüpfte, während sie ihm versichert hatte, dass es nicht an ihm liege, sondern an ihr. Sie hatte sich in den Unterarm gezwickt, als er sie feierlich gefragt hatte, ob sie sich sicher sei, und sie mit Ja geantwortet hatte. Er hatte gesagt, dass er das für eine voreilige Entscheidung »über uns« halte; eine Formulierung, bei der sie die Augen zugemacht hatte. Er hatte auch gesagt, dass sich das zwischen ihnen gut angefühlt hätte und dass sie ihnen noch etwas Zeit geben solle, sich besser kennenzulernen, doch sie hatte geantwortet, dass ihre Entscheidung feststehe und dass es ihr leidtue. Charlie hatte geseufzt, dann aber gemeint, er werde ihre Entscheidung akzeptieren, und versprochen, dass das ihre Zusammenarbeit nicht beeinflussen werde, was einmal mehr bewies, was für ein anständiger und gutherziger Mann er war.

»Ganz ehrlich, Roisin, es war die richtige Entscheidung.«

Ihre Mitbewohnerin blätterte in den Exceltabellen, die auf dem Bett verstreut lagen. »Das muss ein Ende haben.«

»Es ist nur ein Hobby.«

»Cora.«

»Menschen ein Stück vom Glück zu geben, was kann daran schlecht sein? Das dient doch alles einem ...«

»Wenn du noch einmal ›einem höheren Zweck‹ sagst, dann schwöre ich bei Gott, dass ich diesen ganzen Mist zum Fenster hinauswerfe und dich gleich hinterher. Das ist ein reines Ablenkungsmanöver. Was wirst du nach dem Sommer machen? Wenn das Embargo aufgehoben wird? Hast du schon mal darüber nachgedacht?«

»Ich will aber nicht mit Charlie ausgehen, ist das so ...«

»Charlie ist mir scheißegal!«

»... oder mit jemand anderem. Ich will nicht einmal darüber nachdenken. Ich will das hier machen. Es kann doch nichts Schlechtes daran sein, sich um das Glück anderer Menschen zu kümmern.«

»Das Problem ist, dass du so sehr damit beschäftigt bist, ein Happy End für alle anderen zu schreiben, dass du dich selbst dabei völlig vergisst, Cora. Mein Gott, du bist nicht mal die Hauptfigur in deiner eigenen Geschichte, du bist eine Nebenfigur, und das macht mich traurig.«

Cora spürte, wie Tränen in ihren Augen stachen, blinzelte sie aber weg. »Ich wäre froh, wenn ich das hier richtig hinbekomme.«

»Aber das hier reicht nicht – *andere Leute* reichen nicht.«

Cora richtete ihren Blick wieder zur Decke. Nichts war so nutzlos wie Selbstmitleid. Nach ungefähr einer Minute stand Roisin auf. »Du musst Nancy anrufen.«

»Ich weiß.«

»Und nicht nur, weil du sie als Spionin brauchst.«

»Ich weiß.«

»Und du musst endlich mal mit Friedrich abschließen.«

»Das hat nichts damit ... Ich habe ...«

»Cora, ich habe Augen im Kopf«, sagte Roisin mit der Hand auf der Türklinke. »Und ich kenne dich viel zu gut.«

Nach weiteren zwanzig Minuten des Wasserrisse-Anstarrens richtete Cora sich auf, öffnete die unterste Schublade ihres Nachtschränkchens, klaubte alles zusammen und warf es hinein. Bis auf das Originaldiagramm. Das wanderte wieder in die oberste Schublade. Alles in Maßen. Dann griff sie nach ihrem Handy und tippte eine Nachricht ein:

Es tut mir leid. Du fehlst mir. Wollen wir uns heute Abend auf einen Drink treffen? C x

Wie genau fanden die Leute heraus, was sie mit ihrem Leben anstellen wollten? Das war eine der Fragen, die ihre Mutter ihr sicher hätte beantworten können. Nicht die, die am anderen Ende der Straße im Rowan Centre rapide dahinschwand und deren nachlassendes Erinnerungsvermögen auch den Rest von ihr mit fortgerissen hatte, sondern die Mutter, auf deren Mut und Stärke und Beschützerinstinkt sie hatte bauen können, die Mutter, die Cora zu dem Menschen gemacht hatte, der sie war. Das Check-in-Embargo würde in ein paar Monaten enden. Cora hatte das immer gewusst, aber jetzt begann sie, es zu akzeptieren. Und das, so beschloss sie, war genug des Erwachsenseins für den Moment.

Ihr Handy piepte, und Cora rappelte sich erneut auf, leicht schwindelig durch den plötzlichen Blutdruckabfall. Nancy.

Miss Amor! Mir tut es auch leid!!! Ich komme zu dir. Zone 2 ist die neue Zone 1! Wir sehen uns um sieben. Xoxo

Cora ließ sich zurück aufs Bett fallen, warf die Beine in die Luft und jauchzte. Sie hatte sie Miss Amor genannt.

Nancy traf um Viertel nach sieben mit je einer Flasche Wein unter jedem Arm und tausend Entschuldigungen auf dem Herzen ein.

»Oh, Cora, es tut mir so leid. Ich hätte niemals meine Nase in Angelegenheiten stecken dürfen, wo sie nicht erwünscht war. Und ich hätte mich entschuldigen sollen, statt so pampig zu sein. Ich weiß doch, dass ich dir nicht egal bin, aber ich war einfach arbeitsmäßig so eingespannt, was keine Entschuldigung ist, und dann hat meine Mum mich noch verrückt gemacht, und ich war eine totale Zicke und ...«

Als sie es endlich in die Küche geschafft hatte, stellte sie beide Flaschen auf den Tisch und schlang die Arme um Cora. »Oh, ich hab dich so vermisst.«

»Mir tut es auch leid«, lachte Cora und klopfte Nancy freundschaftlich auf den Rücken. »Ich war total scheiße zu dir, aber zu starrsinnig, es zuzugeben. Ich bin immer so furchtbar stur – erst diese Woche hat mir das wieder jemand gesagt, und es stimmt. Das mit Charlie war gar keine so große Sache. Ich hätte dich längst anrufen sollen.«

Nancy rügte sich, egoistisch und übergriffig gehandelt zu haben, und Cora bestand darauf, unsensibel und höhnisch gewesen zu sein, woraufhin sie noch ein paar Umarmungen und Entschuldigungen austauschten, und als sie endlich den Korkenzieher gefunden und den lauwarmen Wein entkorkt hatten, war alles wieder weitestgehend im Lot.

»Prost«, sagte Cora und hob ihr Glas. »Auf unsere Freundschaft.«

»Auf unsere Freundschaft und all die Dinge, die wir aufholen müssen«, sprudelte es aus Nancy heraus, die es eilig hatte anzustoßen. »Es ist so viel passiert in der Zwischenzeit! George hat sich einen Typen geangelt, mein Bruder bekommt ein Baby, und dann waren da noch die Beförderungsgespräche, die ich total vermasselt habe.«

Cora öffnete eine große Tüte Chips und verteilte den Inhalt auf zwei Schüsseln. Eine davon reichte sie Nancy, die sie neben sich auf der Couch abstellte, die andere nahm sie mit auf den Boden, wo sie sich hinsetzte.

»Das heißt, du hast die Beförderung nicht bekommen?«

»Nein, und ich war total am Boden zerstört.« Sie erzählte, wie sie zunächst ein hervorragendes erstes Gespräch hingelegt, dann aber das zweite total vermasselt hatte, und das alles nur wegen des Hokuspokus-Gelabers irgendeines Selbsthilfegurus, das Nancy selbst nicht mehr verstand. »Ich habe mich regelrecht einer Gehirnwäsche unterzogen, Cora«, sagte sie und griff sich eine Handvoll Chips. »Wenn ich einschlafe, höre ich immer noch seine Stimme.«

»Das tut mir so leid, Nancy.«

»Die können mich mal«, fluchte sie. Wenn Nancys stärker werdender Liverpooler Akzent nicht schon Hinweis genug gewesen wäre, hätte Cora spätestens jetzt gewusst, dass der Wein seine Wirkung zeigte. »Die haben gemeint, dafür bräuchte man Erfahrung und dass ich nächstes Jahr eine todsichere Kandidatin für den Job wäre, aber wer weiß, vielleicht bin ich bis dahin schon weg.«

»Ach komm, Nancy. Du liebst deinen Job.«

»Ja, schon, aber vielleicht bewerbe ich mich bei einer anderen Fluggesellschaft.«

»Eine Airline, die dich als Mitarbeiterin hat, kann sich glücklich schätzen.«

»Danke, Miss Amor.«

Cora schenkte sich nach und schob die Flasche über den Boden zu Nancy hin. Im Fernseher lief irgendein Musiksender. Cora schaltete ihn aus und stöberte in Roisins Schallplattensammlung. »White Stripes oder Arcade Fire?«

»Ähm, Arcade Fire«, sagte Nancy und begann, mit den Schultern zu zucken, als die Nadel auf der Platte aufsetzte.

»Vor ein paar Wochen war Friedrich bei mir am Check-in.«

»Der deutsche Don Juan?«, fragte Nancy, deren Hand mit den Chips auf dem Weg zum Mund erstarrt war.

»Das mit dem Don Juan sei mal dahingestellt, aber ja, der. Er war auf dem Weg nach Berlin – mit seiner Frau.«

Die Chips hatten Nancys Mund zeitweilig außer Gefecht gesetzt, aber ihre Augen weiteten sich zu einem non-verbalen »Nein!«.

»Oh, doch.«

»*Der* Frau?«, fragte sie und kaute hastig. »Der, mit der er wieder zusammengekommen ist, als ihr noch zusammengewohnt habt?«

»Es gibt nur diese eine Frau, Nancy. Zumindest soweit ich weiß. Er hat extra gewartet, bis mein Schalter frei war. Kannst du das fassen? Und anschließend habe ich ernsthaft überlegt, ob er mich damit bestrafen wollte. Ob er die Reise mit seiner Frau nach London nur eingefädelt hat, um mir sein neues Leben unter die Nase zu reiben. Ist das nicht krank? Ich weiß, dass es krank ist. Aber sobald er in der Nähe ist, rede ich nur noch irres Zeug. Schwer nachzuvollziehen, dafür müsstest du ihn kennen.«

»Du hast ihn geliebt«, sagte Nancy, und Cora war dankbar für ihre Aufrichtigkeit. Sie hatte ihn geliebt.

»An dem Abend, als ich ihm gesagt habe, dass ich ihn liebe, sind wir an der Spree spazieren gegangen. Er hat es mir gleich am ersten Abend gesagt, als wir uns kennengelernt haben – typisch Friedrich, ein Mann der großen Gesten, die letztendlich aber alle nichts bedeutet haben –, doch da habe ich noch nichts gesagt. Doch in dem Moment, als ich da am Flussufer endlich die drei Worte ausgesprochen habe, brach die Wolkendecke auf. Als hätte ich eine Zauberformel aufgesagt, setzte bei diesen drei magischen Worten ein Wolkenbruch ein, und wir mussten rennen, um uns unterzustellen. Die Hagelkörner waren so groß, dass ich an den Rückseiten der Waden blaue Flecken hatte. Wirklich, ich schwöre es. Ich weiß, es klingt wie im Film, fast schon zu unglaubwürdig für einen Film, aber genau so war es.«

»Das ist so romantisch.«

»Das dachte ich damals auch, dass die Götter es gut mit uns meinten und dass das mit uns etwas Besonderes sei. Aber erst kürzlich habe ich gedacht, wann waren Donner und Blitze und Hagelkörner in den Legenden über Götter jemals ein Zeichen für etwas *Gutes?*« Cora griff nach dem Wein und verteilte den Rest auf ihre beiden Gläser. »Jedenfalls glaube ich, dass es gut war, ihn gesehen zu haben. Die Begegnung war desillusionierend, aber auf eine gute Weise, und inzwischen denke ich anders über die ganze Geschichte.« In der Stunde, bevor Nancy gekommen war, hatte Cora im Internet Stellenanzeigen durchforstet, nur um zu sehen, welche Möglichkeiten es gab. Damals, als sie ihren Uniabschluss gemacht hatte, waren die Jobchancen nicht halb so rosig gewesen. »Und ich hatte ein Date mit Charlie.«

»Ich hab's gehört! Ich wollte nur nichts sagen, damit du nicht denkst, ich wäre hämisch oder so. Was ich nicht bin! Aber ich konnte es kaum erwarten, dich zu fragen.«

»Von wem hast du es gehört?«

»Von Roger, du weißt schon, der rothaarige Kerl, der den Gepäcktransporter fährt?«

»Und von wem hat der es? Egal. Wir sind danach noch einmal ausgegangen, aber das war das zweite und letzte Mal.«

»Ich bin einfach nur froh, dass du *überhaupt* mit jemandem ausgegangen bist, Miss Amor. Habt ihr euch geküsst?«

Cora nickte.

»Und wie war's? Ich kann mir nicht vorstellen, wie es ist, mit Charlie zu knutschen.«

»Es war – sehr höflich. Sehr – englisch.« Beide grinsten.

Cora erzählte ihr von dem Date und von ihrem Telefongespräch vorhin mit Charlie. Nancy versicherte ihr, dass sie äußerst fair gewesen sei. Wenn Nancy mit einem Mann Schluss machte, schickte sie normalerweise eine SMS.

»Diese Woche hatte ich ein Date mit einem City-Jet-Piloten.«

»Ich dachte, du wolltest keine Piloten mehr daten!«

»Schon, aber er ist unfassbar attraktiv.«

»Das ist allerdings ein Argument.« Cora stand auf, um die zweite Flasche Wein zu holen.

»Aber daraus wird nichts werden. Wenn ich meine Lieblings-High-Heels trage, ist er ein Stück kleiner als ich. Was nicht das Ende der Welt wäre, aber als ich es ihm gegenüber erwähnt habe, meinte er: ›Das spielt keine Rolle mehr, wenn wir beide liegen.‹ Wer sagt denn so was! Bei einem ersten Date!«

Cora lachte. Sie fühlte sich großartig und leicht betrunken. Nancy erzählte ihr von dem Restaurator, den sie vor dem Piloten gedatet hatte, aber das war alles gewesen. Durch die Vorbereitungen auf die Beförderungsgespräche hatte sie ihr Liebesleben auf Eis legen müssen. Coras Gedanken wanderten zu Aiden, und sie erinnerte sich, wie sein Arm ihren gestreift hatte, und in ihrem leicht angetrunkenen Zustand war sie kurz davor, etwas zu sagen, unterdrückte aber den Impuls.

Nancy kam auf Reihe 27 zu sprechen, sehr zur Freude von Cora, die das Thema nicht hatte anschneiden wollen, damit Nancy nicht dachte, sie hätte ihr nur deswegen ein Friedensangebot gemacht. Nancy erzählte ihr von Ingrids Flügen, obwohl Cora das meiste schon von Ingrid wusste. Als Nancy Aidens letzte Reisen erwähnte, lief Cora bei der Erwähnung seines Namens ein Schauer über den Rücken. Routiniert stellte sie Nachfragen, musste aber feststellen, dass es ihr in Wirklichkeit gar nicht darum ging zu erfahren, ob ihre Verkupplungsmanöver etwas gebracht hatten. Sie wollte einfach nur seinen Namen aussprechen.

»Ich glaube, ich mag Aiden.« Das war's. Jetzt war es raus.

Nancy hatte sich quer auf der Couch ausgestreckt und versuchte, ihr Glas auf dem Bauch zu balancieren, aber jetzt war sie mit einem Mal ganz Ohr. »Im Sinne von: mögen-mögen?«

»Er ist eingebildet und stur und ziemlich anstrengend, aber er ist auch klug und nett, und er hat ein gutes Herz. Ich kann spüren, dass er ein gutes Herz hat. Und ich denke an ihn. Oft. Und nicht nur, wenn er irgendetwas sagt, was mich aufregt, und ich versuche, mir für das nächste Mal eine gute Antwort zu überlegen. Obwohl auch dann.« Cora beobachtete, wie ihre Freundin versuchte, diese Neuigkeit zu verarbeiten.

»Also dann, zunächst mal Folgendes, Miss Amor: Hör auf, ihn in Reihe 27 zu setzen. Ich weiß, dass das bei dir schon eine Weile her ist, aber mit jemandem zu flirten beinhaltet nicht, ihm ständig neue Mädchen vor die Nase zu setzen.«

»Wehe, du mischst dich da ein, Nancy.«

Nancy hob die Hände. »Ich habe meine Lektion gelernt. Ich wollte dir nur einen freundschaftlichen Rat geben. Oh, Miss Amor ist verknallt! Wie aufregend!«

»Okay. Und jetzt kein Wort mehr davon. Sonst krieg ich noch kalte Füße. Erzähl mir was anderes. Was ist aus diesem eleganten Paar geworden, das ich letzte Woche zusammengesetzt habe? Die, die zu dem Opernfestival geflogen sind? Das muss doch ein Erfolg gewesen sein.«

Nancy gab all die Reihe-27-Geschichten zum Besten, die sie gehortet hatte, und Cora, die an diesem Abend offenbar jedem Verlangen nachgab, stand auf und holte das Verkupplungsdiagramm. Nach einem kurzen Zögern ließ sie die restlichen Papiere in der untersten Schublade. Ihre Fixiertheit musste wieder ein gesundes Maß annehmen.

»Das sagenumwobene Diagramm!«, gurrte Nancy, als Cora zurückkam und es auf dem Boden ausbreitete. »Bin ich das?«, kreischte sie und deutete auf die blonde Karikatur in einer Aer-Lingus-Uniform. »Mega gut! Du kannst echt gut zeichnen! Und schau! Da bin ich auch, und da!«

»Bei allen guten Matches warst du involviert.«

»Oh, Miss Amor! Ich fange gleich an zu heulen!«

Cora erläuterte ihr das Diagramm, und Nancy erzählte ihr von George und dem neuen Typen, mit dem er ausging. »Offenbar ist er im Bett ein wahrer Messias«, sagte sie und brach in Gekicher aus. Sie hatten gerade begonnen, über Ray zu reden – der mit einem Gewichtsverlust von 16 Kilo der *Ran-an-den-Speck*-Kandidat mit den meisten »Followern« war und dem man bereits einen Werbevertrag für Nahrungsergänzungsmittel angeboten hatte –, als Roisin zur Tür hereinkam.

»Roisin!«, rief Cora und hangelte sich hoch, um sie zu begrüßen.

»Row, row, row your boat«, sang Nancy, die wieder auf der Couch lag. »Row-sheen ... Ist das eigentlich ein gälischer Name? Hab ich dich nie gefragt.«

»Hey, hallo, Nancy«, sagte Roisin und ließ ihre Tasche neben die Stewardess fallen. »Ja, es bedeutet Kleine Rose. Wie geht's euch beiden? Ihr seht ziemlich angetüdelt aus.«

»Ziemlich betrunken, ja«, entgegnete Cora. »Auch wenn uns der Alk ausgegangen ist.«

»Ohhh. Wirklich?« Nancy klang betrübt.

»Tja, dann bin ich ja gerade rechtzeitig gekommen«, sagte Roisin und zog wie von Zauberhand eine Flasche Whiskey aus ihrer Tasche.

»Hurra! Wir sind gerettet!« Nancy warf triumphierend die Arme in die Luft

»Wo warst du?«, fragte Cora. »Bist du auch betrunken? Es ist sowieso besser, wenn wir das zu dritt durchziehen.«

»Mit mein'm Typen unterwegs«, antwortete sie in astreinem Irisch und ging ihre Platten durch. »Wir waren bei einer WG-Party von einem seiner Kumpels, aber es war so scheiße, dass ich abgehauen bin. Ich habe sowieso gerade meine Regel bekommen, und er ist ein bisschen komisch, was Sex während der Menstruation angeht, da dachte ich mir, wenn ich ohnehin nur schlafe, kann ich das auch allein tun. Wie wär's: Ich gebe euch was von meinem Whiskey ab, und dafür darf ich die Musik aussuchen?«

»Abgemacht«, sagte Cora und holte drei Tumbler aus dem Schrank. »Wir haben sogar die richtigen Gläser dafür.«

»Wow, wie vornehm, Miss Amor.«

»Was macht denn schon wieder dieses Ding hier?«

»Keine Sorge, Roisin, das ist nur das alte Diagramm. Ganz ohne irgendwelche obsessiven Details. Ehrlich.«

»Hmmm«, machte Roisin und schob das Blatt unter die Couch. »Wo ist Mary?«

»Bei ihren Eltern.«

»Schade.«

Sie hatten sich nur einmal mit Mary betrunken, kurz nachdem Cora eingezogen war. Es war auch das einzige Mal, dass Cora gehört hatte, dass ihre Mitbewohnerin Interesse an jemandem bekundet hatte. Irgendein neuer Arbeitskollege, aber danach hatte sie ihn nie wieder erwähnt. Mary war mit den beiden nicht so eng befreundet, wie Roisin und Cora das waren, und bekam kaum Besuch von Freunden. Cora hatte nie erlebt, dass jemand intimeren Kontakt zu Mary gehabt hatte als sie das eine Mal, als sie ihr die Marshmallows von ihrer heißen Schokolade stibitzt hatte. Wieso hatte Cora nie daran gedacht, etwas daran zu ändern?

Roisin, die schon immer ein beeindruckendes DJ-Gespür gehabt hatte, legte Fleetwood Macs *Rumours* auf, und die drei Mädchen summten sofort mit. Als die Begleitgitarre bei »Dreams« einsetzte, waren sie bereits alle auf den Beinen, sangen und wedelten wild mit den Armen, während der Whiskey immer noch unangerührt auf der Arbeitsplatte stand.

»Thunder only happens when it's raining«, sang Cora.

»Players only love you when they're playing«, fiel Nancy ein, die Hände aufs Herz gedrückt, und gestikulierte in die Richtung ihrer Freundin. *»Women they will come and they will go!«*

Die dramatische Betonung der Sängerin ließ sie einen kurzen Moment unsicher irgendetwas vor sich hinmurmeln, ehe sie wieder einstimmten: *»... you'll know. You'll know. You will know.«*

»Fahren wir nach Paris, Roisin«, schrie Cora, obwohl es durch die Pause zwischen den Songs gerade still war.

»Wieso nicht? Sag mir einfach Bescheid, wann.«

»Paris! Oh, ich liebe Paris! Kann ich mitkommen?«

»Klaro«, antwortete Cora, griff nach Nancys Hand und tanzte mit ihr eine Art Twist. »Wir fahren alle nach Paris. Vielleicht könnten wir den Sommer dort verbringen!«

»Das klingt fabelhaft, Miss Amor! Dann könnten wir alle Französisch lernen.«

»Ja! Und jeden Tag Baguette und Käse zum Abendbrot essen.«

»Ja!«

Roisin, die nüchterner und bei klarerem Verstand war, hatte sich aus der Unterhaltung ausgeklinkt und wartete darauf, dass die Platte endete, um sie umzudrehen.

»Es heißt immer, man soll im Frühling nach Paris fahren, aber wieso eigentlich? Im Winter ist es wahrscheinlich zu kalt, aber es ist bestimmt genauso schön, wenn man …« Mit diesen Worten stolperte Cora über ihre eigenen Füße und stürzte zu Boden. Sie beschloss, dass sie für heute Abend vielleicht doch besser die Finger vom Whiskey lassen sollte, wenn sie wollte, dass das Zimmer irgendwann aufhörte, sich zu drehen.

Über Cat Stevens und Van Morrison arbeiteten sich die drei allmählich zu Joni Mitchell, ihrem Endziel, vor, wobei sie sich immer wieder in diversen Erschöpfungsphasen auf dem Boden des Wohnzimmers ausruhten.

»Zumindest weißt du, was du willst, Nancy«, sagte Cora nach einer langen Schweigephase, in der sie möglicherweise eingeschlafen war. »Falls ich mich irgendwie abfällig über deine Karrierepläne geäußert habe – ich habe das wirklich nicht so gemeint. Ich bin ein furchtbarer Mensch.«

»Sag doch so was nicht, Miss Amor!«

»Aber was ich damit eigentlich sagen wollte: Du weißt, was du willst, und du setzt alles daran, es zu erreichen. Während ich auf dem Boden herumliege und mir noch dieselben Lieder anhöre wie mit 15. Aber das liegt eben daran, dass Joni einfach weiß, was Sache ist. Sie *weiß* es einfach. *All romantics meet the same fate someday, cynical and bored and boring someone somewhere in some dark café*«, sang Cora, wobei sie nicht ganz hinter dem zungenbrecherischen Songtext hinterherkam. »Ich meine, genau so ist es doch. Sie hat so recht.«

»Ich *wusste einmal*, was ich wollte, Cora. Aber ich habe es nicht bekommen. Und jetzt weiß ich gar nichts mehr. Ich habe nicht die leiseste Ahnung.«

»Dann bekommst du es beim nächsten Mal. Du bist auf dem richtigen Weg, wollte ich damit sagen.«

»Aber ich wollte es dieses Jahr, bevor ich achtundzwanzig werde.«

»Was hast du eigentlich immer mit deinen achtundzwanzig? Es macht doch keinen Unterschied, ob man siebenundzwanzig oder achtundzwanzig ist.«

»Egal.«

»Was?«

»Nichts.«

»Erzähl schon.«

»Du lachst mich nur aus.«

»Mach ich nicht.«

Nancy setzte sich auf der Couch auf, die sie wieder zurückerobert hatte. »Achtundzwanzig war das Höchstalter, um sich als Stewardess bei Pan Am zu bewerben. Ich weiß, die Zeiten haben sich geändert, von wegen Frauenrechte und bla, und ich entspreche auch nicht den Gewichtsvorgaben, die es bei Pan Am gab – du weißt, dass sie monatlich gewogen wurden, um sicherzustellen, dass keine der Flugbegleiterinnen mehr als 57 Kilo wog? Ich meine, da werde ich nie hinkommen.«

»Nicht dass ich an diesen Kram glaube«, fuhr Nancy fort. »Aber irgendwie hatte ich das immer als Höchstalter im Kopf. Als würden sie sagen: ›Mit achtundzwanzig bist du alt.‹ Und irgendwie habe ich das immer für bare Münze genommen.«

»Ich bin dreißig!«, rief Roisin von ihrem Platz auf dem Boden aus, wo sie neben den Platten lag, doch Nancy ignorierte sie.

»Ich dachte einfach, ich wäre mit achtundzwanzig in einer besseren Position, vergleichbar mit der der Pan-Am-Mädchen. Aber nein. Jetzt werde ich achtundzwanzig und bin immer noch an demselben Punkt, wo ich angefangen habe. Und das ist jetzt vier Jahre her! Und mein Bruder bekommt ein Baby, und meine Mum redet ständig davon, wie ›winzig‹ der Babybauch seiner Frau ist. Seit wann ist das gut?«, sagte Nancy, deren Haare aus dem Pferdeschwanz rutschten, als sie die Hand nach einem Glas Wasser ausstreckte, das auf dem Boden stand. »Seine Frau ist siebenundzwanzig und sieht einfach perfekt aus. Man kann sie nicht mal dafür hassen, weil sie hart dafür arbeitet. Sie dokumentiert alles bei Instagram, sie ist echt gut und motiviert alle anderen, ihre Trainingsvideos nachzumachen, so von wegen Hashtag Clean Living. Sie gehört zu diesen Frauen, die Avocados allen Ernstes ›Avos‹ nennen, und es klingt nicht einmal lächerlich.«

»Was?«, rief Roisin ungläubig. »Hat sie etwa Spitznamen für Gemüse? Das ist total lächerlich. Wenn richtig dünne Frauen schwanger sind, sehen sie aus wie die unterernährten Kinder in Äthiopien mit ihren Blähbäuchen.«

»Roisin Kelly!«, zischte Cora. »Wie kannst du so etwas Furchtbares sagen!« Aber Nancy lachte bereits, und Roisin zuckte nur mit den Achseln.

»Das ist auch ein Grund, weshalb ich dein Liebeslabor so liebe, Cora. Du magst mich zwar auslachen, aber irgendwie habe ich immer gedacht, dass es ein Zeichen ist, dass du dir Reihe 27 ausgesucht hast. Siebenundzwanzig. Als wäre siebenundzwanzig das Jahr, in dem ich mein Leben ändern würde – und vielleicht auch das anderer Menschen.«

»Wenn dieser ganze Stewardessenkram nicht funktioniert, steht dir immer noch eine Karriere bei den Miss-World-Schönheitswettbewerben offen, Nancy.«

»Ach, hör doch auf, Roisin.«

»Ich meine das todernst!«

Cora rollte sich zu Nancy herum. »Ich habe Reihe 27 zufällig ausgewählt, und bin dabei geblieben, weil sie in der Nähe von deinem Platz am Flugzeugheck ist.«

»Ich weiß, aber trotzdem, so wie du mit dem Donner und dem Hagelsturm habe ich immer geglaubt, dass das ein Zeichen ist. Als würde irgendetwas Großartiges daraus entstehen.«

»Du, Nancy Moore, bist die Güte in Person. Ich wünschte, ich hätte ein so großes Herz wie du.«

»Aber das hast du doch, Cora«, rief Nancy überschwänglich. »Du bist diejenige mit dem großen Herzen!«

»Nein, du! Ich fühle mich wie Paris ... Ich bin genau wie Paris.« Cora gab sich ganz der Melancholie hin, als ihr eine verschwommene Erkenntnis kam. »Kalt und alt und festgefahren. Das bin ich – so sind wir, ich und Paris ...« Cora versuchte, eine Parallele zu einem Song herzustellen, konnte sich aber nicht mehr erinnern, wie der Text lautete oder welchen Song sie meinte oder worauf sie genau hinauswollte. Sie musste dringend ins Bett.

»Ich bin diejenige, die dreißig ist!«, erinnerte Roisin sie und drehte sich zu ihrer betrunkenen Mitbewohnerin um. »Du bist weder kalt noch alt. Jetzt kriegt euch mal wieder ein. Und zwar beide. Wenn du so kaltherzig wärst, würdest du dich dann so besessen um das Glück anderer Menschen kümmern?«

»So kann man das auch sehen«, sagte Cora. Sie freute sich über diese positive Sicht auf ihr Verhalten in der letzten Zeit, von dem sie selbst in trunkenem Zustand zugeben musste, dass es an Irrsinn gegrenzt hatte.

Die drei Frauen lagen schweigend da. Die einzigen Geräusche kamen von der Nadel, die sich von der Rille hob, und dem gleichmäßigen Rotieren der Platte.

Als Cora aufwachte, war es sechs Uhr morgens. Die Sonne ging gerade auf, und Roisin hatte sich in ihr Bett zurückgezogen. Sie warf eine Wolldecke über Nancy und ging in ihr eigenes Zimmer.

Am Morgen frühstückten Cora und Nancy zusammen und heckten einen Plan aus. Es war Sonntag, und beide hatten Spätschicht. Sie waren zwar verkatert und müde, aber ihre wiedergefundene Freundschaft gab ihnen Kraft, und so vereinbarten sie, auf dem 17:20-Flug nach Barcelona ihr Comeback zu geben.

LHR → BCN 17:20 Uhr

21 Jeffrey Williams zog die Bordspeisekarte aus der Tasche an der Rückseite des Vordersitzes, sobald er auf Sitz 27C den Gurt angelegt hatte. Er war oft genug mit seiner Tochter essen gegangen, um ihrer Essenswahl zu misstrauen. Die Restaurants, die sie aussuchte, waren jedes Mal auf »kleine Gerichte« spezialisiert. Vielleicht servierten aber auch alle Restaurants in London mittlerweile kleine Gerichte. Er wusste es nicht. Es schien ihr jedenfalls zu gefallen, ihn in diese neuen, trendigen Lokale zu schleppen. Aber er wünschte sich jedes Mal, er hätte zu Hause gegessen, wo er wusste, was er bekam. Und in jedem Gericht war Rote Bete. Er hatte sie als Kind schon nicht gemocht, und er mochte sie jetzt, mit vierundsechzig, immer noch nicht. Seine Tochter hatte den Trick mit den kleinen Portionen sogar einmal ausprobiert, als sie an einem Wochenende bei ihm zu Besuch war. Im Restaurant war er höflich, aber in seinem eigenen Haus würde er ganz sicher nicht diese winzigen Portiönchen dieses pinkfarbenen Gemüses essen. Und jetzt flogen sie nach Spanien, in die Heimat kleiner Gerichte. Tapas nannten sie die.

Er blätterte in der Speisekarte. Er hatte auf einen Eintopf oder ein Fleischgericht mit zwei Gemüsebeilagen gehofft, auf irgendetwas Nahrhaftes. Aber sie hatten nur italienische Gerichte und Käseplatten. War das nicht eine irische Fluggesellschaft? Schließlich entschied er sich für Lasagne. Jeffrey war froh, dass die Check-in-Dame seine Tochter und ihn separat gesetzt hatte. Sonst hätte sie ihm nur wieder Vorhaltungen gemacht wegen des Cholesterins und, wie hieß das andere noch mal? Das mit dem Brot? Das war die neueste Mode. Jahrzehntelang hatte sie die Burger ihrer Mutter mit gegrilltem Hähnchengeschnetzelten verschlungen, und jetzt aß sie kein Brot mehr. So etwas Lächerliches hatte er noch nie gehört. Na ja, immerhin war er jetzt ein freier Mann, zumindest für die nächsten zwei Stunden, und auf der Speisekarte gab es als Beilage Knoblauchbaguette.

Noch nie in ihrem Leben, nicht einmal bei transatlantischen Flügen, war Leonora Talty mit so viel Vorlauf am Flughafen angekommen. Sie flogen schließlich nach Barcelona, nicht nach Beijing. Aber der Leiter ihrer Rentnerreisegruppe hatte darauf bestanden, dass sie sich um 14 Uhr in Heathrow trafen. Und dann hatten sie tatsächlich so lange gebraucht, um durch den Sicherheitsbereich zu kommen – teils, weil sie dreieinhalb Stunden herumkriegen mussten, und teils, weil ihre Gruppe zu einem Drittel aus Metall bestand. Die Frau mit dem Herzschrittmacher und der Gehhilfe gab das Tempo vor. Niemand hatte Interesse daran, dass ein Herzinfarkt ihnen die ganze Reise ruinierte.

Leonora hatte nichts gegen ältere Leute, aber sie wollte ihre vier Tage in Barcelona nicht damit verbringen, sich Sehenswürdigkeiten mit Rollstuhlzugang herauszusuchen und um 17 Uhr Abendbrot zu essen. Eines Tages würde sie genauso sein, aber noch war es nicht so weit. Bis letztes Jahr hatte sie dreimal die Woche in der Mittagszeit Hofaufsicht gehabt und war den Kindern hinterhergejagt, die sich nicht an die Regel »gehen, nicht rennen« hielten. Sie war erst achtundfünfzig, in Herrgottsnamen. Wenn sie anderen Leuten erzählte, dass sie in Frührente gegangen war, betonte sie immer das Wort *»Früh«*. In der Rentnergruppe waren auch zwei Freundinnen von ihr. Das war der Nachteil davon, wenn man früh mit der Familien- und Karriereplanung begann: Wenn alle aus dem Haus waren und man sein Leben zurückbekam, hatte man noch ein paar Jahrzehnte vor sich, aber die meisten Freunde waren älter als man selbst. Egal, Kay und Carmel waren jedenfalls in der Rentnergruppe und hatten sie bekniet mitzukommen. »Die drei Amigos«, hatte Kay gesagt. Aber nun saßen die beiden zusammen mit den anderen Rentnern vorne im Flugzeug, während Leonora aus irgendeinem Grund wie ein Mensch ohne Amigos mutterseelenallein ganz hinten in Reihe 27 saß.

»Entschuldigen Sie«, sagte sie zu dem grauhaarigen Mann, dessen Haut so schwarz wie Ebenholz war und der auf dem Gangplatz ihrer Reihe saß. »Es nervt, wenn die Leute, die weiter innen sitzen, zu spät kommen, stimmt's?«

»Ich bin immer zu früh dran«, sagte er und stand auf. Er war von beeindruckender Größe – 1,80 m, vielleicht sogar größer –, und sein Haarschopf war wirklich eine Augenweide. Wahrscheinlich war es albern, sich in ihrem Alter noch so für Haare zu begeistern. Johnny war kahl wie ein Kinderpopo gewesen, als er gestorben war, und sie hatte ihn deshalb nicht weniger attraktiv gefunden, aber das Foto von ihrem Hochzeitstag würde sie für immer in Ehren halten: die zwei Blumenmädchen, die auf seinen in Schlaghosen steckenden Beinen saßen und ihm jede auf ihrer Seite Zöpfe in seine üppige Mähne flochten.

»Tja, geben wir nicht ein tolles Paar ab«, lachte sie und tastete sich in ihren Sitz vor. »Sie sind immer zu früh, und ich komme immer zu spät, fürchte ich.«

Jeffrey winkte eine kräftig aussehende Flugbegleiterin heran, die die Gepäckfächer über den Sitzreihen energisch zuknallte.

»Wäre es möglich, etwas zu essen zu bestellen?«, fragte er.

»Nicht, bis wir in der Luft sind, Herzchen«, sagte sie und schloss die Klappe über seinem Kopf. »Der Bordservice beginnt erst nach dem Abflug.«

Jeffrey war seit seinen Flitterwochen nicht mehr geflogen. Flugreisen waren heute sehr viel günstiger, aber wie bei allem anderen gab es auch hierbei sehr viel mehr Regeln. Seit seinem letzten Flug waren fast vierzig Jahre vergangen, sodass ihm die Details nur noch vage im Gedächtnis waren (hatte die Stewardess ihn gerade »Herzchen« genannt?), aber er konnte sich nicht erinnern, dass man damals, als er mit Jackie nach Rom geflogen war, so einen Zirkus mit dem Gepäckscanner und den Schuhen veranstaltet hatte. Damals hatte man ihnen auch beim Einsteigen Drinks serviert. Oder vielleicht hatten sie die später gekauft. Die ganze Al-Qaida/Osama-Bin-Laden-Geschichte hatte definitiv ihre Spuren hinterlassen, und dann hatte es letztes Jahr in Heathrow diese Sicherheitspanne gegeben. An dem Punkt hätte er seine Reise beinahe abgeblasen. Dies war das vierte Mal in seinem Leben, dass Jeffrey flog. Die ersten beiden Male waren der Hin- und Rückflug nach Rom gewesen, und dann war er 1968 mit mehreren Stopps von Tobago aus nach Großbritannien geflogen.

Jeffrey spürte, wie er vor Enttäuschung, nichts zu essen zu bekommen, Brechreiz bekam. »Seit wann ist das Fliegen eigentlich so kompliziert?«, murmelte er vor sich hin.

»Wem sagen Sie das«, stimmte ihm die Dame auf dem Fensterplatz zu. »Ich reise mit einer Rentnergruppe – Frührentner, muss man dazu sagen, sehr frühe Frührentner. Versuchen Sie mal, mit einer Metallplattengang durch den Sicherheitscheck zu kommen. Dann wissen Sie Bescheid.«

»Ich habe selbst eine Metallplatte.«

Die Frau schaute entsetzt. »Mein Gott, entschuldigen Sie. Ich hätte nicht gedacht ... Sie sehen viel zu jung dafür aus.«

»Ich bin vierundsechzig.«

»Sind Sie nicht!«

»Doch.«

»Ich dachte, Sie wären jünger als ich«, sagte sie.

»Sie wissen ja, was man so sagt: Schwarzen sieht man ihr Alter nicht an.«

Nun sah die Dame völlig schockiert aus, und das Blut schoss ihr schlagartig in ihre blassen, markanten Wangen. Ihm war klar, dass sie das Gleiche gedacht hatten. »Ich habe nur Spaß gemacht«, sagte er amüsiert.

»Das heißt, Sie sind gar nicht vierundsechzig?«

»Doch, bin ich. Aber ich habe keine Metallplatte. Noch nicht zumindest. Jeffrey Williams«, sagte er und streckte ihr die Hand hin.

Darauf lachte sie, und Erleichterung breitete sich auf ihrem Gesicht aus. Einem länglichen Gesicht, gerahmt von kurzem, natürlich um den Kopf fallendem grauen Haar. Ein wenig ähnelte sie dieser Sängerin ... wie hieß sie doch gleich? Die, die mit Bob Dylan gesungen hatte. Früher hatte er Platten von ihr gehabt. »Leonora Talty«, stellte sie sich vor, während ihre langgliedrigen Finger seine raue Haut umschlossen. »Beziehungsweise Clear. Leonora Clear.«

Schwarzen sieht man ihr Alter nicht an. O Gott. Als hätte er ihre Gedanken gelesen. Zum Glück hatte sie es nicht laut gesagt. Jedenfalls sah er wirklich gut aus für sein Alter. Und zweifelsohne hatte er keine Hilfsmittelchen dafür nötig gehabt. Er war sechs Jahre älter als sie, aber selbst wenn jemand einen ganzen Tag hätte, um alle Fältchen zu zählen, würde er am Ende als strahlender Gewinner hervorgehen, da war sie sich sicher.

»Einer meiner Nachbarn heißt Talty«, sagte er. »In Kilburn.«

»Keine Ahnung, über die Seite der Familie ist mir nichts bekannt. Allerdings ist Talty auch der Name meines Mannes – meines verstorbenen Mannes. Seine Familie stammt aus Bath, aber das ist alles, was ich weiß. Sie haben sich nicht sehr nahe gestanden.«

»Tut mir leid, das mit Ihrem Mann.«

»Danke.«

»Darf ich fragen, wie er gestorben ist?«

Nach fast zwei Jahren geriet Leonora bei dieser Frage noch immer ins Stocken. Sie vermutete, wenn die Antwort Krebs, ein Schlaganfall oder ein Verkehrsunfall gewesen wäre, wäre es ihr weniger schwergefallen. Hatte Johnny eigentlich bedacht, dass er sie nicht nur mit zwei halbwüchsigen Söhnen zurückließ, sondern auch mit der Bürde, seine Tat völlig Fremden erklären zu müssen, als er beschlossen hatte, raus in den Garten zu gehen und sich an dem Baum aufzuhängen? »An Krebs«, sagte sie.

»Genau wie meine Frau«, entgegnete er. »Bauchspeicheldrüsenkrebs, vor vier Jahren.«

»Das tut mir leid.«

Er nickte.

Leonora griff nach der Armlehne ihres Sitzes, als das Flugzeug abhob, und schaute auf das Bordmagazin, das vor ihr aus der Sitztasche ragte. Sie zog es heraus und überblätterte das Coverinterview mit Colin Farrell. Ein Artikel über Barcelona, na, wenn das mal kein Zufall war, in dem der Montjuïc Park empfohlen wurde. Einige der jüngeren Lehrer an der Schule waren vor ein paar Jahren nach Barcelona gefahren und hatten von diesem Park geschwärmt. Obwohl es in dem Artikel hieß, dass es dort viele Stufen gab. Leonora konnte sich nicht vorstellen, dass die Meute freiwillig Treppen gestiegen war. Sie hatte sich den Mund fusselig geredet, um sie dafür zu begeistern, sich für einen Aerobic-Kurs nach Schulschluss anzumelden. Eine vor Ort ansässige Aerobic-Trainerin hatte angeboten, in die Schule zu kommen, wenn sie genügend Teilnehmer zusammenbekäme, aber die jüngeren Lehrer waren unglaublich faul. Eine von ihnen, Denise, war sogar jeden Tag den einen Kilometer von ihrer Wohnung zur Arbeit mit dem Auto gefahren. Trotzdem vermisste Leonora ihre Kollegen. Vermisste den ganzen Arbeitstrubel. Man hatte ihr gesagt, dass es richtig war, in Rente zu gehen, nach dem, was mit Johnny passiert war, aber sie dachte, dass es ein Fehler gewesen war. Es war alles zu schnell gegangen.

»Ich bin noch nie in Spanien gewesen«, sagte Jeffrey. Er hatte sich immer weniger verletzlich gefühlt, wenn er selbst Informationen preisgab, statt auf Fragen zu antworten. »Die Reise war die Idee meiner Tochter, aber ich habe mir einen Reiseführer gekauft, und diese ganzen Gaudi-Gebäude sehen wirklich interessant aus. So schlimm wird es schon nicht werden, hoffe ich.«

Er beobachtete, wie Leonora lächelte. Joan Baez: Das war die Sängerin, an die sie ihn erinnerte. »Das ist die richtige Einstellung«, sagte sie. »Dann fahren Sie mit Ihrer Tochter in Urlaub? Oder lebt sie dort?«

»Nein, sie lebt auch in Kilburn, nur acht Kilometer von mir entfernt. Als Strafe für meine Sünden. Sie sitzt ein paar Reihen weiter vorne.« Vertraulich lehnte er sich zu Leonora hinüber und senkte die Stimme. »Ich habe die Dame am Check-in-Schalter gebeten, uns separat zu setzen.«

»Sie Schlingel, Sie«, neckte sie ihn, und beide lachten.

»Ach. Sie ist ein tolles Mädchen, aber sie bemuttert mich. Seit dem Tod ihrer Mutter ist es noch schlimmer geworden; jetzt sagt sie mir, wo's lang geht, und schmeißt den Laden allein.«

»Ich wünschte, meine Söhne würden das mal machen.«

»Es sind immer die Mädchen.«

»Das stimmt wohl.«

Jeffrey hatte auch einen Sohn, von dem er allerdings mit Bedauern sagen musste, dass er es bislang nicht weit gebracht hatte. Im Moment war er in der Türkei, wo er Englisch unterrichtete. Er hatte Jeffrey angerufen, um anzukündigen, dass er im Sommer zurückkommen werde, und Jeffrey hatte ihm geantwortet, dass er zu Hause herzlich willkommen sei, aber nur für eine Woche. Diesmal würde er nicht wieder Hotel Papa spielen. Sein Sohn war vierunddreißig und musste endlich auf eigenen Füßen stehen. Liebevolle Strenge – das hätte ihm schon vor Jahren gut getan, aber Jackie war die Sanftmut in Person gewesen. Jeffrey hatte den Kindern nicht einmal einen sanften Klaps auf den Po geben dürfen, als sie jünger waren. Jackie hatte zwar gelegentlich den Holzlöffel hervorgeholt, aber die Kinder hatten schnell herausgehabt, dass das nichts als leere Drohungen gewesen waren. Jedenfalls hatte er von seiner Tochter erfahren, dass sein Sohn offenbar eine Freundin hatte, vielleicht würde er jetzt ja endlich erwachsen werden.

»Ich war schon einmal in Spanien«, erzählte Leonora. »Ein Strandurlaub, als die Kinder noch klein waren. Aber ich war noch nie in Barcelona. Haben Sie das gesehen?« Sie hielt ihm das Magazin hin. »Montjuïc. Soll wunderschön sein.«

»Aber viele Treppen, oder? Sieht schön aus. Solange es nicht regnet.«

»Paris wäre bestimmt auch bezaubernd«, sagte sie und blätterte in der Zeitschrift. »Schauen Sie sich das mal an. Ich habe noch nie ein schlechtes Foto von Sacre-Cœr gesehen.«

»Das wird Ihre nächste Reise.«

Sie wieherte laut los. »Ich bin Rentnerin; allerdings erst achtundfünfzig. Frührentnerin.« Er nickte. Mit Betonung auf *früh*. Schon kapiert. Es wäre ihm aber auch so klar gewesen. »Aber trotzdem«, fuhr sie fort, »bin ich das, was man ›reich an Zeit, arm an Geld‹ nennt. Das sagt mein Sohn immer von sich. Er ist Schauspieler, oder zumindest wäre er das gerne. Ehrlich gesagt ist er als Schauspieler ziemlich furchtbar.«

»Ich habe kürzlich einen Artikel darüber gelesen, dass Unternehmen sich eine Riesenchance durch die Lappen gehen lassen, indem sie die über Fünfzigjährigen nicht als Zielgruppe auf dem Schirm haben. Wir sind ein vernachlässigter Markt, hieß es. Offenbar horten ältere Leute einen Großteil ihres verfügbaren Einkommens.«

»Manche vielleicht, aber vermutlich nicht solche, die zwei erwachsene Söhne haben, die immer noch zu Hause leben.«

»Jungs.« Jeffrey schüttelte den Kopf.

»Das sind die Schlimmsten.«

»Werfen Sie sie raus.«

»Damit drohe ich ihnen ständig«, sagte sie und klappte die Zeitschrift zu. »Sie machen sich selbst etwas vor – oder vielleicht meinen sie, mir etwas vorzumachen –, wenn sie denken, sie würden bei mir leben, um sich nach dem Tod ihres Vaters um mich zu kümmern. Als ob es zum Trauerprozess gehören würde, jeden Abend das Abendessen zu kochen.«

»Sie sind eine Närrin.«

»Ich weiß. Und das ist das Schlimmste daran.«

In diesem Augenblick kam der Servierwagen herangerollt, und Jeffrey hörte seinen Magen knurren.

»Oh, Miss Amor, es ist einfach wunderschön!«

»Ich hab's gewusst! Als er vorhin zu mir kam und mich gebeten hat, von seiner Tochter weggesetzt zu werden, habe ich es einfach gewusst!«

»Woher hast du gewusst, dass er nicht verheiratet ist?«

»Er hat gesagt: ›Haben Sie Mitleid mit einem armen Witwer. Gönnen Sie mir ein paar Stunden Ruhe.‹ Ein echter Charmeur. Ziemlich attraktiv, findest du nicht?«

»Der totale Denzel-Washington-Typ«, pflichtete Nancy ihr bei. »Und sie ist auch attraktiv.«

»Details, bitte!«

»Also«, sagte Nancy, überglücklich über ihr triumphales Comeback. »Die beiden plaudern miteinander, seit sie an Bord gegangen sind – jap, jap, jap. Ich habe sie gehört, wie sie sich über Urlaub und Fliegen und das Übliche unterhalten haben, und wollte nicht stören. Und dann bin ich mit dem Wagen den Gang runtergelaufen, und er hat eine Lasagne bestellt, und sie hat darauf gemeint, sie habe schon ewig keinen Käse mehr gegessen – und rate mal, was dann passiert ist? Na los, rate.«

»Was denn? Komm schon, Nancy, spuck's aus.«

»Er hat ihr auch eine gekauft! Und beide bezahlt. Er hat auch zwei Knoblauchbaguettes bestellt, aber da war dann bei ihr Schluss. Und dann, als ich gerade gehen wollte, hat sie mich zurückgerufen und gesagt: ›Was wäre ein Urlaub ohne ein Glas des göttlichen Nektars?‹, und beide haben angefangen zu lachen und peng! ›Zwei Gläser Roten, bitte.‹ Sie hat Wein bestellt, Cora! Die sind schon megasüß, diese alten Leute. Echt super süß.«

»Junge Leute«, tröstete Jeffrey sie. »Die wollen jede Woche etwas anderes werden.«

»Genau«, sagte Leonora und wischte sich einen Käsefaden vom Mund. »Und wenn er sich dann endlich für einen Beruf entschieden hat, wie wird dann sein Lebenslauf aussehen? Sechs Monate hier, sechs Monate da. Wer will so jemanden einstellen? So jemand ist doch ein Risiko. Manchmal beklage ich mich bei meiner Tochter über meine Söhne – sie lebt in Manchester und hat gerade ein Baby bekommen ...«

»Sie sind Großmutter. Glückwunsch!«

»Danke. Sie ist die Älteste, und wenn ich mich bei ihr beklage, sagt sie immer: ›Tja, du hättest eben nach mir Schluss machen sollen.‹ Sie ist ein richtiger Witzbold.«

»Das hätte auch von meiner Tochter kommen können, nur dass es bei ihr kein Witz wäre. Sie kommt alle paar

Tage bei mir vorbei, stellt Sachen hin, wo sie nicht hingehören, und hält mich auf dem Laufenden, was ihr nutzloser Bruder so treibt.«

»Sie haben Glück, dass Ihre Tochter so nah wohnt«, sagte Leonora.

»Mag sein.«

Leonora hatte ein enges Verhältnis zu ihrer Tochter. Was witzig war, denn wenn sie gleichaltrig gewesen wären, wären sie niemals miteinander befreundet gewesen. Sarah war viel zu arglos und machte sich viel zu viele Sorgen, aber sie war eine fantastische Tochter. Sarah war nach London gekommen, um ihr mit dem finanziellen Chaos zu helfen – und hatte mehrere Konten aufgetan, die Johnny Leonora gegenüber nie erwähnt hatte. Sarah machte sich auch um ihre Mutter Sorgen und hatte versucht, sie auf einer Dating-Website anzumelden, aber Leonora hatte im Lehrerzimmer Berichte über das traurige Dating-Leben von Über-Fünfzigjährigen gehört. Männer ihres Alters warben um Frauen um die dreißig. Als sie einen Blick auf eine dieser Webseiten geworfen hatte, hatte sie gesehen, dass die Männer tatsächlich Frauen mit einem Altersunterschied von zwanzig Jahren suchten. Leonora besaß jedoch noch genug Stolz, sich nicht mit einem Achtzigjährigen einzulassen.

»Vermissen Sie Ihre Frau?« Die Frage war ihr einfach so herausgerutscht.

Jeffrey nickte. »Ja.« Bedeutungsschwanger schweigen konnte er wirklich gut. »Jedoch immer weniger, wenn ich ehrlich sein soll. Ich habe mich nur bis heute nicht an die Stille gewöhnt, wenn ich nach Hause komme. Eine ohrenbetäubende Stille. In der Küche habe ich jetzt immer das Radio an.«

Leonora konnte das gut nachempfinden. »Ich vermisse es, jemandem zu schreiben«, sagte sie. »Bevor es Handys gab, war es okay, aber seither macht es mich fertig. Die jüngeren Lehrer schicken mir immer noch lustige Katzenvideos, und nun habe ich niemanden mehr, an den ich sie weiterleiten kann.«

»Hat das etwas mit dem Twitter zu tun?«

»Nein, da bin ich nicht angemeldet. Ich verschicke sie über Viber.«

»Viper?«

»Viber. Das ist so was fürs Handy. Damit kann man kostenlos telefonieren und Nachrichten versenden.«

»Klingt gut.«

»Ist es auch. Es ist wirklich klasse.«

Jeffrey hatte mit der Technologie abgeschlossen. Seinen Computer hatte er vor zwei Monaten ausrangiert, und als seine Tochter sich danach erkundigt hatte, hatte er ihr erzählt, dass er ihn verkauft habe.

Einer der Herren, mit denen er sonntags Schach spielte, hatte Jeffrey von all den Pornos erzählt, die man im Internet anschauen konnte. Jeffrey hatte in seiner Jugend ein paar schmutzige Heftchen gelesen, und er war vor vielen Jahren einmal in Soho in einem Stripclub gewesen. Aber ansonsten interessierte er sich nicht sonderlich für so etwas. In den Zeitungen las er immer von all den schlimmen pornografischen Seiten im Internet – furchtbare Dinge mit Kindern. Aber dieser Kerl hatte ihm versichert, dass das etwas ganz anderes sei. Harmloser Kram, hatte er zu Jeffrey gesagt, um sich die Abende etwas zu versüßen. Dieser Kerl war der erste Witwer in ihrer Gruppe gewesen und hielt sich selbst für eine Art Experte.

Ein paar Wochen später hatte Jeffrey *Dancing on Ice* geschaut – bei dieser Sendung machten immer die hübschesten Frauen mit – und beschlossen, einen kurzen Blick auf den Computer zu werfen. Die erste Website, die er fand, war etwas verwirrend, aber als er mit der Maus nach unten fuhr, sah er das Video einer nackten Frau, die sich Kuchen und Kekse und allerlei Fast Food in den Mund stopfte und dann ihren Intimbereich berührte. Überall lagen Krümel. Jeffrey hatte die Seite sofort zugemacht. Wer wollte sich so etwas schon anschauen? Er hatte den Computer nicht mehr angerührt, bis einen Monat später seine Enkelin ihn angebettelt hatte, ihn benutzen zu dürfen. Sobald er ihn hochgefahren hatte, erschien ein kleines Fenster, in dem er irgendetwas über Cookies gefragt wurde. Diesmal fuhr er ihn gar nicht erst herunter. Seiner Enkelin erzählte er, der Computer sei kaputt, dann steckte er ihn in eine schwarze Tüte, und als ihre Mutter sie abholen kam, nahm er den Bus bis zur Endstation und stopfte die Tüte in eine öffentliche Mülltonne in der Nähe des Brent Cross Shopping Centre. Er bekam sowieso keine E-Mails.

»Müll? Leere Verpackungen?«

Die Saftschubse war wieder da, aber diesmal mit einem anderen Wagen. Sie beugte sich über ihn und griff nach Leonoras Teller und Glas. Sein Glas wollte sie ebenfalls mitnehmen, aber er war noch nicht fertig. »Ich hab noch nicht ausgetrunken.«

»Oh, tut mir leid. Keine Eile. Lassen Sie sich ruhig Zeit.« Die Stewardess zog ihren blonden Pferdeschwanz straff und begann, den Müll zu sortieren, aber es war offensichtlich, dass sie nur Zeit schindete. Ihre Augen schielten immer wieder zu Jeffrey hinüber. Sie war hübsch, den Ladys bei *Dancing on Ice* gar nicht mal unähnlich, und er fühlte sich geschmeichelt, aber er stand eher auf Frauen älteren Semesters. Jeffrey gab ihr das Glas, obwohl es immer noch nicht leer war, und schenkte ihr ein mitleidiges Lächeln, von dem er hoffte, dass es die Abfuhr mildern und sie ermutigen würde, weiterzuziehen.

Die Dame auf dem Computer war jung gewesen, Mitte zwanzig vielleicht, auch wenn das bei ihren Grimassen und dem ganzen Essen schwer zu sagen war. Wie konnte so etwas ein Ersatz für die Wirklichkeit sein? Das machte Jeffrey einfach nur traurig. Eine nackte Frau auf einem Bildschirm war nichts im Vergleich zu einer vollständig bekleideten realen Frau, zu der er sich hingezogen fühlte. Bei Leonora spürte er dieses Kribbeln. Da war noch Leben in den alten Knochen.

»Wann kommen Sie aus dem Urlaub zurück?«, fragte er und ignorierte das Gefühl, sich mit dieser Frage zum Affen zu machen.

»Am Donnerstag. Irgendwann am Nachmittag.«

»Interessant, mir kommen nämlich gerade zwei Gedanken.«

»Ich bin ganz Ohr«, sagte Leonora.

»Nächstes Wochenende findet im Royal Court Theatre eine Matinee statt, die ich mir gerne ansehen würde.«

»Okay. Und der zweite Gedanke?«

»Oh, ich habe mir überlegt, wie es wäre, wenn ich aus dem Flugzeug aussteige und meiner Tochter erzähle, dass ich an Bord eine faszinierende Frau kennengelernt habe und dass wir planen, zusammen auszugehen.«

Leonora erwiderte sein spitzbübisches Grinsen. »Noch ein Abendessen obendrauf, und wir kommen ins Geschäft.«

»Abgemacht«, sagte er und streckte ihr erneut die Hand hin. »Aber keine kleinen Gerichte.«

»Und keine Beschwerden, wenn ich zu spät komme.«

»Abgemacht.«

Als Leonoras Tochter ihr nahegelegt hatte, sich wieder ins Dating-Geschehen zu mischen, hatte es so geklungen, als würde sie ihr ein Geschenk machen. Als ob Leonora die Erlaubnis ihrer Kinder brauchte, um mit jemandem zum Abendessen oder auf ein paar Drinks auszugehen. Trotz all ihrer hochmodernen Technologie und all ihrer TV-Serien über Sex hatte Leonora oft den Eindruck, dass die jüngere Generation ziemlich konservativ war. Als Sarah sich verlobt hatte, war sie in Tränen aufgelöst zu ihrer Mutter gekommen. Leonora hatte gelernt, bei solchen Gefühlsausbrüchen nicht sofort alarmiert zu sein. Meistens waren die Probleme, um die es ging, halb so wild. Diesmal war es um Sex gegangen, und obwohl es Sarah peinlich gewesen war, damit zu ihrer Mutter zu kommen, hatte sie sonst niemanden, mit dem sie darüber reden konnte. Sarah war es unangenehm gewesen, Paul zu verraten, mit wie vielen Männern sie bereits Sex gehabt hatte. »Ihre Zahl«, wie sie es nannte. Diese Generation konnte die Dinge nicht klar benennen, alles wurde beschönigend umschrieben. Offenbar hatte Paul vor ihr nur mit einer anderen Frau geschlafen. Daraufhin hatte Leonora ihre Tochter vorsichtig gefragt, wie viele es denn bei ihr gewesen waren. »Sieben«, hatte Sarah geantwortet, mit Schamesröte im Gesicht und am Rande eines erneuten Tränenausbruchs. Leonora hatte ihre Tochter getröstet und ihr geraten, zu einer Notlüge Zuflucht zu nehmen, wenn es ihr so große Sorgen bereite. Leonora war die Mutter, und sie nahm ihre

Rolle ernst. Sie wusste, wann sie besser nichts sagte, wann sie besser Rücksicht nahm. Weder würde Leonora ihrer Tochter sagen, dass der echte Schocker die Anzahl ihres Verlobten war. Noch würde sie ihrer Tochter jemals verraten, dass ihre eigene Anzahl höher war als die ihrer Tochter und sie nicht davon ausging, dass damit das Ende der Fahnenstange erreicht war.

Sie war noch nie mit einem schwarzen Mann zusammen gewesen oder mit irgendeinem Mann, der nicht weiß war. Die Vorstellung war aufregend, und sie erschauderte bei dem Gedanken an seine breiten dunklen Schultern. Außerdem hatte er diesen speziellen Geruch, einen Moschusduft, den sie nicht beschreiben konnte, aber höchst anziehend fand. Aus Erfahrung wusste sie, dass das ein gutes Zeichen war.

Sie redeten über Restaurants und tauschten Nummern aus, als das Flugzeug landete, und Jeffrey versprach, sich über Viber schlauzumachen. Als es Zeit zum Aussteigen war, sah Leonora eine junge Frau durch das Flugzeug hasten, die gegen den Strom der Passagiere lief.

»Dad! Dad!«, rief sie und reckte den Hals, um an Rücken und Gepäck der anderen Passagiere vorbeisehen zu können. »Nur eine Minute, Dad. Ich hole dir sofort dein Gepäck herunter.«

Leonora blickte zu Jeffrey, der den Kopf schüttelte. »Schon gut, Chloe. Alles okay.« Seine Tochter hatte Reihe 27 erreicht und begann, im Gepäckfach herumzukramen. »Ich hab sie hier«, sagte er und zog eine kleine Tasche unter dem Vordersitz hervor.

»Na, dann komm. Wir müssen ein Taxi finden.«

»Eine Minute, Chloe. Die Taxis laufen uns nicht weg.« Jeffrey wandte sich von seiner verzweifelten Tochter ab.

»Auf Wiedersehen, Leonora«, sagte er, nahm ihre rechte Hand und gab ihr einen Handkuss. »Wir sehen uns nächstes Wochenende.«

Es war lange her, dass Leonora so offenkundig Eifersucht auf sich gezogen hatte. Die Tochter beäugte sie mit einem misstrauischen, verwunderten Blick, und trotzdem fühlte sich Leonora großartig. »Auf Wiedersehen, Jeffrey«, verabschiedete sie sich, woraufhin er hinter seiner vorauseilenden Tochter den Gang hinunterschlenderte.

Leonora wartete, bis die meisten Passagiere ausgestiegen waren. Ihre eigene Gruppe mühte sich wahrscheinlich sowieso noch damit ab, die Gangway hinunterzukommen. Als sie ihre Reihe verließ, rief sie der blonden Stewardess am Flugzeugheck ein Dankeschön zu. Die Flugbegleiterin, die sich mitten in einem höchst angeregten Telefongespräch befand, klemmte den Hörer zwischen Kopf und Schulter und streckte mit erstaunlich großer Begeisterung zwei Daumen hoch.

Erst in diesem Moment fiel ihr auf, dass ihnen die beiden Gläser Rotwein nicht in Rechnung gestellt worden waren. Das war einer der schönsten Flüge gewesen, an den sich Leonora erinnern konnte.

22

Cora fühlte sich so gut wie seit Langem nicht mehr. In Reihe 27 verbuchten sie einen Erfolg nach dem anderen, und die wiederaufgelebte Freundschaft zwischen Nancy und ihr fühlte sich an wie das platonische Pendant zu Versöhnungssex. Ständig schrieben sie sich und schilderten sich gegenseitig Zukunftszenarien ihrer jüngsten Matches: das ältere Paar, das seine Trauung in einem Flugzeug vollziehen wollte; das Hippie-Zweiergespann, das sein erstes Kind Aer (zweiter Vorname: Lingus) nennen wollte; oder, wie Nancy gerade erst geschrieben und Cora damit zum Lachen gebracht hatte: die beiden verliebten Alleinerziehenden, die ihre Wohnungen verkaufen und sich ein gemeinsames Haus kaufen wollten, wobei es ihnen egal war, wo es stand, Hauptsache, es hatte die Hausnummer 27. Außerdem war es Freitag, was zu Coras guter Laune noch beträchtlich beitrug.

Aiden würde erst in einigen Stunden am Flughafen auftauchen, aber Cora war bereits total aufgeregt. Sie dachte an all ihre Schlagabtausche zurück und versuchte, daraus abzuleiten, ob er sie mochte. Möglicherweise tat er das, aber jedes Mal, wenn ihr dieser Gedanke kam, erstarrte sie. Im Grunde hatte sich nichts geändert, aber jetzt, wo sie es laut ausgesprochen hatte, war alles anders. Was, wenn sie kein Wort herausbekam, wenn sie ihn heute sah? Seinen Kopf-in-den-Wolken-Anstecker hatte sie an der Innenseite ihres

Jackenkragens befestigt. Jedes Mal, wenn sie sich streckte, streifte er ihr Schlüsselbein, und ein Schauer durchfuhr sie. Heute würde sie ihn sehen. Selbst Joans miese Stimmung konnte ihr nicht die Laune verderben.

»Jemand hat auf meinem Stuhl gesessen, er ist viel zu hoch, verdammt«, motzte ihre ältere Kollegin und hievte sich zum wer weiß wievielten Mal hoch. »Und hast du gehört, dass sie die Leute in Teilzeit entlassen?«

Das Self-Check-in-Embargo würde bald enden. Die Mitteilung war gestern Nachmittag überall am Flughafen ausgehängt worden. Der Sicherheitsstatus in Heathrow war wieder auf einem normalen Level, der Self-Check-in und der Online-Check-in sollten Ende Mai wieder in Betrieb gehen. Das bedeutete das Ende ihrer Verkupplungsaktivitäten, und obwohl sie es mehrere Monate lang verdrängt hatte, stellte Cora mit Erstaunen fest, dass sie mit dieser Tatsache relativ gut klarkam. Es bedeutete aber auch, dass die zusätzlichen Check-in-Mitarbeiter nicht mehr gebraucht wurden. Das Ganze war von Anfang an nur als vorübergehende Lösung geplant gewesen (auch wenn Cora länger als die meisten gebraucht hatte, um das zu akzeptieren), aber nun sah Joan darin eine Verschwörung.

»Hauptsache, man kann Kosten einsparen. Und wir sind die Dummen, die es ausbaden dürfen. Am Ende haben wir die doppelte Arbeit, denk an meine Worte. Diese Geizhälse.«

»Alles in Ordnung mit dir, Joan?« Cora winkte einen übergangenen Passagier an ihren Schalter.

»Ich habe einfach keine Lust, noch zusätzliche Arbeit aufgedrückt zu bekommen.«

Cora fertigte den Passagier nach München ab und strich sich mit dem Finger unter den Augen entlang, um etwaige

Mascaraspuren wegzuwischen. Sie trug selten Make-up bei der Arbeit.

Aus heiterem Himmel versetzte Joan dem Schalter einen Tritt. »Jim kommt nicht mit nach Sardinien.«

»Oh, Joan. Was ist passiert?«

Joan hatte seit Monaten schon im Geiste die Urlaubskoffer gepackt. Letzte Woche hatte sie sich schließlich für einen Sarong und gegen einen Hosenrock entschieden – »der ist luftiger« – und mit ihrem Neffen vereinbart, dass er bei ihnen vorbeischaute und die Tauben fütterte. Aber jetzt hatte Jim ihr abgesagt, weil sein Quiz-Team Chancen auf den größten Jackpot des Jahres hatte.

»Er sagt, er kann das Four-Wise-Men-Team jetzt unmöglich allein lassen.« Joan schniefte und zog ein Taschentuch aus ihrem Ärmel. »›Und was ist mit mir?‹, frag ich. ›Mich kannst du allein lassen?‹ Und weißt du, was er mir geantwortet hat? Ich soll meine Schwester mitnehmen. Dabei weiß er verdammt noch mal genau, dass sie Probleme mit dem Kreislauf hat und nach zwei Stunden Flug Knöchel so dick wie Wasserballons.«

»Er hätte Nein sagen sollen.«

»Ich hätte Nein sagen sollen, und zwar an dem Tag, als er vor mir auf die Knie gegangen ist und mir den Ring aus dem Weihnachts-Knallbonbon an den Finger gesteckt hat«, sagte sie und tupfte sich die Augen ab. »Sobald die grüne Färbung an meinem Finger zu sehen war, hätte ich ihn in die Wüste schicken sollen.«

»Vielleicht kannst du die Reise verschieben? Deinen Urlaub mit einem anderen Kollegen tauschen?«

»Das hat man davon, wenn man sich auf etwas freut.«

»Weißt du was? Ich hole uns einen Tee. Einverstanden?«

Cora interpretierte das Schniefen als Zustimmung und

lief zum Pausenraum. Unterwegs blieb sie ein paarmal stehen und sah sich schnell um, bevor sie in diversen spiegelnden Oberflächen ihr Aussehen überprüfte. Als sie im Pausenraum ihr Spiegelbild im Fenster der Mikrowelle sah, schüttelte sie den Kopf. Bin das wirklich ich? Aber ihr Lächeln reichte von einem Ohr bis zum anderen.

Als Cora mit einer Tasse in jeder Hand den Pausenraum wieder verließ, stieß sie auf eine kleine Gruppe Kollegen mit Nancy in ihrer Mitte, die sie in den Kreis hineinzog. »Hast du es schon gehört?«

Cora bemerkte den offiziellen Aushang, der hinter ihrer Freundin an die Wand gepinnt war. »Dass das Self-Check-in-Verbot aufgehoben wird? Ja, hab ich gehört. Das ist bereits gestern ausgehängt worden.«

»Nein, nein, das mein ich nicht! Obwohl«, Nancy senkte die Stimme, »es hat mich traurig gemacht, das zu sehen, Miss Amor. Aber ich rede von etwas viel Wichtigerem!«

»Komm schon, Nancy!«, sagte ein Neuling vom Gepäckscanner, aber die Stewardess brachte ihn mit einem strafenden Blick zum Verstummen. Charlie winkte Cora zu. Am Mittwoch hatten sie miteinander gesprochen – meistens gleichzeitig und den Blick auf die Füße des anderen gerichtet –, aber es wurde besser.

»Es geht um Ray«, stieß sie hervor. »*Ran an den Speck* wurde mit sofortiger Wirkung eingestellt. Die ganze Sendung ist gecancelt worden, einfach so.« Nancy schnippte mit den Fingern, sodass ihr Nagellack schimmerte. »Einer der Kandidaten der amerikanischen Version hat sich den Magen verkleinern lassen – in einer dieser Geheimkliniken, damit von der Sendung niemand was davon mitbekommt. Er hatte einen Herzinfarkt und ist direkt auf dem OP-Tisch gestorben.«

»O mein Gott.«

»Ja, nicht? *Und* er hatte bereits für die OP bezahlt. In Amerika hat es einen riesigen Sturm der Entrüstung gegeben, sodass die Produzenten die ganze Sache abgeblasen haben. Weltweit. Rays Werbevertrag ist damit auch null und nichtig, gecancelt, einfach so!« Erneut glitzerten ihre Nägel im Licht.

»Na ja, das ist noch nicht gesagt«, warf Charlie ein, aber Nancy ließ sich nicht beirren.

»Ich weiß doch, wie der Hase läuft«, sagte sie. »Ich kenne diesen TV-Produzenten ...«

»Wissen wir, Nigel.«

»Das ist eine furchtbar grausame Welt. Zwei Minuten raus aus dem Rampenlicht, und schon haben dich alle vergessen.«

»Der Werbevertrag war nicht bindend«, sagte Charlie. »Und Ray hatte auch noch gar nicht entschieden, ob er ihn annimmt.«

»Wie geht es Ray?«

»Ach, dem geht's gut«, antwortete Charlie, wobei Cora den direkten Blickkontakt als Fortschritt verbuchte. Und kurz ein Schuldgefühl verspürte. »Er meint, dass er nicht weiß, wie er sein Gewicht ohne die zusätzliche Motivation halten soll. Unsere mittägliche Joggingrunde heute hat er abgesagt.«

»Na, falls mir etwas einfällt, womit ich ihn aufmuntern kann, gebe ich dir Bescheid.«

»Vergiss nicht, Miss Amor«, sagte Nancy und warf Cora einen vielsagenden Blick zu, als diese sich anschickte zu gehen, »das ist noch nicht das Ende vom Lied, und heute Abend bin ich auf dem Flug nach Dublin.«

Aber Aiden nahm immer diesen Flug, und Cora hatte

nicht vor, ihn neben irgendjemanden zu setzen, außer vielleicht neben eine glücklich verheiratete Pensionärin.

Zurück am Schalter, stellte Cora eine Tasse vor Joan ab, drückte sie kurz und machte sich daran, den Rückstau abzuarbeiten. Beide Frauen arbeiteten relativ still vor sich hin, während die Zeit ebenso schnell voranschritt wie die Schlange. Cora hatte gerade ein miteinander zankendes Ehepaar eingecheckt, als sie Aiden und einen anderen Mann sich ihrem Schalter nähern sah. Cora biss sich auf die Innenseite ihrer Wangen, um ein Grinsen zu unterdrücken.

»Hi«, sagte sie. Mehr wagte sie im Moment nicht zu sagen, aus Misstrauen gegenüber sich selbst.

»Cora. Das ist mein Bruder Colm. Colm, das ist Cora.«

»Oh, hi!«, sagte sie, streckte ihm die Hand über den Schalter entgegen und kippte den längst kalt gewordenen Tee beinahe über die beiden Männer. »Ups. Das war knapp.«

»Ich hole die Zeitung, Aiden. Er kann uns doch sicher beide einchecken, oder?«, meinte Colm an Cora gewandt.

»Ja, klar. Kein Problem.« Cora schob die Tasse von der Kante weg. »Dann suche ich euch mal zwei Plätze heraus.«

Als Colm sich auf die Suche nach einem Zeitungskiosk machte, änderte sich Aidens gesamte Haltung. Eben noch steif und förmlich, stieß er jetzt laut den Atem aus und ließ sich gegen Coras Schalter sinken. »Eigentlich sollte er nur ein paar Tage bleiben, aber irgendeine Betriebsprüfung hat länger gedauert als geplant. Das waren zehn lange Tage.«

Cora grinste. »Familien sind die reine Freude, was?«

»Ich schulde ihm was. Immerhin lässt er mich jedes Wochenende bei sich übernachten. Aber zehn Tage. Zehn Tage, in denen er ständig versucht hat, mich bei irgendwas zu ertappen. Vielleicht ist das ein »Kleiner Bruder«-Syndrom, aber mit ihm fühlt sich alles wie ein verdammter Wettbewerb an. Mein Gott, können Männer erbärmlich sein.«

»Wer hätte gedacht, dass *dir bewusst ist*, dass du so viele Fehler hast.«

»Oh, die Liste ist endlos«, sagte Aiden. »Könntest du uns bitte auseinandersetzen?«

»Kein Problem.« Cora setzte Aiden wieder in Reihe 27 – sie hatte eine Schwäche für Traditionen –, seinen Bruder aber weiter nach vorn im Flugzeug.

»Hast du gar keine?«

»Was, Geschwister?«

»Nein, das weiß ich doch: eine Schwester, einen Bruder. Aber hast du gar keine Fehler?«

Cora lachte. »Wo soll ich da anfangen? Ich bin stur, wie du bereits bemerkt hast. Neugierig, wie du ebenfalls bereits gemerkt hast. Ziellos, eine Tagträumerin ...«

»Das ist kein Fehler.«

Cora konnte nichts dagegen tun – sie grinste.

»Ist es nicht«, wiederholte er, nun ebenfalls grinsend.

»Ich weiß.« Cora zog den steifen Kragen ihrer Jacke zurück, um ihm den Anstecker zu zeigen. »Ich trage ihn mit Stolz.«

Und dann standen sie sich ein paar Sekunden zu lang gegenüber, beide mit demselben breiten Grinsen wie in einem Spiegelkabinett, und unterbrachen den Blickkontakt erst, als Colm zurückkam. »Können wir?«, fragte er, eine *Financial Times* unter dem Arm.

Aiden, der wieder stocksteif wirkte, sammelte seine Sachen zusammen. »Dann mal los.«

»Hat mich gefreut, Sie kennenzulernen, Colm.«

»Mich auch«, sagte der ältere Bruder in neckendem Ton.

Die nächste Passagierin stand bereits vor ihr, noch ehe die beiden Männer ihren Schalter richtig verlassen hatten, aber Cora schielte trotzdem über den Kopf der Frau Aiden und seinem Bruder hinterher, bis sie in Richtung Abflughalle verschwunden waren. Wenn man sein ganzes Leben lang Menschen beobachtete, entwickelte man leicht Vorurteile und begann, andere Leute auf Oberflächlichkeiten zu reduzieren. Wie schnell hatte Cora Aiden abgestempelt. Ein paar oberflächliche Unterhaltungen und Eckdaten aus seinem Lebenslauf und sie hatte gemeint, ihn in eine Schublade stecken zu können. In ihrer Arroganz hatte sie nie in Erwägung gezogen, dass hinter seiner abwehrenden Haltung vielleicht mehr stecken könnte als ein Gefühl von Überlegenheit. Sie war froh, unter die Oberfläche geschaut zu haben. Es war ein gutes Gefühl, sich geirrt zu haben.

Cora bekam die letzten Fetzen einer Auseinandersetzung zwischen Joan und einem hochnäsigen Passagier mit, der sauer war, weil er nicht den Sitzplatz seiner Wahl haben konnte. Dies war schon der dritte Passagier innerhalb der letzten Stunde, dem Joan den Kopf abgerissen hatte. Ihre Laune hatte sich deutlich verbessert.

»Ray! Hier, Ray!« Joan winkte energisch. »Hast du schon das vom dicken Ray gehört?«

»Habe ich, aber es wäre bestimmt besser, wenn wir nicht …« Cora verstummte. »Hi, Ray.«

»Ich nehme an, ihr habt es schon gehört?«

»Haben wir«, erwiderte Cora. »Und es tut uns wirklich leid. Nicht wahr, Joan?«

»War es eine Magenverkleinerung? An der er gestorben ist?«

Ray nickte missmutig.

»Das ist auf jeden Fall Betrug.«

»Was spielt das jetzt noch für eine Rolle?«, zischte Cora.

»Ich will nur die Fakten richtigstellen.«

Ray bezweifelte, dass er es schaffen würde, weiterzumachen. Er meinte, Charlie sei ihm zwar eine große Hilfe beim Training gewesen, doch der Hauptfaktor sei die Diät, und da fehlte ihm sowohl das Know-How als auch die Motivation. Joan bekundete ihr Mitgefühl, woraufhin sich Ray bedankte, aber Cora hatte einen Moment der Erleuchtung. Jemand, der ein Experte im Kalorienzählen war, jemand, der selbst schon einmal den ganzen Abnehmprozess durchgemacht hatte, jemand, der selbst Gesellschaft brauchen konnte ... Manchmal brachte das Universum genau die richtigen Menschen im richtigen Moment zusammen, und heute war so ein Tag.

»Ray, mein Freund, ich glaube, ich habe genau den richtigen Ansprechpartner für dich.« Cora griff nach einem Post-it und wollte ihm gerade Marys E-Mail-Adresse notieren, als sie zwei Reisepässe auf dem Schalter liegen sah.

»Wem sind ...?« Sie öffnete die burgunderfarbenen Ausweise und schaute auf einen ernst blickenden Aiden mit kürzerem Haar und einen breiter gebauten Mann mit ähnlichen Gesichtszügen. »Joan, ich bin gleich wieder zurück. Ray ...« Schnell schrieb sie die Adresse zu Ende. »Hier, für dich.«

Cora schnappte sich die O'Connor-Pässe, flitzte um ihren Schalter herum und lief Richtung Abflughalle. Ohne die Pässe würden sie sowieso nicht weiter kommen, aber sie wollte nicht, dass sie die Schlange im Sicherheitsbereich verlassen, den ganzen Weg zurückkommen mussten und ihren Flug verpassten. Während sie über den gebohnerten Boden eilte, grinste sie; es fühlte sich an, als würde sie zu einem Emigranten rennen, um ihm zu sagen, dass sie ihn liebe und er bleiben müsse. So weit war Cora allerdings noch nicht. Aber vielleicht würde sie nächste Woche Aiden etwas sagen. Sie würde ihm nicht ihre unsterbliche Liebe gestehen, nur unmissverständlich auf ein Restaurant hinweisen, das sie unbedingt ausprobieren wollte, oder auf einen Film, auf den sie sich beide einigen konnten. An der Schlange vor der Sicherheitskontrolle kam sie zum Stehen und nickte einem der Mitarbeiter zu, damit er sie passieren ließ. Sie sah die beiden Brüder auf halbem Weg in der Schlange stehen und begann, sich durchzudrängeln – mit einem »Tut mir leid«, während sie über Koffer stieg, einem »Ich will mich nicht vordrängeln, nur etwas zurückgeben«, während sie sich zwischen einer Familie hindurchquetschte, und einem »Entschuldigen Sie, das hier ist eine dienstliche Angelegenheit«. Jetzt stand sie hinter ihnen und wollte Aiden gerade auf die Schulter tippen, als sie ihren Namen fallen hörte.

»Cora«, sagte Aiden.

»Stimmt ja, *Cora*. Ihr beide scheint euch ja gut zu kennen.«

»Tun wir nicht.«

»Nun geh doch nicht gleich in die Defensive, Aiden, ich frage doch nur. Außerdem macht sie doch einen sehr – *angenehmen* Eindruck.«

Cora zockelte hinter den beiden her, während die Schlange sich fortbewegte. Es klang nicht so, als ob Colm einfach nur fragte. Sondern eher, als ob er Aiden aufziehen würde. Wegen ihr.

»Und ich antworte dir nur. Wir kennen uns nicht gut. Sie ist nur eine Check-in-Mitarbeiterin.«

»Das heißt, da läuft nichts zwischen euch beiden?« Cora hätte diesem selbstgefälligen Typen am liebsten von hinten in seine selbstgefälligen Kniegelenke getreten. Sie konnte

Colms Gesicht zwar nicht sehen, wusste aber genau, dass er hämisch grinste. »Die Uniform ist jedenfalls schick.«

Aiden lachte. »Hör mal, kann schon sein, dass sie auf mich steht, keine Ahnung, und ich will ja nicht gemein sein oder so. Aber sie arbeitet am Check-in. Komm schon, Colm. So verzweifelt bin ich nun auch wieder nicht.«

»Cora.«

»Ja, so heißt sie. Kannst du jetzt mal aufhören ...«

»Nein. Cora.« Colm hatte sich umgedreht, um seinen Koffer hinter sich herzuziehen, und sie entdeckt. Nun schaute er eher belämmert drein. »Hey.«

»Cora. Ich habe dich gar nicht ... Hi. Hast du ...? Was hast du ...?«

»Ihr habt die hier vergessen«, sagte sie und streckte ihnen die beiden Reisepässe entgegen.

»Danke«, sagte Colm und nahm sie ihr ab.

»Cora ...«

Aber Cora war auf und davon. Sie machte so schnell auf dem Absatz kehrt, dass sie über das Gepäck der Frau hinter ihr stolperte. Sie griff nach dem elastischen Absperrband, tauchte darunter hindurch und lief so lange gehobenen Hauptes und gemessenen Schrittes weiter, bis sie sicher sein konnte, dass sie außer Sichtweite war.

LHR → DUB 19:20 Uhr

23

Colm schob sich in Reihe 13, während Aiden schweigend den Gang weiter hinunterlief. Seit dem Sicherheitscheck hatten sie kein Wort mehr miteinander gewechselt.

»Okay, das war seltsam«, war das Letzte, das Colm gesagt hatte, als Cora unter dem Gummiband hindurchgetaucht und außer Sichtweite war. »Zum Glück bist du nicht an ihr interessiert, Aido. Denn jetzt dürften deine Chancen nicht mehr so gut stehen.«

Aiden schüttelte die Hand seines Bruders von seiner Schulter. »Lass es. Sag – einfach nichts mehr.«

Aiden blieb, wie immer, bei Reihe 27 stehen und setzte sich auf den mittleren Sitz. Er hatte die ganze Reihe für sich. Er hatte gebeten, von seinem Bruder weggesetzt zu werden, und Cora hatte es ihm ermöglicht – ein kurzer Blick durchs Flugzeug bestätigte das –, als einziger Fluggast eine ganze Reihe für sich allein zu haben. Er legte den Gurt an und zog ihn fest zu. Zu fest. Genau richtig für ihn. Er drückte seinen Kopf in die Mulde der Rückenlehne und schloss die Augen. Er sah ihr Gesicht vor sich, nicht so, wie es immer aussah, wenn er am Flughafen eintraf, versunken in ihre eigene geheime Welt, sondern so, wie es vor nicht einmal einer Stunde in der überfüllten Warteschlange im Sicherheitsbereich ausgesehen hatte. Die rosige Färbung war aus ihren Wangen verschwunden, der Mund bereit, etwas zu sagen, doch es kamen keine Worte heraus, und diese Augen, die in allem unzählige Möglichkeiten sahen (womöglich selbst in ihm), waren wie feuchtes Glas, in dem sich eine Version von ihm spiegelte und bestätigte, die er lieber nicht sehen wollte.

»Cora steht auf diesen irischen Typen.«

»Den aus Reihe 27?«

»Jep.«

»Ist ihr schon mal aufgefallen, dass er seine Klamotten nicht mehr gewechselt hat, seit Bush Präsident war?« George bot Nancy einen Cracker aus seiner Snackpackung an. Nun, da die Bewerbungsgespräche vorüber waren und Nancy wusste, dass sie nicht befördert werden würde, hatte sich die Lage wieder entspannt. »Wahrscheinlich ist er schon in dem Pullover zur Welt gekommen. Wirst du irgendetwas unternehmen?«

»Nein«, seufzte Nancy. »Nach dem letzten Mal habe ich ihr versprochen, das nicht mehr zu tun.«

»Du hältst dich also ganz raus? Völlig?«

»Na ja, ich werde mich nicht *einmischen*. Aber ich könnte ihm einen Kaffee anbieten.«

George hob eine Augenbraue. »Und ein wenig mit ihm plaudern?«

»Ganz locker. Reine Routine. Schau mich nicht so an, George. Ich habe ihr mein Wort gegeben.«

Bis zu dem Tag, an dem sie draußen am Taxistand zusammen Leute beobachtet hatten, hatte Aiden Cora noch nie stehen sehen. War das zu fassen? Er hatte sich praktisch in eine Meerjungfrau verliebt. Was zumindest zu dem mythologischen Chaos passte, in das er sich hineinmanövriert hatte, ein Mann, der über seinen eigenen Stolz gestolpert war. Wie sie damals hinter dem Schalter hervorgekommen war. Er hatte noch nie jemanden so gehen sehen. Ihre ganze Person schien nur noch aus Beinen und Entschlossenheit zu bestehen. Er wäre ihr überallhin gefolgt.

Oder war er bloß rührselig und tat sich selbst leid? Sie war nervig, das durfte man nicht vergessen – eine Frage jagte die andere, nie ließ sie locker. Aber sie besaß etwas, das er verloren hatte. Sie war neugierig, sie war interessiert – interessiert an *ihm* –, und er hatte dem nicht den nötigen Respekt gezollt. Er hatte immer gewartet, bis ihr Schalter frei wurde, hatte sich Ausreden einfallen lassen, um andere Passagiere vorzulassen, und ihre Schlagfertigkeit und ihre empörten Antworten genossen. Dieses herzerwärmende Lächeln, als sie ihm den Kopf-in-den-Wolken-Anstecker am Revers ihrer Uniformjacke gezeigt hatte. Und er hatte alles kaputt gemacht.

Er könnte Colm die Schuld daran geben – wie er es vorgehabt hatte –, aber der einzige Mensch, dem er etwas zu beweisen versuchte, war er selbst. Hatte er nicht genau das auch in einem der wenigen aufrichtigen Gespräche, die er in diesem Jahr gehabt hatte, zu Cora gesagt? Seinem Bruder war es egal, auf wen Aiden stand, mit wem er ausging. Wieso war er so fixiert darauf, nicht zu verlieren? Monatelang war Aiden jedes Wochenende nach Hause geflogen und hatte sich geweigert zuzugeben, dass es ihm schlecht ging. Und das Beste daran, der einzige Teil, auf den er sich dabei freute, waren die flüchtigen, aber immer abwechslungsreichen Begegnungen mit einer Frau, die für sich selbst einstand.

Selbst angesichts der vielen fragwürdigen Dinge, die Aidens Alltag ausmachten, hatte er nun eine neue Stufe der Selbstverachtung erreicht.

Nancy begann mit dem Bordservice und ging ihren Schlachtplan durch. George war der Meinung, sie sollte einfach offen mit Aiden reden – jetzt, wo er selbst jemanden gefunden hatte, war er mit vollem Herzen bei der Sache. Aber nicht der Verstand entschied schließlich, ob man sich verliebte, nicht? Das Herz fasste seinen eigenen Entschluss und ließ dann den Kopf wissen, was Sache war.

Sie hatte versprochen, sich nicht einzumischen. Aber ein Teil von ihr wendete ein, dass die letzten drei Reihe-27-Matches erfolgreich gewesen waren – was Nancy auf die Wiederherstellung der Weltordnung zurückführte, in der sie und Cora wieder Freunde waren –, und nur weil diesmal nur eine einzige Person in der Reihe saß, hieß das nicht, dass aus den drei erfolgreichen Matches nicht auch vier werden konnten.

»Kaffee, Aiden?«

»Wollen Sie ihn mir kostenlos anbieten? Denn ich hätte zwar gerne einen Kaffee, aber ich möchte dafür bezahlen. Und Ihnen ein Trinkgeld geben.«

»Oki-doki.« Nancy hielt eine Plastiktasse unter den Kaffeespender und nahm einen Zwanzigpfundschein entgegen.

»Nein, behalten Sie den Rest. Ich will kein Wechselgeld. All die Monate habe ich nie für meinen Kaffee bezahlt. Wahrscheinlich habe ich mich nicht einmal bedankt.«

»Sie fliegen schon seit einer halben Ewigkeit mit uns, stimmt's?«, sagte Nancy, verwirrt durch Aidens theatralisches Gehabe, aber nicht abgeneigt, ein üppiges Trinkgeld einzustreichen. Das war zwar offiziell nicht erlaubt, doch die Vorschriften-Heinis konnten sie mal an ihrem nicht beförderten Hintern lecken. »Ist alles in Ordnung bei Ihnen?

Sind alle nett? Das Kabinenpersonal? Die Sicherheitsbeamten ... die Check-in-Mitarbeiter?«

»Alles okay. Nein, nicht okay. Großartig.«

»Gut, das ist gut. Wir mögen Sie nämlich alle ... das Kabinenpersonal. Die Sicherheitsbeamten ... die Check-in-Mitarbeiter.«

»Danke.«

»In aufsteigender Reihenfolge.«

»Was?«

»Was?«

»Sie haben gesagt ... Was meinen Sie mit ›in aufsteigender Reihenfolge‹?«

»Das hab ich nicht gesagt.«

»Doch, haben Sie.«

»Ich denke nicht, Aiden.« Nancy schüttelte den Kopf und setzte ihr pantomimisches Merseyside-Stirnrunzeln auf. Sie schob den Servierwagen weiter, ein paar zusammengefaltete Geldscheine und ein paar Münzen beulten leicht ihre Jackentasche aus. »Vielleicht hören Sie einfach, was Sie gerne hören möchten.«

Aiden war nie jemand gewesen, der leicht aufgab. Er hatte hart gearbeitet, um zum Medizinstudium zugelassen zu werden, und er hatte noch härter gearbeitet, um als Jahrgangsbester abzuschließen. Selbst als es darum ging, Tausende von Pfund für Flüge auszugeben, um eine Frau zurückzugewinnen, von der er feststellen musste, dass er sie eigentlich gar nicht mehr wollte und die ganz sicher ihn nicht wollte, hatte er da aufgegeben? Nein, hatte er nicht. Und er würde ganz sicher Cora nicht aufgeben – die Frau, die er *wirklich* wollte, die Frau, bei der ihn allein der Gedanke in Panik versetzte, sie könnte ihn auch wollen. Das

Herz blieb ihm bei dem Gedanken stehen, dass Cora die nächsten achtundvierzig Stunden in dem sicheren und einmal mehr bestätigten Wissen, dass er ein Arschloch war, ihrer Arbeit nachgehen würde. Er spürte, wie ihm ganz heiß im Nacken wurde bei dem Gedanken, dass sie doch glauben musste, er würde nicht viel von ihr halten, während er sie in Wirklichkeit über alle Maßen schätzte.

Er würde das richtigstellen. Er würde die Situation entarschlochen. Er hatte sie in ihrem tiefsten Inneren getroffen, also musste er sie auch in ihrem tiefsten Inneren ansprechen, um das richtigzustellen. Er würde es wiedergutmachen. Er hatte das ganze Wochenende Zeit, um darüber nachzudenken, und er würde nicht ohne einen Plan wieder in dieses Flugzeug steigen. Denn mal ehrlich, welchen Sinn machte es, überhaupt zurückzufliegen, wenn es Cora nicht mehr gab?

24

Am Samstagmorgen nahm Sheilas Zustand eine dramatische Wendung. Sie regte sich so über ihren Arm auf, dass sie daran kratzte, bis die Wunde wieder offen war. Anschließend begann ihre Temperatur zu steigen. Sie zitterte und gähnte, was die Ärzte auf ihre verminderte Nahrungsaufnahme und auf einen verspäteten Schock zurückführten. »Es ist einfach zu viel für einen Körper, der ohnehin schon unter Stress steht«, erklärte ihr der Spezialist, als sie mit Maeve eintraf, um für das Wochenende ihr Lager in der Einrichtung aufzuschlagen. Aber Cora hatte dazu eine eigene Meinung.

Sie hatten Sheila ihre Pflanzen weggenommen. Der Pfleger hatte gemeint, die Pflanzen würden sie aufregen. Ständig brachte sie den Bewässerungsplan durcheinander, selbst wenn sie ihn schwarz auf weiß hatte, und jemand anderes durfte die Blumen auch nicht gießen. »Sie haben angefangen zu riechen«, hatte er erklärt. »Mir blieb nichts anderes übrig. Die Arbeits- und Gesundheitsvorschriften ... Aber sie scheint es zu verstehen und sich damit abzufinden.«

Sheila, die 39 Grad Fieber hatte, sah schlecht aus und sagte kaum ein Wort. Ihre Mutter hatte nie in die Stadt gepasst; wenn sie ein Hund wäre, hatte sie früher oft zu ihren Kindern gesagt, dann wäre sie einer von diesen vollgematschten Hunden, die den ganzen Tag über die Felder hechelten. Die Pflanzen hatten die Sterilität dieses künstlichen Zuhauses übertüncht. Ihre Mutter verschwand immer mehr. Waren die Pflanzen erst einmal weg, würde es nicht lange dauern, bis auch der Rest von ihr verschwunden war.

Am Sonntag ging ihr Fieber etwas herunter, und sie lächelte, als sie sie erkannte. Maeve übernahm die Morgenschicht, Cian kam ein paar Stunden am Nachmittag vorbei, und Cora war am Abend dran. Im Sessel ihrer Mutter sitzend beobachtete sie die blasse, abgemagerte, in blütenweiße Bettlaken gewickelte Frau, wie sie immer wieder einschlief und wieder aufwachte. Cora hatte Schwierigkeiten, die Frau, die nie in ihrem Leben ein Bettlaken gebügelt, selten Zeit für einen Kaffee gehabt hatte, geschweige denn für ein Nickerchen, und die Cora öfter wieder gesundgepflegt hatte, als sie zählen konnte, in der gebrechlichen Kranken zu sehen.

»Jetzt kannst du dir mal eine Ruhepause gönnen, Mum«, sagte sie, doch die Botschaft blieb ungehört in der Luft hängen.

Als Kind hatte sich Cora ständig Sorgen gemacht. Sie hatte sich Sorgen gemacht, dass ihre Klassenkameraden sie nicht leiden könnten, dass jemand vergessen haben könnte, den Hund zu füttern oder die Hintertür abzuschließen, und dass jemand glauben könnte, sie hätte die Frau am Ende der Straße lieber als ihre eigene Mutter, wenn sie nett von ihr dachte. Über all diese Dinge hatte sie sich in der Dunkelheit, wenn alle schliefen, den Kopf zerbrochen.

»Du machst dich noch selbst verrückt, wenn du so weitermachst«, hatte Sheila immer gesagt, wenn Cora an ihrer Schlafzimmertür gestanden hatte und es nicht erwarten konnte, alles loszuwerden, was ihr auf der Seele lastete.

»Wenn ich darüber lache, wenn Cian hinfällt, bin ich dann ein schlechter Mensch? Was passiert, wenn ich zu spät in die Schule komme? Was soll ich tun, wenn niemand mich abholt? Kann mir etwas Schlimmes zustoßen, wenn ich allein nach Hause gehe? Hat Maeve mich lieb? Hat Cian mich lieb? Hast du mich lieb?«

Eines Nachts hatte sie sich in Gedanken an den Tod hineingesteigert. Das Konzept von Ewigkeit wollte einfach nicht in ihren Kopf. Da lebte man achtzig, neunzig Jahre, doch das war nur ein Wimpernschlag im Vergleich zu einer Ewigkeit, die Cora nicht begreifen konnte. Ihr schwirrte der Kopf bei dem Gedanken daran.

»Mum«, hatte sie an der Türschwelle ihres Schlafzimmers geflüstert. »Mum. Bitte, wach auf.«

Sheila hatte in der Dunkelheit gestöhnt. Coras Vater, der alle nächtlichen Sorgen einfach verschlief, schnarchte neben ihr.

»Ich kann nicht aufhören nachzudenken, und mir tut schon der Bauch davon weh.«

»Was ist es diesmal?«

»Der Tod.«

»Ach du liebe Güte«, hatte Sheila gemurmelt und war schlagartig wach gewesen. »Dann leg dich mal besser zu uns ins Bett.«

Sie hatten die ganze Nacht geredet, während Cora ihre Füße zwischen die Beine ihrer Mutter gesteckt hatte, um sie zu wärmen, und ihr all ihre Sorgen rund um die Sterblichkeit des Menschen anvertraut hatte und gleich noch alles andere, was sie bedrückte, da ihre Mutter noch immer zuhörte und ihr geduldig antwortete. Sheila hatte sie nie aufgefordert, endlich Ruhe zu geben oder zu schlafen, hatte nie über die Geringfügigkeit der Dinge gelacht, die

Cora schwer im Magen lagen. Sie hatten geredet und geredet und geredet, bis die Sonne langsam aufging und Cora, als ihr endlich wieder leicht ums Herz war, tief und fest eingeschlafen war.

Cora musste auf eigenen Füßen stehen, endlich erwachsen werden, jaja, doch mehr als das brauchte sie Sheila, die ihr sagte, dass alles in Ordnung war. Sie brauchte ihre Mutter, die sie »mein Spatz« nannte, sie umarmte, sie liebte und ihr sagte, was sie tun sollte, und die sie daran erinnerte, dass es jemanden gab, der sich wie eine Löwin vor sie stellen würde. Es hatte nie jemanden gegeben, mit dem es Cora so wichtig gewesen war zu reden wie mit ihrer Mutter. Und sie wusste, dass sie nie wieder eine richtige Unterhaltung führen würden.

Die Frau im Bett rührte sich, wobei das Laken von ihrer Schulter rutschte, und Cora stand auf, um es sanft wieder an seinen Platz zu ziehen.

Sie war fertig mit der Fluggesellschaft. Das hatte sie ganz allein entschieden. Wenn sie an ihren Job dachte, ohne die Möglichkeit, Passagiere gezielt nebeneinanderzusetzen, hatte sie keine Lust mehr, zur Arbeit zu gehen. Außerdem war es sowieso nur als vorübergehende Lösung gedacht gewesen, bis sie herausgefunden hatte, was sie eigentlich machen wollte. Also würde sie ihre Kündigung einreichen und sich nach Jobs umsehen. Heute Morgen hatte sie sich für zwei Lehrerstellen beworben und für den unwahrscheinlichen Fall, dass sie für die Sommersaison noch Museumsführer einstellten, an die National Gallery geschrieben.

Ihre Entscheidung hatte nichts mit Aiden zu tun. Das hatte sie sich immer und immer wieder gefragt. In der Nacht von Freitag auf Samstag hatte sie von weiteren Unterhaltungen und SMS und Anrufen geträumt, und jedes

Mal, wenn sie aufgewacht war und einen Blick auf ihr Handy geworfen hatte, um zu sehen, was von ihrem Traum real war, war ihr beim Durchgehen ihrer letzten Anrufe wieder eingefallen, dass Aiden gar nicht ihre Nummer hatte. Schließlich standen sie sich nicht nahe. Und trotzdem kriegte sie ihn einfach nicht aus dem Kopf.

Nur eine Check-in-Mitarbeiterin.

Als ob man ihr ein Messer in den Bauch gerammt hätte. Die Leute redeten immer davon, dass man ihnen das Herz herausgerissen habe, aber Cora schlug alles auf den Magen. Der erste Eindruck täuschte nie, und ihrer war der gewesen, dass dieser Mann arrogant war, ein Snob. *Nur. Nur eine Check-in-Mitarbeiterin.* Das waren seine Worte gewesen. Sie war so dämlich. Und das andere. Sie zuckte zusammen, als sie es nun noch einmal hörte, in genau diesem Wortlaut. *Komm schon, Colm. So verzweifelt bin ich nun auch wieder nicht.* Was für ein Vertrauensbruch. Sie hatte nicht fassen können, dass diese Worte aus seinem Mund gekommen waren – bis sie sein Gesicht gesehen hatte. Eine Mischung aus schlechtem Gewissen und Schuld und, was noch schlimmer war, Trotz. Sie stellte sich vor, wie er mit seinem Bruder über sie gelacht hatte, und wollte sterben.

Sie kündigte nicht wegen ihm, weil er ihren Beruf so herabgewürdigt hatte. Sie würde ihm auch nicht erzählen, dass sie am Flughafen aufhörte. Sie würde kein Wort mehr mit ihm wechseln. Seine Check-ins konnte jemand anderes übernehmen. Ihr wurde erneut flau im Magen. So dämlich es auch war, ihn zu vermissen, es kam ihr so vor, als wäre dieser kleine Verlust die Vorbereitung auf den großen.

Wie aufs Stichwort rührte sich Sheila und wurde durch die einengenden Laken wach. Sie sollte wirklich nicht an

Aiden denken, nicht wenn ein Teil von ihr, der wichtiger war als ein Arm oder ein Bein, rasant dahinschwand. »Zu heiß«, murmelte Sheila und schob die Bettdecke weg. Sie stemmte sich hoch und lächelte, als sie ihre Tochter erblickte. Cora lächelte froh zurück.

»Entschuldigen Sie, wenn ich Sie belästige, aber hätten Sie vielleicht ein Glas Wasser?«

»Mum«, sagte Cora und stand auf, um die Karaffe vom Nachttisch zu holen und Sheila ihre Brille zu reichen. »Ich bin's.«

»Natürlich«, sagte Sheila und lachte kurz auf, als sie die Brille aufsetzte und zu der erleichterten Cora hochsah. »Ohne die bin ich blind wie ein Maulwurf.« Sie streckte ihre gesunde Hand aus. »Freut mich, Sie wiederzusehen.«

Die Karaffe schien sich von allein nach unten zu neigen, zitternd das Glas zu füllen und sich ohne Coras Hilfe wieder aufzurichten. Ihre Mutter behielt ihr höfliches Lächeln bei, das beruhigend wirken sollte, aber das Gegenteil bewirkte.

»Das freut mich. Würden Sie Andrew sagen, dass ich warte?«

Cora sah ihre Mutter weiter an, und ihre Mutter lächelte weiter. Waren es die Haare? Würde Sheila sie besser sehen, wenn sie die Haare zurückband? Sollte sie sich direkt vor sie stellen? Ihr saß ein Kloß im Hals.

»Mum. Ich bin's. Cora.«

»Bitte sagen Sie ihm, dass ich nun schon eine ganze Weile warte und dass ich allerhand erledigen muss.«

Cora schob die Haare hinter die Ohren und stellte sich unter das harte Licht der Neonröhren, aber Sheila hob lediglich die Augenbrauen, wie um zu fragen, ob noch etwas sei. Als Cora noch immer nichts sagte, richtete ihre Mutter den Blick zur Tür. »Und sagen Sie ihm, ich brauche das Auto.«

Cora nahm langsam ihre Tasche. Sie beobachtete, wie ihre Mutter die Bettdecke über ihrem Schoß glatt strich, und Sheila beobachtete, wie die Sekretärin ihres Exmanns sich weigerte, ihren Job zu tun. Da sie nicht wusste, was sie noch tun sollte, verließ Cora das Zimmer. Hinter sich ließ sie ein lebenswichtiges Körperglied zurück. Sie lief in den widerhallenden Gang hinaus, angeblich, um einen Mann zu holen, mit dem Sheila die letzten vierzehn Jahre kein Wort hatte wechseln, geschweige denn verheiratet sein wollen.

25

»Ich werd dich schrecklich vermissen, aber ich freu mich für dich. Ehrlich.«

Joan ignorierte weiter die Dame, die vor ihr stand und ihr ihren Pass hinhielt.

»Es ging doch darum, wieder auf die Füße zu kommen, nicht? Und schau, du gehst wieder genauso gut wie jeder andere. Sei froh, dass du keine entzündeten Fußballen hast, Cora, das ist alles, was ich sage. Wie dem auch sei, wenn du nicht mit dem Herzen dabei bist, wieso solltest du dann den Rest deines verflixten Lebens damit verbringen? Du bist doch jung, und es gibt nichts Besseres, als jung zu sein.«

Es tat Joan lediglich leid, dass sie nicht da gewesen war, um Wiesels Gesichtsausdruck zu sehen, als Cora ihre Kündigung eingereicht hatte. »Hat er sein Klemmbrett zu Rate gezogen?«, erkundigte sie sich und rieb sich die Hände vor Schadenfreude. »Oder seinen Labello herausgeholt? Bestimmt hat er ganz trockene Lippen gekriegt vor Schreck. Ich wette, ihm ist die Lust vergangen, auf seinen kleinen Watschelfüßen hin und her zu tippeln, als du ihm gesagt hat, dass du gehst. Ich wette, er hat ganz schön dumm aus der Wäsche geguckt.«

Cora, die schon immer besser im Multitasking gewesen war als ihre Kollegin, winkte die nicht zur Kenntnis genommene Passagierin zu ihrem Schalter und gab vage zustimmende Laute von sich. Sie war dankbar für Joans Monolog, für die sich zankenden Familien, für all die Ablenkung von dem Brief, der in ihrer Brusttasche brannte. Sheilas Zustand hatte sich seit dem Wochenende gebessert. Inzwischen jammerte sie wieder über die Narbe an ihrem Arm, fragte immer und immer wieder, wer ihr das angetan hatte und wann sie wieder weggehen würde. Sie hatte Cora sogar bei ihrem Namen genannt und sich nach dem Flughafen erkundigt. Aber diese Krankheit kannte nur eine Richtung, und es gab kein Zurück.

»Wie lange bleibst du noch?«

»Montag habe ich die Kündigung eingereicht, also noch fünf Wochen und drei Tage.«

»Du zählst schon die Tage, was? Du hast ja recht. Es wird Zeit für ein neues Abenteuer.«

Aber Cora zählte nicht die Tage, nicht so zumindest. Die Arbeit am Flughafen hatte ihr gutgetan. Sie hatte ihr eine dringend benötigte Aufgabe gegeben und neue Freunde. Aber vielleicht war die Sache mit Aiden ja zu ihrem Besten gewesen – eine Bestätigung, dass es Zeit war, zu gehen. Charlie und Ray hatten auf dem Weg zu einer frühen Joggingrunde bei ihr vorbeigeschaut. Ray war dank Mary wieder voll auf der Gesundheitsschiene. »Sie ist mega hilfsbereit und so witzig«, hatte er gesagt, woraufhin Cora ihm ermutigend zugenickt und versucht hatte, sich ihr Erstaunen nicht ansehen zu lassen. Sie würde ihre kleine Gang, mit der sie das letzte Jahr über zusammengesteckt hatte, vermissen.

Ihre Hand strich über ihre Brusttasche – als wäre sie ein Passagier, der wie besessen immer wieder prüfte, ob sein Reisepass noch an Ort und Stelle war. Dieser Ort war für immer mit Sheila verbunden. Heathrow war eine Blase, in der jeder ihre Mutter kannte. Jeden Tag hatte sich jemand nach ihr erkundigt oder irgendeine Geschichte oder Anekdote herausgekramt, die Cora noch nicht kannte. Sie konnte ihre Mutter nicht mehr nach Vergangenem fragen; es war die Verlegenheit einfach nicht wert, wenn sie sich nicht erinnern konnte, deshalb hatte sie Erinnerungen auf der Arbeit angezapft. Was, wenn es diesen Ort für sie nicht mehr gab und die Erinnerungen ebenfalls nicht mehr? Sie trug den Brief seit Sonntagabend mit sich herum und wartete darauf, dass sie den Mut fand, ihn zu öffnen.

»Tja, sieht so aus, als müsste es heißen: Ende gut, *nicht* alles gut.«

Ingrid legte beide Hände auf Coras Schalter. Sie war wie üblich schlecht zurechtgemacht und sah sie mit ihrem makellosen Gesicht eindringlich an.

»Wie läuft's, Ingrid?«

»Es lief gut, bis ich davon gehört habe, dass es die Verkupplungsflüge bald nicht mehr gibt.«

»Das haben Sie gehört? Ich habe doch erst Montag meine Kündigung eingereicht.«

»Ich meinte eigentlich, dass das Embargo endet. Aber Sie gehen? Das wusste ich nicht. Wann?« Die Schwedin gab ein frustriertes Schnalzen von sich. »Offenbar läuft *gar* nichts gut.«

»In fünf Wochen und drei Tagen. Nicht dass ich die Tage zählen würde.«

»Ich konnte mit niemandem verkuppelt werden.« Ingrid seufzte. »Ich bin einfach nicht vermittelbar.«

»Sie sind nicht nicht vermittelbar.«

»Ziel der Übung war es, Paare zusammenzubringen. Ich habe viele Monate dabei mitgemacht und bin noch immer nicht verkuppelt worden.« Ingrid sah sich mit ausgestreckten Armen um – wie um zu untermauern, dass sie allein hier war. »Die Fakten sprechen für sich.«

»Nein. Okay, heute Nachmittag habe ich viel Zeit.« Cora gab Ingrids Flugdetails in den Computer ein. »Dublin. Viele englische Muttersprachler. Und Sie fliegen erst in zweieinhalb Stunden. Das heißt, wir haben reichlich Zeit. Ich kümmere mich darum. Bis zu meinem Schichtende sind es noch zwei Stunden, und die gehören ganz Ihnen. Wir finden jemanden für Sie. Jemand Tollen. Jemand Bombastischen. Worauf stehen Sie in letzter Zeit, außer dem Sportkram?«

»Auf Sex.«

»Wie bitte?«

»Auf Sex. In letzter Zeit stehe ich außer auf meinen Sportkram auch auf Sex. Ich habe neulich beschlossen, dass ich gerne mal wieder Sex hätte.«

»In Ordnung. Damit lässt sich arbeiten. Also brauchen wir jemanden, mit dem Sie sich vorstellen können, Sex zu haben. Jemanden, der gut aussieht?« Ingrid nickte. »Der nicht zu alt ist ...« Die Schwedin neigte fast unmerklich den Kopf. »Und ...«

»Einen richtigen Mann.«

»Okay, und damit meinen Sie ...?«

Doch das war alles. Das war ihr einziger Wunsch.

»Einen richtigen Mann, in Ordnung. Ich sehe, was ich tun kann.« Coras Hand wanderte erneut zu ihrer Tasche, sie schob den Brief tiefer hinein, erleichtert, dass sie nun einen Grund hatte, ihn noch ein paar Stunden zu ignorieren. »Bitte sehr – 27A. Angenehmen Flug!«

Cora ging die Passagierliste für den Flug nach Dublin durch, ließ automatisch alle Frauen, Ehemänner und alle Männer unter achtundzwanzig und über fünfundvierzig aussortieren. Damit hatte sich das Bewerberfeld auf achtzehn Kandidaten reduziert. Sieben fielen flach aufgrund ihrer Profilfotos oder Beziehungsstatusangaben, die auf eine Beziehung hindeuteten. Zwei waren schwul. Cora würde das hier so vermissen. Sie war echt gut darin. Dann suchte sie nach Informationen über die verbleibenden neun und erstellte eine Top-3-Liste. Sie würde warten, bis sich die Herren am Check-in-Schalter einfanden, und sich auf ihre Intuition verlassen.

»Joan, um den Flug nach Dublin kümmere ich mich.«

»Alles klaro.«

Und dann trudelten sie langsam ein. Mehr Iren als Engländer, darunter einige Gruppen von Freunden, die die Guinness-Brauerei besuchen wollten, eine kleine Truppe aufgeregter Pfadfinder und ein junges Paar, das kaum miteinander redete. Option eins – ein Mechaniker aus Kent – war ein freundlicher und gut aussehender Typ, aber deutlich kleiner als Ingrid. Möglicherweise war das eine persönliche Präferenz, aber damit war er aus dem Rennen. Nicht lang danach traf Option zwei ein.

»Francis O'Meara«, sagte Cora, wartete aber, bis sie seinen Pass geöffnet hatte. Sein Online-Profilbild zeigte einen gut aussehenden, aber nichtssagenden Mann. Im wirklichen Leben war er in gleichem Maße beeindruckender wie auch sympathischer.

»Eigentlich heiße ich Frankie. Nur meine Mutter nennt mich Francis. Und die Flughafenmitarbeiter«, fügte er mit einem kleinen Lächeln hinter seinem Dreitagebart hinzu.

»Willkommen bei Aer Lingus, Frankie.« Cora hatte ausgiebige Recherchen zu ihm angestellt, aber alle Infos in den sozialen Medien schienen vor ein paar Monaten zu enden. Sein LinkedIn-Profil sagte, dass er als Ingenieur in

Dublin arbeitete – zumindest war das bis zum Januar der Fall gewesen. Vielleicht war er wegen eines Bewerbungsgesprächs in London. »Beruflich oder privat?«

»Nur ein kurzer Besuch.«

»Irgendwas Spannendes?«, bohrte sie.

»Ach.« Er verdrehte die Augen. »Familie und so.« Aber in seiner Stimme lag eine gewisse Sanftheit.

»Ihre Frau?«

»Meine Mutter.«

»Super.« Er war im richtigen Alter, unbestreitbar attraktiv, und aus seinen dunkelblauen Augen sprach Güte. In der Schlange hinter ihm erspähte Cora Option drei – womöglich besser gekleidet und online leichter ausfindig zu machen. Aber Frankie hatte etwas. Sie mochte, wie er dastand, breitbeinig und sicher. Als ob er nichts zu verbergen hätte. Vielleicht war er ja das, was Ingrid »einen richtigen Mann« nannte.

»27B«, sagte sie und legte die Boardingkarte in seine großen Hände.

Er stellte sich als die richtige Wahl heraus. Option drei war nicht gut. Er erwies sich als Nörgler, der Cora langsam und laut einen Vortrag darüber hielt, dass er doch wenigstens die Möglichkeit haben sollte, sich am Flughafen einen Sitzplatz auszuwählen, wenn er schon nicht online einchecken konnte. Cora sagte, sie werde schauen, was sie tun könne, und setzte ihn in die allerletzte Reihe zwischen zwei der Pfadfinder.

Nachdem die Dublin-Check-ins beendet waren, schaltete Cora ihr Schalterlicht aus und rutschte von ihrem Stuhl herunter. Ihre Schicht war vor zwanzig Minuten zu Ende gewesen, und ihr fiel nichts ein, was sie noch hätte erledigen können. Der Mitarbeiterraum war leer. Sie wechselte ihre Schuhe, nahm ihre Sachen aus dem Spind, setzte sich an einen der drei weißen Tische und drehte den leicht zerknitterten Umschlag in den Händen. Sanft zog sie an dem Siegel und musste daran denken, wie gern ihre Mutter den Geschmack des Briefumschlagklebers gemocht hatte. Früher hatte sie immer die Klebekante an ihren Briefen an den Weihnachtsmann für sie abgeleckt und zugeklebt und war mit ihnen dreien zum Briefkasten marschiert. Wie viele Weihnachten würden sie wohl noch zusammen haben? Wie viele Truthähne und Weihnachtsschinken würden sie noch gemeinsam essen? Wie lange würde es noch dauern, bis sie nicht mehr schlucken konnte? Cora holte tief Luft und wollte gerade den Umschlag aufreißen, als ihr Telefon klingelte. Maeve.

»Ist etwas mit Sheila?«

»Ja.«

»Was ist los?«

»Es gibt zur Abwechslung einmal gute Neuigkeiten. So fit wie heute habe ich sie seit Langem nicht mehr gesehen.«

»Wirklich?«

»Seit Langem, ja. Ein neuer Arzt war bei ihr, ein Spezialist, und der hat gesagt, er kann die Narben an ihrem Arm verschwinden lassen. Eine Hauttransplantation wäre vermutlich zu viel für sie, und es bestünde die Gefahr einer Infektion, aber er wird eine Creme anrühren, die die Narben deutlich reduzieren dürfte. Du solltest sie sehen, Cora. Sie ist ganz aus dem Häuschen.«

»Ich dachte, das Rowan Centre kommt für kosmetische Behandlungen nicht auf?«

»Tut es auch nicht. Der Typ macht das ehrenamtlich. Er hat diese Woche im Centre angerufen und seine Dienste angeboten. Wenn das mal kein perfektes Timing ist? Zuerst dachte ich, dass er vielleicht ein bisschen zu jung ist, aber dann habe ich ihn im Internet gesucht, und er hat schon etliche Auszeichnungen gewonnen. Er ist einer der besten Ärzte für Verbrennungen in ganz Großbritannien. Was für ein Glück, dass er nicht schon vor ein paar Monaten dort angerufen hat oder in einem anderen Centre ehrenamtlich aushilft. Wir haben echt Glück. Cora? Bist du noch dran?«

»Wie heißt er?«

»Ich habe ihn schon recherchiert, und er ist sauber, absolut sauber.«

»Sein Name, Maeve.«

»In Ordnung. Warte.« Sie hörte, wie ihre Schwester das Handy ablegte. Coras Gedanken begannen zu rasen. Dann wurde der Hörer wieder hochgenommen. »Doktor Aiden O'Connor. Er ist Ire.«

Ihr drehte sich der Magen um.

»Sheila ist echt von ihm angetan. Sie hat ständig mit ihren Haarsträhnen herumgespielt. Ich glaube, sie hat auf ihre Weise mit ihm geflirtet.«

Er war zu ihrer Mutter gegangen. Er war ungebeten in die Forschungseinrichtung gefahren – und alle hatten ihm Honig ums Maul geschmiert. Sie versuchte, sich einen Reim darauf zu machen, aber es ergab keinen Sinn. Was sprang für ihn dabei heraus? Wieso mischte er sich in ihr Leben ein, nachdem er sie so gedemütigt hatte, und machte sich wichtig? Wollte er damit angeben? Wollte er sie verarschen?

»Cora? Hallo?«

»Sag ihm, wir wollen seine Hilfe nicht.«

»Was? Warum in aller Welt? Sheila freut sich. Und es ist kostenlos. Außerdem ist es sowieso nicht an uns, das zu entscheiden. Das Arztgespräch war heute Morgen, und er wird nächste Woche mit der Behandlung beginnen, nicht invasiv.«

»Für welche Klinik arbeitet er?«

»Warte ... Sie heißt – Blackhall Suites. Harley Street.«

Cora, die bereits aufgesprungen war, warf das Handy und den halb geöffneten Brief in ihre Handtasche und stürmte aus dem Pausenraum.

26

»Ich möchte mit Aiden O'Connor sprechen. Es ist dringend.«

»Haben Sie einen Termin?«

»Nein, aber er wird mich sehen wollen. Cora Hendricks.«

»Wenn Sie keinen Termin haben, wird er heute keine Zeit für Sie haben. Ich kann Sie für nächste Woche eintragen? Es geht um ein Beratungsgespräch, nehme ich an?«

Der Blick der Dame verweilte einen Augenblick zu lange auf Coras Stirn. Sie strich sich die Haare ins Gesicht. »Können Sie ihm nicht einfach sagen, dass ich hier bin? Cora Hendricks.«

»Wie gesagt, er ist den ganzen Abend ausgebucht.«

»Doktor O'Connor behandelt meine Mutter – eine Frau mit Alzheimer kann keine vernünftige Entscheidung treffen –, und wenn Sie mich nicht sofort zu ihm lassen, werde ich mich draußen vor das Gebäude stellen und jedem, der sich in einem Kilometer Radius nähert, erzählen, dass Blackhall Suites die Schwäche älterer Menschen ausnutzt.«

Die Empfangsdame zögerte kurz, dann stand sie von ihrem Schreibtisch auf. Cora sah kopfschüttelnd zu dem Wachmann hinüber, der sie beobachtete. *Ich gehe sicher nicht.* Eine Minute später kehrte die Empfangsdame zurück, mit Aiden im Schlepptau.

»Was für eine Überraschung – noch dazu so eine angenehme. Schön, dich zu sehen, Cora.«

»Können wir uns in deinem Büro unterhalten?«

»Natürlich. Ist schon okay, Mandy. Das ist eine Freundin von mir.« Wäre Cora nicht so in Rage gewesen, hätte sie gelacht.

Sie folgte ihm den Gang entlang, weil sie nicht neben ihm gehen wollte, weil sie nicht anfangen wollte zu reden, nur um durch plötzliches Abbiegen oder durch zögerliche Richtungswechsel unterbrochen zu werden. Aidens Büro war minimalistisch eingerichtet, so wie sie sich einst seine Wohnung vorgestellt hatte. Es hingen keine Zeugnisse oder Fotos an der Wand. Es hätte ein x-beliebiges Büro sein können.

»Ich bin nie dazu gekommen, dem Büro eine persönliche Note zu geben.« Aiden zog die Tür hinter sich zu, als er sie ins Zimmer dirigiert hatte. »Man muss nicht Freud sein, um das festzustellen.«

Cora explodierte. »Was fällt dir ein, meine Mutter zu besuchen? Hältst du mich für so inkompetent, dass ich mich nicht selbst um sie kümmern kann? Oder ist das für dich nur eine weitere Chance, der Welt zu beweisen, wie toll du bist? Um allen zu zeigen, *du* bist Arzt – und ich bin *nur* eine Check-in-Mitarbeiterin.«

»Cora, ich ...«

»Weshalb sollte ein Mann, der mich so wenig achtet, Zeit mit meiner Mutter verbringen wollen – mit meiner kranken, verletzlichen Mutter? Was für ein Spiel treibst du? Hast du mich nicht schon genug gedemütigt? Ist dir eigentlich bewusst, wie sehr du mich gedemütigt hast? Mit deinem Bruder über mich zu lachen. Ich dachte ... Aber nein.« Cora zuckte zusammen, sie konnte noch immer nicht an seine Worte denken, ohne körperlich darauf zu reagieren. »Ich bin mir so dämlich vorgekommen.«

Diesmal wartete Aiden, bis er sicher war, dass sie ausgeredet hatte. »Es tut mir leid, Cora.«

»Ist das alles?«

»Es war nie meine Absicht, dass du dir dämlich vorkommst. Ich bin der Idiot. Mein Bruder schafft es jedes Mal, mich zu verunsichern. Ich weiß, ich sollte das nicht zulassen, aber so ist es nun mal. Und ich wollte es wiedergutmachen, indem ich deiner Mutter helfe. Ich wollte etwas für dich tun. Gott, ich mag dich. Sehr. Mehr als alles andere in dieser Stadt.«

Cora sah sich in dem Raum um und bemerkte spöttisch: »Na ja, scheinbar gibt es ja nicht viel Konkurrenz.«

»Ich wollte helfen, falls ich das kann. Ich weiß, wie viel Sheila dir bedeutet, und damit tue ich weiß Gott mehr Gutes, als ich hier je tun werde.«

»Ich will, dass du meine Mutter in Frieden lässt.«

Aiden sah sie flehend an; Cora wich seinem Blick aus.

»Es tut mir ...«

»Lass sie in Ruhe, und ich vergebe dir.«

»Es tut mir leid, aber ich kann mein Versprechen nicht brechen. Ich bin jetzt ihr Arzt und habe eine ärztliche Behandlungspflicht. Sheila freut sich, dass ihre Narben behandelt werden, und das Rowan Centre hat bereits zugestimmt.«

»Du bist ein egoistischer Snob.«

»Ich weiß.«

»Du denkst, du bist besser als alle anderen, aber das bist du nicht.«

»Ich weiß.«

»Wie kannst du es wagen, dich über meinen Beruf lustig zu machen, wenn du deine Arbeit nicht einmal magst? Ich bin zumindest stolz auf meine Arbeit!«

»Du hast recht. Das solltest du auch sein.«

Cora wusste nicht weiter. »Gut.« Nun betrachtete sie ihn zum ersten Mal bewusst, der Anblick im Arztkittel war ungewohnt. Er sah gut aus, sehr sogar, was sie nur noch wütender machte. »Also, lässt du sie künftig in Ruhe?«

»Ich mag zwar ein aufgeblasener Egoist sein, aber ich bin auch ihr Arzt. Deshalb geht das nicht.«

»Das ist doch unglaublich! Mein Gott.« Tränen der Frustration stauten sich hinter ihren Augen, während sie krampfhaft versuchte, nicht zu blinzeln. »Hast du nicht schon genug Schaden angerichtet?« Sie hatte es sich erlaubt, ihn zu mögen; sie hatte sogar *anderen Leuten erzählt*, dass sie ihn mochte. »Kannst du mich nicht einfach in Ruhe lassen? Verflucht noch mal!« Sie versuchte, ihre Stimme unter Kontrolle zu bekommen. »Ich will nicht, dass du mit mir redest oder dich mir noch mal näherst. Ich bin sowieso bald nicht mehr am Flughafen; ich habe meine Kündigung eingereicht. Was nichts mit dir zu tun hat.«

»Ich werde auch nicht mehr dort sein.«

»Was? Das ist mir doch egal. Aber gut, das sind gute Neuigkeiten.«

»Ich werde nicht mehr nach Dublin fliegen. Ich werde hier in London ehrenamtlich für Leute wie deine Mutter arbeiten. Das Ganze war unsinnig. Ich habe es gehasst. Das einzig Gute daran, jedes Wochenende nach Hause zu fliegen, war, dich zu sehen.«

Cora brachte nur ein Flüstern zustande: »Was soll das werden?«

»Ich versuche, mich zu entschuldigen. Ich versuche, dir zu sagen, dass ich dich mag. Sehr sogar. Ich mag dich sehr, Cora. Ich glaube, du bist einer der besten Menschen, denen ich je begegnet bin.«

»Du kennst mich doch kaum.«

»Ich weiß vielleicht nicht, wann du Geburtstag hast und ob du eher der Hunde- oder der Katzentyp bist, das nicht, aber ich weiß, dass ich so viel wie möglich neben dir stehen oder sitzen möchte. Ich möchte in deiner Nähe sein, weil du großherzig und witzig und anziehend bist. Ich mag dein Gesicht – die breiten Wangen, die dein ganzes Gesicht einnehmen, wenn du lächelst –, ich mag, wie du denkst, wie du gehst, ich mag sogar, wie du mich beleidigst. Und das mag ich eigentlich gar nicht. Ich war ein arrogantes Arschloch, und das tut mir leid. Mit anderen Worten versuche ich, dich dazu zu bringen, mir zu vergeben.«

Cora brachte all ihre Willenskraft auf, um nicht zu blinzeln, um nicht den Damm brechen zu lassen. Einen Augenblick lang hätte sie ihm fast geglaubt. Ihre Augen begannen zu stechen. »Ich traue dir nicht. Ich ...« Cora stützte sich mit einer Hand auf dem Tisch ab. Sie sprach langsam; der einzige Weg, zu verhindern, dass ihr die Stimme brach. »Ich bin hergekommen, um mit dir über meine Mutter zu reden. Wenn du mir einen Gefallen tun willst, dann lass sie in Frieden.«

»Ich glaube, wenn du dich erst einmal beruhigt hast, wirst du ...«

Da war es wieder. »Sag mir nicht, was ich zu tun habe!« Er kam auf sie zu, und sie wich zurück. »Sag am besten gar nichts mehr.« Sie stand inzwischen wieder im Gang – er war glamouröser als der am Flughafen, strotze nur so vor Geld und Arroganz – und lief eiligen Schritts davon. Raus auf die Straße. Wo sollte sie hin? Nach Hause. Sie musste nach Hause. Sie lief weiter. Aber das Gespräch ging ihr nicht aus dem Kopf, sie bekam den Gang der Ereignisse nicht klar – alles war konfus in ihrem Kopf. Sie kramte nach ihrem Handy. Dann hielt sie inne. Sie konnte sie nicht anrufen. Selbst wenn es nicht um sie gegangen wäre. Sie konnte sie nicht anrufen. Da war sie wieder: die Realität, die ihr wie ein Stein im Magen lag. Sie würde ihre Mum nie wieder anrufen können. Cora schloss die Augen, als ihr plötzlich bewusst wurde, dass Tränen auf ihren Wangen kitzelten. Sie setzte sich in eine leere Bushaltestelle, die Hand noch immer in ihrer Handtasche. Statt nach dem Handy zu greifen, griff sie nach dem Umschlag. Sie wischte sich über das Gesicht, holte zweimal tief Luft und riss ihn auf.

Mein lieber Spatz,

es ist schwierig, mir all das auszumalen, was noch kommen wird, während ich hier sitze und Dir schreibe und mich dabei so robust und unvergänglich wie ein Baum fühle. Aber meine Äste beginnen, schwächer zu werden, und ich werfe nach und nach Blätter ab. Die Ärzte haben mir das bestätigt. Eines nach dem anderen fallen sie hinunter. Deshalb muss ich Dir all das sagen, von dem ich nie geglaubt hätte, dass ich es je vergessen könnte, ehe alles fort ist.

Ich möchte Dir sagen, dass ich Dich liebe. Das ist der ganze Inhalt dieses Briefs: »Ich liebe Dich, ich liebe Dich«, das will dieser Brief Dir immer wieder auf verschiedene Arten sagen. Deine Mum liebt Dich. Was auch immer verloren geht, dieser Teil bleibt unvergessen. Es ist in meine Rinde eingeritzt und steckt tief in meinen Wurzelspitzen. Ich bin unglaublich stolz auf Dich, Cora. Weißt Du das eigentlich? Du bist mit jeder Faser meines Herzens verwoben.

Es tut mir leid wegen all der schrecklichen Dinge, die ich Dir inzwischen an den Kopf geworfen haben werde, und wegen all der wichtigen Details, die ich vergessen haben werde. Es ist mir unmöglich, mir das vorzustellen, wo ich doch in diesem Moment tausend

Bilder aus jeder Phase Deines Lebens abrufen kann. Aber meine Äste werden schwächer. Das weiß ich. Und es tut mir um all die Dinge leid, die ich verpassen werde, es tut mir um jeden Tag leid, an dem Du mich brauchen wirst und an dem ich nicht für Dich da sein werde. Es tut mir leid, Dich im Stich zu lassen, Cora.

Bitte vergib mir.

Und bitte nimm Dir meine Worte zu Herzen. Denn ich möchte Dir ein paar Dinge sagen, von denen ich glaube, dass <u>Du</u> sie womöglich vergessen hast.

1. *Du bist so viel mehr wert, als Du selbst glaubst. Das ist ein Fakt. Hör auf Deine Mutter.*
2. *Du hast ein großes Herz. Das hast Du immer schon gehabt. Und ein so großes Herz gerät leicht ins Kreuzfeuer, aber das ist okay. Wenn Dein Herz bricht, heilt es auch wieder. Es ist dazu da, benutzt zu werden.*
3. *Du warst schon immer sehr hartnäckig. Und das sollst Du auch sein, das habe ich Dir beigebracht. Aber denk daran: Hochmut kommt vor dem Fall. Niemand kann alles ganz alleine machen.*
4. *Manche Menschen sind es wert, ein Risiko einzugehen. Das ist äußerst wichtig. Ich habe gesehen, wie Du Dich von der Welt zurückgezogen hast, und das ist nicht gut. Hörst du? Wir alle werden verletzt; der Trick besteht darin, trotzdem weiterzumachen. Gib den Menschen eine Chance, meine liebe Tochter. Schenk ihnen Dein Vertrauen.*

Und denk daran, für immer und ewig und noch lange danach: Deine Mum liebt Dich.
X

LHR → DUB 14:30 Uhr

27A

Ingrid hatte ihn von dem Moment an beobachtet, als er an Bord gekommen war. Als er die erste Reihe passierte, konnte sie seine breiten Schultern und eine allgemeine Behaartheit ausmachen. Dann verlor sie ihn hinter den anderen Passagieren aus den Augen, was ein echtes Kunststück war, da er den Durchschnitt definitiv überragte. Auf Höhe des Notausgangs bemerkte sie den Dreitagebart wieder und beobachtete, wie er einem älteren Ehepaar half, die Taschen im Gepäckfach zu verstauen. Er selbst hatte keine Tasche bei sich. Mit jeder Reihe wuchsen ihre Chancen, und sie wandte den Blick nicht ab, aus Angst, die magnetische Anziehungskraft könnte abbrechen und er könnte in eine Reihe weiter vorne gesaugt werden.

Als er stehen blieb, nickte und sich neben sie auf den Sitz gleiten ließ, peinlich darauf bedacht, ihr nicht zu nahe zu kommen, war Ingrid ziemlich sicher, dass das, was sie spürte, Herzflattern war. Cora hatte gute Arbeit geleistet.

»Wie geht's?«

Ingrid dachte einen Moment nach. »Durchschnittlich bis gut.«

Er lachte. »Sie sind auf jeden Fall keine Irin.«

»Nein«, gab sie leicht schnippisch zurück. »Ich bin Schwedin.«

»In Irland antwortet einfach niemand auf diese Frage.«

»Und wieso nicht?«

»Ah, man benutzt das wie ein ›Hallo‹. Und falls jemand doch einmal antwortet, sagt er nur ›okay‹. Allen geht's okay. Ich habe mir oft überlegt, was passieren würde, wenn jemand sagen würde: ›Danke der Nachfrage. Wenn Sie kurz Zeit haben, erzähle ich Ihnen alles, was mich in den letzten paar Monaten runtergezogen hat.‹« Der haarige Typ gluckste. »Das wäre wenigstens mal eine ehrliche Antwort.«

»Und was wäre Ihre ehrliche Antwort?«

»Vermutlich ›okay‹.«

Sein Name war Frankie, und er war »vorübergehend« Bauer, ging aber nicht näher darauf ein. Er war an diesem Morgen nach London geflogen, um seine Mutter zu begleiten – sie war auf dem Weg in den Urlaub und flog nicht gerne allein –, und in ein paar Tagen würde er sie wieder abholen. Das war alles. Frankie war kein Mann vieler Worte. Was attraktiv war, weil er attraktiv war. Ingrid war sich bewusst, dass bei schönen Menschen mit zweierlei Maß gemessen wurde, war aber selbst nicht immun dagegen. Also übernahm sie größtenteils das Reden.

Als Nancy mit dem Kaffee kam, war Ingrid erleichtert. Sie hatte sich ein wenig in einen Monolog verfranzt, wann der optimale Zeitpunkt war, bei einer Konferenz das Handout auszuteilen.

»Kostenlos? Sind Sie sicher? Auf dem Hinflug haben wir drei Euro bezahlt.«

»Er ist nur in Reihe 27 kostenlos«, erklärte ihm Ingrid.

»Noch nie davon gehört«, sagte er und nahm Nancy die H-Milch ab. »Aber klar, man muss das Heu einfahren, solange die Sonne scheint.« Nachdem er den Deckel abgenommen hatte, umfasste er den Papierbecher mit seinen beiden Händen, in denen er winzig wirkte.

»Bei diesem Wetter würden Sie aber nicht viel Heu einfahren«, kicherte Ingrid – nervös, aufgeregt, das Flattern hatte sich in ihren Unterleib verlegt. »Eher Silofutter.«

Sie spielte damit auf die ungewöhnlich hohe Feuchtigkeit an, die schon den ganzen Tag in allen Wetterberichten Thema war. Aber Frankie lachte nicht und nippte lediglich an seinem Kaffee. Es war ihr schon immer schwergefallen, den Humor von jemandem einzuschätzen.

»Ich bin auf einem Bauernhof aufgewachsen.«

Er schluckte den Kaffee hinunter. »Dann gibt es in Schweden also auch Bauernhöfe?«

Ingrid runzelte die Stirn. Hatte er noch nie von ihren berühmten langen Wachstumsperioden gehört?

»Ah, ich vergackeiere Sie nur.«

»Vergackeiern?«

»Veräppeln«, erläuterte er. »So was wie auf den Arm nehmen.«

»Vergackeiern, verstehe.«

»Natürlich gibt es in Schweden Bauernhöfe.«

Natürlich gab es in Schweden Bauernhöfe. Jesus, Maria und Josef. Frankie, was hast du dir nur dabei gedacht? Hatte das ein Witz sein sollen? Hatte es nicht bei der Pflug-WM eine schwedische Mannschaft gegeben? Und hatten sie nicht am letzten Abend mit den schwedischen Gästen einen draufgemacht, um ihre Gastfreundschaft unter Beweis zu stellen, wobei das Gelage damit geendet hatte, dass alle Iren besoffen wie die Haubitzen den amüsierten Skandinaviern immer wieder »Geht heim zu euren sexy Frauen« vorgesungen hatten? Allerdings erwähnte Frankie das lieber nicht; er war nicht sicher, ob die Geschichte nüchtern auch funktionierte. Er war ein wenig eingerostet, was das betraf. Zwischen der Arbeit auf dem Hof, dem Pub, der Molkerei und dem gelegentlichen Besuch der Sonntagsmesse hatte Frankie in den vier Monaten, seit er wieder zu Hause war, mit keiner Frau mehr gesprochen – außer der, die ihn zur Welt gebracht hatte.

»Was macht Ihre Mutter in England?«

»Sie besucht ihre Schwester in Bromley. Sie fährt nur alle fünf Jahre hin, aber selbst dann schafft sie es nicht, allein zu fliegen. Ich bin schon seit Monaten nicht mehr geflogen. Und auch nicht mehr in Dublin gewesen.«

»Wohnen Sie weit von Dublin entfernt?«

»Nicht allzu weit. Ungefähr anderthalb Stunden. Ich habe oben in Dublin gearbeitet, aber nach Weihnachten musste ich nach Hause ziehen.«

»Wieso?«

Sie waren ganz schön direkt, diese Europäer. Löcherten einen mit ihren Fragen.

»Sie brauchten Hilfe auf dem Hof. Mein Vater ist gestorben, und meine Ma konnte nicht alles allein bewältigen.«

»Das tut mir leid, das mit Ihrem Vater«, sagte sie und Frankie konnte nicht umhin, über ihre Ernsthaftigkeit zu lächeln.

»So was passiert eben. Er war fast achtzig.«

»Und hat immer noch gearbeitet!«

Frankie lachte. »Sehen Sie, das ist der Unterschied zwischen Bauern in Schweden und in Irland. Da, wo ich herkomme, geht niemand in Rente. Die sind alle besessen von ihrem Land. Haben Angst, dass irgendein Ausländer es sich unter den Nagel reißt, wenn sie es nur eine Minute aus den Augen lassen.«

»Aber übernehmen nicht die Kinder normalerweise den Hof?«

»Ja, schon.«

Sie verfielen in Schweigen.

»Das hätten wir vermutlich tun sollen«, sagte er schließlich. »Aber keiner von uns wollte das.«

»Und wieso tun Sie es dann jetzt?«

»Ah.« Und diesmal beließ er es bei dieser Antwort.

Ingrid liebte Herausforderungen, und nun, da sie ihn zum Reden gebracht hatte, stand die nächste an: zu verstehen, was er sagte. Aber sie mochte seine seegangähnliche Satzmelodie. Hoch und runter, und dann mit voller Wucht wieder nach oben. Und übermäßige Behaarung war ein Zeichen von Männlichkeit. Was sie ebenfalls liebte.

»Ich war noch nie auf einem irischen Bauernhof. Obwohl ich mich beruflich mit Landwirtschaftspolitik beschäftige und Irland der größte Rindfleischexporteur in Europa ist und unter den Top drei bei den Milchprodukten.«

»Ist dem so?«

»Ja. Ist das nicht allgemein bekannt?«

Frankie schüttelte den Kopf.

»Interessant. Aber das ist so, und trotzdem gibt es keine Farmbesichtigungen. Dabei würde ich so gerne mal eine sehen. Seltsam, wenn man bedenkt, dass alle Entscheidungen für die ländlichen Gegenden in Städten getroffen werden.«

»Dann haben Sie mehr Interesse an dem Ganzen als ich.«

»Haben Sie denn kein Interesse? Das ist doch Ihre Einkommensquelle.«

»Vorübergehend. Als ich jünger war, hatte ich Interesse an der Landwirtschaft, bin mit dem Traktor gefahren, habe bei der Ernte geholfen und so weiter. Aber ich habe als Ingenieur gearbeitet, bis mein Dad ... wie gesagt. Und ich werde in meinen Beruf zurückkehren. Sobald wir meine Ma überzeugt haben zu verkaufen.«

»Schwierig?«

»Sie sagt, sie verlässt ihren Hof nur im Sarg, mit den Füßen voran.«

Frankie war es leid, über den Hof zu reden. Zu Hause wurde nicht viel geredet, aber wenn, war der Hof das einzige Thema. Als er in Dublin war, hatte er kaum an zu Hause gedacht. Das war ein anderes Leben, ganz weit weg.

Er wusste, dass die Unterhaltung einseitig verlief, war aber noch nie gut darin gewesen, direkte Fragen zu stellen. Also befragte er Ingrid (schöner Name) zur Landwirtschaft in Schweden – ein gutes, unverfängliches Thema, an dem nichts peinlich war –, was ihre Unterhaltung auf den Hof brachte, auf dem sie aufgewachsen war, und ohne dass er wirklich gefragt hatte, auf ihre Eltern. Wie sich herausstellte, war das mit dem Small Talk wie mit dem Fahrrad fahren: Wenn man erst einmal anfing, lief es wie von selbst.

Ingrid war klug und lustig, wenn auch möglicherweise unbeabsichtigt. Als er an der Uni war, hatte er mal ein Mädchen aus Schweden abgeschleppt. Ingrid sah sogar noch besser aus. Und es war nicht so, dass er *über* sie lachte. Überhaupt nicht. Ihre Offenheit freute ihn.

»Fliegen Sie oft nach Hause? Nach Schweden, meine ich.«

»Alle paar Trubeljahre.«

»Sie meinen Jubeljahre?«

»Ja, genau. Jubeljahre.« Er konnte sehen, wie sie nachdachte, und musste grinsen.

»Ich habe auch keine Ahnung, wieso es Jubeljahre heißt.«

»Vielleicht gab es irgendwo etwas zu bejubeln?«

»Aber nur alle paar Jahre.«

Nun lächelte sie auch.

Ingrid referierte ausgiebig über Irlands Stellung als Milchwirtschaftsnation und die hohen Treibhausgasemissionen des Landwirtschaftssektors, machte sich aber Sorgen, dass das Ganze falsch rüberkam.

»Ich rede zu viel.«

»Nein, gar nicht. Es ist interessant, Ihnen zuzuhören.«

Ingrid dachte darüber nach. »Es ist schwer einzuschätzen, was andere interessiert.«

»Sie haben eine Leidenschaft fürs Praktische. Das ist schön.«

»Ich habe Ihnen noch gar nicht von meiner anderen Leidenschaft erzählt – dem Laufen.«

»Ich bin ganz Ohr.«

»Laufen Sie?«

Frankie schüttelte den Kopf. »In Dublin sehe ich immer die Jogger durch die Straßen laufen. Und frage mich immer: Wovor laufen die alle *davon?*«

Ingrid grinste. »Am Anfang läuft man davon. Vor Krankheiten, vor der Einsamkeit oder vor dem eigenen Aussehen. Aber sobald es einen erst mal gepackt hat, läuft man auf ein Ziel hin: Glück oder Gesundheit oder ein langes Leben.«

»Schauen Sie. Selbst das. Ist äußerst interessant.«

Sie warf ihm einen Blick zu. Er lächelte, zog sie aber nicht auf. Sie senkte den Kopf und genoss das warme Gefühl, das sie durchströmte.

»Könnte ich Ihren Hof vielleicht mal besuchen?«

»Oh, ähm ...«

»Für eine Farmbesichtigung. Wenn es Ihnen recht ist.«

»Es ist nur so, dass es im Grunde genommen nicht mein Hof ist. Er gehört meiner Mutter.«

»Meinen Sie, sie hätte etwas dagegen?«

Frankie wusste genau, wie seine Mutter auf eine Ausländerin auf ihrem Hof reagieren würde: mit größtem Misstrauen. Nicht dass sie befürchtete, man könnte ihr ihren Sohn wegnehmen, sondern eher, dass diese bildhübsche Frau mit ihrer erfolgreichen Karriere ein Auge auf Maureen O'Mearas paar Dutzend Hektar Land haben könnte.

Aber glücklicherweise war sie in London.

»Was sie nicht weiß, macht sie nicht heiß.«

»Ich bin zwei Tage in Irland«, sagte Ingrid. »Morgen habe ich bis 16 Uhr Meetings. Wenn ich von anderthalb Stunden Fahrt ausgehe und zwanzig Minuten für das Abholen des Mietwagens einplane – könnte ich gegen 18 Uhr da sein.«

»Dann mache ich uns ein Abendessen.«

»Sie kochen?«

»Bei uns in Irland gibt es auch moderne Männer, wissen Sie.«

Sie lief rot an. »Ich habe nie gesagt ...«

»Ich weiß. Ich veräppele Sie nur.«

»Vergackeiern?« Sie sah ihm direkt in die Augen. Und ihn packte ein Verlangen.

»Ja, ich vergackeiere Sie nur.«

Und dann gab er diesem Verlangen nach, beugte sich vor, zögerte einen Moment, falls sie sich wehren würde, und drückte seine Lippen so schnell auf ihre, dass es klang, als würde man einen Gummisauger von einem Euter abziehen.

»O Gott. Tut mir leid.«

Ingrid beugte sich vor und verbarg ihr Gesicht, während sie in ihrer Handtasche kramte.

»Und das in einem Flugzeug. Entschuldigen Sie, Ingrid.«

Aber als sie wieder aufblickte, reichte sie ihm Stift und Papier. »Ich brauche nur noch deine Anschrift.«

Und während er die ihm vertraute Anfahrtsbeschreibung notierte – »an der Post rechts vorbei, zweimal links abbiegen und an der Kurve scharf rechts« – beugte sie sich zu ihm hin und flüsterte mit ihrer liebenswerten formellen Offenheit: »Danke, Frankie. Das war wunderbar.«

27

B Es war über eine Woche her, seit sie aus Aidens Büro gestürmt war, und seither hatte sie nichts mehr von ihm gehört. Was genau das war, worum sie ihn gebeten hatte. Der Freitag war ebenfalls vorübergegangen, ohne dass er am Flughafen aufgetaucht war. Wie er es angekündigt hatte. Mit einem Mal hielt er sich ärgerlich genau an sein Wort.

Aiden war wieder im Rowan Centre gewesen, um ihrer Mutter einen Besuch abzustatten. (Ein weiteres Versprechen, das er unbedingt meinte, halten zu müssen.) Maeve war dabei gewesen, aber Cora hatte sich eine Ausrede einfallen lassen. Er hatte die Salbe einmal aufgetragen und dem Personal, Maeve und Sheila gezeigt, wie sie künftig aufgetragen werden sollte. Ziemlich einfach, hatte ihr Maeve berichtet. Das war es also gewesen. Nun bestand kein Grund mehr für ihn, sie zu besuchen. Außer es ging irgendetwas schief. Und natürlich wollte Cora nicht, dass etwas schiefging.

»Ich würde zu gerne wissen, was in deinem Köpfchen vor sich geht«, sagte Joan, die zwei Stunden nach Coras Arbeitsbeginn für ihre Schicht eintraf. Terminal zwei war tot.

»Nichts. Ich denke nur nach.«

Cora hatte nächste Woche ein Bewerbungsgespräch in der Tate Gallery – als Koordinatorin für die Kinder-Sommerferienlager –, über das sie nachdachte, aber vor allem dachte sie vielleicht zum millionsten Mal, dass sie womöglich zu starrköpfig gewesen war. Immer wieder dachte sie darüber nach, was Aiden gesagt hatte. Und ihre Mutter. Je mehr Zeit verging, desto mehr wollte sie ihm vertrauen. Hätte sie ihn nicht einfach bei seinem Wort nehmen können? Sie wollte sich nicht von der Welt zurückziehen.

Joan hatte zu pfeifen begonnen. Laut. Wie die Karikatur eines Postboten, der frohe Neuigkeiten bringt. »Möchtest du mir irgendetwas sagen, Joan?«

»Na ja, jetzt, wo du es erwähnst, ja. Sardinien ist ge-ritzt!«

»Wirklich? Wer hat Jims Platz übernommen?«

»Niemand. Er kommt mit. Zwei der Four Wise Men wurden hopsgenommen, weil sie gefälschte Waschmaschinen vertickt haben.« Selbst wenn Joan sich Mühe gegeben hätte, sich die Schadenfreude nicht anhören zu lassen, hätte die Art, wie sie sich die Hände rieb, sie verraten. »Sie haben versucht, den Beginn des Urteilsspruchs nach hinten zu verschieben, aber Pech gehabt. Und es gibt keine Ersatzmänner, die sich mit Geschichte und den Klassikern so gut auskennen. Jim ist natürlich außer sich – hat sich draußen bei seinen Tauben in Selbstmitleid gesuhlt. Der Ärmste.«

Cora lächelte.

»Ich liebe ihn wirklich. Auch wenn nur Gott weiß, warum. Egal, wenn sein Bauch erst ein bisschen Farbe abbekommen hat, wird er es schnell vergessen haben.«

Es war durchaus möglich, dass Aiden ernst meinte, was er gesagt hatte, oder? Dass es ihm leidtat. Dass er sie mochte. *Sehr*. Er hatte gesagt, dass er sie sehr mochte. Aber Cora hatte immer ihrem Instinkt vertraut, und er kannte sie kaum. Wie konnte er glauben, sie sei das Beste an dieser ganzen Stadt? Offenkundig war er noch nie in der National Gallery gewesen. Sie überzeugte sich selbst, dass er es nur so dahergesagt hatte. Andererseits kannte sie ihn genauso wenig, und sie hatte ihn ebenfalls gemocht. *Sehr*. Und es war seit Langem das erste Mal gewesen, dass sie jemanden mochte. Wie konnte man sicher sein, was Instinkt und was Angst war? Mit jedem Tag, der verstrich, wuchs dieses schreckliche Gefühl – ein Gefühl, das sie allmählich als Bedauern erkannte.

Sie sah Ray und winkte ihm zu. Sofort lief er rot an. Beide hatten sich erst vor fünf Stunden gesehen; Cora war ins Bad gegangen, um sich die Zähne zu putzen, und Ray begegnet, der gerade aus der Dusche kam. Inzwischen verbrachte er genauso viel Zeit in Coras Wohnung wie sie selbst, nur dass er sich meist in Marys Zimmer verkroch. Und dann war da noch Ingrid. Sie hatte auf dem Rückweg von ihrer Konferenz in Dublin an Coras Schalter vorbeigeschaut, Frankie im Schlepptau, der Farmer war, wie sich herausgestellt hatte. Er war in London, um seine Mutter abzuholen – und Ingrid, die im sprichwörtlichen Sinn wie die Katze aussah, die sich an der Sahne gütlich getan hatte, und bereits den nächsten Flug auf die Grüne Insel gebucht hatte.

All das hob Coras Stimmung. Das Glück anderer Menschen minderte nicht ihr eigenes. Es war schließlich nicht so, als ob es nur eine begrenzte Menge an Glück auf der Welt gäbe und nichts mehr für sie übrig blieb, wenn andere Menschen viel davon abbekamen. Jeder war seines Glückes Schmied. Und das Einzige, was Coras Glück im Weg stand, war sie selbst. Es war nicht so, dass sie nicht vergeben konnte, es war nur einfacher, es nicht zu tun.

Cora beobachtete, wie Ray hinter der Rolltreppe verschwand, wahrscheinlich um seine Schicht anzutreten. In

Halbtrance starrte sie auf den Fleck, an dem sie ihn zuletzt gesehen hatte, während verwirrende Gedanken ihr im Kopf herumschwirrten. Ihre Verwirrung wurde erst durchbrochen, als sich eine andere Gestalt aus den Schatten löste und in das Terminal gelaufen kam.

War es möglich, allein durch Willenskraft etwas herbeizurufen? Cora hatte diese Möglichkeit bislang nie erwogen, bis sie Aiden O'Connor erkannte, der auf sie zukam.

»Ich weiß, du hast gesagt, ich soll nicht mit dir reden.«

»Ich ... ja.«

»Aber ich dachte, ich starte noch einen letzten Versuch. Ich habe die Behandlung deiner Mutter abgeschlossen.«

»Hab' ich gehört.«

»Ich glaube, alles wird gut abheilen.«

Cora sagte nichts.

»Ich war vor zwei Tagen schon mal hier, aber da warst du nicht da. Deine Kollegin meinte, du hättest heute Dienst.« Er blickte zu Joan hinüber, die ungeniert zuhörte.

»Ich wollte dir noch Bescheid sagen, dass so ein Typ nach dir gefragt hat, Cora. Muss wohl durch meine Urlaubspläne abgelenkt gewesen sein. Ich fliege nächste Woche nach Sardinien.«

»Sehr gut«, sagte Aiden. »Es soll schön dort sein. Kristallklares Wasser.«

»Ich habe noch zu arbeiten, insofern ...«

»Wovon redest du, Cora? Hier ist tote Hose!«

Cora warf Joan einen Blick zu, aber ihre ältere Kollegin verhielt sich weiter so, als sei sie Teil des Gesprächs.

»Es tut mir leid.«

»Das hast du schon mal gesagt.«

»Es tut mir wirklich leid. Sag mir, was ich tun kann, damit du mir vergibst.«

»Schon gut, ich vergebe dir.« Joans Stuhl knarrte. Cora wollte das nicht hier besprechen, nicht vor anderen Leuten. »Gibt es sonst noch irgendwas?«

»Ich wollte dir noch sagen ...« Aiden senkte die Stimme, woraufhin Joan sich nur noch weiter vorlehnte.

»Hör zu. Du hast genug gesagt. Belassen wir es einfach dabei, okay? Ich habe dir vergeben, und du hast mir versprochen, nicht mehr mit mir zu reden, bleiben wir dabei.« Cora wurde rot. Allmählich fanden sich die Passagiere ein, und während sie Joan, die es sich gemütlich gemacht hatte, nicht zu sehen schienen, steuerte eine Familie direkt auf sie zu.

»Cora, können wir ...«

Aber die unterschiedlichen Generationen hatten sich bereits auf sie gestürzt und redeten auf Spanisch und Englisch auf sie ein, wer die Pässe hatte und wie viele Kinder mitreisten, und Aiden wurde zur Seite gedrängt. Sie hatte seine Gefühle verletzt – nicht ganz so, wie er ihre verletzt hatte, und eigentlich sollte es ihr egal sein, aber das war es nicht.

»Wir sind sieben, Papa! Maria nehmen wir doch nicht mit.«

»Was macht Maria dann hier?«

»Das ist nicht Maria, Opa! Das ist Gabrielle.«

Cora nahm die vorhandenen Papiere entgegen und zählte die Passagiere. Schließlich fanden sich auch die drei noch fehlenden Pässe – wobei der letzte aus dem Mund eines Kleinkinds gerettet wurde –, und sie tat ihr Bestes, um die widersprüchlichen Sitzplatzwünsche zu erfüllen.

Als die Familie schließlich weg war, war Aiden das auch.

Sie stellte sich auf die Fußstütze ihres Stuhls und ließ ihren Blick durch das Terminal schweifen, konnte ihn aber nirgends entdecken.

»Wo ist er hingegangen, Joan? Hast du gesehen, wo er hin ist?«

»Wer, Mäuschen?«

»Aiden – der Mann, der nach mir gefragt hat.« Aber ihre ältere Kollegin, die nun ebenfalls – mehrere Minuten zu spät – mit ihren Kunden alle Hände voll zu tun hatte, schüttelte den Kopf.

»Würdest du ... Ich bin gleich zurück.« Cora sprang von ihrem Stuhl. »Es dauert nicht lange.« Ohne auf Joans Antwort zu achten, lief sie schneller und drehte sich hektisch in alle Richtungen, während sie versuchte, Aiden in den Massen zu entdecken, die plötzlich aufgetaucht waren. Vor der Männertoilette zögerte sie kurz und überlegte, ob es sich lohnte zu warten, beschloss aber, keine Zeit zu verlieren. Sie schaute bei Costa und bei WHSmith hinein, inzwischen war sie vom Gehen zum Joggen übergegangen. Am U-Bahn-Eingang blieb sie stehen und sah sich noch einmal um, sorgfältig darauf bedacht, in ihrer Panik nichts zu übersehen, bevor sie das Beförderungsband hinunterrannte. Ihr Herz klopfte so heftig, als würde sie sprinten. Sie hatte ihn verloren. Er war zurückgekommen, und sie hatte so getan, als sei sie nicht interessiert, und hatte ihn fortgeschickt. Er hatte ihr eine Chance gegeben, aber sie war zu stur und zu stolz gewesen, sie anzunehmen.

Cora stolperte auf der Rolltreppe, rappelte sich hoch und lief weiter. Sie wollte keine Angst haben. Sie wollte ihm sagen können, dass sie ihn ebenfalls mochte, sehr sogar, dass sie sein Lächeln mochte und seine Haare, dass sie ihn im Anzug und sogar in diesem bescheuerten Rugby-Pullover mochte, dass sie seine Klugscheißerei mochte und dass sie es wirklich mochte, dass er so viel wusste, aber dass sie es auch mochte, dass er liebenswürdig und aufmerksam war und ja, dass er ihre Mutter glücklich gemacht hatte und dass er sie glücklich machte – manchmal auch rasend, aber eben auch glücklich. Sie mochte sogar seine Sturheit und die Tatsache, dass sie sich in gewisser Weise – einschließlich ihres Widerwillens, das zuzugeben – gar nicht so unähnlich waren.

Als sie auf dem Bahnsteig ankam, war er leer, und von der eben abgefahrenen U-Bahn wehte noch ein leichter Wind über die Gleise. Sie sah zu der Digitalanzeige hoch – die U-Bahn fuhr im Fünf-Minuten-Takt. Sie hatte erst eine verpasst. Sie stand am Bahnsteigrand, direkt hinter der Wartelinie, und ließ die Hände an den Seiten herunterhängen. Mist. Sie machte eine 360-Grad-Drehung und starrte erneut in den dunklen Tunnel, als ob – was? Die U-Bahn in die Haltestelle zurückgefahren käme? Mist, Mist, Mist, verdammter. Sie hatte ihn verloren. Diese Erkenntnis traf sie mit voller Wucht als würde eine Welle in ihr brechen, als hätte sie ihr gesamtes Leben ruiniert. Eine total überzogene Einschätzung, und sie wusste bereits jetzt, dass dieses Gefühl nachlassen würde, aber in diesem Augenblick kam ihr alles vollkommen sinnlos vor.

Cora drehte sich um und trottete langsam zurück zum Terminal, fuhr mit der Rolltreppe hoch, ging über das Förderband zurück, vorbei an den Geschäften und Cafés am Ankunftsbereich, an all den erwartungsvollen Gesichtern und Chauffeuren mit ihren iPads und handgemalten Schildern.

Schon jetzt hatte das Gefühl nachgelassen. Es war okay. Sie redete sich ein, dass es ihr gut ging. Sie würde daraus lernen. Es war eine Lektion – was ihren Stolz, ihre Angst, ihre Sturheit anging. Dann traf sie erneut diese Welle. Ein über sie hereinbrechender Tsunami an Was-wäre-wenns.

Ein Gefühl des Ertrinkens in der eigenen Furcht. Und wenn sie es ihm einfach gesagt hätte? Wenn sie ihm erlaubt hätte, sie zu mögen, mit ihr zusammen zu sein, neben ihr zu sitzen und ihr zuzuhören, während sie ihm alles erzählte, was ihr auf der Seele lag? Seite an Seite, ein kleines Team. Was wäre, wenn.

Als sie das Terminal durchquerte, sah sie den Flughafen plötzlich mit anderen Augen. Dieser Ort war auf Dauer kein Ersatz, und sie wusste, dass das der Grund war, weshalb sie ging. Ein solch flüchtiger Ort konnte nicht ihr Fundament sein; ein so steriler Ort konnte ihr keine Nestwärme bieten. Am Aer-Lingus-Schalter fertigte Joan gerade einen Passagier ab, aber es gab keine Schlange. Cora nahm wieder ihren Platz ein, nickte ihrer Kollegin dankend zu und versuchte, sich ein Lächeln abzuringen. Da kamen zwei bekannte Gesichter um die Ecke: die Teenager-Geschwister von der spanischen Mehrgenerationenfamilie, die gerade eingecheckt hatte. Cora sah sich auf ihrem Schalter nach einem vergessenen Reisepass oder einer Tasche oder einem Teddy um, aber da war nichts.

»Cora Hendricks«, sagte das ältere Mädchen, das von den beiden das bessere Englisch sprach.

»Ja, wie kann ich ...?«

»Ich nicht zu Ende.« Das Mädchen brachte Cora zum Schweigen und räusperte sich. »Cora Hendricks, wie du siehst, ich nicht mit dir geredet.«

Cora runzelte die Stirn. Sie wagte es nicht, sie erneut zu unterbrechen, aber offenbar war irgendetwas in der Übersetzung verloren gegangen.

»Denn du hast mich gebeten, das nicht zu tun. Es macht vielleicht nicht den Anschein, aber ich habe dir immer zugehört. Das erste Mal, als wir uns begegnet sind, hast du mir erzählt von, ähh ...« Die Spanierin beugte sich zu ihrem jüngeren Bruder hinüber, der verlegen neben ihr stand, und nahm ihm einen Zettel ab. »Ah, *si!* Du hast mir von einem Traum erzählt, den du in der Nacht zuvor gehabt hast und in dem du die Pilotin eines riesigen lila Flugzeugs warst. Du hast mir an dem Morgen dein Horoskop vorgelesen und mich gefragt, ob der Traum bedeuten würde, dass du große Verantwortung trägst.«

Diese Geschichte kam ihr irgendwie bekannt vor – dieser Traum – ja klar! Sie hatte Aiden davon erzählt, und er hatte daraufhin kurz und knapp entgegnet, dass er vermutlich einfach bedeutete, dass sie am Flughafen arbeitete und am Vortag einen Piloten gesehen hatte.

»Und ...« Der junge Bruder des Mädchens hatte nun das Wort ergriffen, und indem er den Zettel wieder an sich riss, las er vor: »Du hast darauf bestanden, mir mein 'Oroskop-ä vorzulesen.«

»Horoskop«, zischte ihm seine Schwester zu.

»Horoskop. Obwohl ich dir mehrfach gesagt habe, dass ich nicht daran glaube. Du hast nicht auf mich gehört, aber darum geht es nicht. Sondern darum, dass ich dir zugehört habe. Ich weiß sogar noch, was in dem 'Oroskop stand.«

»Darin stand«, übernahm nun die Schwester wieder das Wort, während Cora sich umsah, aber kein bekanntes Gesicht entdeckte, »dass ich geprüft werden würde. Doch wenn ich mich kopfüber der Herausforderung stellen würde, würde sie sich von etwas Schlechtem in etwas Wundervolles verwandeln. Du bist eine Herausforderung, Cora Hendricks. Und ich erinnere mich an jedes einzelne Wort.«

»El final«, flüsterte der Junge, und seine Schwester überließ ihm widerwillig den Zettel. »Wenn du nicht möchtest,

dass ich mit dir rede, ist das okay. Aber ich möchte mehr von dir hören. Ich beobachte dich am Schalter und wünsche mir, ich könnte Teil deiner Welt sein, die so viel interessanter erscheint als die, in der wir anderen leben. Ich möchte, dass du mir von all deinen Träumen erzählst, all deine Gedanken mit mir teilst. Selbst wenn du mich dafür aufziehst, welchen Schwachsinn ich rede. Ich möchte alles hören. Denn ich lasse mich lieber von dir beleidigen als von irgendjemand anderem küssen.«

Stolz auf ihre Leistung, sahen die Geschwister erwartungsvoll zu Cora hoch.

»Soll ich … ist er … wollt ihr meine Antwort?«

Der Junge sah seine Schwester an, die wiederum Cora ansah. »Wollen Sie ihm Beleidigungen geben?«

»Ich … Wenn es das ist, was er will.«

Die beiden rührten sich nicht.

»Ja. Ich werde ihm Beleidigungen geben.«

Das Mädchen pfiff, während ihr Blick zu der Wand am Ende der Aer-Lingus-Schalterreihe wanderte. Die beiden Geschwister blieben, wo sie waren, bis Aiden erschien. Dann tauschten sie den Zettel mit der Rede gegen zwei Zwanzigpfundscheine ein und zogen kichernd davon.

»Darf ich jetzt etwas sagen?«

Cora sah zu Joan hinüber, die ein halbes Auge auf ihren Kunden und die anderen anderthalb Augen auf Aiden gerichtet hatte. Auch die restlichen Check-in-Mitarbeiter in der Schalterreihe starrten den Mann an, der einen guten Meter vor Coras Schalter stand. Verlegen und beschämt sah sie ihn ebenfalls an, als hätte sie ihn noch nie gesehen. Aiden strich sich die Locken aus dem Gesicht und trat verlegen von einem Bein aufs andere. Cora rutschte von ihrem Stuhl herunter, vergaß all die wachsamen Augen um sich herum und drängte die Angst zurück, während sie hinter ihrem Schalter hervorkam und langsam auf ihn zuging.

»Möchtest du immer noch an meiner Seite stehen?«, fragte sie und blieb direkt vor ihm stehen.

»Ja.«

»Und wirst du dir mit mir noch viele weitere kitschige romantische Komödien anschauen?«

»Nur wenn du mir versprichst, dass wir weiter darüber streiten.«

»Ich bin nicht diejenige, die den Streit vom Zaun bricht.«

»Mhm.«

»Du kannst mich nicht einfach aus-mhm-en. Das machst du immer. Mhm ist kein Wort.«

Er lächelte, wobei das Grübchen deutlich hervortrat, und sie schmolz ein wenig dahin. »So gefällst du mir.«

Cora trug ihre Uniform und hatte Dienst. Aber was sollten sie schon machen, sie feuern? Sie machte einen weiteren Schritt auf ihn zu, stellte sich auf die Zehenspitzen, obwohl das nicht nötig war – sie mochte einfach dieses Gefühl –, und dann küsste sie ihn, entschlossen, aber vorsichtig, auf den Mund. Sie schwankte auf den Zehen, stellte sich aber erst wieder richtig hin, als ihre Lippen sich trennten.

»Können wir woanders hingehen?«, flüsterte er.

»Ich habe noch drei Stunden Dienst.«

»Klar. Natürlich«, sagte er, jetzt mit offenen Augen. »Dann warte ich.«

»Drei Stunden?«

»Klar. Ich setze mich da drüben hin und tue so, als ob ich die Zeitung lesen oder auf meinem Handy herumspielen würde, aber vor allem werde ich dich beobachten.«

Cora lachte. »Na vielen Dank.«

»Tja, Pech gehabt, Süße. Das hier ist ein öffentlicher Ort.«

Cora, die es längst aufgegeben hatte, sich ihr breites Grinsen zu verkneifen, sah ihn an, doch er gab nicht nach.

»Na gut.« Sie zuckte mit den Schultern. »Wenn du darauf bestehst.«

»Tue ich. Drei Stunden«, sagte er und zog sein Handy aus der Hosentasche. »Ich gebe der Klinik besser mal Bescheid, dass mein Meeting noch dauern wird. Mr. Gordon-Oxleys Hals wird wohl noch einen weiteren Tag mit der Schwerkraft leben müssen.« Und damit ging er in Richtung der Bänke.

»Dann geh ich mal wieder an meinen Platz.«

»Und wink mir hin und wieder zu«, sagte er. »So richtig wild. Wir sind bald eh hier raus.«

»Dann können wir uns auch wie die totalen Idioten benehmen?«

»Genau.«

Aiden ging und nahm im Wartebereich Platz, während Cora an ihren Schalter zurückkehrte.

»Alles in Ordnung?«, fragte Joan, die nach Klatsch nur so lechzte, während die restlichen Mitarbeiter sich hinter ihr die Hälse verrenkten.

»Jep, alles bestens, danke«, sagte Cora, deren Wangen vor lauter Grinsen allmählich wehtaten.

Der nächste Passagier trat an ihren Schalter, den Pass in der Hand, und Cora sah zu Aiden hinüber, der sie beobachtete. Sie lächelte, als er die Hand halb hob, kurz in der Luft innehielt, nur um sie darauf hektisch von links nach rechts zu schwenken, als ob er einen epileptischen Anfall hätte. Cora senkte den Blick und lachte. Wie viel leichter es doch war, sich der Gefahr auszusetzen, sich zum Affen zu machen, wenn man dieses Risiko zu zweit einging. Was bricht, wächst auch wieder zusammen. Dann sah sie wieder hoch.

»Also«, sagte sie und strahlte die Dame an, die ihr den Pass entgegenstreckte. »Wo soll es denn heute hingehen?«

DANKSAGUNG

Mein Dank gilt den öffentlichen Bibliotheken – insbesondere der Hornsey Library in London –, dafür dass sie mir einen Ort bieten, an dem ich schreiben und Menschen beobachten kann. Des Weiteren geht mein Dank an Sharon Carlyle, die sich bereit erklärt hat, einer völlig Fremden ihre detaillierten Fragen zu den Abläufen bei Fluggesellschaften zu beantworten. Alle realitätsgetreuen Details gehen auf Sharons Konto, alle Abweichungen auf das der künstlerischen Freiheit. An meine Agentin Liz Parker bei der InkWell Management-Literaturagentur für ihre unendliche Begeisterungsfähigkeit und an Juliet Mahony bei Lutyens & Rubinstein. An meine Lektorin Sara O'Keeffe bei Corvus (Atlantic Books) für ihre freundliche und äußerst konstruktive Anleitung. An meine Mam und meinen Dad, das großartigste Traumpaar, das ich kenne. An Mary für ihr abschließendes Feedback, an Carol für ihre Ausdauer beim wiederholten Lesen und an Colm für alles.

Und schließlich und endlich geht mein Dank an all meine Freunde und meine Familie, aus deren Leben ich mir Material für mein Buch stibitzt habe, aber vor allem an Teresa Shortall. Die Frau, deren Geschichte ich niemals zu klauen wagen würde. Zumindest noch nicht.